소설

추사 **김정희**

유학(儒學)편

權五奭 著

5

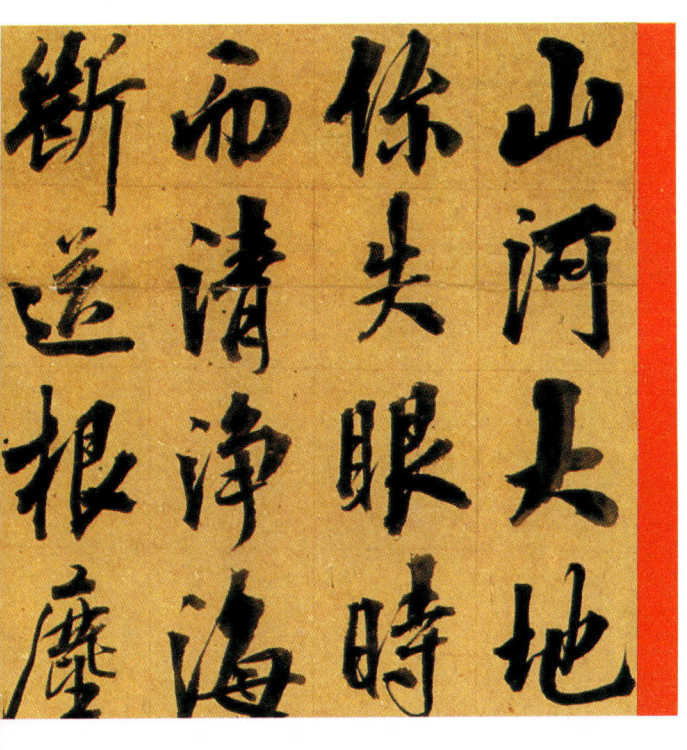

명문당

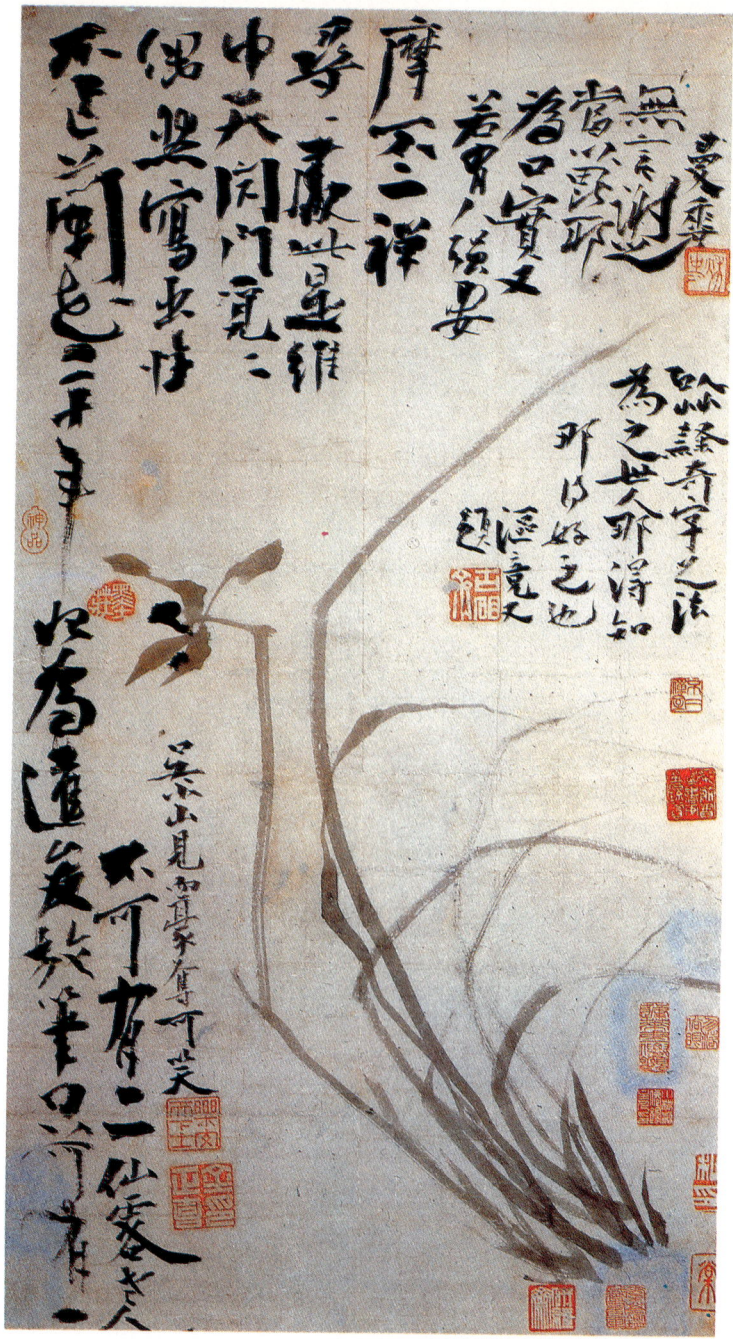

불이선란(不二禪蘭) 지본수묵(紙本水墨). 55cm×31.1cm. 개인 소장. 처음 이 그림에 쓴 화제(畫題)는 '부작난화(不作蘭花)'의 절구 1수다. '난초를 안 그린 지 20년만에 우연히 그렸다. 마음속의 자연을, 문을 닫고 생각을 거듭해보았다. 이것이 바로 유마(維摩)의 불이선(不二禪)이다.'

山河大地萬象森羅為是眼故七藤八葛儞有眼時鐵壁千重儞失眼時落落玄空一眼二眼三四五眼乃至千眼眼藏无盡而清淨海渡青蓮華如是儞眼不瞬其多彼失眼者所失者那斷送根塵晩魔臼寒海邑巖光摩尼欄柯影鏡鏡皎澈霽空月瑩眼偈二首寄呈霽月老師乎今騰步于玄門那律陀之病其汗達彦之忘潤金水琳僧解之目使悌奘工中仍作師之影蒙圭證師觀空圓通那伽山人書于一花庵

여제월노사안게(與霽月老師眼偈) 행서. 지본묵서. 25.7cm×126cm. 개인 소장. 제월대사(霽月大師)가 늙어서 눈이 안보이는 것을 위로하기 위하여 안게(眼偈)를 지어 써준 것이다. 왼쪽은 그 전문(全文)이고 오른쪽은 그 부분을 보인 것이다.

〔右〕 대팽고회(大烹高會 : 對聯) 예서. 지본묵서. 129cm×31.9cm. 간송미술관 소장. 고농(古農)에게 써준 것인데 고농은 누구인지 알 수 없다.

〔左〕 호고연경(好古硏經 : 對聯) 예서. 지본묵서. 124.7cm×28.5cm. 간송미술관 소장. 죽완(竹琬)에게 써준 것인데 죽완은 누구인지 알 수 없다. 협서(夾書)에는 등석여(鄧石如)의 서법과 예서의 본질에 대한 추사 자신의 의견을 피력하고 있다.

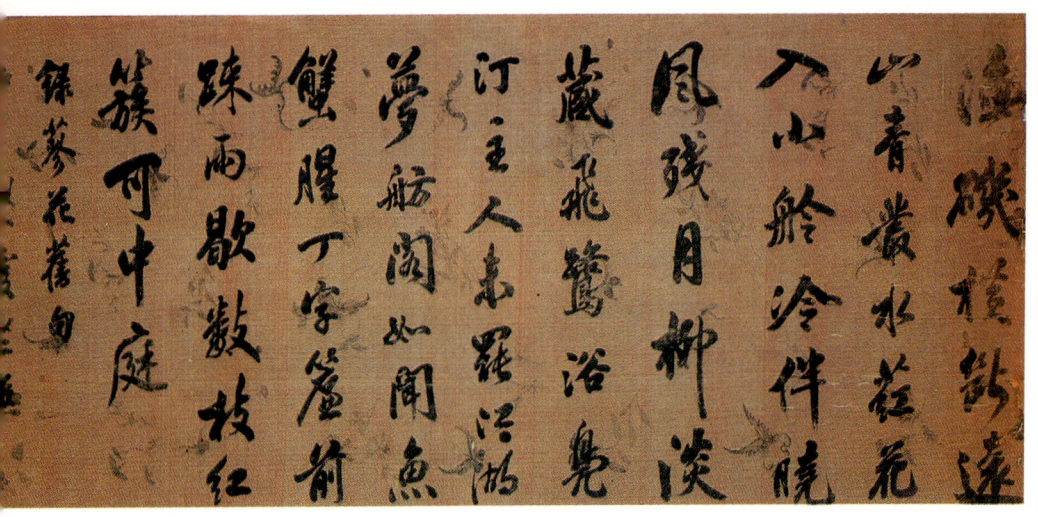

〔上〕 신위(申緯)의 요화시(蓼花詩) 행서. 초화문견본(草花紋絹本). 묵서. 67.4cm×145.8cm. 국립중앙박물관 소장. 신위의 호는 자하(紫霞). 시서화(詩書畫)의 삼절(三絶)로 추사에게 직간접적으로 영향을 주었다.

〔下〕 조윤형(曹允亨)의 고시(古詩) 초서. 지본묵서. 18cm×23cm. 서울대학교 박물관 소장. 자하 신위의 장인인데 초서와 예서를 특히 잘 썼다.

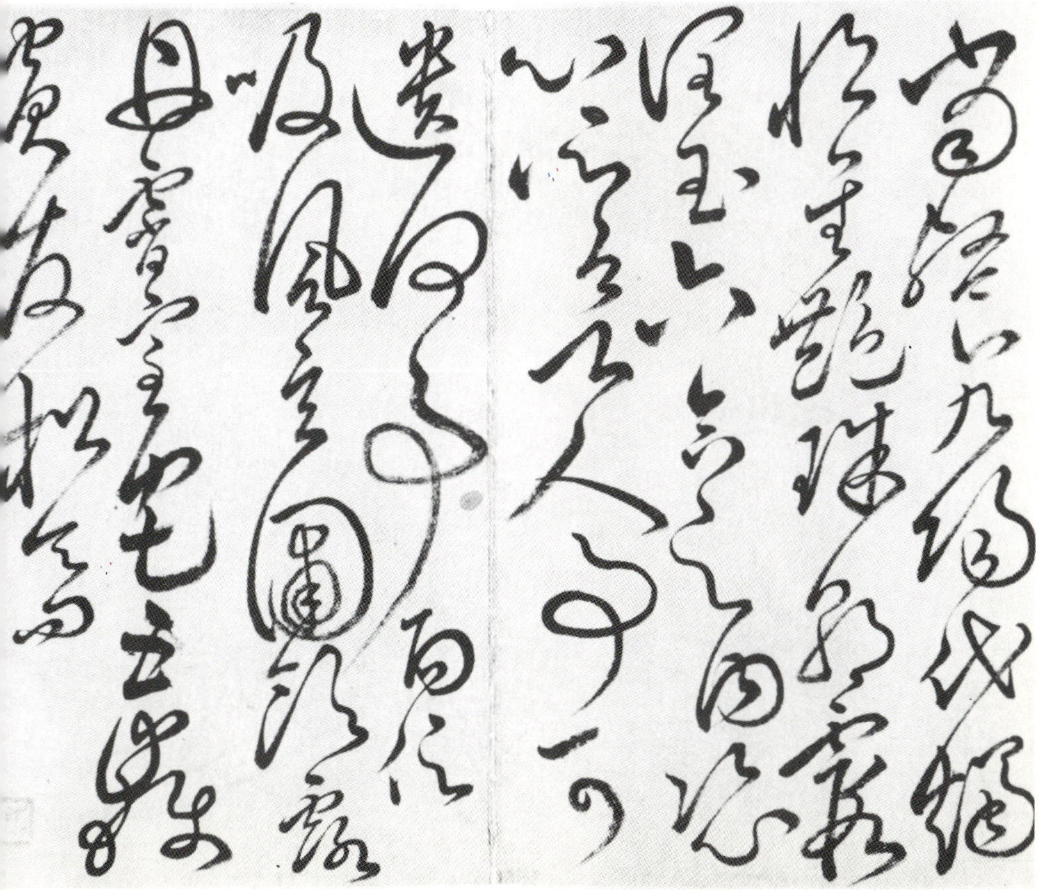

〔左〕안진경(顔眞卿)의 다보탑비(多寶塔碑) 부분. 당(唐)나라의 정치가·서예가로 안녹산의 난을 평정하기도 했다.
〔下左〕격사미불서절구(緙絲米芾書絶句) 직물축(織物軸). 92.3cm×43cm. 미불이 쓴 칠언절구(七言絶句)이다.
〔下右〕왕민지(王閩之)의 전제묘지(塼製墓誌) 1965년 남경 상산(象山) 5호묘인 왕민지 묘에서 출토. 묘지에 보이는 승평(升平) 2년은 358년에 해당한다.

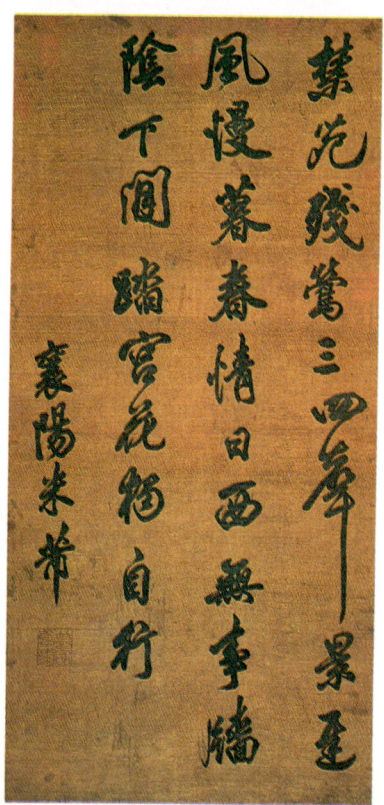

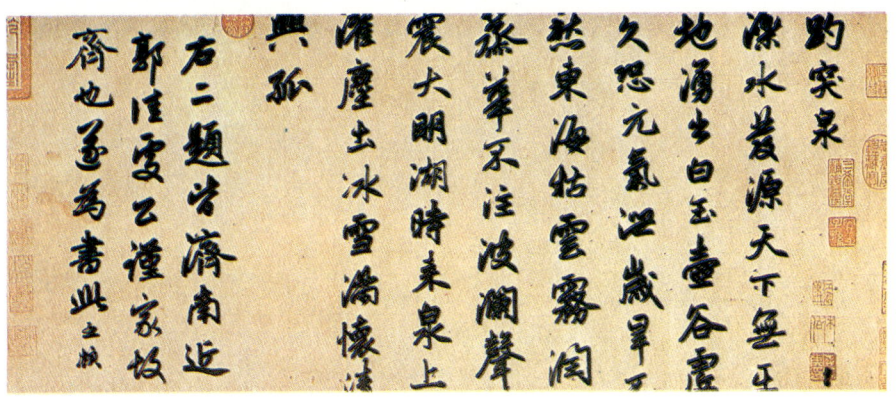

〔上〕 조맹부(趙孟頫)의 표돌천시(趵突泉詩) 해서에 가까운 행서로 썼으며 대단히 아름다운 서체이다. 표돌천은 산동성 제남에 있는 유명한 샘이다.

〔下〕 범관(范寬)의 설경한림도(雪景寒林圖) 견본담채(絹本淡彩). 북송(北宋) 초기의 화가인 범관은 섬서성 화원(華原) 출신으로 산중의 기경(奇景)을 관찰하기 좋아했으며 '사람보다 자연을 스승으로 삼아야 한다'고 했다.

[上] 소동파(蘇東坡)의 황주한식시권(黃州寒食詩卷) 부분. 동파는 호이고 이름은 식(軾)이다. 당송팔대가의 한 사람으로 시서화(詩書畫)에 뛰어났었다.
[下] 이적(李迪)의 풍응치계도(楓鷹雉鷄圖) 견본착색(絹本着色). 190cm×219.5cm. 궁정화가였던 이적은 특히 화조도(花鳥圖)를 잘 그렸다. 왼쪽 위에 경원(慶元) 2년(1196)이란 연대가 보인다. 대북 고궁박물관 소장.

제 5 권

유 학(儒學)편

제5권 유 학(儒學)편/차 례

서화사(書畵史)… 13
차 이야기… 86
완원 점묘(阮元 點描)… 147
동파(東坡)와 산곡(山谷)… 243
송 학(宋學)… 285
완당(阮堂) 선생… 349

서화사(書畵史)

 담계 옹방강을 여기서 다시 소개한다면 그가 북경(연경) 사람이고 금석학(金石學)에 정통했으며 문장과 글씨에도 대가였다는 점이다. 글씨로선 이 당시의 대가 유용(劉墉:1720~1805)과 쌍벽이었다.
 추사는 경오년 정월 초사흗날, 약속한 대로 보안사가(保安寺街)에 있는 옹방강의 집을 찾았다. 추사는 이때 담계 노인과 안식이 있었던 것은 아니다. 아무튼 담계는 경오년 당시 78세의 노령으로 넓은 저택 한쪽의 석묵서루(石墨書樓)라는 별채에 기거하고 있어 성원의 초대를 받자마자 담계를 곧바로 만난 것은 아니다.
 연암의 손자로 헌재 박규수(朴珪壽)의 증언이 있다.
 '완당의 글씨는 소시적부터 노년에 이르기까지 차츰 바뀌었다. 소시에는 오로지 동현재(童玄宰:동기창의 자, 1555~1636)를 뜻하였고 중년엔 담계를 좇았지만 농후소골(濃厚小骨:부드러움과 기교)의 감이 없지 않아 있었다. 그러나 다시 소미(소동파와 미원장)를 좇았고 이북해(李北海:李邕, 당나라의 서가)로 바뀌면서 더욱 굳세어졌고 드디어 솔갱의 신수를 얻었다.'
 이는 물론 헌재의 견해이지만, 적어도 이 당시 추사는 연행전 동기창의 글씨체를 좋아했다는 증언은 된다.

　여기서 저하남(褚河南)·안노공(顔魯公)의 글씨에 대해 짚고 넘어갈 필요가 있다. 저하남이 저수량인데 그는 우세남·구양순이 죽은 뒤 서도계의 최고봉을 차지했다. 당태종이 죽으면서 고명한 것은 강직한 성품인 장손무기와 저수량이라고 말했는데, 측천무후는 이 두 사람을 가장 꺼려했다.

　저하남은 당시에 있어 또한 왕희지 글씨의 권위자였다. 태종이 왕희지 필적을 수집할 때 하남은 그 글씨의 진안(眞贋)을 첫눈에 감별했다. 그리고 수집된 우군의 필적은 그가 대부분 모사했다. 오늘날 전하는 왕희지 글씨는 그의 모사를 거쳐 전해진 것이다.

　저수량은 655년 측천무후의 황후 책봉을 돌계단에 이마를 부딪쳐 피를 흘려가며 반대했다. 그리하여 우복야라는 대신의 지위에서 담주(호남성 장사) 도독으로 좌천된다. 다시 이듬해 하남은 더욱 멀리 계주(桂州 : 광서성)로 좌천되고 곧 애주(愛州 : 베트남 접경)로 보내졌으며 현경 3년(658) 11월 향년 64세로 졸한다. 그러나 저하남의 글씨 수난은 여기서 끝난 게 아니다.

　저수량이 죽자 무후는 또하나의 반대자 장손무기를 태위(太尉)에서 강등시켜 양주(楊州) 도독으로 내몰았고 검주(黔州 : 사천성)로 강제 추방했다. 이곳은 태자 승건이 반역이란 누명을 쓰고 유배되었다가 죽은 곳이다. 장손무기는 이 한많은 곳에 보내져 허경종(許敬宗)과 같은 의리없는 아첨배에 의해 고문 당하자 스스로 부끄러워 목을 매고 자결했으며 그의 맏아들 충(沖)은 태종의 귀염을 받은 장락공주의 부마였으나 영남으로 유배되고, 무기의 막내아우 전(銓)도 태종의 막내딸 신성(新城)공주의 부마였으나 준주(雟州 : 사천성)에 유배되어 모두 교수된다.

간신 허경종·이의부(李義府)는 저수량이야말로 원흉이라는 규탄의 상소문을 잇따라 올렸으며 670년에는 저하남의 두 아들 언보(彦甫)와 언중(彦仲)을 애주로 유배 도중 살해한다.

이렇듯 박해가 계속되었으나《삼장성교서병기》만은 건드리지 못했다. 왜냐하면 이 비문은 당태종의《성교서》와 당고종의《술성기》를 저수량이 써서 자은사의 안탑문(雁塔門)의 양쪽에 끼어놓은 것이기 때문이다.

측천무후는 글자에 대하여 지나치게 과민하고 날카로운 감각의 여자였다는 게 연구자들의 의견이다. 그녀는 황후가 되어 정치의 실권을 잡자 맨먼저 개원하여 현경(顯慶)이라고 했다. 그리하여 퇴위하는 신룡(神龍) 원년에 이르는 47년 동안 무려 32회나 개원을 한다. 그녀는 관직·희빈·궁궐의 이름도 바꾸었고 마침내는 측천문자라는 것도 제정했다. 그녀가 참살한 왕황후·소귀비의 성을 망씨(구렁이)·효씨(부엉이)로 고칠 정도인데 저수량의 비문을 남겼다는 게 수수께끼였다.

용삭 3년(663)은 저수량이 죽은 뒤 5년이다. 같은 자은사에 '성교서비'가 건립되었다. 그리하여 원래의 비에 새겨졌던 '상서우복야 상주국하남군 개국공 대당 저수량서'의 글자는 깎아버렸지만 비문은 그대로 후세까지 남았다.

그리하여 함형(咸亨) 3년(672)에 홍복사(弘福寺)의 사문 회인(懷仁)이 '집왕서삼장성교서비'를 세우는 것이다. 회인은 건봉 2년(667)에도 〈난정서후서〉를 위해 왕희지의 서적을 모으고 있는데, 함형 3년에 이르러 '집왕서삼장성교서비'를 세우게 한 까닭은 저수량의 글씨를 말살 내지 깎아내리기 위해선 왕희지의 글씨밖에 없다고 무후가 생각했기 때문이라는 설을 주장하는 연구자도 있다. 회인의 뒤로 왕서를 모으는 일이 유행되는데 이것은 무후와 저수량과는 관계가 없는 일이었다.

어쨌든 저수량의 비문과 회인의 집왕서비를 비교하면, 두 사람 모두 왕적을 배운다면서 서법은 크게 달랐다. 그래서 저수량의 비문은 왕희지의 골법(骨法)을 얻은 것이고, 회인의 그것을 그 살을 얻은 거라는 평언이 생겼다. 그러니까 저수량의 비문은 구양순의 '구성궁예천명', 우세남의 '공자묘당비'의 그것과 일맥 상통한다는 설이다. 구·우는 왕을 배우고 있지만 그 정해(正楷)의 글씨는 분예(分隷)의 서풍을 가미하여 고의(옛글씨 정신)를 띤 단정한 일체(一體)를 이루고 있다는 평이 그것이다.

당태종은 홍문관 오품(五品) 이상의 관직자 자제 중에서 자질있는 자를 모아 글씨를 배우게 했는데, 그때 구·우를 홍문관 학사에 임명하여 해법을 가르치게 했다. 저수량은 위의 두 사람과는 세대가 다르지만 그의 아버지 저량(褚亮)은 역시 학사에 임명되고 구양순과는 친구였다. 저수량은 또 그 예서를 구양순으로부터 높이 평가받은 적이 있었다.

그리고 위징은 우세남과 마찬가지로 태종과 글씨 이야기를 할 수 있는 자로서 저수량을 천거했다. 따라서 저하남이 구·우와 일체인 글씨를 썼다고 해도 잘못은 아니라는 근거이다.

그리하여 세 사람에 공통되는 단엄청경(端嚴淸勁)한 서법은 홍문관에서 구·우가 가르친 해법이라는 것이다. 그래야만 저수량이 태종의 어제(御製)인 《성교서》를 씀에 있어 이 전통적 해서를 쓴 이유가 이해된다는 주장이다.

저하남의 단엄청경한 필적, 아마도 홍문관에서 가르친 해법의 근엄한 체는 회인으로 하여금 소쇄수윤(蕭灑秀潤)을 상대적으로 주장하는 계기가 된 게 아닐까? 더욱이 이런 부드럽고 말쑥한 글씨체는 일반적 취향과도 걸맞는다.

그러므로 회인은 《성교서》를 선정하고, 거기에 있는 글자를 집왕서의 대상으로 삼았다. 왜냐하면 이것이 사람들의 관심을 끌 뿐 아니라 저적(褚跡)과 맞서는 자기 주장을 돋보이기 위해선 가장 효과적이라고 생각했다는 것이다.

이런 설을 믿는다면 저수량의 글씨에 대한 무후의 '증오설'도 근거없는 것이 된다. 사실 당고종도, 측천무후도, 죽을 때 유언으로 저수량의 복권을 말한 바 있었다.

회인의 '집왕서비'는 저수량 비문에 없는 현장(玄奘)의 사표(謝表)에 대한 태종·고종의 대답과 《반야심경》, 윤색자의 관직 성명을 덧붙이고 있다.

그 자수는 1천9백4자이고 문자 종류는 약 7백60인데 같은 문자라도 서체·자체를 달리 하는 것은 각각 개성이 있다.

회인의 전기는 불명이고 아마도 당시 유행이던 불경을 구득코자 서역으로 갔을 거라는 추측을 하고 있다.

개원 9년(721), 흥복사의 석대아(釋大雅)도 왕적을 수집하여 비석을 세웠는데 이것이 이른바 〈반절비(半截碑)〉이다.

추사 김정희도 그의 《잡지(雜識)》에서 다음과 같이 말했다.

'서가는 반드시 우군의 부자로서 준칙(準則)을 삼는다. 그러나 이왕의 글씨는 세상에 전해진 본이 없으며 진적으로 아직껏 보존된 것은 쾌설시청(快雪時晴)과 대령(大令)의 송리첩(宋梨帖)뿐이고 모두 합해서 백 자에 지나지 않으니 천 년의 아래에 있어 배궤(裵几 : 비자나무로 된 책상)의 가풍을 소급하는 것은 이에 그칠 뿐이다. 이것 역시 모두 궁중에 들어가 버려 바깥의 사람으로선 얻어볼 수 있는 건 아니다.
 이를테면 유모(劉摹)나 장각(章刻) 같은 것은 오히려 한 차례 번각된 것으로 모사법이나 조각법 같은 것이 이미 송원(宋元)시대에 미치지 못하거늘 또 어찌 양모(양대의 모사)·당각(당대의 새김)을 상대하여 논할 수 있겠는가.
 육조의 비판(碑版)은 꽤나 전하는 본이 있고 구·저는 모두 이것부터 비롯되었다. 그러나 송원의 제가들이 별로 칭도(稱道)하지 않음은 이왕의 진적이 지금처럼 다 없어지지는 않은 때문이리라. 지금의 사람들은 마땅히 북비(北碑)부터 손을 대야만 제 길에 들어설 수가 있는 거다. 초산명(焦山銘)·예학명은 곧 육조 사람의 글씨이며 또한 정도소(鄭道昭)의 여러 석각 등도 볼만한 것이다. 황산곡 같은 이는 자주 초산을 언급했지만 도소에 대해선 말하지 않았으니 역시 이상한 일이다. 형방비(衡方碑)·하승비(夏承碑)를 높이 치는데 하승비의 원석은 이미 있지도 않으며 이는 모두가 중각본이다.'
 추사의 본문 중 쾌설시청은 명나라 말기의 것이며, 초산명의 초산은 강소성에 있는 산이름이다. 초산에는 또한 천보 2재(743)에 세운 '강천법사비(降闡法師碑)'라는 게 있다. 이 강천비는 왕희지 글씨의 집자비로 당시 서가들의 주목을 끌었다. 추사의 다음 글을 보자.
 '난정은 모두 당태종 때에 비로소 나왔다고 한다. 그러나 수나라 개황(開皇) 연간에 각본은 이미 있었다. 저 변재(辨才)가 단단히 감춰 둔 것을 소익이 속여서 내왔다는 것을 준거(準據)로 해서는 안될 것 같다. 지금 통행되는 정주본은 바로 구모(구양순 모사)요, 신룡본(神龍本)은 저임(저수량 임모)인데 양순은 양순의 체가 있고 수량은 수량의 체가 있으니 양본 중 어느 것이 바로 산음의 진적인지 모를 게 아닌가.

　미남궁은 저본을 평생의 진완(珍玩)으로 삼았고 황산곡은 정무본을 가장 칭찬했다. 그래서 정무본이 송원대 이래로 마침내 세상에 크게 행해졌다. 그러나 감별가들은 또한 많이 저본을 쳤기 때문에 정무와 더불어 서로 우열을 다투었다.

　회인은 《성교서》를 집자할 때에 혹은 구본의 글자를 취하고 혹은 저본의 글자를 취했다. 그때 궁중에 수장된 것 또한 각각 두 본이 있어 아울러 취한 것이며 진적을 임모하는 데에 해로움이 없어서 그랬던 것일까? 탕(湯)·빙(馮)과 같은 여러 본에 이르러선 또 어느 곳에 유장(留藏)되었던 것일까?

　지금 중국 내부(內府)에 수장된 것은 백 수십 본이나 된다 하고 개중에는 기체(奇體)도 많으며 또한 지금의 통행본과는 크게 다르다고 한다. 그렇다면 지금 통행되는 양본을 난정의 진적으로 한다면 또 하나의 각주(刻舟:칼을 물에 빠뜨리고 배에 표시한다는 것)일 터이다. 소릉(당태종 능)의 발굴 이후 옥갑의 진본이 다시 나오자 장사꾼의 얻은 바가 되었고 정강(靖康) 연간(1126)에 직녀의 치기석(支機石)과 더불어 팔려 온 것을 가사도(賈似道)가 직접 보았는데, 이윽고 휘종·흠종이 북으로 가게 되어 마침내 그 물건이 간 곳 없게 되고 말았다.

　이와 같은 신물(神物)은 필연코 연기처럼 사라질 리는 없고 마땅히 사람에게 있을 터인데 사람들도 특별히 묵륜(墨輪:글씨의 인과응보)이 돌고 돎을 만나지 못하고 있으니 오로지 가섭(迦葉)이 출정(出定:출현)한 해를 기다려야만 여러 본을 다시 감별할 수 있으리라.'

추사는 왕희지 글씨의 혼란을 탄식하고 있는 것이다.
　앞에서도 잠깐 말했지만 왕적은 석진(石晉)의 난 때 궁중에서 유출되고 송대의 송경문(宋景文)이 찾아내어 청무의 관청 창고에 보관했는데 그뒤 희녕(熙寧) 연간(송신종의 연호, 1068~1077)에 설사정(薛師正) 부자에 의해 번각되고 그뒤에 너도나도 번각하여 정확히 그 수가 얼마나 되는지 모를 상태가 되었던 것이다.
　추사는 또 《잡지》에서 이와 같이 썼다.
　'진송(동진 유송)의 사이엔 세상이 헌지의 글씨를 중히 여기고 오히려 우군의 글씨는 중히 여기지 않았다. 양흔(羊欣 : 왕헌지의 제자)이 자경(子敬 : 헌지의 자)의 정예서를 중히 여겼기 때문에 〔당시의〕 세상이 모두 이를 으뜸으로 여겼던 것이다.
　양나라가 망한 뒤로부터 비각에 수장되었던 이왕의 글씨가 처음으로 북조(부주)에 들어가고 진위가 뒤섞여 당시에도 이미 변별하기 어려웠다. 도은거(도홍경)가 양무제에게 회답한 계(啓 : 편지)에 이르기를 '희지가 선령(조상)에 고하고 벼슬하지 않은 이후로는 대체로 직접 쓰지 않고 대서하는 사람이 하나 있었는데 세상이 얼른 구별하지 못할 정도였으며, 그 느리고 다른 점을 보면 만년의 글씨라서 이렇다고만 했으나 사실은 우군의 진적은 아니었다. 자경은 나이 열 일고여덟 살 적에 이 사람의 글씨를 거의 모방했다'고 했다.
　지금 이왕의 글씨는 이와 같이 더욱 구별하기 어려운데, 나아가서 경서를 읽고 낡은 것만 굳게 지키며 빠진 것을 끌어안아 끊어지지 않음이 실낱과도 같으니 어찌 하나의 서가와 대비하여 이를 논할 수 있겠는가. 이는 배우는 자로서 전전긍긍해야 하는 점이다.'

왕희지 글씨에 대해선 고래로 논의가 많았던 것이고 그것에 대한 추사의 의견은 시종일관 같은 것이었다.

《안노공 문집》 권14에서 안진경이 그 필법을 장욱(張旭)으로부터 전수된 내용을 기록한 문장이 있다. 그 글은 주림(朱霖)의《필법》, 구현(鉤玄)·빙무(馮武)의《서법정전》및 패문재(佩文齋)의《서화보》등에도 실려 있고 서로 약간의 차이는 있지만 대체로 일치된다. 그것을 초역하면 다음과 같다.

'나는 벼슬을 예천(醴泉)에서 그만두고 특히 동도(낙양)에 이르러 금오장사(金吾長史) 장공 욱을 찾아뵙자 필법을 배우겠다고 청했다. 장사는 그때 말씀하셨다. 필법은 현묘한 것으로서 함부로 전수하기가 어렵다. 지사·고인(高人)이 아니면 어찌 그 요결(要訣)을 말할 수 있겠는가? 이제 그대에게 전수하노니 마땅히 이를 명심하라.

〈평(平)이란 횡(橫)을 일컫는다〉, 그대는 이를 아는가? 그래서 나는 생각하고 아뢰었다.

"일찍이 장사의 시령(示令)을 들었습니다. 획은 모두 일평(一平)으로서 마땅히 횡상(橫象)이어야 한다고. 그것을 말하는 게 아닙니까?"

장사는 곧 웃고 그렇다고 하신다. 그리고 또 말씀하셨다.

"직(直)이란 세로를 말한다. 그대는 이를 아는가."

"곧은 것은 반드시 이를 세로 내리긋되 사곡(邪曲)이 없어야 한다는 뜻이 아닙니까?"

"그렇다. 균(均)이란 사이를 말하는 것인데 그대는 이를 아는가?"

"일찍이 가르침을 주셨는데, 사이는 빛이라도 드리워지지 않도록 하라 하셨습니다. 그것을 말하는 것이겠지요."
"그렇다. 밀(密:촘촘한 것)은 제(際)를 말한다. 그대는 이를 아는가?"
"예, 붓끝을 대고 붓을 내리긋는 데 있어 모두 밀무(密茂)해야 하며 뜨는 일이 없도록 하는 것입니다."
"그렇다. 봉(鋒)이란 말(末:끝)을 말한다. 그대는 이를 아는가?"
"붓을 적(趯:팔딱 뛰듯이 하는 것)하여 곧 점획을 모두 근골(筋骨)이 있도록 하면 자체는 절로 웅미(雄媚:씩씩한 가운데 맵시가 있다)해진다는 말씀이 아닙니까?"
"그렇다, 경(輕)이란 굴절을 말한다. 그대는 이를 아는가?"
"모름지기 구필(鉤筆) 전용(轉用)에는 붓끝을 꺾어 가볍게 스치도록 하는 게 아닙니까?"
"그렇다. 결(決)이란 견(牽:끄는 것)과 설(挈:붓을 띄어 끄는 것)을 말한다. 그대는 이를 아는가?"
"모름지기 견을 만들고 설을 만들자면 뜻을 정하고서 봉을 주춤하거나 멈추는 일이 없도록 하는 게 아닙니까?"
"그렇다. 보(補)는 모자람을 말한다. 그대는 이것을 아는가?"
"모름지기 결후(짜임새)·점획으로서 취(趣:글씨의 정신)를 잃는 게 있다면 곧 다른 점획으로 보완하는 게 아닙니까?"
"그렇다. 교(巧)란 포치(布置:균형, 짜임새)를 말한다. 그대는 이를 아는가?"
"예. 글씨를 쓰고자 할 때 미리 자형(字形)·포치를 염두에 두고 그것을 평온토록 하되(안정감을 갖게 한다) 혹은 뜻밖에도 체(體)가 생겨 이세(異勢:변화)가 있도록 하는 것이 아닙니까?"

"그렇다. 칭(稱)이란 소대(小大)를 말한다. 그대는 이것을 아는가?"

"모름지기 대자(大字)는 이를 촉(促:줄이는 것)하여 작게 만들고, 소자(小字)는 혹은 이를 전(展:늘리는 것)하여 크게 만들며 겸하여 무밀토록 하는 게 아닙니까?"

"그렇다. 그대의 말은 매우 근사(近似)하다. 그것이 서도의 묘이고 환호(煥乎:밝음 광채)로서 거기엔 의미가 있다. 그대는 이를 힘쓰도록 하라. 게으르지 않고 정성을 다하면 절로 묘득(妙得)하리라."

나는 이때 나아가서 절하고 거듭 청했다.

"다행히도 장사의 구문(九文) 필법을 전수받아 깨우침을 얻었습니다. 감히 묻습니다만 글씨의 묘를 어떻게 하면 옛사람과 비견할 수 있겠습니까?"

"묘는 붓을 잡음에 있다. 그것은 원창(圓暢)하되 구련(拘攣:얽매임이나 구부러지는 것)이 없어야 한다. 그 다음은 제법에 있어서는 마땅히 구전(口傳)·수수(手授)의 비결을 전하되 도(度:규정 계약)가 없어서는 안된다. 그것이 곧 필법이다. 세 번째는 포치에 있는데 태만해서도 안되고 뛰어넘어서도 안되며, 기교가 일치되어야 한다. 네 번째는 지필이 정선되고 좋아야 하며 다섯 번째는 변통이 적회(適懷:규모에 맞는 것)하며 종사설탈(縱舍挈奪)이 모두 법도가 있어야 한다. 이 다섯 가지를 갖추어야 하고 그런 연후에야 비로소 옛사람과 비견할 수 있다."

"거듭 묻겠는데 용필의 묘를 가르쳐 주십시오."

"나에게 필법을 전하고 터득케 한 분은 육언원(陸彦遠)이었다. 언원은 이렇게 말했다. 내가 이전에 글씨를 배우고 그 공력이 깊기는 하지만 어찌된 까닭인지 그 필적이 묘경에는 이르지 못했다. 나중에 저하남의 말로서 용필이란 바로 인니획사(印泥畫砂)와 같이 해야 한다는 것을 들었으나 깨닫지를 못했다. 그후에 모래톱에서 우연히 사지평정(砂地平靜)임을 보았다. 즉 날카로운 봉(鋒)으로 자획을 만들었더니 그 경험(勁險)의 모습이 맵시있고 밝은 게 날카로웠다. 그러므로 용필은 송곳으로 모래 땅을 긋듯이 하고 거기에 봉(날카로움)을 간직토록 하면 자획이 침착(沈着)해진다는 걸 깨쳤다. 그 용필에 즈음하여 붓으로 하여금 늘 지배(紙背)를 꿰뚫듯이 하기를 바란다면, 이는 성공의 극지(極地:최고 경지)이니라."'

요컨대 장장사 필법의 전반은 이미 나온 양무제의 《필법 십이의》를 해석한 것이지만, 그 후반에 있어 저하남의 '인니획사'의 설을 소개하고 있음에 주목된다. 양무제의 십이의가 육조의 서법을 설명하는 거라면 장욱의 이것은 초당의 필법인 것이다.

양무제의 십이의, 곧 종요의 십이의 중 용필법을 설명하는 것은 다만 봉(鋒)·역(力)·경(輕)·결(決)의 넉 자에 불과한데 저하남은 이 넉 자로부터 한 걸음 전진하여 새로운 의미의 인니획사를 주장했음을 알게 된다.

인니획사란 '인인니 추획사(印印泥 錐畫砂)'라는 의미이다. 옛날 중국에선 비밀 문서 따위는 대통에 집어넣은 다음 그 마구리를 진흙으로 틀어막고 그것에 도장을 찍었다.

이것을 봉니(封泥)라고 한다. 인인니란 도장으로 봉니에 날인한다는 의미이고, 글씨의 비결은 봉니에 찍힌 문자처럼 평등하게 힘이 가해져야 한다는 뜻이었다.

다음의 추획사는 문자 그대로 송곳을 가지고 모래에 글씨를 쓴다는 의미이며, 역시 필획은 굳세고 안정된 것이 좋다는 뜻이었다.

그리하여 인인니·추획사를 위해선 봉장(鋒藏)해야 한다는 게 안노공의 가르침이었다. 봉장이란 붓끝을 언제나 필획의 중심에 있도록 한다는 것인데, 일명 중봉(中鋒)이라고도 한다.

청의 학자 포신백(包愼伯)은 갖가지로 고심하며 실험한 결과 숙지(熟紙)――초를 입힌 종이 또는 자추지(煮硾紙 : 삶아 누른 종이)처럼 먹을 흡수하지 않는 종이――를 사용하여 글씨를 쓰면 획의 양 옆부터 먹이 건조하여 중앙에 이르고, 그것이 건조된 뒤에 햇빛에 비쳐보니까 머리카락과도 같은 농묵(濃墨)의 선이 획의 중앙에 남았다.

이것이 곧 장봉 또는 중봉을 얻은 증거라고 했는데, 이와 같이 하여 일점일획이 모두 중봉을 얻으면 여기서 도장으로 진흙에 찍듯이 송곳으로 모래에 글씨를 쓴 것처럼 힘차고 굳센 글자가 되는 것이다.

간단한 가로획 또는 세로획을 만들 경우 필봉을 중앙에 유지하는 일은 비교적 쉽지만, 그것이 전절(轉折)할 때에는 자칫 중봉이 상실되어 봉첨(鋒尖)이 한쪽에만 나타나기 쉬운 법이다.

이런 결점을 없애기 위해 제필(提筆)이란 말이 생겼다. 동기창은 그의 《화선실수필(畵禪室隨筆)》에서,

"모름지기 글씨에서 중봉을 얻자면 제필이 필요하고 이것이 천

고 부전의 비결이다."
라고 말했는데, 실제로 추획사의 경지를 터득하려면 제필이라는 것을 깨쳐야 한다. 제필이란 필획이 전절하는 곳에서 붓을 약간 든 다 싶게 봉첨을 가다듬어 새 방향으로 향하는 기교이며, 이것이 추획사의 근본 비결이다.
　그리하여 저하남·구양순의 글씨에는 그것이 가장 엄격히 행해지고 있다.
　양무제의 설명에 의하면, 종요의 필법으로선 전절은 단지 경(輕)에 제시되어 있고, 경이란 필획의 전절에 즈음하여 붓을 가볍게 통과시켜 암전시키는 거라고 설명했는데, 저하남은 추획사를 이상으로 하며 그 이상 실현의 궁리(窮理)로써 제필을 가르쳤다.
　이 가볍게 스친다는 것과 제필이 종왕의 필법과 구저의 필법 차이점, 다시 넓게 말하면 육조 남파의 서법과 초당의 필법이 갈라지는 곳이었다.
　구양순의 글씨에 대한 추사의 글을 참고로 보면 다음과 같다.
'구의 글씨는 기화(奇花)가 처음으로 태(胎)를 가진 것처럼 함축하며 드러내지 않는다. 옹사탑명(邕師塔銘)은 그 신(神)이 행하고 환(幻)이 나타난 곳으로서 사람들이 그 그림자나 자취를 찾지를 못한다. 저수량의 삼장·맹법사·성교서 등의 글씨는 해가 새로워짐을 보는 것 같고 꽃이 피는 것을 만남과도 같아 행류(行流)·변형하여 헤아릴 수 없지 않은 게 없다. 화엄 누각이 나타나는 것은 미륵이 아니고선 이를 가려내지 못하는 것이고 선재동자가 아니면 이것에 들어갈 수 없어 바라볼 수는 있어도 나아가지는 못한다.'
　추사는 추사대로 구양순과 저하남의 차별성을 파악하고 화엄 세계의 묘와 결부시켰던 것이다.

저하남이 인인니 추획사를 작자(作字)의 비결이라고 가르친 것은 앞에서 말한 대로인데 다시 내려와 안노공의 글씨는 절차고 옥누흔(折釵股 屋漏痕)을 특징으로 한다고 평한다. 이것에 대해선 다음과 같은 이야기가 전한다.

안진경은 장욱에게 필법을 배운 셈인데 그와 동문으로 금오병조의 오동(鄔彤)이 있었다. 이 오동의 제자로 회소(懷素)라는 초서의 명인이 나타났다. 따라서 안노공은 회소의 선배이다.

어느 때 노공은 회소에게 말했다.

"초서라는 것은 스승의 전수 외에 스스로 깨닫는 바가 있어야 한다. 나의 스승 장장사는 공손대랑(公孫大娘)의 칼춤을 보시고 저앙형상(低昻逈翔)의 모양을 깨쳤다고 하셨는데, 당신의 스승 오병조에게도 무엇인가 이런 자득(自得 : 스스로 깨친 것)이 있소?"

그랬더니 회소는 이렇게 대답했다.

"오선생은 초서의 수견(豎牽 : 똑바로 세워 끈다는 것)을 고차각(古釵脚)처럼 하라고 하셨습니다."

안노공은 이 말을 듣자 싱긋 웃고 아무 말도 하지 않았는데 그런 뒤 몇달이 지나 다시 회소와 만났을 때 안진경은 이런 말을 했다.

"고차각을 흉내내기보다는 옥누흔을 배우는 편이 낫지 않겠소?"

회소는 그러자 노공의 다리를 끌어안고 문파의 비결을 도둑 맞았다고 탄식했다는 것이다.

이것은 《다경(茶經)》을 저술한 당의 육우(陸羽)가 쓴 〈회소전〉의 일절로 《전당문권(全唐文卷)》에 들어있다. 육우는 정원(貞元) 연간

(785~804, 당덕종의 연호)에 나이 29세로 졸한 인물로 안노공이나 회소와 거의 같은 시대의 후배이므로 그 기사는 대체로 신용된다.

그 기사에 의하면 고차각과 옥누흔은 둘다 초서의 수건, 즉 수의견 모범으로 든 예이고 전자는 오병조의 자득이고 후자는 안노공의 발명이라고 하겠다. 그런데 후세의 서평가는 고차각을 절차고(折釵股)라 고치고, 옥누흔과 절차고는 안진경의 글씨 특징을 나타내는 말로 쓰고 있다.

그리고 절차고란 그 굴절의 둥근 맛을 띤 것이 힘찬 것을 형용하며, 옥누흔이란 그 필획의 양태(樣態)가 행류자재(行流自在)임을 나타낸다고 해석한다.

그리하여 안노공의 글씨, 특히 초서에서 절차고와 비슷한 전절과 옥누흔을 연상시키는 필획을 발견한다.

하기야 안노공은 저하남의 필법을 십이분 터득한 사람으로서 인인니·추획사·절차고·옥누흔의 네 가지 법을 겸비한 서가이지만, 노공의 특색은 오히려 옥누흔을 연상시키는 웅혼(雄渾)한 필획과 절차고를 연상시키는 굳센 굴절에 있다. 저 동기창으로 하여금 '울굴괴기(鬱屈瑰奇), 이왕의 밖에 있으며 따로 이취(異趣)가 있다'며 감탄케 한 점도 이런 데에 있었으리라.

단지 이왕의 영향 밖에서 이취를 나타냈을 뿐 아니라 또 구저와도 다른 별조(別調)가 있다. 시험삼아 구저의 글씨와 안노공의 그것을 비교해 보면 구저의 필획은 분예에서 나오고 있는데 진경의 그것은 전주(篆籒)의 남겨진 정신이 있다. 전절의 곳을 구저는 제필에 의해 중봉을 유지하려 했지만, 노공은 붓을 비틀어 굴절과도 같은 굳셈을 나타낸다.

추사는 《잡지》에서 쓰고 있다.

'안평원의 글씨는 신행(神行)으로서 순수하고 즉 저법(褚法)을 좇고 이로부터 왔지만 저와는 일호도 서로 가까운 데가 없다. 황산곡은 바로 진인의 진수라 했는데, 혹 사람들이 우군의 과파(戈波)가 없다 하여 미사(微詞 : 확신을 갖지 못한 소수 의견)가 있긴 하지만 모두 그 변한 바를 모르고 망녕되이 논한 것이다.

최근의 유석암(劉石庵 : 유용의 호) 같은 이는 동파의 글씨부터 들어가 곧장 산음의 문정(門庭 : 사숙하는 것)에 이르렀는데, 지금 동파 글씨의 형태를 가지고서 석암을 호되게 비난한다면 되겠는가? 옛 예서는 역시 이와 같아서 한비(漢碑)에는 허화(虛和)와 졸박(拙朴)과 흉험하여 두렵다 할 모습이 있지만, 근세 사람들의 얕은 분별력과 작은 소견으로선 문형산·동중광(董重光)의 획 하나도 능히 만들지 못하면서 어떻게 동경의 한 파(波)인들 만들며 서경의 한 횡인들 만들 수 있겠는가.

지금 한비로서 보존된 것은 겨우 40종류이고 또 잔금(殘金 : 금속 명으로 남은 것)·극소수의 전(塼 : 성벽 등)으로 시급히 임모할 만한 게 있는데 촉천(蜀川)과 상통하는 곡부 제녕(濟寧) 외에는 형용할 수 없이 괴기망칙하여 마치 공양(《공양 춘추》)의 비상하고 가공한 것을 좌씨(《좌씨 춘추》)에만 의존한 자로선 엿보고 헤아릴 수가 없는 것이나 같다. 이리하여 이를 의심하고 혹은 심하게는 안방에 묶어두고만 있다. 이는 비록 하나의 소도(小道)이지만 말하기는 쉬워도 그 어려움이 이와 같은 것이다.'

추사가 나중에 선호했다는 이북해·옹(邕)은 안노공보다도 한 세대 앞선 사람으로 당현종의 천보 초에 나이 70여 세로 졸했다. 광릉(廣陵) 강도(江都) 사람으로 《문선주(文選注)》 60권을 남겼다. 이옹은 젊어서 이름이 알려졌고 장안(長安 : 측천무후의 연호,

701) 초 내사(內史) 이교(李嶠) 등의 천거로 간쟁(諫諍)의 관으로 좌습유에 임명되었다. 그 무렵 어사중승이던 송경(宋璟)이 장창종 형제를 탄핵했다. 무후는 그 상주에 불쾌한 빛을 얼굴에 역력히 나타냈다. 그러자 계하(階下)에 있던 이옹이 앞으로 나아가서 아뢰었던 것이다.

"신이 송경의 말을 듣고 보니 일이 사직에 관계되므로 바라옵건대 폐하는 그 상주를 받아들이셔야 합니다."

그러자 측천의 얼굴이 얼마쯤 풀렸다. 송경이 나중에 이옹에게 말했다.

"당신은 지위도 이름도 아직 천하고 만일에 일이 잘못되었다가는 화가 어디까지 미칠지 모르잖소? 어째서 그와 같은 일을 하셨소?"

"그렇게라도 하지 않고선 후대에 뭐라고 일컬어지겠소?"

중종이 복위하고 귀도(鬼道 : 마법)를 하는 정보사(鄭普思)를 비서감에 임명하자 그는 역시 직언을 서슴치 않았다. 이 때문에 남화령(南和令)으로 좌천되고 다시 부주(富州)의 사호(司戶 : 말단 사법 관리)로 떨어졌다.

이렇듯 이옹은 벼슬과 유배를 번갈아가며 반복했다. 천보 초 급군(汲郡)과 북해(산동성) 태수를 지냈기 때문에 이북해라고 하는 것이다. 그는 문사에 뛰어났고 특히 비문을 잘 지었으며 전후 수백 편이나 지었다. 그의 글로서 홍주(洪州)의 방생비(放生碑)·비위거원시의(批韋巨源諡議)가 유명하며 문사들에게 추중(推重)되었다.

동시대 사람으로 장인(張諲)은 점복에 밝고 초서·예서를 잘했으며 그림도 잘 그렸다. 왕유·이기(李頎)는 시작이나 그림의 벗이고 술벗이기도 했다. 특히 산수화가 뛰어났다. 장인의 시에 대한 왕유의 답시로서 '병풍에 떨어뜨린 먹은 손권도 착각할 정도이고 (손권은 조불흥이 떨어뜨린 먹을 살아있는 파리로 알았었다) 부채에 씌어진 초서는 회계내사(왕희지)를 굽어볼 정도의 솜씨'라고 노래했다. 이기도 시를 쓰고 있다. '소왕의 파체(破體)는 문책(文策 : 공문서 작성)에서 배운 것이고, 석양의 배꽃은 빈 벽을 비춘다. 글씨는 기실(記室 : 우세남)이 새암할 정도이고 그림은 장군(이사훈)의 적수가 된다'고 읊었다.

전기(田琦)는 안문(雁門) 사람인데 초상화와 인물화를 잘 그렸고 팔분과 소전의 글씨가 매우 훌륭했다. 또 이적(李逖)이란 이가 있었는데 파리·나비·벌·매미류를 잘 그렸다. 이평균(李平鈞)은 회안왕 이신통의 증손이다. 관직으로선 강릉의 법조참군·진류(陳留) 현령을 지냈지만 산수화와 소전을 잘 썼다. 그의 숙부 이권(李權)은 팔분 글씨가 뛰어났고 숙부 이추(李樞)도 소전을 잘했다.

중당의 대표적 시인이 백거이(白居易 : 772~842)이고 그 친구인 원진(元稹 : 779~831)과 함께 원화체(元和體)의 발전을 가져온다. 원화체의 특징은 평이한 시구에 있었다. 그러나 이것을 반대하여 중후(重厚)한 시풍을 주장한 것이 한유(韓愈 : 768~824)이고, 그 제자 맹교(孟郊 : 751~814)인데 이들은 기어(奇語)·험구(險句)를 사용하기 좋아했다. 이밖에 자연파 시인으로는 위응물(韋應物 : 737~?)·류종원(柳宗元 : 773~819)이 있다.

안사의 난이 끝나면서 세상은 한결같이 태평을 바랐다. 당대종(唐代宗)은 현종의 손자인데 762년에 즉위하자, 안진경은 상서중승(尙書中丞)으로 대종에게 다섯 능 참배와 구묘 제사를 강력히 주장했고 천자는 그 상소를 따랐지만 재상이던 원재(元載)는 비아냥하듯 진경에게 말한다.
"비록 공의 의견은 훌륭했지만, 상께서 월권이라 하셨다면 어찌 하실 뻔 했소?"
"대신으로 있으면서 쓰일 말과 쓰이지 않을 말을 계산하는 일이 어디 있으며, 말이야 무슨 죄가 있겠소? 다만 충성을 하면 되는 거요!"

원재는 이 말에 깊은 앙심을 품었다. 안진경은 이어 형부상서가 되고 누진하였는데 노군공(魯郡公)에 봉해진다.

이 무렵 원재는 사당(私黨)을 끌어모으고 있었는데 조신이 그 잘못을 들어 상주할까 두려워 했다. 그래서 황제께 청했다.

"무릇 백관으로 사안을 논하는 것은 바람직합니다. 그러니 모두 먼저 소속 장관에게 아뢰이고, 장관은 재상에게 아뢰이며 그런 연후에 상주하는 게 옳습니다."

이것에 대해서 안노공은 정면으로 논박하는 장문의 상주문을 올렸다.

그러나 안공의 상주는 각하되고 협주(硤州) 별가로 좌천되었다가 곧이어 무주·호주 자사로 쫓겨났다. 당대종의 대력(大曆) 원년(766)의 일이었다. 이윽고 원재가 주살되자 다시 형부상서가 되고 대종이 승하하자(779), 예의사(禮儀使)가 되는 등 중용되었지만 선제의 시호를 정하는 데 있어 의견 충돌을 일으켜 원참(袁傪)의 모함을 받아 파면되고, 양염(楊炎)이 재상이 되자 미움을 받아 완전히 권세를 잃었다.

이때 당은 옛날의 평화란 찾아볼 수가 없고 중앙의 천자 위신은 말이 아니었다. 그리하여 각지에서 왕을 자칭하는 자가 많았고 이희열(李希烈)이란 자가 그 중에서 세력이 가장 으뜸이라 마침내 황제까지 자칭했다. 그러나 명망이 있고 강직한 안노공을 이희열 토벌의 원수로 등용하자는 의견도 있었지만, 당덕종은 아직 어리고 안노공은 그를 싫어하는 자들도 많아 결국 흐지부지되고 말았다. 그러는 사이에 희열은 장안을 점령하고 덕종은 달아났다.

희열은 양자가 천여 명이라고 했다. 이것을 유자(猶子)라고 하는데, 이 유자 풍습이 그뒤로 몇백 년 유행된다. 난세를 맞아 누구도 믿을 수 없다. 희열은 이런 때 아들이라 하면서 쓸만한 젊은이를 포섭했던 것이다. 당시는 안녹산이나 사사명의 예로서도 알 수 있듯이 친아들이 아비를 죽이는 세상이었으나, 이런 예는 아무래도 극히 예외적이고 양자라는 호칭이라도 얻게 되면 열심히 견마(犬馬)의 충성을 다하는 게 인간 심리였다.

또 전란이 있으면서 번영이 있었다는 건 모순이지만, 역시 사회 저변에는 불안이 깔려 있었다고 보는 게 정확하다. 선종(禪宗)에 대해선 나중에 말하겠지만, 먼저 남선(南禪)이 있고 북선(北禪)은 나중인데 그 북선은 이 무렵에 일어났던 것이다.

번영으로 말한다면 당시의 장안은 국제 도시이고 바둑판과도 같은 큰 길과 작은 길이 질서 정연하게 사통팔달하며, 주민들은 그 신분과 직업별로 주거 구역이 정해져 있었다. 그리하여 환락가에는 푸른 눈의 금발 미녀도 있었고 포도주와 관현악단이 있었는가 하면 대신도 여우나 족제비털로 된 외투를 걸쳤고 사치를 했다.

오늘날 알려진 당의 장안성은 동서 9.7km, 남북 8.6km의 성벽에 둘러싸인 도시로 신라의 경주도 그 최성기에 이것을 본떴다고 추정된다. 장안에는 남북으로 11개의 가(街:대로)가 달리고 그 폭은 100m 이상이었다. 성벽 주위에 13개의 문이 있고 인구는 약 100만 남짓이었다. 북쪽의 중앙에 궁성이 있고 그 앞에 황성이라는 조정이 있으며〔이것도 성벽을 따로 올렸고 궁문이 있음〕황성의 남동과 남서에 각각 동시와 서시라는 물물교환도 하며 장사도 하는 시장이 있었다. 이곳은 단순히 상거래만 하는 곳이 아니고 처형도 하는 장소였다.

궁성과 황성 사이에 폭 450m의 횡가(橫街)라 불리는 길이 있고 남북 14, 동서 11개의 대가에 의해 구획 정리가 되어 있는데 중앙의 주작대가(朱雀大街) 왼편이 만년현(萬年縣), 오른편이 장안현이고, 각 가의 남쪽 끝엔 개천(하수도)이 있으며 여기엔 느릅나무와 같은 가로수가 있었다.

가로 둘러싸인 구획을 방(坊)이라 했으며 좌우의 가엔 도합 108개의 방이 있었다. 방의 둘레는 나직한 토담을 둘렀고 내부는 다시 항(巷)과 곡(曲)이라는 도로가 십자로 교차되며 각 방에는 둘 내지 네 개의 방문이 있었다.

문이란 문에는 문지기가 있고 아침 저녁의 북소리를 신호로 열리거나 닫혔다. 물론 야간에는 방 밖에 나가지 못한다. 이것을 어기면 볼기 20대로 이를 야금(夜禁)이라 했다. 동서 양시의 상거래도 정오부터 해넘이까지이고 각 방에 가게란 존재하지도 않았다. 왼편(동)이 주로 벼슬아치의 저택이고, 오른편은 서민들이 살고 있어 그 기풍도 달랐다. 그리하여 언어도 다른 각 부족이 섞여 살고 있었다고 생각하면 된다.

성안의 남동쪽에 곡강지(曲江池)라는 게 있었는데 이곳이 봄철의 서민들 행락지였다.

그런데 불교(선종 포함)는 물론이고 기독교도 들어와 있었다. 명말에 발견된 것이지만 '대진경교유행중국비(大秦景敎流行中國碑)'라는 것으로 이 무렵(781)에 세워진 것이다. 경교비는 1천8백여의 한자와 50자 남짓의 시리아 문자가 새겨져 있었다. 대진은 로마 제국을 가리키는 말이고, 경교는 곧 기독교의 일파인 네스트리우스파를 말한다.

이 파는 예수와 성모 마리아의 신성설(神性說)에 이의를 품고, 431년 로마 교회에 의해 이단으로 선고되었다. 그리하여 네스트리우스와 그 신도는 동방에서 활로를 찾았던 것이다.

정관 9년(635)에 처음으로 들어왔고 측천무후 때 탄압되기도 했으나 현종 때 파사사(波斯寺)라고 불린 경교의 사원을 대진사로 고쳤다. 경교비는 그 동안의 교세의 성쇠를 기록한 것이었다.

이때는 또한 토번의 최성기로서 현재의 돈황 일대도 그들의 세력권이었다. 그러나 상인들의 왕래는 있었던 모양으로 불교보다도 역사가 오랜 배화교(拜火敎)도 중국에 들어왔으며 천교(祆敎)라고 불렸다. 천교는 경교보다 먼저 들어왔고 그 문헌은 적지만 이들을 단속하는 살보(薩寶)라는 전문 사법관도 설치되고 운영되었다. 신도수가 적지않았음을 증명한다. 더욱이 천교는 당의 위기를 구해준 회홀(回紇)족의 신앙이므로 안사의 난 이후 급격히 전파되었다. 768년, 장안에 대운광명사(大雲光明寺)가 건립되고 포교사가 신도를 모으며 페르시아어로 설교를 했다. 그들이 전했다고 하는 것으로 칠요(七曜)라는 게 있다. 오늘날의 주일명으로 사용된다.

이런 종교의 전파는 모두 사회의 불안을 가리키는 것이지만, 풍속도 서역문화에 의해 크게 달라졌다.

의자 사용은 후한 때 이미 있었다고 하지만, 수당 시대에 보편화되고 의복 양식도 바뀌었다. 낙천 백거이는 중당의 대표적 시인으로 〈장한가〉가 유명한데, 그에게는 〈시세장(時世粧)〉이라는 시도 있다.

그대여, 원화(당헌종의 연호)의 화장과 머리 모양을 적어 두시
구려/상투머리에 얼굴의 붉칠은 우리 것이 아닐세.
  (元和粧梳君記取 髻椎面赭非華風)

눈썹을 그렸는데 여덟 팔(八)자 모양 끝이 아래로 처지는 게 유행이고 얼굴을 붉게 칠했으며 입술은 검게 발라 돋보이게 하였다. 왕공(王銶)이라는 사람은 지나친 사치로 처형된 인물인데, 그의 집을 조사했더니 차우정(自雨亭)이라는 게 있었다. 이것은 지붕 위로 물을 끌어올리어 항상 흘러내리게 하여 여름에도 가을처럼 시원하게 하는 장치였다.

중국의 대도시는 장안뿐 아니라 북경, 항주 등 한서의 차가 심하기로 유명하고 여름의 뙤약볕으로 참새가 양철 지붕에 앉았다가 화상을 입고 굴러떨어진다는 이야기가 있다. 추사는 겨울에 연경에 가서 봄에 돌아왔으므로 그런 경험은 하지 못했지만, 연경은 특히 봄철에 황진(黃塵)이 날아와 앞도 안보일 정도의 날씨가 며칠씩 계속되기도 했다.

장안을 점령한 이희열은 크게 잔치를 베풀고 안진경 등 명사를 초청했다.

안노공은 묵묵히 앉아있었는데, 희열 등이 가수며 배우들의 우스개짓에 배를 잡아가며 웃자 진경으로선 도저히 참을 수가 없었다. 그래서 연회 도중 자리에서 일어나 밖으로 나오려고 하자 문지기 군졸이 가로막았다.

"안됩니다. 나가지 못합니다."

그래도 나가려고 하자 희열의 부하인 주도·왕무준 등이 그를

죽이려고 했다. 희열은 이를 제지하며 안공에게 말했다.
"나는 공의 이름과 덕행을 들은 지 오래입니다. 그러니 공께서 저를 도와 재상이 되시고 대업을 함께 이루는 게 어떻습니까?"
그러자 안진경은 그들을 꾸짖었다.
"이 판에 무슨 재상이냐? 자네들은 내 형님인 안고경에 대해서 들어본 적이 없느냐? 그는 녹산이 난을 일으키자 맨먼저 의병을 일으키고 대의를 위해 마침내는 죽음까지 당하셨다. 나는 금년 나이 팔십이 머지않은데 관직은 태사(太師)까지 올랐으니 무엇을 더 바라겠느냐! 마땅히 형님의 절조를 따를 것이며 죽는다 해도 후회하지 않는다!"
그러자 희열도 부끄러워 했고 감히 나가는 것을 막지 못했다. 그러나 희열은 무장한 부하들로 그를 감시했고 뜰에 열 길의 구덩이를 파놓고 떠들어댔다.
"이곳에 안가 늙은이를 산 채로 파묻을 것이다."
그러나 안진경은 얼굴빛 하나 변하지 않았는데 관군이던 장백의(張伯儀)가 안주(安州)에서 패사하여 그 머리를 베어 보이자, 그도 땅에 몸을 던지며 통곡했다. 그 뒤 반군의 장수로서 주증(周曾) 등이 희열을 죽이고 안진경을 절도사로 추대하려 했는데, 일이 사전에 발각되었다. 안노공은 주증 등이 살해되자 천자께 바치는 유표(遺表)·스스로의 묘지·제문을 짓고 늘 침실의 서쪽 벽에 걸어두었다.
그러나 희열은 위협을 계속 가했지만 선뜻 죽이지는 않았다.
홍원(興元) 원년(784), 관군의 세력이 강해지자 희열은 그 부하인 신경진(辛景臻) 등을 보내어 뜰안에 섶을 쌓고 기름을 붓게 한 다음 통고했다.

"절조를 굽히지 않겠다면 스스로 불속에 뛰어들라!"
그래서 안진경이 정말로 뛰어들려고 하자 경진은 당황하며 이를 막았다. 홍원 원년 8월 3일, 희열의 아우 희천(希倩)이 살해되는 사건이 있자 마침내 안진경을 죽이기로 결심했다. 안노공은 신경진 등에 의해 목졸려 죽었는데 향년 77세였다. 이 희열도 부하들의 반란으로 786년 살해되고 난은 평정된다.

류공권(柳公權 : 778~865)은 오동의 문하로 회소와는 동문이었다. 당은 덕종에 이은 당헌종(唐憲宗 : 805~820)에 이르러 중흥하지만 덕종·순종·헌종 등이 모두 금단의 남용으로 급사하는 등 궁중은 엉망이었고 환관의 세력도 자연히 강했다.

공권은 당헌종의 원화 초에 진사시에 급제하여 정계에 발을 들여놓았다. 그리하여 당목종(唐穆宗 : 재위 820~824)은 류공권에게 말했다.

"짐은 일찍이 불사에서 경의 글씨를 보았는데 글씨의 획이 어쩌면 그와 같이 반듯할 수가 있소?"

"폐하, 글씨는 오직 마음에 있습니다. 마음이 바르다면 붓도 바르게 나갑니다(用筆在心 心正則筆)."

이것은 당태종이 《필법결(筆法訣)》을 짓고 그 벽두에서 잘라 말한 것과 같은 맥락이었다.

'무릇 글씨를 쓰고자 할 때 찬찬히 보고 거듭 들어야 하지만, 정신을 하나로 모으고 생각을 끊는다면 마음은 곧아지고 기분은 온화해져 글씨에 있어 오묘해진다. 심신이 바르지 않다면 글자는 비뚤어지고 뜻과 기분이 화합되지 않는다면 글씨는 반드시 엎어진다(志氣不和 書必顚覆). 그 도는 노나라 종묘의 제기와도 같아 허하면 기울어지고, 가득하면 엎어지며, 중간이면 바르게

위치하는데 이를 일러 충화(沖和)라고 하는 것이다.'
　여기서 말하는 기(氣)는 현대인으로서 낯이 설다. 그냥 기로서 이해하고 받아들이면 제일 좋지만, 굳이 현대어로 해석하면 의식이나 직감 등을 말하는 것 같다. 침구술이나 선도(仙道)에선 이런 기를 정(精)·기(氣)·신(神)으로 세분한다.
　정은 곧 에너지이고 생명력·행동력 등이다. 그리하여 기는 우리가 말하는 원기(元氣)니 활기(活氣)니 하는 것으로 현대 과학으로선 쉽게 규명되지 않아 어리둥절하는 것이다.
　성리학에선 기를 중시하며 철학적 의미 부여를 하고 있지만, 일단 여기서는 기분이라고 번역했다. 그러니까 글씨에선 기가 창작의 원동력이 되는 에너지일 수도 있으며 의욕이라고도 하겠다.
　왜냐하면 신이라는 것이 또 있기 때문이다. 중국에서의 신은 종교적인 의미가 아니고 정신·신경 같은 것을 의미하는 것이다.
　더욱이 어려운 것은 심(心)과 신(神)을 구별하고 있다는 점이다.
　어쨌든 서도에 있어 정신이 중요함은 말할 필요도 없다. 그리하여 송대의 전유치(錢惟治)는 초서와 예서를 잘했는데,
　"마음은 능히 손을 다스리고, 손은 능히 붓을 다스리며, 법은 그 가운데 있다."
라고 하였고, 명의 양명 왕수인(王守仁)도 소시적 글씨 공부하던 감상을 다음과 같이 술회했었다.
　"나는 처음에 옛날의 법첩(法帖)을 베끼는 것으로 시작했지만, 글자의 모양을 알게 되자 그쳤다. 그뒤로는 붓을 들어 가벼이 종이에 쓰거나 하지 않고 '응사정려(凝思靜慮)', 마음으로 모양을 그리고 비로소 그 도를 깨닫게 되었다."
　서도에 있어 이렇듯 마음·정신은 강조되고 있다.

류공권이 목종에게 아뢰인 이 말을 필간(筆諫)이라 했는데 그는 그때 한림 시서학사·우보궐(右補闕) 등이 된다. 류공권은 조선조에서 높이 평가된다. 그것은 《당서》에 나오는 기사 때문인지도 모르겠다. 그것을 보면 이렇다.

공권은 처음에 왕희지 글씨를 배웠지만 두루 가까운 대의 필법을 보고서 체세경미(體勢勁媚), 절로 일가를 이룩했다.

당시의 공경대부 집의 비판(碑板)으로 공권의 글씨를 얻지 못하면 사람으로서 불효가 된다 했고, 외이(外夷)로써 모두 류서(柳書)를 사갔다. 상도(上都) 서명사(西明寺)의 금강경비에 종·왕·구·우·저·육(언원)의 체가 모두 갖추어져 있었지만 가장 그의 마음을 이끌었다.

당문종(唐文宗: 재위 827~840)이 어느 여름날 학사들과 연구(聯句)를 지으며 더위를 잊었다.

문종이 먼저 시를 내놓았다.

"사람들이 모두 뙤약볕에 괴로워하는데/나는 여름날이 긴 것을 사랑하네(人皆苦炎熱 我愛夏日長)."

공권이 이것을 받았다.

"훈풍이 남쪽으로부터 오니/전각에 조금이나마 선선함이 생기네(薰風自南來 殿閣生微涼)."

이어 몇몇 학사도 이것에 계속했는데 황제는 공권의 시에 대해서만 평했다.

"문사가 깨끗하고 마음도 절로 흡족하니, 더 바랄 것도 없다."

하고 곧 명을 내려 공권이 제한 그 시를 궁전 벽에 붙이도록 했는데, 글자의 사방이 다섯 치의 대자로 문종은 그것을 보더니 감탄했다.

"종왕이 다시 살아나도 이보다는 더하지 못하리라."

대중(大中:847~859, 당선종의 연호) 초에 소사(少師)가 되었는데 선종의 부름을 받아 어전에서 글씨 석 장을 썼다. 군용사(軍容師) 서문계현(西門季玄)이 벼루를 받들고 추밀사 최거원(崔巨源)이 붓을 대령했는데 류공권은 종이 한 장엔 '衛夫人傳筆法於王右軍'이라는 진서(해자) 열 자를 썼고, 또 한 종이에는 행서로 11자를 썼는데 '永禪師眞草千字文得家法(영선사의 진초천자문을 얻어 가법으로 정했다)'이라 했으며, 끝으로 한 장에는 초서로 8자 '謂語助者焉哉乎也(말의 조사를 언·재·호라고 한다)'를 썼다.

문종은 비단·병반(瓶盤:병이나 상 따위) 등 은기명을 내렸고 곧 이로부터 글씨의 사례는 진행을 가리지 말라고 일렀는데, 이는 황제가 그 글씨를 기하게 보고 아꼈기 때문이다.

그러나 그는 서학에 뜻을 두고 탐닉했으며 치산(治産)에는 서툴렀다. 권세가의 비판을 써주어 거만의 사례를 받았지만 대부분은 노비 해구와 용안이 도둑질했으며 따로 주기(酒器) 등을 저장했는데 이것도 모두 없어졌다.

그래서 공권은 해구에게 물었는데,

"전 모릅니다."

하는 대답이었고, 공권은

"그것 참, 이상하다. 은잔에 날개라도 생겼을까?"

하며 다시는 뇌까리지 않았다. 재물에는 이렇듯 담백했지만 필연과 그림만은 보물처럼 아끼고 잘 간수했다. 그리고 늘 벼룻돌에 대해 말하기를 청주(靑州)의 석말(石末)이 으뜸이고 먹으로 말하면 쉽게 차가워져 강주(絳州)의 묵현이 버금이라고 했다. 《좌전》《국어》《상서》《모시》《장자》에 정통했고 매 설에 일의(一義)가 있었는데, 반드시 외웠으며 종이에 몇번씩 썼다. 음악에도 훤했으나 연주는 싫어했고 늘 말했다.
"음악을 들으면 사람으로 하여금 교만해지고 게을러진다."
중당의 서화가로선 이밖에 백민(白旻)이 있는데 그는 백낙천의 종형(宗兄)으로 화조와 매를 잘 그렸다. 부리와 발톱을 세밀하게 표현했는데, 그는 가창의 재주도 있었다고 한다. 술에 취하여 한 곡조 뽑고 나면 그림을 한 장 그리는 식이었다.
제교(齊皎)는 고양(高揚 : 하북성) 사람으로 외국의 인마를 잘 그렸고 산수화가 교묘했다. 글씨는 소해(小楷)·고전(古篆)을 잘 썼다. 활쏘기도 잘했고 음률에도 통했다. 건중(建中) 4년(783)에 택주(澤州 : 산서성 진성현) 자사를 지냈는데 그뒤에 향년 55세로 졸한다. 필력은 그리 강하지 않았다.
제교의 아우 제영(齊映 : 748~795)은 사람 됨됨이가 예의바르고 학문을 즐겼으며 산수화에 능했다. 정원(貞元) 원년(785)에 중서사인이 되고 강서 관찰사가 되었으며, 죽고 나서 예부상서가 추증되었다.
왕재(王宰)는 주로 촉의 산을 그렸는데 그의 그림은 끝없이 맑은 하늘과 굴곡된 암굴 및 고준한 봉우리들이 특징이었다. 두보도 젊었을 적의 왕재 그림을 보고 〈희제왕재화산수도〉란 시에서 노래했다.
'열흘에 일수(一水)를 그리고/닷새에 일석(一石)을 그리네./재촉이 능사인데 받지를 않고/마음이 내켜야 비로소 붓을 잡았네.'
위감(韋鑑)은 용마도가 교묘했고 그 정기를 터득하고 있었다. 감의 아우 난(鑾)은 산수·송석(松石)을 잘 그렸고, 감의 아들 안(鷃)은 산수화가 교묘했다. 고승·고사, 그리고 노송과 기이한 바위를 그렸는데 필력이 힘차고 풍격이 있었다. 또한 작은 말·소·양·산지(山地)를 잘 그렸는데 세상에서 위안을 가리켜 말그림만 잘 그린다고 알았지 실은 송석도 훨씬 뛰어났음을 몰랐다.

장조(張璪)는 자가 문통(文通)으로 오군 사람이었다. 그림으로 수석·산수를 잘 그렸지만 스스로 《회경(繪境)》이라는 저술을 하여 그림의 요결을 말했다.

고황(顧況)은 자가 포옹(逋翁)으로 오흥(吳興) 사람인데 산수화를 잘했다. 《화평》이라는 저술이 그에게는 있지만, 재상 이필(李泌)이 정원 5년(789)에 졸했을 때 곡하지 않았다고 해서 사람들의 지탄을 받고 일가족이 모두 모산(茅山)에 들어가 숨어 살았다. 신선설에 통하여 몸이 가볍기를 깃털과 같다고 하였다. 그러나 만년에 외아들을 잃고 슬퍼했으며 추도의 마음이 간절했다.

'늙은이가 사랑하는 아들을 잃고/해는 저물었는데 젊은이처럼 울고 있네/늙은이 칠십이면/이별하는 일도 많지가 않잖은가.

(老人喪愛子 日暮泣成血 老人年七十 不作多時別)'

심녕(沈寧)은 장조의 제자인데 산수·수석으로 일가를 이루었다. 동문으로 유상(劉商)이 있는데 역시 산수·수석도가 교묘했다. 유상은 《전당시》에 115편의 시가 올라 있고 그의 〈화송시(畫松詩)〉에서 '수묵은 홀연 바위 아래 나무가 되고/꺾이고 남아 반은 가려진 동굴 안 하늘일세(水墨乍成巖下樹 摧殘半隱洞中天)'라고 노래했지만, 수묵이란 말이 당시 벌써 있었다.

주방(周昉)의 자는 경현(景玄)이고 선주(宣州)의 장사(長史)를 지냈다. 처음엔 장선(張萱)의 그림을 본떴지만 나중에 취향이 바뀌어 대상 인물의 풍자(風姿)를 깊이 파고들었다. 공경들과 어울리고 따라서 인물화도 그들을 기준으로 했으며 서민의 모습을 그리는 일이 없었다. 의상은 강한 필묘(筆描)로 색채도 잔잔한 것이 아름다웠다.

불화도 잘 그렸는데 당덕종은 장경사(章敬寺)를 중수할 제 문신상(門神像)을 그리게 했다. 완성되자 구경꾼들이 모여들었는데 어떤 자는 그 정묘함을 칭찬했고 어떤 자는 그 세밀함을 비웃었다. 한 달쯤 지나서 시비의 말이 잠잠했을 때 그 정묘함을 칭찬하지 않는 자가 없었다. 그는 특히 수월(水月) 관음의 양식을 창조한 것으로 알려져 있다.

한황(韓滉 : 723~787)은 자가 태충(太沖)으로, 예서와 장초(章草)를 잘 썼으며 잡화가 형사(形似 : 사실)를 얻었다는 평을 듣는다.

당덕종은 양세법(兩稅法)의 시행으로 경제 안정을 꾀했다. 안사의 난 이후 호구나 토지를 제대로 파악할 수 없어 균전제도 무너졌다. 원래 종래부터의 세제는 토지 소유의 다과를 불문하고 정남(丁男 : 성년 남자)으로부터 같은 액수의 곡물이나 부역을 가하는 조용조(租庸調)와 재산 정도에 따라 돈으로 납부하는 제도였다.

그러나 균전제가 무너지고 농민이 도망을 치는 현상이 나타났으며 조정의 위신마저 떨어져 이런 세금은 잘 걷히지 않았다.

또 중당의 특징으로 보통 절도사라 불린 번진(藩鎭)이 40~50개나 있으며, 이들은 병마권과 더불어 징세도 위임되고 있어 세력이 막강했다.

번진의 군대를 아군(牙軍)이라 했고 절도사는 회부(會府)라는 것을 두어 사실상 자기의 관할 지방을 통치한다. 중앙에서 임명된 자사(태수)나 현령이 있었지만 그런 것은 유명무실했다.

군대 조직도 관건(官健)·단련(團練)·가병(家兵)의 세 가지나 있었다.

관건이란 모집에 따른 직업 군인으로 그 출신은 유민이나 건달이며 산적의 무리도 많고, 질은 좋지 않았지만 전쟁은 잘하는 정예였다. 단련은 농민 중에서 임시로 징집되는 이를테면 향토병이었다. 옛날엔 전쟁도 농번기를 피하는 게 원칙이며, 단련은 농한기에 훈련을 받는 자들이라 이런 이름이 생겼다. 가병은 절도사의 사병(私兵)이었다.

이런 번진과 군대의 구성──지역에 따른 부족의 점유율──을 이해하지 않고선 당 멸망에 이은 오대(五代) 십국(十國)을 알지 못한다……

앞에서 나온 양세법은 당덕종 때 재상이던 양염(楊炎)이 시작한 것이며 건중(健中) 원년(780)에 실시되었다. 이것은 재래의 세제를 정리한 것이며, 여름과 가을 두 번에 걸쳐 징수되므로 그와 같은 명칭으로 불렸다.

즉 여름철의 보리와 가을철의 벼·조·쌀 등을 수확 예정에 따라 과세하고 징수했다.

당덕종은 양세법이라는 획기적 세법을 시행했는데 오히려 번진의 쟁투라는 혼란을 가져왔다. 이어 당헌종 때에 이르러 번진의 세력은 한풀 꺾이지만 다른 폐해가 나타난다.

덕종과 헌종대에 걸쳐 활약한 한유는 자가 퇴지(退之)인데, 남양(南陽 : 하남성) 또는 창려(昌黎) 사람이라고 한다. 세 살 때 아버지를 여의고 홀어미 밑에서 뼈를 깎는 공부를 하여 25세에 진사에 급제, 점차로 승진하여 감찰어사가 된다. 시문에 능하여 이두(이백과 두보) 이래의 제1인자로 꼽히며 '당송 8대가'의 한 사람이다. 그러나 성격이 별나서 대인관계는 서툴렀고 적이 많았다.

작품으로는 〈부독서성남(符讀書城南〉 〈좌천지남관 시질손상(左

遷至藍關 示姪孫湘)〉〈감춘(感春)〉 등이 있다.

〈부독서성남〉은 한퇴지가 그의 아들 부(符)에게 면학을 장려한 권학시로 49세(817) 때의 작품이다. 이 작품에서 너무도 유명한 가을이 되어 '등불을 친할 때가 되었으니, 책을 끌러 독서를 즐길 수 있다(燈火稍可親 簡編可卷舒)'라는 시구는 누구나 한 번은 써봄직한 말이다.

그런데 퇴지·한유는 헌종의 원화(元和) 14년(819)에 〈논불골표(論佛骨表)〉를 상주하여 황제의 진노를 샀다. 당연히 죽음에 해당되는 죄를 지었는데, 감형되어 조주(潮州 : 광동성 조안현)로 유배된다. 〈좌천지남관 시질손상〉은 그 조주로 좌천되면서 남관에 이르렀고 질손(오늘날의 손자)인 상이 걱정하며 쫓아왔기 때문에 이 시를 지어 그에게 보였다. 〈논불골표〉는 불교 배척론으로 중화주의자로서의 한유의 면목이 드러난다. 참고로 말한다면 중화 사상과 한족의 민족주의는 구별하고 싶다.

당은 원칙적으로 도교 국가이면서 불교도 왕성했다. 그러나 황제들의 도교 신봉은 수많은 후궁을 거느리기 위한 금단 제조에 관심이 있었고 헌종도 예외는 아니었다. 헌종은 불교를 깊이 믿었고 불골(사리)을 궁중에 맞아 3일간에 걸쳐 성대한 공양을 했다.

한유는 이를 맹렬히 반대하여 '불골을 논한다'는 의견을 제출한 것이다. 한유의 의견은 결코 돌출 발언은 아니라고 여겨진다. 중화 사상은 이미 왕망의 예로서 알 수 있듯이 옛날부터 있었다. 그는 또한 당대의 시인 류종원과 더불어 육조의 병려문을 배격하는 고문일치(古文一致)를 주장한다.

"불법은 오랑캐의 것이며 후한 때 중국에 들어온 것입니다. 상고 시대엔 없었던 겁니다.…… 애당초 불은 오랑캐의 사람으로 중화와는 언어도 통하지 않을 뿐더러 의관(衣冠)을 달리하고 있습니다. 그들이 설하는 말은 선왕(성인)의 도가 아니며, 몸에는 선왕의 법복(法服)을 걸치지 않고 군신지의·부자지정도 판별하지 못합니다……."

이적, 곧 오랑캐로서 중화 사상이 집약된다. 그런데 〈감춘(봄을 느낀다)〉을 보면 그는 유교 지상주의자이면서도 노장의 허무사상 또한 가졌던 것 같다. 이는 한족 특유의 사고방식이지만——.

그 한 구절, '젊었을 적에는 참으로 즐겁다. 늙어 버리면 무슨 일이고 좋은 게 없으니까(少年眞可喜 老大百無益)'로 엿볼 수 있다.

당헌종은 곧이어 환관에 의해 살해되는데, 이때부터 목종·경종·문종·무종·선종(宣宗: 재위 846~859)·의종(懿宗: 재위 859~873)·희종(僖宗: 재위 873~888)·소종(昭宗: 재위 888~903) 등 8명 가운데 경종을 제외하고 모두 환관이 옹립한다. 후한은 환관에 의해 멸망되었다고 하는데 당왕조는 더 심했던 셈이다.

헌종이 시해되자 한유는 다시 등용되어 경조윤(京兆尹)이 되고 이부시랑(吏部侍郎)과 같은 요직을 맡지만 향년 77세로 일생을 마친다(824).

환관의 대두와 더불어 당파 싸움이 시작된다. '우이(牛李)의 당쟁'이라는 것이며, 약 40년에 걸쳐 치열한 권력 쟁탈이 있었던 것이다. 이는 우승유(牛僧孺)와 이덕유(李德裕)를 당수로 하는 싸움이었다. 그것은 조선조의 당쟁 표본과도 같은 것이었다.

우승유는 수나라의 고관이었던 우홍(牛弘)의 자손으로 이를테면 재야의 학자 가문이고 조부도 아버지도 벼슬한 적이 없었다. 그러나 승유의 대에 이르러 현량방정과(賢良方正科)에 급제하여 진사가 되었으며, 목종의 장경(長慶) 3년(823) 재상에 발탁된다.

한편 이덕유는 아버지 이길보(李吉甫)가 헌종 때의 재상으로 경학에도 능통했으나 과거에 응시하지 않고 사관하려 하지도 않았다. 그러나 우승유에겐 비판적으로 탄핵문을 올려 그를 파면케 했으며 일약 한림학사로 발탁된다. 우승유의 뒤를 이어 재상이 된 이종민(李宗閔)도 진사과 출신이므로 승유・종민을 진사파라고 했으며 덕유는 문벌파라고 불렸다.

문벌파는 조선조에서도 그랬지만 가문을 중시하는 자들로 자기들끼리 혼인하며 음(陰) 또는 임자(任子)라 불리는 특별 등용 제도에 의해 정치에 참여한다. 또 문벌파는 전통적 경학을 학문의 중심으로 숭상하며 받들었다.

이것에 비해 진사파는 대체로 과거의 시험 과목인 작시(作詩)나 행정 실무에 밝은 편이고 이른바 경학이 아닌 문학파에 속한다. 이런 진사파는 꼭 명문이 아니라도 본인의 능력에 의해 선발되는 셈이며 선배인 좌주(座主)와 후배인 문생(門生)의 동료 의식이 생겼고 관료를 형성했다.

그러나 문제는 보다 복잡했을 것이며 현재 전하는 단순한 도식만은 아니었으리라. 이런 두 파 외에 환관들이 또한 세력을 가졌고 주로 후궁의 여자들을 등에 업고 횡포를 일삼았다.

낙천 백거이와 쌍벽을 이루는 미지(微之) 원진(元稹: 779~832)도 목종 때(822) 재상이 되고 있다. 원진은 선비 척발부 출신으로 〈조춘심이교서(早春尋李校書)〉〈야좌(夜坐)〉와 같은 작품에서 섬세한 자연 묘사를 하여 일품이었다.

'아침 안개에 싸인 산 속에 꾀꼬리 우네만 아직 많지는 않고, 모래를 비집고 갈대의 순이 조금 싹을 내밀었네(帶霧山鶯帝尙少 穿沙蘆筍葉縴分)'는 〈조춘심이교서〉의 한 구절인데, 아직 이른 봄의 전원 풍경이 산수화처럼 떠오르리라. 그런가 하면 인생의 애환을 노래한 명구도 가슴에 와닿는다〔견비회 삼수(제2)〕.

'이런 한은 사람 모두에게 있음을 참으로 알았지만, 가난했던 부부라서 모든 일이 섧기만 하네(誠知此恨人人有 貧賤夫妻百事哀)' 원화 4년(809), 원진의 나이 서른한 살 때 그는 아내 위씨(韋氏 : 27세)와 사별했다. 아내는 시집올 때 가져온 옷이며 비녀를 팔아 쌀과 땔감을 사야 할 만큼 찌든 가난 속에서 살다가 죽었다. 원진은 또 백낙천과의 우정을 무엇보다도 중하게 여겼으며 두 사람 사이에 1천 수 이상의 시를 주고받았다고도 전한다.

소개한 시구를 빌릴 것도 없이 선비족을 오랑캐라고 함은 전혀 근거가 없는 편견임을 알 수 있다. 오랑캐란 곧 야만성을 말하는데 어느덧 차별적 용어가 되어 버렸다. 자기들을 중화라 하고 주변 부족을 이적이라 함은 유교를 내세우면서 유교를 모르는 무식함이다. 다시 말해서 인간의 바탕은 순수한 것이 성장함에 따라 오염되는데, 그를 방지해 주는 게 참된 인간 교육이고 그 결과 얻어지는 것이 교양이었다.

그러니만큼 선비족의 상무적·야만성은 오히려 인간의 본능적 충동이고 생존에의 활동이라 볼 수 있는 것이며, 점액질의 이중적·면종복배식 음해(陰害)나 이해타산보다 백 번 낫다고도 여겨진다. 거기까지는 않더라도 인간의 일면만 보고 이를 매도하는 편견이 얼마나 그릇된 사고인가는 누구도 부인하지 못하리라.

당경종(唐敬宗 : 재위 824~826)은 목종의 장자로 15세에 즉위했지만 역시 3년 남짓 후 환관에게 살해된다. 그는 격구와 수박(권법)을 즐겼다고 한다. 다음의 당문종(唐文宗 : 재위 826~840)은 환관의 힘으로 제위에 올랐지만 환관 세력을 꺾으려다가 실패한다.
 '감로(甘露)의 변(825)'이라 불리는 사건이다. 감로는 불교 용어로, 궁중의 석류나무에 그런 감로가 내렸다는 소문을 퍼뜨리고 환관들을 한 자리에 모이도록 했다. 그리하여 단숨에 모두 죽이려고 했지만 환관들은 재빨리 눈치를 채어 미수에 그쳤다. 그리고 당문종은 살해되고 그 동생이 제위에 올라 당무종(唐武宗 : 840~846)이 된다.
 이점(李漸)은 기주(忻州 : 산동 임기) 지사까지 지낸 인물인데 서역인·서역의 말·기사도(騎射圖)·독수리를 쏘는 그림 등이 뛰어난 작품이었다. 그의 아들 중화(仲和)도 아버지의 예술을 이어받았는데 필력은 그만 못했다.
 소열(蕭悅)은 대나무 한 가지만 그렸는데 그 솜씨가 뛰어났다. 〈화죽가〉라는 백낙천의 작품이 있는데 대략 다음과 같았다.
 '식물 가운데 대는 형사하기 어렵네/고금을 통해 그렸다고는 하지만 닮은 자는 없었네/소열의 그림이 홀로 참에 가깝고/단청이 있은 뒤로 오로지 한 사람일세(중략).'
 왕묵(王默)은 천태산의 도사였던 항용(項容)에게서 그림을 배웠다. 그는 간질병이 있었고 주광(酒狂)이었다. 송석과 산수를 그렸다. 고결한 운치는 적었지만 일반의 통속으로부터는 애호되었다. 취하면 상투를 먹물에 담그고 깁에 들이박으며 그림을 그렸다. 정원 말년(805) 윤주(潤州)에서 졸했는데 관이 비어있는 것처럼 가벼워 벗들은 모두 신선이 되어 승천했다고 수군거렸다.
 고황이 저작랑으로 있을 무렵 찾아온 적이 있었다. 왕묵은 해중(海中) 도순검이 되고 싶다고 했다. 까닭을 물었더니 바닷속의 산수를 보고 싶다고 한다. 재직 반 년만에 그만두었는데 그뒤의 작품진경이 눈부셨다고 한다.

《명화기》는 왕묵으로 끝나고 있지만 저자 장언원(張彦遠)에 대해선 상세하지 못하다. 대체로 815년쯤에 태어났고 879년에 벼슬이 대리경(大理卿)에 이르렀다는 것이 알려져 있을 정도이다.

아무튼 장언원(자는 愛賓)은 당의 명문 귀족 가문에서 태어나 고금의 서화 명적을 보거나 수장할 기회가 있었고 《명화기》 10권과 《법서요록》 10권을 남긴 감상가임과 동시에 비평가였다.

명문 귀족이었다 함은 삼상장가(三相張家)라 하여 3대에 걸친 재상이 나온 까닭이었다. 언원의 고조부 장가정(張嘉貞 : 현종 때 재상)을 비롯 증조부 연상(延賞 : 덕종 때 재상)·조부 홍정(弘靖 : 헌종 때 재상)을 가리킨다. 그의 먼 조상은 진대의 사공 장화(張華)이고 대대로 하동에 살았으며 대저택은 낙양에 있었다.

장언원은 《법서요록》의 서문에서 이렇게 썼다.

'언원의 가전인 법서·명화는 고조이신 하동공(가정)이 진비(珍秘)한 서화를 수장했을 때부터의 일이다. 하동공의 글씨 또한 준이(俊異)했고 대자를 가장 잘 쓰셨다. 사법(師法)에 의하지 않고 천성의 것으로 웅경(雄勁)했었다. 정주의 북악비 글씨는 호사가로서 전하는 것이다.

증조인 위국공(연상)은 어려서 스승의 가르침을 받았고 종·장(욱)과 묘합(妙合)했으며 척독은 가장 정합했다.

대부(조부) 고평공(홍정)은 어려서 종원상을 배우고 포주·협주의 절도사 무렵부터 서적은 왕자경과 비슷했으며 조정에 들어와서는 왕일소(王逸少)의 서체 삼변과 같은 길을 걸었는데 세상에선 그것을 칭찬했다.

선군 상서(문규)는 젊어서 묵묘에 탐닉하고 해서 모사에 힘썼다. 나 언원은 어려서부터 습숙·지견(知見)을 쌓았지만 한 글자도 배우지를 못하고 늘 자책하는 바이다. 다만 수장·감식에는 일일의 장이 있었으므로 여기에 예부터의 논서 문장 백 편을 채택하여 10권의 《법서요록》을 찬술했다. 운운'

굳이 설명할 필요도 없겠지만 장언원의 조상들은 그 풍부한 명가들의 서적을 보고 모범으로 하여 글씨를 배웠던 것이다. 그러므로 수백 년 전의 종요나 왕희지도 스승이라 부를 수가 있었다. 여기서 한 가지, 초서에 대한 인식이다. 초서란 각자의 버릇이 나타나기 쉽다. 따라서 옛날부터 초서는 해서보다 어렵다 했고 '마음이 다급할만큼 초서로서 쓸 겨를이 없다'고 할 정도였다. 초서는 원래 빨리 쓰기 위한 발명인데 급하면 급할수록 법식에서 어긋난다는 뜻인 것 같다.

곽의행(郭懿行 : 1757~1825)은 자가 순구(恂九)며 호는 난고(蘭皐)인데 《쇄서당필록(灑書堂筆錄)》이라는 저술이 있다. 난고는 한족들이 무시하거나 언급이 없는 《북위서》《북제서》《북주서》 등을 많이 인용하고 있다는 데 가치가 있다. 한자로 씌어진 문화가 한족만의 독점물이 아님을 증명한다.

그리하여 《북제서》〈조언심(趙彦深)전〉에 이런 기사가 있다고 소개한다.

중장(仲將 : 언심의 자)은 학문이 뭇 책에 걸치고 초예를 잘했는데, 동생에게 보내는 편지에도 글자 하나하나를 필획이 분명한 해서로 썼다. 그리고 말했다.
"초서는 알아두어야 하겠지만, 남에게 보내는 편지에 만일 초서를 사용하면 상대편을 가볍게 보았다는 오해를 받을 염려가 있다. 또 비록 집안의 손아래인 자에게 보낼 경우라도 그것이 어떤 의미인지 헤아리기 어려워 생각지 않은 의심을 품게 하는 일도 꽤나 있을 수 있으므로, 이는 반드시 예서로 써야 한다."
 서도의 정신을 나타낸 조언심의 말이라고 하겠다. 초서로서 자기만의 버릇으로 글씨를 휘갈겼다면 알아볼 수 있겠는가?
 더욱이 글자 하나로 의미를 전하고 여러 가지 뜻을 함축하고 있는데 말이다.
 당의 이현도(李玄道)가 유주의 장사로 있었을 때 도독인 왕군곽(王君郭)이 법도에 어긋나는 짓을 하므로 그는 의로써 그 위법을 바로잡고 억눌렀다.
 군곽이 입조했을 때, 현도가 그의 외숙인 방현령(房玄齡)에게 보낸 편지를 살짝 뜯어 보았는데 초서로 씌어 있기 때문에 도무지 읽을 수가 없었다. 자격지심으로 그는 현도가 자기를 헐뜯는 게 아닌가 의심하고 마침내는 반란을 일으켰다. 때문에 현도 역시 이 사건에 연좌되어 먼 촉나라로 유배되었다.
 초서를 못읽는다고 무식한 게 아니다. 늘 본 초서이고 만인에게 통용되는 초서라면 상관이 없다.
 그러나 역시 초서를 못읽는 게 부담을 주는 것도 사실이었다. 이런 때는 앞뒤의 글자, 전체를 보고 판독하는 셈인데 여기선 체면에 얽매이는 사람의 생각을 찌르고 있다.

 경오년 정월 초사흗날, 추사는 약속대로 보안사가의 옹성원 집을 찾아갔다. 객지에서 정초를 맞는 추사를 초대해 준 것도 고맙지만 새로운 사람들을 만나는 기쁨도 있었다.
 옹수곤과 그 형 수배(樹培) 형제는 담계의 서자로, 조선이라면 그늘에서 성장하는 어두운 면도 있으련만 청국에는 그런 차별이 별로 없는지 활달하고 명랑했다. 수배는 성원보다 점잖고 신중한 성격이었다.

그리고 심암(心庵) 이임송(李林松 : 1770~ ?)·서송(徐松) 등과도 알게 되었다. 주야운도 그 자리에 있었다. 정초라서 옹성원은 전번처럼 논쟁이 될까 염려하여,

"신년이니 즐겁게 술이나 마시고 한담이나 하십시다."

라고 했지만 이심암이 경학에 대해 필담을 시작하자 추사도 이것에 기꺼이 응했다. 이것이 또한 흥미있게 진행되었다.

경학은 대체로 세 가지 점에서 논해졌다고 생각된다. 주자학이라 불리는 주학과 왕양명의 왕학에 대한 논쟁이다. 이것은 추사의 당당한 의견이 그들을 감탄케 했다.

두 번째가 《좌전》과 《공양전》의 차이인데 이것이 가장 첨예하게 대립되었다. 이것은 추사로서는 《좌씨춘추》는 조선의 전통적 역사관이라 환히 알고 있었으나 《공양춘추》에 대해선 솔직히 말해서 그때까지 별 지식이 없었다. 그래서 추사는 밀렸고 좀더 읽고 나서 말하겠다고 양보했다.

세 번째는 유교의 근본 문제인 고증학에 대한 것이었다. 이 문제는 추사가 겸허하니 귀를 기울이며 경청했다.

고증학이란 추사로서는 낯선 용어는 아니다. 성호 이익의 《성호사설》을 비롯하여 순암 안정복, 그리고 연암 박지원 선생과 초정 박제가 선생을 통해 추사가 늘 배우고 깊이 관심을 기울인 분야였던 것이다.

그리고 고증학의 본바닥인 청의 연경에 와서 최초로 이심암과 접하게 된 것이다. 청의 고증학도 역사는 깊지 않다. 명말·청초

의 실증학자로 고염무(顧炎武 : 1613~1682)・황종희(黃宗羲 : 1610~
1695)・왕부지(王夫之 : 1612~1692) 등 세 사람을 꼽는다. 이 세 사
람은 각각 방향이 달랐고 주장도 달랐다.

정림(亭林) 고염무는 독립당의 계통인 유생들로 조직된 비밀 결
사 복사(復社)의 멤버였다. 복사란 사직을 광복한다는 뜻이며 독립
저항 단체이다.

그의 어머니는 청상 과부였는데 나라가 망하자,
"너는 청조를 섬겨 절조를 더럽혀선 안된다."
며 절식하기 20여 일만에 유언하며 죽었다고 한다. 그뒤 그는 고향
인 강소의 곤산현(崑山縣)에서 의병으로 싸웠지만 실패하고 각지
를 유랑하는 몸이 되었다. 산동이나 산서에서 개간도 하였고 장사
꾼으로 변장하여 각지를 다녔다.

유랑중에도 그는 네 마리의 나귀에 책을 싣고 다녔다고 한다. 그
리하여 실지와 문헌을 대조하고 옛노인들의 이야기에도 귀를 기울
이며 지리・역사에 대한 실증적 연구에 힘썼던 것이다.

그는 이밖에도 경학・음운훈고학(音韻訓詁學), 금석학 등 온갖
분야에서 고증학의 선구가 된다. 예를 들어 복(服)자는 고대에 픕
(逼)과 같은 발음이었다는 걸 증명하기 위해 고전에서 162가지의
예를 찾아냈다.

그러나 그의 경력에서 볼 수 있듯이 그의 고증학은 어디까지나
현실 정치・현실 사회・현실 문화에 대한 비판의 학문이었다. 그
의 저서로 고증학의 바이블이라 일컫는 《일지록(日知錄)》을 읽어
보면 이 점은 명백하다.

다만 그는 그것을 단순한 의견 내지 추상론으로써 제시하는 게
아니고 역사적・문헌적으로 충분한 고증을 거쳐 제출했던 것이다.

그러나 이윽고 이런 방법으로서의 고증학만이 독주하게 된다.
 남뢰(南雷) 황종희는 왕양명과 동향인 절강성 여요(餘姚) 사람이다. 그는 중국의 루소라고 불린다. 그도 복사의 멤버로 청병이 남하하자 향리의 젊은이를 모아 의용군을 조직하고 산에 들어가 저항했지만 실패한다. 그의 저서《명이대방록(明夷待訪錄)》은 정치·제도·경제·군사 등 온갖 부문에 대한 국가가 가질 자세를 논한 것이다.
 '천자는 나그네이고 민중은 주인이다. 천자는 국민을 위해 있는 것이고 그 반대는 아니다. 그러나 역대의 천자는 마치 천하를 사유물인 것처럼 대하고 포학한 정치를 일삼았다. 이와 같은 천자는 당연히 혁명을 하여 추방해도 좋다. 신(臣)은 국민을 위해 관리가 되어 있는 것이므로 신이라 하는 것이며, 천자라는 것도 이름만 다를 뿐이지 내용은 같은 것이다. 오늘날의 신은 이런 본분을 잃고서 천자의 사사로운 노비로 전락되어 있다.'
고 했으며 또 이렇게도 주장했다.
 '학교는 단순한 인재 양성 기관으로 머물러 있어선 안된다. 정치·문화 등 일체의 근원이어야 한다. 정치는 모두 학교에 의해 비판되는 것이 마땅하다.'
 이와 같은 사상은 '맹자'에 의거한 유교 고유의 사고방식으로 반드시 색다른 것만은 아니다. 그러나 이 시기에 이렇듯 격렬하게 주장되었다는 데 의의가 있었다. 뒷날 손문 등에 의해 혁명 운동이 일어나자,《명이대방록》은 혁명 사상 선전을 위한 계몽 책자로써 또는 민주주의 경전으로써 애독되었다. 중화민국이 되어 '5·4운동(五四運動)' 그밖의 학생 운동이 일어났을 때 남뢰는 중국의 루소로 추앙되었고, 학생측이 자주 인용한 것도 역시 이 책이었다.

남뢰는 고향을 지켰고 청조의 편찬 사업에도 참가하지 않는다. 또 그 자신 양명학의 정통이지만, 주자학이나 양명학에 의해 철학 부분만 이상 비대(異常肥大)해진 폐단을 느끼고 실증적 학문, 특히 사학(史學)과 예학(禮學)의 선구가 되었다.

강희제가 《명사(明史)》를 편찬하기 위해 사관(史館)이란 관청을 설치했을 때 맨먼저 그를 부른다. 하지만 그는 이에 응하지 않았다. 그러나,

"나라는 멸망되더라도 역사는 멸망해서는 안된다."

하고 자기 대신 고제(高弟)인 만사동(萬斯同)을 보낸다. 만사동의 호는 석원(石園)으로 운현(鄞縣) 사람인데, 봉록은 받지 않는 조건으로 출사했으며, 332권에 이르는 《명사》의 중요 부분은 거의 그 혼자서 담당했다고 한다. 석원 자신의 저술로서 《독예통고(讀禮通考)》《역대사표(歷代史表)》가 있다.

새로운 학풍인 이런 고증학은 기성의 유림으로부터 비난도 있었다. 고증을 함으로써 기성 관념이 파괴되고 추악한 부분도 백일하에 드러나게 마련이다. 좋게좋게 매만지고 포장한 역사를 까발리고 헤치는 데 반감을 느끼는 보수파의 반격도 있었던 것이다. 고염무는 이런 반대론자의 말에 이와 같이 답변했다.

"멸망엔 두 가지가 있다. 하나는 왕조의 멸망, 또 하나는 중국 그 자체의 멸망. 왕조의 멸망은 단지 천자와 관리의 책임이겠지만, 중국(민족) 그 자체의 멸망에는 한낱 필부(匹夫)라 할지라도 책임을 면하지 못한다."

이 말은 황종희의 말과 기본적으로 내용은 같지만, 민족의 멸망에는 국민 각자의 책임도 있다는 데 선각자의 정신이 엿보인다.

선산(船山) 왕부지는 당나귀보다 더 고집이 세고 완고하다는 호

남인〔동정호 주변〕인데, 선산 역시 의병──실패라는 과정을 거친 저항 학자로 시골에 틀어박혀 일생을 보냈다. 따라서 생전에는 거의 알려지지 않고 사후에 평가된 인물이다.

그의 특징은 사색의 깊이에 있고 송대의 횡거(橫渠) 장재(張載)의 학문을 이었다는 평가를 받는다. 특히 그의,

"선양도 좋다, 방벌(정의를 위해 토벌한다는 뜻)도 좋다, 그러나 이민족이 중국의 주권자가 되는 것만은 절대로 용인할 수 없다.……민족이 단결·독립하지 못하고 있는 오늘에 무슨 인의 도덕이냐!"

하는 열렬한 민족주의는 청말의 혁명가들에겐 고무적인 것이었다. 하지만 청의 지배가 이민족 지배의 처음이 아닌 것을 생각할 때 전적으로 동조할 수 없는 일면도 있다.

예를 들어 러시아는 하바로프의 흑룡강 유역 조사·탐험에서 약탈과 폭행을 일삼았지만, 이 일대는 청조의 발상지이기도 하므로 1651~1689년에 걸쳐 무법자들과 청군의 교전이 있었다. 우리나라 효종 때(1654) 청국의 '나선 토벌'에 조총병(鳥銃兵) 파견 요청을 받고 영고탑(寧古塔)까지 전후 두 차례에 걸쳐 파견된 역사적 사실도 있다.

그리하여 청국인은 이들을 가리켜 '대비달자(大鼻㺚子)' 곧 '수달 따위나 사냥하는 코가 큰 종자'라 하면서 멸시했고 가장 야만스럽고 흉악하다고 보았던 것이다. 그리하여 강희제는 1689년 러시아와 '네르친스크 조약'을 맺는다.

중국의 국수주의자들은 이 조약을 불평등이고 시베리아를 포기했다는 등 말하지만, 시베리아는 한족에 있어 새외(塞外)이고 더욱이 고구려·발해 또는 퉁구스〔퉁구스가 곧 동이〕족의 땅이라서 그들

과는 아무런 연고도 없는 것이다.

또한 네르친스크 조약에 의해 대홍안령산맥(러시아명으로선 스타노보이 산맥)을 국경선으로 하여 그 이남 지역을 확보하고 러시아의 동진 정책을 거의 2백 년 가까이 지켜냈다는 것은 강희제의 업적이라고 하겠다. 지도를 보면 알겠지만 스타노보이 산맥 이남은 현재의 하바로프스크를 포함한 발해의 고토와 연해주가 포함된다.

네르친스크 조약은 중국이 외국과 맺은 조약의 첫경험으로, 당시 중국에 와있던 프랑스 선교사의 조언을 받았다. 강희제는 이를 감사히 여기고 이로부터의 천주교 포교는 프랑스계 선교사가 주도권을 잡는다.

당시 프랑스는 베르사유 궁전을 조영(造營)하여 태양왕이라 일컬어진 루이 14세(재위 1643~1715) 시대로, 역시 같은 무렵 해외로 웅비(雄飛)하기 시작한 영국 세력의 대두로 에스파냐, 포르투갈 세력은 급격히 시들고 있었다.

한편 프랑스에선 과학 아카데미가 창설되고 현상 논문을 활발히 모집하는 한편 천문학과 지리학 연구가 성행되었다. 그리고 1687년 장성(張誠 : Joan Franciscus Gerbillon)을 비롯한 6명의 프랑스인 선교사가 중국에 보내진다. 장성은 기하·삼각·천문학서 등과 강희제를 가르치기 위한 《철학요략(哲學要略)》을 저술했고 《만문자전(滿文字典)》도 만든다. 또 〈강희지도〉는 프랑스 선교사 두덕미(杜德美)에 의해 제작된다.

청조는 네르친스크 조약을 맺음으로써 그 방향을 서쪽으로 돌려 갈이단(준가루) 등을 정복한다. 그것은 강희제 때 시작되어 건륭제에 의해 완성되었으며 오늘날과 같은 대영토를 한족에게 물려주었던 것이다.

그런 점에는 눈을 감고 오랑캐 어쩌구 하는 점에 문제가 있다. 역사는 사실 그대로 인식하면 된다. 군더더기가 필요없다.

명말의 사상가로서 고염무 등 세 사람 외에 안원(顏元 : 1635~1704)을 꼽는 견해도 있다.

유교는 가족주의고 효제가 중심이었다. 그리하여 천하(나라)는 다만 범위의 넓고 좁음의 차이이며 소천하(小天下)의 군주가 아버지이고 대천하의 아버지는 천자라는 사상이 생겼다.

때문에 천자를 '백성의 어버이'라 했던 것이고 백성은 천자의 '적자(赤子)'라고 한다[《서경》〈강고(康誥)〉]. 가정에서 부모에게 효도하는 마음이 그대로 천자에 대한 충성의 마음이었다.

공자는 처음에 효는 말하되 충은 말하지 않았으나, 충효는 표리일체였다.

《예기》〈제통편(祭統篇)〉에서, '신하는 충으로써 그 군주를 섬기고, 자식은 효로써 그 어버이를 섬기지만 그 근본은 하나'라고 했다. 어버이에게 효를 하는 자는 자연히 천하의 부모인 천자에게도 효를 한다. 이것이 곧 충이다.

고전에서 이런 어구를 찾자면 한이 없고, 여기선 다만 유교에서 효가 첫째였다는 것을 강조하고 싶다. 《설문해자》는 후한 초기에 나타난 것이지만, 孝는 子와 老의 두 글자로 성립된 '회의문자'이고, 자식이 위로 늙은 어버이를 받들며 종순(從順)해야 한다는 뜻을 나타낸다. 남송의 왕수(王遂)는 '학(學)이란 자식이 효를 배운다는 뜻이고, 교(敎)는 자식의 효를 가르친다는 뜻에서 생긴 문자이다. 때문에 모두 孝자가 들어 있다'고 했다는 말이 왕응린(王應麟)의 《인학기문(因學紀文)》에 나온다.

忠자는 中과 心 두 글자를 합성한 것인데 '마음이 한쪽으로 기울지 않음'을 나타낸다. 《설문해자》에서는 '충이란 공경이다'라고 풀이했으며 《좌전》에는 '사사로움이 없는 게 곧 충이다'고 하였다. 이것이 충의 원뜻이고, 따라서 고대에는 충과 신(信)이 같은 말이었다.

그러므로 《논어》〈학이편〉에서 '남을 위해 꾀하여 충 아닌 것이 있으랴(爲人謀而不忠乎)'했고, 《좌전》〈희공 23년조〉에서 '자식으로 잘 섬기면, 아버지는 이에 충을 가르친다(子之能仕 父教之忠)'고 했는데 여기서의 충은 군주에 대한 충이고, 같은 《좌전》〈환공 6년조〉에 '상의 백성을 이익코자 생각함은 충이다(上思利民忠也)'는 군주가 백성을 진심으로 위하는 마음도 충이라 했던 것이다. 이런 '충'이 충군(忠君)의 의미로 쓰인 것은 전국시대부터 진한(秦漢)에 걸쳐서라고 추정된다.

역대의 군왕은 '효로써 천하를 다스린다(以孝治天下)'는 《효경》〈효치장〉의 금언을 받들고 효도 장려야말로 정치의 첫째 요체(要諦)로 여겼다. 효행하는 자에겐 관작을 주거나 정문을 세워주거나 혹은 세금을 면제해 주고 이를 장려했다.

또 군주가 직접 효에 관한 저술도 하는데, 청에선 순치제의 《어주효경》, 강희제의 《효경연의(孝經衍義)》, 옹정제의 《어찬효경집주(御纂孝經集注)》가 있고 건륭제는 《사고전서》로서 전무후무한 사업을 완성했던 것이며, 내리 4대를 이렇듯 호학한 군주는 세계에 예가 없었다. 아무리 민족주의자라도 또는 사회주의자라도 엄연한 사실을 부인할 수는 없는 것이고 몇몇 사람의 소설(所說)을 부각시켜 확대해도 그게 학문의 전부는 아니었다.

왕부지는 학자로서 주자학을 비판하고 주자의 '도가 있어야 기

(器:현상, 사물)가 있다'는 주장에 '기가 있고서 그런 뒤에 도가 태어난다'고 하였다. 선산 왕부지의 이런 열렬한 민족주의는 이를테면 담사동(譚嗣同:1865~1898)과 같은 개혁주의자를 탄생시킨다. 담사동은 호남성 출신으로 청조의 고관 아들로 태어났지만 변법(變法:개혁주의)운동의 강유위(康有爲:1858~1927)와 손잡고 활동한다.

그는 왕부지의 정신을 이어받아 '도(도덕)를 개혁하자면 먼저 그릇(제도)을 개혁해야 한다'로 확대·전진 해석하고 〈인학(仁學)〉이란 논문을 발표한다. 그는 인학에서 유교의 오륜(五倫) 가운데 붕우(朋友)가 최고라고 주장한다. 오륜의 나머지 네 가지인 군신(君臣)·부자(父子)·형제(兄弟)·부부(夫婦)는 속박이 있지만 붕우에는 상하의 관계도 없고 평등한 것이 자유로워, 인간이 그것에 의해 자주성을 잃는 일도 없다. 우주의 근본 원리 이태(以太:에테르)는 이런 '붕우의 도'에 응결(凝結)된다는 게 그의 설이었다.

그리고 이 붕우의 도는 조직을 할 수 있다 했으며 담사동은 교회의 조직 같은 것을 염두에 두었다고 한다. 그리하여 그는 그것을 학회(學會)라는 새로운 조어(造語)로써 표현했다. 학회는 학사(學社)라는 말로 바뀌기도 했는데 이는 중국에서 서클을 가리키는 말이었다.

젊었을 적의 모택동이 선산학사라는 것에 가담하고 학습했다 하여 왕부지가 어느덧 사회주의의 '원조'처럼 되어 버린다.

안원은 좀더 급진적으로서 그의 주장은 '철학도 독서도 시문의 창작도 필요없다. 학문이란 단지 경전에 기록되어 있는 사회적·생산적 구체책(具體策)을 스스로의 육체로써 실천할 수밖에 없다'고 단정했다.

'독서는 비상(砒霜 : 독약)을 먹는 것이다. 책을 읽는다는 것은 휴지 속에서 심신의 에너지를 소모시켜 바보가 되고 병자가 되고 무능자가 된다.'

원래 고증학=실증학은 청조의 거듭되는 '문자의 옥(언론 탄압)'을 피하여 학자들이 살아남는 유일한 길로서, 오로지 고전·고문헌 연구에 몰두하게 되었다는 게 가장 공평한 정의(定義)라고 하겠다.

'문자의 옥'의 예로 강희제 즉위초 김성탄(金聖嘆 : ?~1661)이 처형되고 있다. 김성탄은 비평가로서 중국 문학의 최고 걸작을 《장자》《이소(離騷)》《사기》《두시(杜詩)》《수호전》《서상기》라고 소개했다. 《수호전》이나 《서상기》와 같은 소설 또는 남녀의 애정을 주제로 한 희곡을 굴원(屈原)의 《이소》나 사마천·두보의 문학작품과 비교하다니 용납할 수 없다 하여 처형된 것이다. 이것은 강희제의 의사라기보다 당시 유림의 영향이 있었던 것 같다.

그러나 강희 2년에 장정룡이 편집한 《명사집략(明史輯略)》의 필화 사건은 확실한 문자의 옥이었다. 《명사집략》가운데 청조를 비방한 기사가 있다 해서 내려진 옥사인데 편자의 가족뿐 아니라 교정자·출판자·판목공(版木工)에 이르기까지 74명이 처형되고 그 부녀자는 변경의 군사에게 지급되는 가혹한 것이었다.

강희 50년(1711)에도 대명세(戴名世)가 저술한 《남산집(南山集)》에서 청나라가 인정하지 않는 연호가 들어있다 하여 저자는 일족과 함께 처형된다. 독서인들이 이런 문자의 옥에 떨었음은 당연하다. 그리하여 학자는 고전을 찾았고 이를 '면밀히 읽는다'는 경향이 나타났다.

고전을 면밀히 읽는다는 것은 어떠한 것을 말하는가.

학문이 성인의 가르침을 실천한다는 점에선 주자학이나 양명학의 설이 옳다. 그러나 그러자면, 우선 성인이 써서 남긴 성전을 일자일구(一字一句)에 이르기까지 정확히 이해해야 한다. 옳게 이해만 한다면 옳은 실천은 절로 발견될 것이므로, 문제는 여하히 빠르게 독해(讀解)하느냐 하는 점에 달렸다.

경전을 일자일구, 정확히 독해하는 일 내지 그것에 관련된 연구 이외로선 학문이 없다.

또 그러자면 온갖 주관적인 전제는 버리고, 널리 문헌학적 또는 실증적으로 연구하지 않으면 안된다.

주자학이나 양명학처럼 이를테면 '이(理)'와 같은 철학적 원리를 주관적으로 먼저 세워놓고서 그것으로부터 성현의 말을 해석하고자 하는 것은 올바른 방법이 아니다.

예를 들어 《논어》〈학이편〉에 '孝悌也者 其爲仁之本與'라는 게 있다. 한문은 원래 띄어쓰기가 없고 이를 어떻게 띄어 읽느냐에 따라 해석이 일변한다. 중국의 한문과 우리의 한문이 다른 것은 그 때문이고 특히 일본식 한문과 우리 것은 다른 점이 있다. 위에서 인용한 원문도 원래는 띄어져 있지 않은 셈이다. 그러나 알기쉽게 띄어쓰기를 하였다.

띄어쓰기를 했다고 문제가 해결되는 것도 아니다. 이런 문제는 우리가 한문을 배울 때 스승이 가르쳐 주는 대로 읽고, 새겨 의미를 파악했다.

여기서 이 짧은 문장을 송대, 곧 주자학파의 설을 정통적으로 좇아 '효제인 것은, 그 인을 행하는 근본인 것일까'라고 해석한다. 왜냐하면 인(仁)은 이(理)이고 곧 형이상(形而上)의 것이다.

이것과는 반대로 '효제'는 그 형이하(形而下)적 현상형태에 지나지 않다. 양자 사이에는 차원의 상위(相違)가 있다. 즉 효제는 인이라는 형이상적 원리를 실천하는 출발점, 곧 행하는 근본이라고 할 수 있다.

그러나 이와 같은 해석은 참으로 완전한 독단이라는 게 고증학자의 주장이었다. 고대 문헌의 용어 예를 널리 찾아내고 귀납하면, 또는 《논어》의 이 대목 문장법에서 추정한다면 이 부분은 '효제인 것은 인의 근본일까'라고 해석하는 게 옳다. 형이상이니 형이하니 하는 것과는 아무런 관계도 없다.

도대체 주자학이나 양명학의 철학 이론〔주돈이의 태극설 등〕은 불교에서 원용(援用)한 것으로서 유교 본래의 것은 아니다. 그런 이론으로 성인의 경전을 해석하려는 것은 터무니없는 잘못이다. 주자학이나 양명학에선 걸핏하면 《서경》에 나오는 도심(道心)·인심(人心)을 인용하면서 '천리(天理) 그대로인 마음' '인간의 욕망이 섞인 마음'이라고 하지만 우스꽝스럽기가 이만저만이 아니다. 고증학적 연구를 해보면 《서경》의 이 부분은 훨씬 후대의 위작(爲作)이며 성인의 말이 아니다……

요컨대 고증학의 목표는 실사구시(實事求是)하는 데 있었다. 실사구시는 몇번이고 설명했지만, 현대의 말로 하면 객관적·과학적 방법이라는 것과 같다.

주관 주의를 배격하고 실제로 조사하지 않고선 말하지 않는 게 현재의 중국에서도 강조되는 시류이다. 그것이야 나쁘지는 않지만 다만 과정을 중시하고 싶다.

그것이 추사의 생각이었다고 생각된다.

'이 세상에 아비 없는 자식은 없고 하늘에서 뚝 떨어진 것이란 없다. 특히 학문에 있어서랴!'

식사가 끝나자 추사는 성원과 잠시 정원을 거닐었다.
 중국의 가옥 구조는 우리도 그렇지만——대갓집의 경우——저택 안에 담장이 있고 바깥채와 내실이 구별되고 있는데 옹방강의 저택은 추사의 월성위 궁보다 규모가 크다고 생각하면 될 것 같다. 정원수야 추사의 집에도 있었으며 연못이 있고 돌다리가 걸려 있으며 산수가 뜰안에 갖추어져 있는 듯싶은 것은 역시 중국다웠다.
 성원은 사과했다.
"추사를 초청할 적마다 번번이 논쟁이 벌어져 미안합니다."
"뭘요, 저는 오히려 계발되는 점이 있어 좋습니다."
"그렇다면 다행입니다만……."
하고 성원은 미소짓는다.
"추사는 시를 좋아하십니까?"
"예, 좋아합니다."
"제가 한 수 먼저 외워 보겠습니다. '내 고향은 아득한데 대체 어느쯤일까/돌아가자 생각하니 마음은 끝없이 넓어지네(故園渺何處 歸思方悠哉).'"
 추사도 미소지었다. 성원이 일단 그곳에서 시를 끊자 말했다.
"위소주(韋蘇州 : 위응물)의 〈귀안(歸雁)〉이로군요. 오히려 제가 부르고 싶은 시입니다."
 추사는 그렇게 말했지만 성원의 깨끗하고 아름다운 마음에 새삼 감탄했다. 성원은 어디까지나 주인의 입장에서 추사의 망향심을 달래주는 것이다.
 추사도 그 뒷구를 읊었다.
"회남의 가을비가 내리는 밤에/높은 다락방에서 기러기가 돌아오는 울음소릴 듣네(淮南秋雨夜 高齋聞雁來)."

이것은 필담이 필요없다. 오히려 원시 그대로 소리 높이 읊는 게 서로의 마음을 알 수가 있었다. 시에서 나오는 고재는 이층 누각의 거실 또는 집무실을 의미한다. 위응물은 임지인 회남에서 가을비가 내리는 소리를 들어가며 북쪽 멀리 남기고 온 고향 산천을 그리고 있는 것이다. 표현이야 다르지만 추사의 심정을 대변한다고 하겠다.

두 사람은 얼굴을 마주보고 소리 높여 웃었다. 그곳에 주야운이 다가오며 말한다.

"두 재사가 만나 무슨 정담을 하십니까? 나도 끼도록 합시다."

옹성원이 설명했다. 그랬더니 주야운은 고개를 끄덕이고 추사를 보며 시를 읊기 시작했다.

"병주의 객사에서 어언 십 년/돌아갈 마음은 밤낮 함양을 떠올리네(客舍幷州已十霜 歸心日夜憶咸陽)."

이것은 중당의 시인 가도(賈島 : 779~883)의 〈도상건(度桑乾 : 상건강을 건너다)〉이라는 시였다. 그러고 보니 옹수곤은 추사의 시솜씨를 야운에게 칭찬한 모양인데, 주학연은 그것을 확인할 속셈에서 가도의 시를 읊고 들려준 것이었다.

추사는 거침없이 그 시를 받아 뒷구절을 읊었다.

"뜻밖에도 다시 건너는 상건수/병주를 돌아보면 이는 바로 고향일세(無端更渡桑乾水 却望幷州是故鄕)."

주야운이 일부러 그런 시를 골랐겠지만, 이 시는 추사의 경우와도 들어맞는다. 그는 어차피 연경에서 잠시 머물렀다가 떠날 사람이다. 그러나 떠나더라도 친절히 대해준 연경 사람에게 마음을 두고 가겠다는 뜻이기도 했다.

그것을 이해했을 때 옹성원은 물론이고 연장자인 주야운도 추사의 재치와 시재에 대해 홀딱 반하고 말았다.
 그야말로 다방면에 걸쳐 수재임을 확인한 셈이다.
 이윽고 그곳에 이심암, 서송도 나왔는데 자기네들끼리 말을 주고받고 참으로 감탄하는 눈치였다.
 그래서 이들은 정원에 있는 정자로 자리를 옮겼다.
 겨울이건만 따뜻한 날이었고 그곳에 화로 몇개를 갖다놓고 정월의 눈풍경을 바라보며 술을 마시는 것도 풍류였다.
 옹수배는 다른 볼일이 있다면서 이 자리에 참석하지 않았다. 마치 그 자리를 메우듯이 두 사람이 다시 와서 주연에 참석했다. 하나는 의원(宜園) 김가(金嘉)인데 영산(英山) 사람이고, 또 하나는 묵장(墨壯) 이정원(李鼎元)인데 면주(綿州) 사람이었다. 이들은 옹수배와 친근했고 마침 왔다가 동석한 것이다.
 김의원은 얼굴이 희고 날카로운 인상이었으며 이묵장은 거무튀튀한 피부색인데 꼭 농군처럼 소박하고 순박한 성품이었다.
 이들과 인사를 끝내고 술 한잔을 헌수하고 나자 김의원은 대뜸 날카로운 질문을 던져왔다.
 "김공은 선종(禪宗)을 아오?"
 이 질문에 추사는 약간 당황했다. 불교만은 이때 추사도 깊이 연구한 일이 아직 없었다.
 김가는 추사가 잘 모른다고 하자 약간 득의에 찬 듯 제2의 도전을 했다.
 "서가와 선가는 남북의 양파가 있고 서로 비교되는 것이오. 저 동현재도 그의 화선실 수필에서 말하지 않았던가?"
 선종은 중국에서 생긴 불교라 해도 좋으리라. 그리하여 인도에서 건너온 보리달마가 그 제1조로 여겨진다.

추사는 조금 약이 올랐다. 그래서 몇자 써 보였다.
"선은 잘 모르지만 곽연무성(郭然無聖)이란 말은 들었습니다."
곽연무성이란 글자 그대로는 집은 웅장한 게 좋지만 성인(주체)이 없다는 것이겠으나, 불교에서 말한다면 우주의 진리는 공(空)이기 때문에 성인과 범인의 차가 없다고 해석한다.
그러나 처음부터 이렇게 해석된 것은 아니라고 여겨진다. 선 역시 발전되는 것이다.
달마대사는 양무제 대통(大通) 원년(527)에 뱃길로 광주(廣州)에 도착했다고 전한다. 그리고 북상하여 건업(남경)의 무제와도 만나고 다시 북으로 올라가 숭산의 소림사에서 면벽 9년을 했다는 전설이 있다. 《조선불교사》에선 9년이란 말이 나오지 않지만, 중국에서의 9는 최대의 수이고 장기간에 걸친 좌선을 뜻한다.
소림사는 북위 효문제 19년(495)에 역시 인도에서 온 발타(跋陀) 선사를 위해 창건되었다.
달마는 소림사에 오자 벽을 향하여 좌선한 채 종일토록 말 한마디도 없이 꼼짝하지 않았다. 신광(神光)이라는 승려가 있었다. 신광은 대대로 낙양에서 산 가문 출신으로 어려서 수많은 책을 읽었으며 현학에 대해 깊이 알았다. 그러나 늘 한탄하기를,
"공자나 노자의 가르침은 예법과 풍규(風規 : 도덕)에 그치고 장자나 《역경》의 설은 우주의 묘리(妙理) 설명에는 부족하다. 요즘에 들으니 달마대사(大士)가 소림에 머물면서 사람이 와도 동요되는 일이 없고 현경(玄境 : 유원한 경지)을 이룩한다고 한다."
라며 그를 찾아가 아침 저녁으로 접촉을 시도했다. 그러나 달마는 늘 벽을 향해 좌선하며 거들떠보지도 않는다.
신광은 스스로 다짐했다.

'옛사람이 구도할 땐 뼈를 때리며 진수를 뽑아냈고 살을 찔러 피를 내며 이로써 공복을 채우듯이 했다. 또 포발엄니(布髮掩泥: 직역하면 베로 머리를 싸고 진흙으로 몸을 덮는다인데, 고행을 말함) 하고 벼랑에서 몸을 던져 범의 먹이가 되었다고 했잖은가. 옛사람도 그와 같이 했는데 나라고 못할 게 있겠는가.'

그리하여 며칠이고 달마의 가르침이 있기를 기다렸다. 때마침 섣달 초아흐레였는데 밤에 큰 비가 내리면서 눈보라로 바뀌었다. 신광은 법당 밖의 뜰에 꼿꼿이 선 채로 움직이지를 않았고 새벽녘에는 눈이 쌓여 무릎 위까지 올라왔다.

달마는 그제야 돌아보며 가엾이 여기고 물었다.

"너는 오래도록 눈 속에 서서 무엇을 구하겠다는 거냐?"

신광은 피눈물을 흘려가며 대답했다.

"화상의 자비로써 감로문(甘露門)이 열리고 널리 중생 제도의 길을 찾고자 합니다."

"여러 부처님의 무상묘도(無上妙道)는 수많은 겁(劫: 시간과 공간)을 통해 정근한 탓이고, 하기 어려운 일이면서 할 수 있는 행위이고, 인욕이 아니면서 인욕으로〔難行能行 非忍而忍〕도 겨우 소덕(小德)·소지(小智)에 이를 뿐이다. 진심으로 깨달음의 경지에 들려 한다면 경심(輕心)·만심(慢心)을 삼가야 하며 헛되이 고행으로써 열심이라 해서 될 일은 아니다."

이때 신광은 자기의 결심을 보이기 위해 날카로운 칼로 스스로의 왼팔을 잘라 대사 앞에 놓으면서 금강불퇴(金剛不退)임을 표시했다. 달마도 이 결의에는 감동하고 제자로 삼았으며 혜가(慧可)라는 법명을 준다.

달마의 이야기는 이밖에도 또 있지만 신비의 베일에 싸여 있어 불명인 점도 많다. 일설에는 달마가 소림사에 4년 동안 머물러 있었고 동위(東魏) 효정제(孝靜帝) 천평(天平) 3년(536)에 입멸했다고 한다.

전설의 하나로 '소림사 권법(拳法)의 조(祖)'라는 설이 있다. 달마는 수행승들이 고행을 참지 못하고 낙오하는 것을 안타깝게 여기며 《세수경(洗髓經)》《역근경(易筋經)》두 가지를 가르쳤다. 그리고 이런 말을 했다.

"무릇 불법은 영(靈)을 위해 설하는 것이지만 영육(靈肉)은 본디 일체이고 분리시켜서는 안된다. 몸이 허약하면 심령도 또한 허약하다. 먼저 신체를 단련하라."

《세수경》《역근경》의 글자로 보아도 알 수 있듯이 이는 신체 단련을 주안으로 하고 있음을 알 수 있다. 그리하여 소림권법은 위의 두 책에 기록된 비법에 의해 심신 단련을 한 셈인데, 소림사 승도의 무용이 세상에 알려진 것은 수말·당초에 걸쳐서이다.

그때 도둑들이 사방에서 일어났는데 소림의 승도가 이를 물리쳤다는 것이다. 그러나 이는 신빙성이 없고 무공(武功)의 시작은 송대에 이르러서이다.

달마의 제자 혜가대사가 곧 선종의 제2조이다.
혜가대사는 달마를 만나기 전 좌선을 했지만, 어느 날 골이 빠개질 듯이 아팠다. 그때 공중에서 소리가 들렸다.
"억지로 고치려고 하지 말라. 환골(뼈가 바뀜)되는 까닭이다."
심한 고통은 이윽고 진정되었는데 머리에 혹이 내밀고 있으며 마치 오악의 봉우리와 같다 하여, 신광이라 불렸다.
혜가는 그뒤 북제로 갔다. 그는 북제에서 한 거사를 만난다.

그 거사는 재가 신자인데, 그는 혜가의 물음에도 이름이나 신분을 밝히지 않았다.

그러나 중풍이 걸리자 비로소 찾아와 제자되기를 청했다. 대사는 그에게 말했다.

"네가 죄를 빌러 올 줄은 이미 알고 있었다."

"그러나 죄는 찾았지만, 아직 근본은 찾지 못했습니다."

"너와 내가 죄의 근본을 알려면, 마땅히 불법승(佛法僧)에 주하지 않으면 안된다."

"제가 오늘 찾은 까닭은 불법승 가운데 승에 대해 알고 싶어서인데, 스님의 불법이란 대체 어떤 것입니까?"

이 말을 부연하자면 혜가대사의 불법은 당시의 다른 불법(종파)에 비해 파격적인 데가 있었던 것이다. 그런 의문을 거사는 질문한 셈이다.

"이는 곧 마음이 부처이고 마음이 곧 법이다(是心是佛 是心是法). 불법은 둘이면서 하나이고 승보(僧寶) 또한 같다."

그러자 거사는 감사하며 말했다.

"오늘 비로소 죄성(罪性 : 죄를 일으키는 바탕)에 대해 알았습니다. 그것은 육체의 밖에도 안에도 또한 마음과 같이 중간에도 있지 않다는 것을 알았습니다."

혜가는 이 대답을 듣자 큰 그릇이 되리라 깨닫고 즉시 머리를 깎아주며 승찬(僧璨)이라는 법명을 지어 주었다. 승찬이 곧 선종의 제3조가 된다.

혜가대사는 수문제 개황(開皇) 13년(593), 107세라는 나이로 입멸한다.

선(禪)이란 일반적으로 어려운 것으로 생각한다. 그러나 불법이란 광대무변으로 파고들면 들수록 어렵고 또 쉽게 생각한다면 단순한(이렇게 말하면 비난할 사람도 있겠지만) 것이라고도 생각된다.

선이라고 해서 인간 생존마저 초월하여 무조건 공(空)을 추구하는 것만도 아니다. 인간으로 태어나고 귀중한 생명을 부여받았을 때 거기에는 어떤 각성이 있어야 한다. 그런 각성을 위한 부단의 정진이 곧 선이라고 하고 싶다.

좀더 속되게 말하면 마음의 단련이다.

그 마음은 모든 번뇌·죄악·욕심의 초월이었다. 유교의 성리학도 이런 마음을 성찰한다는 데 있다.

그리하여 유교에선 중용을 중시하고 어딘가로 지나치게 마음이 치우치면 안된다고 가르쳤다.

불교에도 중론·중도가 있지만, 차라리 죄의 근원인 마음의 멸각(滅却)을 강조한다. 또 유교는 인간과 짐승의 차이를 지혜·분별을 가졌다는 데서 찾고 있다.

하지만 이런 지혜·분별이란 것도 아리송한 것으로 아무리 성인이라도 한 치 앞은 어둠이고 미지이다.

불교는 여기서 출발한다. 바꾸어 말하면 의문을 갖는 것이다.

'아아, 강물에 달빛이 비쳐 반사되고 솔바람이 분다. 이런 한없이 고요한 밤은 대체 누가 만들고 베푸는가?'

이런 의문이 생길 때 인간은 종교심을 갖게 되는 것이고, 그런 생명의 근원과 결과와 장래에 대해 고찰하게 된다. 선심(禪心)이 생기는 것이다.

'우리는 대체 어디서 오고 어디로 가는가? 생전은 무엇이고 사후는 있는가!'

선은 이런 것마저도 버리라고 가르친다. 차원이 낮은 것이다.

이런 경지에 도달하려면 우리가 사는 세계의 참모습, 진여(眞如)를 깨달아야 한다.

선종의 제3조 승찬대사는 한 곳에 주하지 않고 각지를 다니며 수행했다. 아직은 선을 알아주지 않았다.

개황 12년(592)이라면 혜가대사가 입멸하기 1년 전이다. 승찬 앞에 당년 14세인 사미 도신(道信)이 나타나 가르침을 청했다.
"스승님, 자비를 베풀어 저에게 해탈 법문을 열어 주세요."
"해탈이라고? 누가 너를 묶고 있단 말이냐?"
"아무도 없습니다."
"그런데 어째서 해탈이라고 하느냐?"

이 말로써 도신은 대오(大悟)했다고 전한다. 나중에 선종 제4조가 되는 도신대사는 속성이 사마씨(司馬氏)인데 지성으로 스승을 모시고 9년만에 수계(受戒)했다. 승찬은 자주 도신을 시험했고 그 연(緣)이 일고 있음을 알았다. 승찬대사는 수양제 대업(大業) 2년(606), 법회의 큰 나무 아래서 선 채로 합장하며 생을 마쳤다. 뒷날 당현종은 감지선사(鑑智禪師)라는 시호를 보냈다.

제4조 도신은 대업 13년(617) 무리를 이끌고 길주(吉州: 강서성 길안현)에 있었는데 때는 수말이고 국내가 혼란 상태에 빠져 각지에서 도적이 벌떼처럼 일어났다. 길주도 예외는 아니고 도적이 성을 70일이나 포위한다. 도신은 절망에 빠진 사람들을 지혜로써 이끌며 마침내 폭도로 하여금 스스로 물러나게 만들었다.

당고조의 갑신년(624), 기주(蘄州: 호북성 기춘현)의 파두산에 주했는데 어느 날 제자 한 사람을 데리고 황매현(黃梅縣)에 간 적이 있었다.

문득 보니 길가에서 한 아이가 놀고 있었는데 골상(骨相)이 비범했다. 인연이란 있는 법이다.

도신은 그 아이에게 말을 걸었다.

"애야, 성이 뭐니?"

"성은 있지만 그것은 물어서 뭣하려고요? 성이란 이 세상에서 임시로 쓰는 것인데."

도신은 깜짝 놀랐다. 그래서 또 물었다.

"그래 진짜 성이 뭐니?"

"부처님 불가예요."

도신은 아이를 시험하고자 다시 물었다.

"흥, 알고 보니 너는 성이 없구나."

"아녜요. 성은 본디 공(空)이잖아요. 그래서 부처님 성을 쓰는 거죠."

이 아이가 제5조 홍인(弘忍)대사이다. 도신대사는 당고종 영휘 2년(631) 제자들에게 일렀다.

"일체 제법은 해탈하는 데 있다. 너희도 각자 이를 지켜 유화미래(流化未來)를 염하라."

말을 마치자 앉은 자세로 입적했다.

그런데 일찍이 도사가 4조에게 물은 적이 있었던 것이다.

"도사도 불법을 듣게 되면 해탈할 수 있겠습니까?"

"당신은 이미 늙었는데 문법하여 해탈하더라도 능히 그 능력으로 중생을 널리 구제할 수 있겠소? 만일 내가 다시 오더라도 당신보다 아직 늦을 텐데."

그리하여 돌아갔지만, 도사는 물가에서 빨래하는 여자를 보자 동침을 청한다. 여자는 부모가 있어 허락을 받아야 한다고 했지만, 그렇게 하리라 하고서 일을 마치자 그대로 가버렸다.
 이윽고 여인은 임신했는데 부모는 대악(大惡)을 저질렀다면서 집에서 쫓아냈다.
 갈 곳이 없게 된 여인은 낮이면 품팔이하고 밤이면 남의 집 처마 아래서 자며 생남했다. 그녀는 이 아들이 불행의 원인이라면서 흙탕물 구덩이에 던졌다. 그러나 날이 밝으면서 보니까 물은 맑아져 있었고 아이의 몸 또한 깨끗했다.
 그제야 놀라 다시 건져내어 키웠는데 아이는 자라면서 어머니를 따라 걸식했다. 사람들은 이 아이를 가리켜 성도 없는 자식이라고 놀렸지만, 어떤 현인은 이를 보고서 한탄했다.
 "이 아이는 일곱 가지 상호(相好 : 생김새)가 모자랄 뿐이지 여래 못지않다. 나중에 도신대사를 만나 법을 구하리라."
 그런데 남해의 신주(新州)에 노행소라는 사람이 있었는데 자식이 없었다. 그러다가 아내 이씨가 임신하였고 6년만에 생남했는데 긴 솜털이 마치 새벽의 먼동처럼 빛을 내뿜는다.
 문득 승려 하나가 찾아와 아이의 이름을 혜능(慧能)으로 지으라고 한다.
 노행소는 물었다.
 "이름의 뜻이 무엇이오?"
 "혜(慧)는 곧 혜(惠)이고 중생을 제도하며 은혜를 베푼다는 것이고, 능은 능히 불사를 이룩한다는 것입니다."
 말을 마치자 승려의 모습은 간 데가 없었다.
 아이는 어머니의 젖을 빨지 않았고 밤이면 신인이 와서 감로(甘露)로 입술을 적셔주었다. 이윽고 세 살 때 아버지를 여의었는데, 예닐곱 살이 되자 산에서 나무를 해다가 홀어머니를 모셨다.

어느 날, 혜능은 장거리에서 한 길손이 《금강경》을 읽는 것을 듣고 발심(發心)하여 물었다.
"손님, 그게 무슨 가르침이죠?"
"《금강경》이란다. 황매의 동산(東山)엔 홍인대사라는 분이 있는데 늘 이 경문으로 제자를 가르친다."
혜능과 제5조 홍인대사의 만남은 위와 같은 인연이 있는 셈이고, 그것은 다시 거슬러올라가 도사와 빨래하는 여인 사이에서 태어난 무성아(無姓兒)가 전생(轉生)한 것이었다.
"너는 어디서 왔느냐?"
하고 홍인대사는 혜능을 보자 물었다.
"영남(嶺南)입니다."
"그래, 무엇하러 왔느냐?"
"오직 불도를 구하려고요〔唯求作佛〕."
"영남인은 불성이 없는데 불도를 어떻게 얻겠다는 거냐〔若爲得佛〕?"
원문의 작불(作佛)과 득불(得佛)은 여기서 같은 말이라고 생각된다. 참고로 '작'이란 말은 용례가 많지만 보통의 의미로 만든다, 비롯된다는 뜻이 있다.
"사람도 남북이 있잖아요, 불성도 그와 같지요."
이 짧은 대화 속에 인연의 엄연함을 느끼게 만든다.
이리하여 혜능은 홍인의 사미가 되어 밤낮을 쉬지 않고 수행하여 여덟 달이 지났다. 조사(祖師)는 수계할 때가 되었음을 알고 말했다.
"나도 이제 늙었으니 후계자를 정하고 싶다. 각자 게(선종의 시)를 만들어 제출하라."

이때 제자 7백여 명 중에서 신수(神秀 : 606~706)는 상좌(上座)로서 자타가 공인하는 제1인자였다. 신수는 자만심이 절로 생겨 깊은 사유(思惟 : 명상)도 하지 않고 회랑(廻廊)의 벽상에 게를 써놓았다.

'몸은 곧 보리수이고 마음은 명경대와 같다. 때때로 힘써 씻어내어 티끌에 물드는 일이 없어라(身是菩提樹 心如明鏡臺. 時時勤拂拭 莫使惹塵埃).'

홍인조사는 경행(經行 : 산책)하다가 문득 이 게를 보더니 이렇게 평했다.

"좋은 게이다. 이렇게만 수행한다면 깨달을 수 있다."

신수는 이 말을 듣고 콧대가 높았지만, 조사는 그를 은근히 불러 말했다.

"너는 아직 문 안에도 들어오지 못했다."

혜능은 이때 정식으로 수계도 받지 않고 주방에서 밀을 빻는 일을 하고 있었다. 여러 제자들은 신수의 게를 저마다 외우며 본받고 있었다.

"그것, 무슨 장구(章句)예요?"

"넌 아직 조사님께서 법통의 후계자를 구하신다는 것도 모르냐. 저마다 심게(心偈)를 써내라고 하셨는데 이는 신수 상좌가 지은 것이고 화상께서도 감탄하셨지. 틀림없이 신수가 조사로서 선종의 의발(衣鉢)을 계승할 거다."

"그래요, 한번 더 외워 주시겠습니까?"

"음, 신시보리수 심여명경대. 시시근불식 막사야진애."

"아름다움이 곧 아름다움이나 마쳤다 함은 덜 마친 것이다(美則美矣 了則未了)."

"네가 뭘 안다고, 허튼 수작 마라."

밤중에 조사를 모시는 사미가 헐레벌떡 뛰어오더니 알렸다.

"조사님, 신수 상좌가 쓴 게 옆에 누군가 또 써붙였어요."

홍인조사는 곧 그 사미와 함께 촛불을 밝히며 벽에 적힌 게를 읽었다.

'보리란 본디 나무가 없고 명경도 물론 대는 아닐세. 본디 아무 것도 없는데 어디서 티끌에 끌린다지(菩提本無樹 明鏡亦非臺. 本來無一物 何處惹塵埃).'

홍인은 깜짝 놀랐지만 들어보란 듯이 중얼거렸다.

"이것은 누가 지은 것이냐? 그러나 역시 불성은 나타나지 않았다."

조사의 이런 말은 모든 제자들이 들어 알게 되었고, 마침내 누구도 주의를 기울이지 않았다. 그 며칠이 지나는 동안 홍인은 그 게가 혜능의 작임을 알았다. 그리하여 삼경도 지난 한밤중에 혜능을 밀실에 불러 제6조의 의발을 전해주는 한편 은밀히 일러주었다.

"너는 속히 이곳을 떠나라. 다른 사람들이 너를 해칠까 겁난다."

이리하여 혜능은 행자(行者 : 수도자)로서 6조가 되었고 도중 위난이 있었으나 뱃길로 영남에 이르러 포교를 시작한다.

이리하여 선은 남북 두 갈래로 갈라진 것이다. 즉 혜능이 남종(南宗)을 개창하고 신수는 북종(北宗)의 조가 된다.

당시 남쪽의 영남, 곧 광동성 일대와 북쪽은 풍속 언어는 물론이고 민족으로도 차이가 있었음을 시사한다.

그리고 북종보다 남종이 점차로 성행되면서 그 교세는 북치에 파급된다. 그리하여 이 남종에서 여러 파가 갈라지고 있다.

먼저 제6조 혜능으로부터 남악회양(南岳懷讓 : 677~744)과 청원

행사(靑原行思 : ?~740)가 갈라졌다. 남악은 마조도일(馬祖道一 : 709~788)에게 의발을 전했고, 마조는 다시 백장회해(百丈懷海 : 749~814)에게 법을 전했다. 이 아래로 다시 두 파가 생기는데 하나는 황벽희운(黃檗希運 : 생졸 미상)이고 다른 하나는 규산영우(潙山靈祐 : 771~853)였다.

마조도일은 속성이 마씨라서 마조라 했던 것이며, 용모가 괴이하게 생겼다. 범의 눈에 소처럼 걷고 혀는 짧았는데 코는 오뚝했으며 발바닥에 두 개의 고리 문양이 있었다. 어려서 출가했고 개원 연간, 형산의 전법원에서 선정을 익혔다. 동참(同參)이 여섯 명인데 대사만이 심인(心印)을 받았다. 대력 연간에 남강의 공공산(龔公山)에 이르렀는데 법좌(法座)를 열자 사방에서 배우려는 자가 구름처럼 모여들었다.

그때 어떤 승려가 물었다.

"스승님, 직지(直指) 서래(西來)의 뜻을 알고 싶습니다."

그러자 마조는 말했다.

"오늘은 내가 피로하여 고단하다. 그러니 너를 위해 설명해 줄 수가 없다. 지장(知藏)에게 묻도록 하라."

라며 나가버렸다. 그러자 그 승려는 서당(西堂 : 지장이 곧 서당)에게 물었다. 지장은 대꾸했다.

"어째서 화상에게 묻지 않고 나한테 묻는 거지?"

"화상이 물으라고 하셨기에 묻는 거요."

"난 오늘 머리가 아파 그대 물음에 설명할 수 없네. 해형(海兄)에게 묻도록 하게."

하며 그도 나가버렸다. 그래서 승려는 백장(백장이 곧 해형)에게 같은 질문을 하자 백장은 대답했다.

"내가 이리 오면 오히려 대답할 수 없을 게 아닌가!"
그러자 승려는 질문을 철회하고 투덜거렸다.
"그 스승에 그 제자로군."
마조는 이 말에 호통을 쳤다.
"무슨 소리냐! 지장은 머리가 희고 해형은 머리가 검다."

추사는 그 생각이 나서 김의원에게 써보였다.
"서당의 제자로서 신라승 도의(道儀)가 있습니다. 해동 선가의 제1조지요."
"도의대사?"
"그렇습니다. 대사는 저 달마조사가 양무제 때의 인물로서 세인이 그의 존재를 의심했듯이 조선에서도 그의 허탄(虛誕)을 말하는 자가 있었지요. 그러나 무주(武州: 전남 장흥) 가지산의 보림사(寶林寺)에 남아있는 보조(普照)선사(804~880)의 영탑비에 도의대사가 나옵니다."
추사의 말에 모든 사람의 얼굴에 놀라운 빛이 나타났다. 옹성원마저도 관심을 보였다.
"그게 정말입니까?"
"예, 우리나라에《대동금석서》라는 게 있습니다. 낭선군(郎善君)이 수집한 금석첩으로 아마 귀국에도 명말에 소개되었을 것입니다. 이 보림사의 보조선사비는 나도 금석서에서 기사로 보았을 뿐이지만 특이한 점이 있습니다. 같은 비문을 두 사람이 썼는데 첫머리부터 제7행 선(禪)자까지는 금원(金遠)이 해자로 쓰고, 그 나머지는 제자인 김언경(金彦卿)이 행서로 쓰고 있다는 점입니다."

추사의 설명에 사람들은 감탄의 소리마저 잊었다. 이것은 선에 대한 것보다 금석학에 관계되는 것이기 때문이다.

추사의 글씨, 그리고 추사의 해박한 경학 지식에 감탄하는 이들이었지만 그래도 마음 어딘가에 조선을 자기네들보다 후진이라는 의식을 갖고 있었으리라. 이들은 만주족 아닌 한족이며 대개는 강남인이었다.

김의원이 추사에게 사과한다.

"그 비석이 언제 세워진 것인지, 지금도 탑본을 구할 수 있습니까?"

"예, 사람을 시키면 뜰 수 있습니다. 글자의 판독 여부는 지금 말씀드릴 수 없지만 비석은 분명히 남아있을 겁니다. 비석의 건립은……."

추사는 잠시 기억을 더듬어가며 생각한 다음 말했다.

"당희종(唐僖宗) 4년의 갑진년, 신라 헌강왕 10년에 세워진 것입니다."

이 보림사비는 추사보다 나중인 섭창치의 〈어석〉에도 소개되는데, '한 비석에 두 사람의 글씨가 하나로 써 있다'며 소개된다. 아마 이런 양식은 좀처럼 찾기 힘든 보기이리라.

비문의 내용을 간단히 소개한다면 전기의 도의선사의 가르침을 지키고 따른 보조선사의 일대기를 적고 있다. 즉 선사는 속성이 김씨이고 웅진 사람이며 이름은 체징(體澄)이었다. 도의대사는 설산(설악)의 억성사(億聖寺)에 주하고 있었으나 불우했고, 보조는 그 제자가 되어 열심히 섬기면서 삼계에 나오기를 간청했으나 법인(법의 인가)을 전수했을 뿐이다. 보조는 그뒤 정육(貞育)·허회(虛懷) 등과 입당하여 35주를 순력했으나,

"내 스승을 능가하는 가르침은 없다."
하고서 고국에 돌아와 무주의 황계 난야(蘭若 : 난야는 절의 별명. 암자)에 있었다.

헌안왕은 그의 명성을 듣고 경사에 오기를 청했지만 응하지를 않았다. 그러자 왕은 다시 가지산의 절을 중수하고 그곳에 주할 것을 간청했는데, 그제야 비로소 응했던 것이다.

이곳은 원래 원표(元表)대덕(大德 : 대사와 같음)의 옛터로서 용원(龍元 : 乾元의 잘못인 듯) 2년 신라 경덕왕(景德王) 18년(759)에 장생표주(長生標柱 : 장승)를 심었는데 지금껏 있다. 또 헌안왕 4년 중춘(2월)에 김언경이 일찍부터 제자의 예를 말하고 입실의 빈(손님)이 되며 깨끗한 녹봉을 줄여 사재를 내던졌는데, 그것으로 쇠 2천5백 근을 사고서 노사나불(盧舍那佛) 일구를 선사가 있는 범우(梵宇 : 사원)에 장엄했다.

헌강왕 6년(880) 3월 9일에 모든 일을 정지케 하여 가로되, 내 금생의 보업이 끝났다. 너희들은 불법을 잘 지켜 게으름이 없도록 하라 하고서, 맹하(4월) 중순 초이틀에 일산(一山 : 절 전체임)이 천둥하는 가운데 13일 자시에 오른 옆으로 눕고서 끝마쳤다. 향년 70하고도 7·승년 52였다.

이리하여 제자 영혜(英惠)·청홍(淸興) 등 8백여 명이 추모·번호(樊號) 속에 그 달 14일 왕산의 송대에 모셨다.

조선에 있어서의 달마의 도는 의(도의)대사로서 제1조, 거렴(巨廉)선사로서 제2조, 보조로서 제3조가 되는 것이다.

위와 같은 비문의 내용으로 선문(禪門)의 계통이 명시된 셈이다.

한편 청원행사로부터 석두희천(石頭希遷 : 700~791)이 나타나고,

석두는 약산유엄(藥山惟嚴 : 751~831)에게 법을 전했으며 운암담성(雲岩曇晟 : 730?~840)→동산양개(洞山良价 : 807~861)→조산본적(曹山本寂 : 840~901)으로 의발이 이어지고 조산은 조동종(曹洞宗)을 일으켰다.

마조대사의 아래로도 일곱 파나 있는데, 백장·황벽의 제자로 유명한 임제의현(臨濟義玄 : ?~886)이 있으며, 영우의 제자로선 앙산혜적(仰山慧寂 : 807~883)이 있는데 각각 임제종과 규앙종(潙仰宗)을 연다.

이렇듯 파가 갈라지고 있는데 이름있는 파의 재전 내지 삼전 제자로서 신라승·고려승의 이름이 나오고 있다.

신라 불교는 이때 화엄종이 주류였지만 선종이 신라 말에 이르러 주류가 됨을 엿보게 하는 추세였다.

즉《삼국유사》를 지은 일연선사(一然禪師)는 조선 불교의 시대 구분으로 소수림왕 이후를 제1 경교(經敎) 창흥 시대, 신라 헌덕왕(憲德王 : 재위 809~826) 이후 고려초까지를 제2선종 위흥(蔚興) 시대, 고려 초부터 고려 말까지를 제3선교(禪敎) 병류 시대로 본다. 그리하여 해동 선종의 유파로서 북종선 신수 계통은 신행(神行 : 진주의 단속사에 비가 있음)선사이고 남종선의 조는 도의(道義 : 발음이 같다)대사라고 했다.

한참만에 옹성원이 또 물었다.

"다른 비판으로 생각나는 게 없습니까?"

"있습니다. 이를테면 태자사(太子寺) 낭공대사(朗空大師)의 백월서운탑비(白月栖雲塔碑)가 있지요.《동국여지승람》과《대동금석서》에 나와 있습니다. 이 비문은 김생의 글씨를 석단목(釋端目)이 집자한 것인데 최인연(崔仁渷 : 최치원의 조카)이 찬한 것입니다."

옹성원 등은 완전히 침묵에 잠겼다. 이윽고 김의원이 겨우 물었을 뿐이다.

"김생이 누구입니까?"

"해동 신라의 서성(書聖)입니다. 일찍이 고려의 홍관(洪灌)이 송나라에 사신으로 갔을 때 김생의 행서 1권을 가져갔습니다. 그것을 본 송의 한림 대소・양구(楊球) 등은 왕우군의 글씨라면서 김생의 글씨임을 좀처럼 믿지 않았다는 이야기가 전합니다."

낭공대사 백월비는 고려의 광종(光宗) 5년(954)에 건립한 것이며, 낭공은 신라말의 명승이었다.

속성은 김씨이고 법명은 행적(行寂)인데 신라 홍덕왕 7년(832)에 태어났고 경문왕 11년(874)에 입당하여 각지의 선사를 순력(巡歷)했으며 헌강왕 11년에 귀국한다.

이 동안에 낭공대사는 약산유엄의 제자 석상경서(石霜慶緒 : 807~888)에게 동문인 신라승 흠충(歆忠)・청허(淸虛) 등과 함께 배웠다.

같은 무렵의 선승으로 용담숭신(龍潭崇信 : 생졸 미상)・덕산선감(德山宣鑑)과 설봉의존(雪峯義存 : 822~908) 등도 활약했는데 이들과도 교류가 있다. 파가 다르다고 해도 왕래는 있었던 것이며 선승의 앞에 붙는 두 글자는 주하는 산(절과도 같다) 이름이다.

낭공대사는 신덕왕 5년(916) 향년 85세・법랍 61년으로 대왕생했지만, 그야말로 조사의 일생은 신라 말기의 산 증인이었던 셈이다.

차 이야기

담계는 추사에 대한 갖가지 소문을 들으면서 혼자 미소짓고 있었다. 그러나 특별히 감탄하거나 관심을 갖고 있지는 않았었다.
 담계는 고령이라서 건강에 세심한 주의를 하고 있었다. 그의 건강법이란 일찍 취침하고 새벽 일찍 일어난다는 것이었다. 그러므로 서성백(徐星伯 : 서송의 자)이 와서 평소의 그답지 않게,
 "선생님, 조선국의 김정희라는 젊은이를 만나셨으면 합니다. 저는 시종 필담하는 그의 글씨며 내용을 보았는데 박학다식하더군요."
라고 말했으나,
 "그 천재라면 나도 전부터 이름을 들어 알고 있네. 며칠 전 조정에서 만난 완운대(阮藝臺 : 완원의 호)도 그런 말을 하더군."
했을 뿐이었다.
 담계는 이미 추사에 대해 많은 것을 알고 있었으나, 그런 말은 않고 미소를 띠었다. 이는 추사의 천재를 인정하고 안하고와는 문제가 다르다. 담계로선 초정이 을축년에 별세했을 때 정성껏 부고를 해 온 예의바른 젊은이로서 추사를 기억하고 있는 터였었다. 그러기에 동지사의 자제 군관으로 추사 김정희의 명단을 예부에서

발견하자 둘째 아들인 수곤을 마중하라고 내보냈던 것이 아닌가. 서성백은 그것까지는 모른다.

사실 청조의 학자들로서 조선에 대한 지식이란 백지에 가깝다고 하여도 지나친 말은 아니었다. 이것은 꼭 대국 의식(大國意識)은 아니라 하여도 실제로 알려진 게 별로 없었다고 생각된다.

그러나 담계는 초정을 통해 조선국과 조선인에 대해 호감을 가졌다. 그렇지 않고서야 추사와 담계의 만남이 성립될 리 없다. 즉 담계는 몇번 교유(交遊)한 초정이란 인격을 통해 추사와 만나게 되는 것이다.

담계가 느낀 초정의 인격이란 무엇인가? 필담을 통한 지식―― 교양이었다.

지식이란 어차피 공통된 유학과 관계된 것이지만, 필담이라는 한정된 형식을 통한 교유이기 때문에 지식이라고 표현했다. 그리하여 이런 '편언척사(片言隻辭)'를 통해 상대가 지닌 교양마저 담계는 느꼈었다.

한마디로 유학이라 하지만 방대한 것이고 여러 갈래로 갈라지며 집적된 것이다.

우리로 말한다면 고려 말 이전의 유학과 조선조의 유학으로 대별할 수 있으리라. 또 조선조의 유학도 안유(安裕:晦軒·安珦, 1243~1306)를 위시한 초기 성리학과 퇴계·율곡 이후 우암 송시열의 예학으로 나눌 수가 있으리라.

청의 그것은, 우리와는 좀 다르다.

중국의 사상을 위진 시대의 현담(청언), 수당의 종불(宗佛), 송명의 심언(心言:성리학)으로 볼 때, 거기까지는 우리와도 대체로 같았다. 그러나 송학(宋學) 이후 달라진다.

우리는 정통적 정주(程朱)를 묵수(墨守)했지만 명청에 이르러선 정주와 육왕(陸王 : 陸九淵과 王守仁의 학문)으로 갈라졌고 그런 도학의 공리·공담에 반발하여 실학이 일어난 것이다.
"아무튼 좋네. 아침 일찍 데려오도록 하게."
이리하여 추사는 서성백을 따라 묘시(卯時)에 담계의 서재인 석묵서루(石墨書樓)를 방문한다. 묘시라면 지금 시간으로 새벽 5시부터 7시 사이다. 더욱이 겨울철의 그 시간은 캄캄하다는 점을 감안할 때 파격적인 방문이었다.
추사는 먼저 담계에게 큰절을 올렸다. 담계는 가볍게 허리를 굽혀 답례한다. 추사는 긴장하고 있었다.
상대편이 대관을 지낸 분이고 명성이 자자한 대가여서가 아니다. 노인에 대한 절대적 존숭이 우리에겐 있는 것이다.
방안엔 촛불이 켜 있었다. 필담이 아닌 인사와 날씨에 대한 말이 오고갔다.
담계는 안경을 쓰고 있었다. 노인 탓만도 아니다. 다년간의 학구와 독서에 의한 심한 근시였다. 약간 상체를 앞으로 내밀듯이 하며 정희의 얼굴을 본다.
이어 담계의 첫질문이 던져졌다.
"조선에는 어떤 명인·위인이 있소?"
뜻밖의 말이었다. 정희는 아직도 긴장이 덜 풀린 탓도 있지만, 넓은 실내에 화로 하나 없는 냉기가 감도는 때문인지 질문이 날카롭게 느껴진다.
'조선엔 위인이 없다.'
이런 말을 한 것은 청말의 사상가 양계초(梁啓超)이다. 영웅이 될 성싶으면 시기하고 짓밟고 죽이는 게 우리의 풍토였다. 한족은 자기들 주변을 모두 오랑캐라 하면서도 고려만은 군자국(君子國)이라 했으며 그 예의를 중시하는 전통과 뛰어난 문학에는 감탄한다. 하지만 위인·영웅이란 점에선 고개를 갸웃한다.

분개하기에 앞서 해답은 우리 스스로 찾아야 한다.

그래서 추사는 냉기를 느꼈던 것이고 신중히 대답을 골랐다. 추사는《열하일기》를 정독했을 때, 우리 민족을 밴댕이와 같다고 한 표현이 생각났다. 우리말로 밴댕이는 속이 좁다는 뜻이다. 실제 서해에서 잡히는 이 고기는 가시가 많고 납짝한 것이 그대로 식용하기엔 곤란한 점도 있다. 그러나 맛만은 훌륭하다.

"있습니다."

"쓰시마〔是誰麼〕."

추사는 이것이 '누구요?'라는 물음인 것을 옆에 있던 서성백이 글씨로 써주어 이해할 수 있었다.

"고운(孤雲) 최치원(崔致遠)입니다."

최치원(858~?)은 신라 말의 대문호로 전라도 옥구(沃溝)에서 태어났다. 이미 12세 때 배를 타고 당나라에 들어가 공부하고 겨우 6년만에 장원급제하여 당의 벼슬을 한다.

"고운?"

하고 당연한 일이지만, 담계는 반문했다. 추사는 설명했다.

"고운은 '황소(黃巢)의 난'이 일어나자 병마도통사 고변(高騈)의 종사관으로 도적을 초무(招撫)하는 격문을 썼습니다. 그 글로서 이런 것이 전합니다.

　'천하 백성으로 이를 아니라고 한다면, 모두 낱낱이 드러나게 하여 무찔러 죽이겠지만, 음모의 의논만 한 자도 역시 주살하여 땅속의 귀신을 만들겠다(非唯天下之人 皆思顯戮抑 亦地中之

鬼已議陰誅).'"

이 짧은 글 중에서도 당시의 신라인의 기백을 엿볼 수 있다. 불의를 증오하는 마음이 이렇듯 격렬했다. 최고운이 입당했을 때에는 만당(836~903)이라 불리던 시대이다. 만당의 시인으로 이하(李賀 : 791~817)・두목(杜牧 : 803~852)・온정균(溫庭筠 : 812~872)・이상은(李商隱 : 813~858), 그리고 고변(? ~887)이 있었다.

《당서》에서 고천리(高千里 : 고변의 자)는 유주(북경 일대) 사람이라고 했지만 고구려 사람이었다. 최고운이 과거에 급제하여 그의 종사관이 된 것은 같은 핏줄인 까닭이고, 결코 우연은 아니다.

당은 무종 회창(會昌) 4년(845)에 불교의 대탄압이 있었고 사찰 4만 남짓을 파괴했으며 승니 26만 남짓을 환속시켰다는 기록이 있다. 불교의 탄압은 곧 도교의 융성을 의미하는데 선승들이 자급자족을 하면서 불상과 불경이 아닌 선어(禪語)로 불법을 구전하는 것도 이런 데서 원인을 찾을 수가 있으리라. 당무종은 재위 6년으로 살해되고 당선종(唐宣宗 : 재위 848~859)이 뒤를 잇는다.

이어 당의종(唐毅宗 : 재위 859~873)인데 고운은 이때 입당했고 고변은 절도사로서 무명(武名)을 드러냈으며 남조(南詔 : 운남성)를 격파한다.

담계는 최치원에 대해 갑자기 흥미를 느꼈던 모양이다.

"그러고 보니 고운은 시인이었소? 그가 따랐다는 고변도 시가 전하오. 고변은 북인이고 무변이지만 이런 가구(佳句)를 남겼소. '푸르른 나무들이 짙은 그늘을 만들 제 여름의 해는 길구나/ 누대의 그림자도 거꾸로 하여 연못에 드리워졌다(綠樹陰濃夏日長 樓臺倒影入池塘)'"

하며 〈산정하일(山亭夏日)〉이라는 시의 한 구절을 읊는다.

어느새 들어왔는지 옹성원과 이심암도 그곳에서 듣고 있었다. 심암은 당시 40대의 소장 금석학자로 진돈(螼螜)이라는 서재를 가지고 있었다. 진돈은 《장자》에 나오는 말로 아직 허물을 벗기 전의 애벌레란 뜻이다.

이런 서재 이름에서 겸손한 그의 성품을 엿볼 수 있으며, 서성백은 역시 지리학에 정통한 소장학자였다.

그곳에 한 소녀가 들어와 일동에게 차를 따라주었다. 추사는 이름도 알지 못하는 명다(茗茶)였는데, 매우 향기롭고 처음 마셔보는 차이다.

서성백은 놀라고 있었다.

잠깐 대면 정도로 기회를 마련했는데 두 사람의 대화는 어느덧 시세계까지 확대되고 있다.

또한 추사의 대답이 흥미롭다. 추사는 차를 소리나지 않게 신중히 마시고 나자 입을 열었다.

"예, 시인보다 문장가로 알려져 있습니다. 고운은 당나라에서 16년을 머물렀고 28세로 금의환향합니다. 그래서 뜻있는 친구들이 자리를 마련하고 시로써 송별했습니다. '열두 살에 배를 타고 바다를 건너왔는데 문장으로써 중국을 놀라게 만들었네. 열여덟에 글재주로 전장을 누볐고 화살 하나를 쏘아 철통 같은 책략도 쳐부셨네(十二乘舟渡海來 文章撼動中華國. 十八橫行戰詞苑 一箭射破金門策).' 그러자 그도 답례로 읊었지요. '무협의 험로와 첩첩 산을 헤친 세월도 중원에 이른 인연이고 은하 열수의 때를 맞아 고국으로 금의환향하네(巫峽重峰之歲 緣入中華. 銀河列宿之年 錦還東國).'"

담계는 이런 시를 읽어보고서 말이 없었다. 고개도 끄덕이지 않왔다. 그러나 관심은 계속 가진 듯, 필담의 종이를 물끄러미 응시하고 있다.
"진전이 있네."
"예?"
"글씨가 전보다는 훨씬 원숙해졌어. 젊은이답지 않은 노성감이 있고."
추사는 오히려 그 칭찬이 부끄러울 정도였다. 날이 밝아오면서 석묵서루의 사방 벽을 꽉 메운 서적들로 시선이 갔다. 석묵서루는 이름 그대로 탑본으로 가득 찬 서고란 의미였다.
습기를 막기 위해 높이 지었으며 겨울이라도 화로를 설비하지 않은 까닭을 알만 했다.
사실 당시의 연경에서 금석문을 포함하여 이곳에 8만 권의 서책이 수장되었다는 평판이 있었다. 그리하여 금석문에 뜻을 둔 사람이라면, '마치 만 가지의 꽃으로 가득 찬 듯'하다는 부러움을 가진 곳이었다.
추사가 잠자코 있자 담계는 뒤를 재촉한다.
"그뒤의 고운 최치원에 대해서 아오?"
신라에 돌아온 고운은 기록에 의하면 시무책(당장의 긴요한 정책) 10개조를 상주하였고 이어 대산(大山 : 충남 홍산)과 부녕(富寧 : 扶安)의 태수를 지냈으며, 그뒤로는 신라말의 혼탁한 세상을 싫어하여 둔세한다.
그리하여 경주의 남산, 강주(剛州 : 영천)의 영산(永山), 합천의 청량사, 그리고 지리산의 쌍계사와 가야산의 해인사 사이에서 신선마냥 놀다가 언제 세상을 떠났는지 아무도 모른다.
"알고 있습니다."

"무엇을 어떻게?"
하고 거의 숨돌릴 사이도 없이 담계는 추궁한다.
추사는 고운의 저서로《계원필경(桂苑筆耕)》《산중복귀집(山中覆簣集)》및 기타가 있다며 대답하려 했으나 그 대부분이 이름만 남았을 뿐 남은 것이란 조각글이고 산일되었음을 깨닫고, 고쳐 대답했다.
"고운의 사적은 분명합니다. 그가 찬한 비문이 있습니다."
그제서야 담계는 표정을 풀며 크게 끄덕였다. 담계가 바랐던 대답은 바로 그것이었다.
"조선에도 오랜 역사가 있으니 금석이 많겠구려. 글씨로선 누가 있소?"
"가장 오랜 것으로는 김인문(金仁問)이 있습니다. 그는 당에 오래 머물고 당에서 졸했지만, 신라의 태종무열왕비가 남아있습니다. 비액은 전서이고 비문은 해서인데, 특히 전서는 말굽 모양의 것이 획이 단아하고 속된 점이 없지요. 비문도 오랜 세월이 흘러 표면이 벗겨지고 침식되었으나 창경(蒼勁)한 필격은 여전합니다."
"……"
"그리고 김생이 있습니다. 김생은 고려의 이상국·규보(奎報)의 평입니다만 해동의 신품 제일이라 했습니다. 그의 필적으로 창림사(昌林寺) 비발이 있고 자획이 분명하여 당인의 명각과 비길 만하다 했는데, 아깝게도 지금은 볼 수 없습니다. 그러나 백월서운비로 김서를 집자한 게 남아있어 김생의 글씨를 볼 수가 있습니다……"
김생이라는 말에 담계는 이심암을 흘끗 보며 표정이 움직였다.

그리고 무언가 묻는 눈치였다. 추사는 나중에 알은 일이지만 담계는 김생(711~791)에 대해 알고 있었던 것이다.

김생은 《삼국사기》에 간단한 전기가 있다. 그것에 의하면 부모가 미천하여 세계가 전하지 않는다. 그러나 어려서부터 글씨 재주가 뛰어났는데 평생을 두고 글씨만 썼으며 80이 되도록 붓을 놓지 않았다. 그리하여 김생은 예·행·초서를 모두 잘하여 입신의 경지에 이르렀다.

그리고 곳곳에 김생에 얽힌 전설이 있다. 안동의 문필산은 그가 글씨를 배운 곳이라 그런 이름이 생겼다는 것이며, 또 경일봉에 김생굴이 있는데, 그곳에서 김생은 단풍잎에 글씨를 써가며 익혔는데 샘물이 시커멓게 물들었으며, 혹은 두타행(頭陀行 : 탁발하는 것)을 하며 홍주의 김생사에 살았기 때문에 절이름이 남았다는 것이다.

백운거사 이규보(1168~1241)는 신품 제2로 진양공(晉陽公) 최영술(崔令述)을 꼽고 있는데, 그 최진양의 말로 우리나라 제일인자로 왕일소와 다름없는 사람이 김생이고 신필이라 했다는 것이다. 그 이유로 《제석경(帝釋經)》을 필사했고 또 안양사(安養寺)의 현판을 썼는데 수년이 지나자 그 건물이 남쪽으로 기울었다. 그래서 현판을 기울어진 건물의 북편에 옮겨 걸자 다시 반듯해졌다는 이야기가 있다. 또 청룡사의 현액도 썼는데 늘 운무가 그 주변에 감돌곤 했다는 것이다.

추사의 말에 담계는 조그맣게 웃었다.

"그렇다면 김생의 글씨를 혹 찾으면 나타날지도 모르겠군."

그래서 그곳의 사람들은 웃었지만 담계의 말은 의미가 있었다……. 찾아보라는 뜻이었다.

육당 최남선에 의하면 최근 1~2백 년 전까지——추사의 시대에 해당된다——산거첩(山居帖) 석본(창립사의 탁본), 경주 대노원(大櫓院)의 소편(小扁 : 작은 편액), 그리고 강진 백련사에 '萬德山白蓮社'라는 여섯 대자가 남아있었는데 모두 인멸되었다고 한다.

김생의 글씨 집자비인 백월비는 글자의 지름이 7푼 내지 한 치로 행서이고, 필력이 매우 굳세며 왕희지 글씨를 방불케 했다. 그리하여 옛날부터 필가의 관심이 많았으며 인평대군(1418~1453)의 《비해당 집고첩》에도 이것이 올라있고 담계가 아는 까닭도 무리는 아니었다. 호숙(浩叔) 이항(李沆)은 어려서 이 글씨를 보았다.

이항은 연산군 때의 사람으로 김안로(金安老)의 당으로서 사람을 박해했다 하여 소인으로 간주되고 중종 26년(1531) 사사(賜死)되었는데, 경상우도 관찰사(일설엔 영천 군수)로 있을 때 백월비를 구하는 큰 일을 한다.

관찰사인 이항이 봉화의 태자사[봉화군 명호면]를 찾아가자 절은 이미 폐사가 되어 잡초가 우거져 있고 탑만이 홀로 서있었다. 당시는 불교가 탄압되던 때이므로 그의 관심은 비면의 글씨가 과연 김생의 것이냐 하는 데 있었다. 그러고 보면 이항 역시 상당한 수준의 서가임을 알 수 있다.

김생의 집자임을 확인한 그는 곧 고을의 유지인 참봉 권현손(權賢孫)과 의논하여 영천(영주군 영천면 휴천리)의 자민루(子民樓) 아래로 이전한다. 이전 이유는 탑의 측면에 석각되어 알 수가 있다. 즉 인가도 없는 곳에 버려져 있어 놓아져 풀을 뜯는 황소가 뿔로 받았는지 깨어진 부분이 있고 목동이 밭에서 콩을 꺾어다가 구워 먹었는지 시커멓게 그을려 있었다. 이리하여 옮겨진 백월비는 지붕을 가진 당 안에 안치되고 잡인이 함부로 접근할 수 없게 하였다

[1509].

이능화(李能和)의 《조선불교사》에 의하면 이 백월비는 김생의 글씨를 숭배하여 원명 이래로 사신이 조선에 오면 많은 사람이 탑본하여 가지고 돌아갔던 것이며, 특히 주지번(朱之蕃)은 조선에 오면 백월비의 탑본을 1천 장이나 요구하여 보물처럼 가지고 돌아갔다. 주지번은 임란 이후 조선에 자주 드나들었던 명사(明使)로, 대개의 사신들이 오만불손하고 금괴나 여자를 요구하는 등 행패가 심했지만, 그만은 이 탑본을 돈벌이 수단으로 이용했던 것이다.

이런 폐단이 있기 때문에 비석의 반 이상을 땅속에 파묻고 탑본을 금했으나 숙종조에 이르러 다시 원상을 회복시켰다는 이야기도 전한다.

백월비의 수난은 이것에 그친 게 아니고 일제 치하에서 비석이 쓰러져 세로 균열이 생겼고 1918년 박물관에 이전된다……

비신(碑身)──비문과 명(銘)을 새긴 부분으로 비의 전면을 비양(碑陽)·비표(碑表)라 하고 그 이면은 비음(碑陰)이라 하는데, 비음에 새겨진 글은 음기(陰記)라고 한다──은 높이가 여섯 자 일곱 치, 폭은 석 자 두 치이며 비표에 낭공대사의 문인(제자) 한림학사·수병부시랑·지서서원사(知瑞書院事)로 자금어대(紫金魚袋: 물고기 모양의 적동색 주머니)를 받은 최인연의 글을 승려 단목이 김생의 글씨로 집자했다고 했다.

또 비음은 낭공대사의 법손(재전 제자) 순백(純白)이 후기를 지었다.

"다음은 최고운의 필적입니다만 쌍계사 진감국사비(眞鑑國師碑)가 있습니다. 비문의 찬과 글씨가 모두 최학사의 것입니다."

담계도 이 말에는 완전히 관심을 나타냈다. 아마 담계도 처음 듣는 이야기인 듯싶었다.

"《대동금석서》에 쌍계비로 나와있고 당희종 광계(光啓) 3년(887)인 정미년, 신라의 진성여왕 원년에 세운 것입니다. 약 3천 자로서 결자도 많지 않으며 안노공체의 행서로 씌어져 있습니다."

마침내 담계도 신음 소리를 내뿜었다. 금석학자로서 미지의 탁본을 얻는다는 것은 경험자가 아니면 맛볼 수 없는 흥분과 기대를 일으키는 것이리라.

비석 높이는 여섯 자 일곱 치, 폭 석 자 세 치로 이수(螭首 : 비액)와 귀질(龜趺)이 있으며 이수의 중앙 아래쪽에 '당해동고진감선사비(唐海東故眞鑑禪師碑)'라는 전액이 있었다.

당이라는 글자가 붙은 것은 그의 조상이 당에서 왔다는 뜻이라고 한다.

진감선사(775~851)는 법명이 혜소(慧昭)이고 속성은 최씨인데 전주 금마(金馬) 사람이었다. 어려서 장난할 때도 잎을 불살러 향불이라 했고 꽃을 가져다가는 부처님께 바친다고 했다. 31세이던 신라 애장왕 5년(804)에 입당하여 창주(滄州)에 이르렀고 신감대사의 제자가 된다.

신감대사는 마조도일의 재전 제자이다. 37세로 숭산의 유리단에서 계를 받았다. 그곳에서 먼저 건너온 도의대사를 만나고 도우(道友)가 되어 사방을 참심(參尋)했다. 이윽고 도의는 귀국했지만 그는 종남산에 들어가 만 길 봉우리에 올라가서 솔방울을 먹어가며 치관적적(止觀寂寂) 3년을 좌선한다. 이렇듯 고행을 하고 당에서 27년을 머문 뒤 흥덕왕 5년(830)에 귀국했다.

처음에 상주의 장백사(長栢寺)에 있었는데 지리산 화개 골짝에 들어갔고 그곳 난야에 주했는데, 쌍계라는 이름은 정강왕 때 편액을 내렸기 때문에 비롯된 것이다.

문성왕 12년 정월 초아흐렛날 문도에게 일렀다. '만 가지의 법이 공이다. 나는 바야흐로 가련다. 일심(一心), 이를 힘써라. 탑으로써 형체를 짓지 말고 명(銘)으로써 자취를 적지 말라.' 마침내 앉아서 입멸했는데 보년이 77이고 적하(積夏 : 하안거를 쌓음) 41년이었다.

영조의 을사년(1725), 비문을 목판으로 이각하였다. 서체는 해서이고 글자 지름은 7푼이며 구체안정(歐體顏情)이라는 평이 있다.

회창의 폐불(廢佛)은 선종 발달의 계기가 되기도 했다. 탄압의 주대상은 천태종을 비롯한 기존 불교였다.

달마대사 이래로 불립문자(不立文字)·직지인심(直指人心)·견성성불(見性成佛)이 대대로 전해졌다고 하지만, 그 실체는 정려바라밀(靜慮波羅密) 곧 좌선이었다.

그러므로 선종을 일명 심종(心宗)이라 하며 이는 불타의 가르침에 근거를 두고 있는데, 중국적 불교였다.

오종(五宗)의 확립 연대는 확실치가 않지만 회창의 폐불 이후이리라.

중국에서 임제종과 규양종의 성립이 조금 빠르고 조동종·운문종(雲門宗)·법안종(法眼宗)이 차례로 성립되었다.

이밖에도 종파의 이름은 전하지 않지만 일어났다가 소멸된 것도 분명히 있었다고 보는 게 순리이다.

임제종을 일으킨 의현선사는 조주 남화(曹州南華 : 산동성) 사람으로 속성은 형씨(邢氏)이고 어려서 출가했다. 황벽화상 아래서 수

업했다. 그의 언행은 제자 혜연(慧然)이 기록한 《임제록》으로 자세히 전하는데 임제종은 그 수행의 엄격함으로 알려져 있다. 예를 들어 달마대사를 중심으로 '임제할 덕산봉(臨濟喝 德山棒)'이라는 불화가 있다. 할이란 소리를 지른다는 의미이고 봉은 몽둥이다.

사실 《임제록》을 읽어보면 당시의 속어, 그것도 욕설이다 싶은 것들이 많이 들어있어 난해하다는 느낌을 더욱 갖게 된다.

의현은 어느 날 황벽화상이 경문을 읽는 것을 보고 비웃었다.
"뭐야, 나는 이제까지 노사(老師)를 하나의 인물로 알았는데, 이제 보니 겨우 경문이나 읽는 중이었군그래."

그리고 즉시 하산하려고 했다. 그러자 황벽은 다짜고짜 의현을 몽둥이로 때려 도량에서 내쫓았다. 의현은 분함을 참지 못하고 씩씩거리며 산길을 내려왔는데, 도중에서 문득 걸음을 멈추고 고개를 갸웃했다.

"화상이 왜 나를 때렸을까? 그것엔 분명히 까닭이 있지 않을까?"

라는 의문을 품고 다시 산길을 올라갔다. 돌아온 의현을 보고 노사는 아무런 말도 하지 않는다. 의현은 며칠 도량에서 좌선했지만, 역시 불만이다. 그래서 황벽화상을 찾아뵙고 하산할 뜻을 말했다.

"어디로 가려느냐?"
"하남이 아니면 하북으로 갈까 합니다."

그 대답이 끝나기도 전에 황벽은 또 몽둥이로 의현을 때렸다. 이번에는 의현도 가만히 있지를 않았다. 몽둥이를 휘두르는 스승의 손목을 한 손으로 움켜잡으며 남은 한 손으로 노사의 뺨따귀를 올려부쳤다. 그러자 황벽은 껄껄 웃고 의현에게 인가(印可)를 내려주었다.

선종에서는 이런 할과 봉으로 선기(禪機 : 선의 깨달음)를 얻는다고 설명한다. 그러나 일반인으로선 도무지 뭐가 뭔지 이해되지 않는다.

여기서 선의 삼대 특징인 불립문자·직지인심·견성성불을 생각해 보자.

불립문자란 선의 진수는 이심전심(以心傳心)이고 스승의 순일(純一)한 마음과 제자의 순일한 마음이 빈틈없이 일치됨으로써 비로소 전해진다. 그런 만큼 선종에선 불상이나 불경과 같은 눈에 보이는 것을 의지하지 않더라도 수행할 수 있다.

말하자면 사찰이나 도량이 아니라도 단 혼자 천 길 벼랑 위나 동굴에서 좌선하며 깨달을 수 있는 셈이다.

스승은 의현이, 하남으로 갈지 하북으로 갈지 확고한 신념이 없음을 구타한 셈인데 그는 하북으로 갔었고 호타하라는 강의 나루터 부근 작은 암자에 주하며 도량을 열었다. 임제라는 호칭도 여기서 생겼다. 임제는 곧 나루터에 이웃한다는 것이고, 당시 회창의 폐불 이후 황폐화된 불교의 재흥을 꾀하며 한 사람이라도 더 많이 구제하겠다는 소원에서였으리라.

구체적 언급은 없지만 그는 불교 탄압을 만났었다.

여기서 '불립문자'가 실감있게 느껴진다.

임제보다 후대인—북송 초기의 설두중현(雪竇重顯 : 980~1052)이 엮은 공안집(公案集) 《설두송고》에 북송말의 승려 환오극근(圜悟克勤 : 1063~1135)이 해설·논평을 가한—《벽암록(碧岩錄)》을 보면, 교외별전(敎外別傳)이란 말이 나온다.

교외별전은 일반적 불교—교종(敎宗 : 현교)의 가르침—이외로 선의 진리라는 것을 이심전심, 곧 직접 체험에 호소하는 방법으로 전해진다는 설이다. 그리하여 불타의 가르침과 조사(祖師 : 큰스님)의 가르침은 모순되지 않는다는 주장이다.

《임제록》과 《벽암록》 사이에는 당말의 혼란과 그것에 이어진 5대라는 난세가 끼어 있다. 불립문자와 교외별전은 표리일체의 말로, 보다 발전된 것이 교외별전이라고 하면, 망발일까?

《벽암록》의 시대에는 불사나 불경에 의지하지 않는 불립문자뿐 아니라 승려가 스스로 이마에 땀을 흘리는 자립적인 생활, 작무(作務)라는 것도 강조되고 있다. 즉 시주에만 의존하지 않는 자립적 노동의 신성함도 수행의 중요 과제가 되는 셈이다.

다음의 직지인심은 무엇인가? 이것도 《벽암록》에선 '공안(참선에 임하여 제자에게 주어지는 과제)'으로 제시될 만큼 중요하지만, 요컨대 선의 수행법은 마음을 찌르는 자극을 주어 스스로의 본심(本心)·불성을 자각시키는 데 있다는 설이다. 기상천외의 선어(禪語)를 주고받는 선문답이나 할이나 봉으로 졸고 있는 수행자를 깨닫게 하는 방법 역시 직지인심이라고 하겠다.

끝으로 견성성불이다. 불교는 어느 교파이고 깨달음을 얻어 열반에 이르는 성불을 목표로 한다. 여기서 말하는 견성의 성(性)은 성리학에서 말하는 성(마음)과 같다. 불교에선 입정(入定)하여 고요한 심정으로 정신을 통일시키면 과거·현재·미래를 관(본다)할 수 있다고 하는데, 유교와는 방법론의 차이였다.

불교를 탄압한 당무종은 도교에 기울어졌고 역시 '금단'을 지나치게 먹어 급사한다. 그러자 환관들은 문종·무종의 형제 숙부뻘인 이이(李怡)를 옹립한다. 당선종(재위 846~859)이다.

당선종 역시 무능한 인물로 도교에 심취하며 금단을 과용한다.

이런 무종·선종 시대에 활약한 시인은 두목과 이상은이었다. 목지(牧之) 두목은 두보와는 달리 명문 출신으로 〈강남춘(江南春)〉〈산행(山行)〉〈청명(淸明)〉〈오강묘(烏江廟)〉와 같은 자연을 노래한 가시(佳詩)가 많다. 7언절구인 〈산행〉은 무한한 상상력을 일으킨다.

'멀리 온 한산에 오르는 돌길은 밋밋한데/흰구름이 생기는 곳에 인가가 있구나/수레를 멈추고 해넘이의 풍림을 바라보았더니/서리맞아 물든 잎이 봄의 꽃보다 붉도다.
 (遠上寒山石徑斜 白雲生處有人家 停車坐愛楓林晚 霜葉紅於二月花)'

시구 중 '한산'은 늦은 가을의 쓸쓸한 산이고, 홍어(紅於)는 비교를 나타내는 용법인데, 이 시로 말미암아 단풍이라는 의미가 된다. 당시의 험악한 세상에서 이렇듯 순수한 마음을 가졌다면, 역시 시인이라고 부를 만하다.

한편 의산(義山)·이상은은 동시대의 시인 온정균과 병칭되는데 〈야우기북(夜雨寄北)〉이 유명하다. 기북의 기는 편지나 물건을 타인에게 위탁하여 보내는 것인데 곧 우리말의 기별(편지)이다. 또 아내의 별칭 북당(北堂)도 이런 말에서 비롯된 우아로운 말이다.

'당신은 돌아올 때를 묻지만 아직 기약할 수 없구려/파촉 산 속의 가을 밤비가 못이 넘치도록 내렸다오[아내에 대한 애정을 못물에 비유한다]/대체 언제쯤 서창 촛불의 심지를 함께 자르며/이 파촉의 밤비를 들은 쓸쓸함을 말할 수 있을까.

(君問歸期未有期 巴山夜雨張秋池 何當共剪西窓燭 却話巴山夜雨時)'

당의종은 불교를 보호하고 다시 불사리를 맞는 등 했지만, 그가 죽고 어린 당희종(재위 872~888)이 12세로 옹립되자 각지에서 떼도둑이 일어났다. 한림학사 노휴(盧携)는 상주했다.
"지난 해에는 관동(산동 하남)에서 가뭄이 심하여 봄보리는 소출이 반으로 떨어졌고, 가을보리는 소출이 거의 없었습니다. 겨울이 되자 백성은 먹을 게 없어 풀뿌리나 나무껍질로 근근히 목숨을 잇는 형편인데 세금은 여전합니다. 지방 관리는 중앙의 독촉이 심하므로 백성의 가축은 물론 처자식까지 팔아 할당된 액수를 채우라고 합니다. 중간에서 사라지는 것도 많습니다.
 폐하께서 새로 등극하신 김에 지난 세금을 모두 탕감해 주시고 나라의 창고에서 곡식을 풀어 빈민을 구제하십시오."
당시로선 꽤나 노골적인 상주였으나, 희종은 막후에서 그를 조종하는 환관 전령자(田令孜)와 의논하고,
"그러면 경이 재상을 맡아 좋도록 처리하시오."
라고 했다. 그러나 비판은 하기 쉽지만 실무에 반드시 밝은 것은 아니다. 이론과 현실은 다른 것으로, 노휴는 곧 궁지에 몰린다.
엎친 데 덮친 격으로 왕선지(王仙芝)라는 자가 산동과 하남의 접경인 복주(僕州)에서 반란을 일으켰다. 왕선지는 이른바 염상(鹽商)으로 풍부한 재력을 가졌고 그 무리가 수천 명이나 되었다.
소금은 인간의 생활에 필수품이다. 그리하여 한대에선 국가의 수입을 올리기 위해 소금과 철(주로 구리)을 전매제로 했었다. 이런 전매제는 위진 시대 이후 난세가 계속되면서 흐지부지 되었지만

당희종은 건부(乾符) 5년(876) 국가의 재정을 확보하기 위해 소금의 전매제를 강행한다. 왕선지는 이것에 반발하고 그 무리 수천 명과 더불어 반란을 일으켰던 것이다.

당시 중국에는 몇 군데의 소금 산지가 있었다. 산서성의 남부 지역 황하와 분하(汾河)가 합류되는 일대에는 '염지(鹽池)'라는 게 있지만 이는 암염이었고, 사천성(파촉)에선 염분이 함유된 지하수를 길어올려 제염하고 있었다. 이런 암염이나 지하수의 제염은 염분이 농후하여 간을 맞추는 데 불편하다.

그런데 위진 시대부터는 장강의 하구로부터 회수의 하구에 이르는 해안 지대를 강회(江淮)라 하는데 이곳의 해염이 양질의 소금으로서 생산량도 많았다. 참고로 회수 이남 장강까지의 지역을 강동(江東)이라 하는데, 당송 시대에는 현재의 강소·절강성 일대를 통틀어 강남이라고 호칭했다.

왕선지와 황소(黃巢)는 강회의 소금을 무역하는 염상(鹽商)으로 억만장자였다.

조정에선 처음에 이들을 우습게 보았지만 뜻밖에도 만만치 않았다. 하남 일대가 그들의 손에 들어갔고, 황소는 유가로서 지휘 능력도 있었다. 한 가지 다행한 일은 왕선지와 황소가 서로 주도권 다툼을 하며 반목하고 있다는 점이었다.

희종의 무술년(878), 관군인 증원유(曾元裕)가 왕선지를 잡아 죽이자 황소의 무리는 장강을 건너 남으로 달아난다. 이 지역은 물산이 풍부하고 인구도 많았지만 절도사(번진)가 있지 않아 방비가 허술했다.

황소는 당조(唐朝)에 대해 고향과 가까운 단주(鄆州)의 절도사를 요구했지만 거부되었고, 다시 광주(廣州)의 절도사를 요구했는데 훨씬 낮은 관직밖에 제시되지 않았다.

이때쯤 황소의 무리는 수십만에 이르렀고 강남 일대는 거의 잿더미로 변하고 말았는데, 그는 광주를 목표했다.

당시 광주에는 아라비아인과 페르시아인 등 무역에 종사하는 외국인이 많았고, 그 부유함에 대해선,

"여보게, 말라깽이 씨름꾼, 뚱뚱한 색시, 거렁뱅이 파사인(페르시아인)이란 말을 들었나?"

"그런 것은 모두 있을 수 없는 일이지."

"그러니까 그게 모두 우리 한족에 비교해서 나온 말일세."
하며 그들의 상상을 초월하는 부유함을 비아냥대는 속담마저 유행되었다. 그리하여 황소군은 겨우 하룻만에 광주성을 점령했으며, 아랍측 기록에 의하면 그곳 거주 외국인 12만을 학살한다.

황소의 무리는 마치 메뚜기 떼와 같았다. 그들은 약탈하고 죽이고 나자 송장과 폐허만 남기고 이동했다. 이어 계주(桂州:계림)로 향했지만 열병이 유행되어 열 가운데 일고여덟은 쓰러졌다.

그러나 황소는 스스로 충천 대장군이라고 했으며 다시 장강을 건너 양양에 나타났다. 879년, 사천 절도사인 고변이 양양 근처에서 반도를 크게 무찌른다. 고운 최치원도 종군하고 있었음은 물론이다.

하지만 이때 유한굉(劉漢宏)이 반란을 일으키고 북부에선 사타족(흉노의 일파)인 이극용(李克用)이 또한 반란을 일으켜 진양(晉陽)에 육박했다.

당희종은 사방에서 도둑이 일어나자 광명(廣明)이라고 연호를 바꾸었다. 그러자 황소는 이것을 역이용하여 재기를 꾀한다.

"보라, 당나라는 스스로 집 속의 알맹이를 뽑아버리고 누르 황

자를 집어넣었으니, 이는 우리 황소군이 당조를 대신하여 천하의 주인이 되고 세상을 밝게 할 징조이다."

그리고 스스로 하늘이 돕는다는 뜻으로 천보 대장군이라 일컫고 관군이 없는 곳을 골라가며 낙양을 향해 북상했다. 고변은 관할이 다르므로 이들을 추격하지 않고 사천으로 돌아갔다.

황소가 휩쓴 강남, 영남, 그리고 호남 일대는 남종선의 본거지이다. 선종이 피해를 입었다면 이때 엄청난 법난을 당했으리라.

당시 장안을 지키는 군대는 황제 직속의 신책군(神策軍)이었다. 신책군에는 장안 거주의 명문·부호들 자제가 많았다. 이들은 환관이나 고관한테 뇌물을 쓰고 변경이나 낯선 곳에서의 병역을 싫어하여 신책군에 입대한 셈이다.

그러므로 병사라 하여도 형식에 불과하다. 화려한 복장으로 말을 달리며 뽐내든가 대낮부터 술집에 들러 여자들과 희롱했고 전투 훈련 같은 것은 받은 적조차 없었다.

당희종의 경자년(880)도 저물어가는 섣달, 황소군은 다시 60만이라는 집단으로 불어났고 장안을 향해 진격해 왔다. 신책군의 부호 자제들은 돈으로 대리인을 고용하여 전선에 보내든가 뇌물을 써서 병자로 가장하든가 했다.

이런 상태이므로 황소군을 막아낼 재간이 없다. 당희종은 이듬해 신축년 정월, 겨우 5백 명의 군사 호위를 받으며 고변이 지키는 파촉의 성도(成都)로 몽진(蒙塵)했고, 황소군은 장안을 점령하여 또 약탈과 살육이 벌어졌다. 이때 또한 많은 경적과 불교의 경문이 오유(烏有)로 돌아갔다…….

황소는 스스로 황제를 칭하며 국호를 대제(大齊)라 했으며 연호를 금통(金統)이라 했다.

그뒤 1~2년, 사타족인 이극용이 여러 주를 공략했고 왕탁(王鐸)이 장안에 육박하는 등 황소는 늘 불안했었다. 더욱이 희종의 임인년(882)에 심복이던 주온(朱溫)이 당에게 항복하자 타격을 받았다.

주온은 어려서 아버지를 여의고 어머니와 두 형님과 함께 어떤 지주의 머슴으로 노예처럼 혹사되었다. 이윽고 스무 살이 지났을 무렵 둘째 형과 함께 지주의 집에서 뛰쳐나와 황소의 군에 가담한다. 그리하여 형은 광주 공격 때 전사했으나 그는 살아남아 점차 간부급으로 승진되었다.

이런 주온이 귀순하자 희종은 기뻐하고 변주(汴州 : 개봉) 절도사에 임명하는 한편 전충이라는 이름까지 내린다. 주전충(朱全忠)의 등장이다.

같은 무렵 희종은 진양을 근거지로 하는 사타족 이극용을 하동 절도사에 임명한다. 이극용은 당시 28세. 눈이 짝짝이고 한눈이 작아 '독안룡(獨眼龍)'이라고 불렸다. 그의 부하는 1만 7천의 기병이며 검은 옷을 전원 착용하고 있어 까마귀라는 별명인 아군(鴉軍)이라고 불렸다. 이들 앞에선 적이 없었고 아군이 남하하자 장안의 황소군 15만은 싸우지도 않고 달아났다.

희종의 갑진년(884) 여름 5월의 일이다. 《자치통감》은 이극용과 사타족이 야만족이고 장안을 점거하자 약탈을 일삼았다고 썼지만, 이는 편견이고 스스로 모순된 기록을 하고 있다. 달아나는 황소군이 흘린 보물에 눈이 멀어 사타족은 제대로 추격도 하지 못했다는 것이다. 약탈자는 황소의 무리이고 약탈한 뒤에 또 무엇을 약탈했다는 것일까?

황소는 산동이 고향이다. 그의 무리는 산동을 목표했는데 하남의 남단 채주(蔡州)를 점령하고 그곳의 태수 진종권(秦宗權)을 왕으로 봉하여 부하로 끌어들인 뒤 새로운 근거지로 삼으려 했다. 그러나 곧 뒤쫓아온 이극용에 의해 대파되고 부하는 뿔뿔이 흩어진다. 황소는 달아났지만 태산 골짜기에서 자결했다. 그러자 생질인 임언(林言)이 황소의 목을 베어 귀순하려 했는데 임언도 이극용에 의해 참수된다.

황소가 죽었을 때 그의 희빈들 수십 명도 붙잡혀 성도에 보내졌다. 이들은 모두 명문가나 대관의 딸로 장안이 함락되었을 때 황소의 후궁이 된 여자들이다. 그녀들은 황제의 얼굴을 보자 소리내어 통곡했다. 그러자 당희종은 불쑥 말했다.

"너희들은 대대로 국은을 받은 명가의 자녀로서 어찌하여 도둑에게 몸을 허락했느냐?"

그러자 한 여인이 항변했다.

"천자는 백만의 대군을 손에 잡고 있으면서도 도읍을 지키지도 못하고 조상 대대의 분묘와 백성들을 버리고 달아나셨습니다. 그런 책임을 묻는 거라면 대신이나 장군에게 물으셔야지 어찌 가냘픈 저희들에게 물으려 하십니까? 억울합니다!"

희종은 말문이 막혀 대답을 하지 못했다. 이 가엾은 여인들은 천자에 반항했다는 죄로 모두 형장에 보내졌는데, 사람들은 이들을 가엾이 여기며 술과 음식을 바치면서 위로했다.

당희종은 장안으로 돌아와 연호를 광계(光啓)라고 바꾼다[885]. 중국에서의 연호는 의미가 있는 것이고, 먼젓번에 나온 '광명'은 황소가 이를 역이용하자 1년도 되기 전에 바꾸어 중화(中和)라고 했는데, 황소의 난이 일단은 끝났으므로 연호를 바꾼 셈이다.

이 해 3월 최치원은 고국에 돌아갔는데, 고변은 발해군왕(勃海郡

王)이란 작위와 회남 절도사(淮南 節度使)가 된다.

회남의 양주는 강회의 소금 집산지로 수양제의 대운하 시발점이기도 하며 부유한 상인들이 많은 상업 도시였다.

이곳에 부임한 고변은 부하들에 의해 살해되었지만《자치통감》은 그 이유를 적지 않는다. 아마도 북지(北地) 사람인 그를 시기했던 모양이다.

부하 양행밀(楊行密)은 고변의 복수를 하였고 양주를 차지했다.

행밀은 너그러운 성품으로 부하를 아꼈으므로 인망도 있었다.

한편 진종권의 부하인 손유(孫儒)란 자가 양주의 재물을 노리고 남하하는 일도 있었지만, 일단 달아났던 행밀은 다시 양주를 수복하고 손유를 몰아냈다.

이때 주전충이 행동을 개시하여 황소의 잔당인 진종권을 잡아 죽였고 그 공로로 동평군왕(東平郡王)에 봉해졌다. 군왕은 관작만 높았지 태수나 다름없다. 이 무렵 당희종이 죽자 소종(昭宗 : 재위 889~904)이 뒤를 잇고 있었다.

양주를 되찾은 양행밀은 민심을 얻는 데 힘을 기울인다. 손유가 점거하는 동안 살인과 약탈을 일삼아 행밀의 주가는 높아졌다. 이리하여 세력을 키운 행밀은 적을 쉰 차례나 무찔러 손유를 죽였다.

양행밀은 손유의 부하 중에서 5천 명의 용사를 뽑아 검은 옷을 입히고 대우를 잘 해주며, 이를 흑운도(黑雲都)라고 했다. 황소의 무리 중에는 당시 천대를 받던 고구려·백제 유민의 후손도 많았는데, 흑운도에도 어쩌면 이런 집단이 있었는지도 모른다. 어쨌든 양행밀은 양주를 중심으로 지반을 닦고 손권 이래의 전통을 좇아 오(吳)라는 국호를 쓰며 왕을 자칭한다.

변주(개봉)에 근거지를 둔 주전충은 대운하의 중심부를 점거한 지리적 조건을 이용하여 북쪽의 이극용과 병립되는 큰 세력이었다. 또 주전충은 양행밀과는 자주 싸웠다.

당소종의 임자년(892), 이무정(李茂貞)은 산서 좌도 절도사로서 기왕(岐王)이 된다. 본디 산서는 숭산을 기준으로 하여 동쪽을 '산동'이라 한 것과 대비되지만, 좌도는 장안의 서쪽 봉상(鳳翔 : 섬서성)이 중심지였고 무정은 이곳에 옹거했던 것이다. 같은 무렵 전류(錢鏐)는 절강의 항(杭 : 항주)에 있던 지방 군벌인데, 손유의 잔당 동창(董昌)을 토벌하라는 명령을 받는다.

이리하여 전류는 당소종의 병진년(896), 동창과 그 무리를 잡아 장강에 던져 죽였다. 이 공로에 의해 전류는 진해(鎭海) 절도사가 되고 그 세력권은 오늘날의 상해 일대를 포함한 절강성 전역을 차지했다. 전류 역시 무용도(武勇都)라는 정예를 편성했는데, 국호를 월이라며 왕을 자칭한다.

절강 남쪽이 복건성인데 왕조(王潮)가 복(福 : 복주)에 근거지를 두고 그 아우 왕심지(王審地)가 뒤를 잇자 국호를 민(閩)이라며 역시 왕을 칭한다. 이곳은 본래 오늘날 홍콩에서 볼 수 있듯이 수상민 단족(蛋族)의 땅으로, 한족이 볼 때에는 사람이 좀처럼 살 수 없는 곳처럼 여겨졌다. 그러나 점차 한족에게 잠식되어 섬이나 남쪽으로 쫓겨간다.

또 손유의 부하로 마은(馬殷)은 동정호에서 오령(五嶺)에 이르는 평야지대를 점거하여 국호를 초(楚)라고 한다. 중국에서의 호남은 이 동정호 남쪽이고 수읍(首邑)은 담(潭 : 장사)이라 했으며, 동정호 북쪽 장강 건너가 호북이라고 불린다.

이때 우리나라도 당과는 사정이 비슷하여 신라 진성여왕 8년 (894) 궁예(弓裔)가 북원에서 일어났고 부하 왕건(王建)은 철원 태수에 임명되고 있다.

 고려의 왕건 태조와도 이름이 똑같은 사람이 중국에도 있었는데, 그는 환관 전령자를 죽였고 양천(兩川)에 근거지를 정하며 촉왕(蜀王)을 자칭한다. 앞서 말한 대로 최치원이 '시무 10개조'를 상주하여 국정 개혁을 주장한 것도 이때의 일이다. 낭공대사비를 찬한 최인연(868~944)은 바로 고운의 사촌동생으로 뒷날 '언위(彥撝)'로 이름을 바꾼다. 언위도 18세에 입당하여 과거에 급제하고 42세에 귀국했다고 전하므로 당조의 멸망과 고국의 멸망 또한 체험한 인물이라고 하겠다.

 주전충은 양행밀을 공격했다가 크게 패하고(897), 다시 하동(진양)을 공격했다가 이극용에게 대패한다(899). 그러나 주전충은 식량이 충분했고 특히 고구려인들로 구성된 외인 부대의 전투력이 막강했다. 그리하여 그는 소종의 계해년(903), 장안에 입성하여 소종과 그를 감싸고 있는 환관들 수백 명을 죽였으며 13세이던 황자를 세운다. 이것이 당애제(唐哀帝)이다.

 이어 주전충은 힘도 없으면서 가문과 교양만 자랑하는 사람들 30여 명을 결박하자 도도히 흐르는 황하의 절벽가에 세운다.

 "너희들은 언제나 청류(淸流)라면서 뽐내왔으며 탁류(濁流)를 업신여겼다. 고기밥이 되어 탁류의 맛을 보라!"

 이리하여 육조(六朝) 이래로 이어져 왔던 청류(귀족)는 멸망된다. 주전충에게 이런 건의를 한 자는 역시 과거 낙방생으로 불평분자들이었다고 한다. 이어 주전충은 태후를 비롯한 궁녀들도 황하에 던져 죽였으며 스스로 황제가 된다(907).

 양태조(梁太祖)가 된 주전충은 이미 자립하고 있는 각지의 실권자에게 왕을 책봉했지만, 관심을 끄는 것은 그의 심복 고계창(高季

昌)의 형남(荊南) 절도사 임명이다. 고계창은 발해왕이라는 봉작이 주어졌던 만큼 역시 고구려의 후예라고 추정된다. 형남은 지역이야 좁았지만 삼국시대 유비가 관우를 시켜 지키게 했던 형주에 해당되며 남쪽의 초와 서쪽의 오를 견제하는 요지였다.

이 무렵 양행밀은 이미 죽고 그 아들 양악(楊渥)이 뒤를 잇고 있었으며, 진왕(晉王)이던 이극용도 죽고 이존욱(李存勖)이 실권을 잡고 있었다. 양태조는 또한 심복이던 유수광(劉守光)을 연왕(燕王)에 봉하고 있는데 그 수읍은 유(幽 : 유주)였다.

날은 훤히 밝았다.

추사는 담계 노인이 피로할까 염려가 되었지만 그는 기력이 왕성했다.

"신라와 고려초에는 아무래도 사문으로 필법을 남긴 사람이 많습니다. 이를테면 신라 헌덕왕의 계사년(813)에 쓴 영업(靈業)의 신행선사비(神行禪師碑), 고려 명종(明宗) 임진년(1172)에 쓴 기준(機俊)의 단속사 대감국사비(大鑑國師碑), 최치원 찬·혜강(慧江 : 842~925) 서의 봉암사(鳳巖寺) 지증대사비(智證大師碑), 최인연 찬·행기(行期) 서의 봉림사 진경대사비(眞鏡大師碑) 등이 있습니다. 이밖에도 유신으로 요극일(姚克一) 서의 대안사(大安寺) 적인선사비(寂仁禪師碑), 최치원 찬·최인연 서의 성주사(聖住寺 : 충남 남포) 낭혜화상(朗慧和尙) 백월보광탑비(白月葆光塔碑) 등도 있습니다."

단속사는 단성(丹城 : 경남 산청)에 있었던 고찰로 신행선사비와 대감국사비의 탑본은《조선금석총람》에 수록되고 있다.

영업에 대해선 별로 알려진 게 없지만 김생보다는 앞선 분이고

이원교의 《서결후편》에서 글씨가 수경(瘦勁)하여 취할 만하다고
평했다. 신행선사비는 이간(伊干) 김헌정이 찬한 것이고 신라·고
려를 통해 숱한 사탑이 세워졌지만 남아있는 것으로선 가장 오래
인 거라고 한다.
　혜강의 지증국사비는 문경에 있으며 비문의 자획이 단아하다는
평을 듣는다.
　행기는 행기(幸期)로도 기록되는데 신라말의 승려이고 소재지는
창원이다. 비문의 글씨는 안진경체이고 자체가 고선(枯禪:마르고
고요함)이라 무미(嫵媚)의 모습이 모자란다고 했다. 요컨대 무미
건조하다는 평인데 이는 기호 문제이다.
　요극일은 신라 원성왕 때의 시서학사로 필력이 준경했지만 김생
에는 미치지 못한다는 게 일반적 평이다. 그러나 기품(奇品)인 것
만은 분명했다. 대안사는 곡성에 있으며 요극일의 글씨는 솔경체
로 씌어졌다.
　이밖에 석몽순(釋蒙淳)은 영광 월출산의 월광사비(月光寺碑)를
썼다고 전하며, 김일(金一)은 구례 화엄사의 화엄경문을 석각한 것
으로 알려졌다. 최치원 찬의 기원문에 의하면 당희종의 광계 2년
(886) 7월 초닷새에 많은 조신들과 종친이 모여 헌강왕의 명복을
비는 재를 올렸다. 대덕 현준(賢俊)은 《화엄경》을 읽었으며 조신·
종친에게 명복을 비는 최선의 길은 사경(寫經)에 있다고 설법했다.
김일의 석경도 사경의 일종인 셈이다.
　그림으로선 솔거가 있는데 《명화기》에도 오른 김충의(金忠義)는
신라 사람이고 당덕종 때의 장군으로 그림이 정묘하였다. 또 신라
경명왕(景明王:재위 917~924) 때 승려로 불화를 잘 그렸다는 단계
(乳繼)의 이름이 보인다.

"신라에선 솔갱체가 유행되었다는데 왕희지의 글씨로선 전하는 게 없습니까?"
이는 이심암의 질문이었다.
때리면 울리듯이 추사는 대답했다.
"왕희지의 집자비로 전하는 무장사(鍪藏寺 : 경주)의 아미타여래 조상사적비가 있사오나 문헌상 나타난 것이고 소생은 아직 확인하지 못했습니다."
담계 노인이 웃으면서 말했다.
"금석은 성급함이 금물이다. 아무튼 좋은 이야기였소."
하고 결론 짓듯이 말하고 옹성원에게 무엇인가 일렀다.
그래서 추사는 석묵서루를 물러 나왔는데, 이날의 만남은 추사 자신은 물론이고 옹성원·이심암·서성백 등 역시 적잖이 흥분하고 있었다.
"김대형은 생일이 언제입니까?"
하고 성원의 서재인 듯싶은 곳에 다시 자리를 잡자 옹수곤은 새삼 물었다.
"유월 초사흗날입니다."
"그렇다면 제가 생월로 좀 앞서기는 했지만 추사는 경학에도 밝고 하니 학형(學兄)으로 모실까 합니다."
"아닙니다. 세월은 엄연한 것입니다. 조선의 법으로선 그런 게 없습니다."
성원은 몹시 난처한 모양이다. 그러자 이심암이 말했다.
"성원, 실망할 것 없소. 차라리 결의하는 게 어떠하오? 추사도 이의는 없겠지요."
이래서 추사는 옹성원과 의형제가 된다. 심암은 껄껄 웃으면서 말을 이었다.
 "결의 형제라면 술이 빠질 수 있소?"
 "아직 조반 전인데……."
하고 성원은 그 말에 대꾸한다.
 추사도 그만 하직하려고 했지만, 심암은 큰 소리로 말했다.
 "추사, 그것은 안되오. 지금 말했듯이 결의의 축연도 있고 하니……."
 "그것은 날을 따로 정하여 하는 게 좋을까 합니다."
 그러자 서송이 추사의 의견을 편들었다.
 "그렇소, 결의 축연은 우리가 해주기로 하고 그것보다 담계 선생도 천천히 쉬었다 가라 하시면서, 옹성원에게 수장품을 보여주라고 하셨소."

 식탁은 의외로 검소했다.
 집이 넓고 마치 궁전처럼 으리으리한 데 죽과 엄채(醃菜)라고 불리는 짠지 비슷한 게 전부였다.
 추사는 연경에서 오늘로 꼭 한 달이었다. 그런데 가정요리, 청국의 대관집에서 식사하기는 이번이 처음이다. 그러나 검소한 흰죽과 엄채뿐인 식탁을 대하자 사실 뜻밖이었다.
 우리는 언제부터인지 청인을 인색하다고 생각했다.
 청국의 역대 제왕은 검소하기로 유명하다. 강희·옹정·건륭·가경·도광제(道光帝 : 재위 1820~1850)는 구두쇠라는 소리를 들을 정도였다.
 추사가 갔을 때의 황제인 가경제는 즉위하자 탐관오리의 대표자로 지탄되는 화곤(和坤)에게 자결 명령을 내렸다. 그리고 압수된

재산 8억 냥[현재 돈으로 80억 달러쯤]을 빈민구제에 한푼도 쓰지 않아 그런 소릴 들었다. 다만 가경제는 이를 낭비하지는 않았다. 천자 스스로 꿰맨[자기가 기움] 옷을 입을 정도이므로 절검이 어느 정도인지 짐작할 만하다.

도광제는 가경제보다도 더 검소했다. 황제에겐 관례로 벼루가 40개 있었다. 도광제는 그것이 너무 많다면서 한두 개만 남기고 모두 신하에게 하사했다.

또 바지의 무릎이 해어지자 그곳에 둥글게 천을 대고 기워 사용했다. 그로부터 조정의 대관들도 옷을 기워 입는 것이 유행되었다고 한다.

어느 날 도광제는 대신에게 물었다.

"경은 깁는 비용이 얼마나 들었소?"

"은 3전입니다."

"그것은 싸군그래. 궁전에선 닷 냥이나 들었소."

또 언젠가는,

"경의 집 달걀은 얼마라고 합디까?"

하고 물었다. 대신이 시정(市井)의 계란값을 알 리 없다. 그렇다고 모른다고는 대답할 수 없는 일이다. 그래서 식은땀을 흘려가며 둘러댔다.

"신은 각기병(脚氣病)이 있어 달걀은 먹지 않습니다. 그래서 값도 모릅니다."

황제의 이런 좀스런 태도에 수군거리는 자도 있었다. 하지만 이런 기풍이 점차로 관리들 사회에 퍼졌음은 부인하지 못할 일이다.

"이 죽은 뭐라고 합니까?"

"팔보연자죽(八寶蓮子粥), 곧 연밥죽이죠."
"팔보란 특별한 의미가 있습니까?"
"글쎄요. 아마도 여덟 가지 재료를 쓰기 때문이겠지요."
식사를 마치자 그대로 반처(飯宁 : 식당)에서 차를 마셨다. 이윽고 옹수배가 한마디 묻는다. 수배는 다음해 신미년(1811)에 향년 48세로 졸하는데, 병색이 얼굴에 나타나 있었다.
"김생께선 필담하는 데 불편은 없으십니까?"
"물론 있지요. 하지만 좋은 점도 있습니다."
"어떤?"
"우선은 생각할 여유를 가져 좋지요."
추사의 이 재치 있는 말에 일동은 웃었다. 그는 다음의 말은 필담으로 했다.
"같은 한자라도 조선에서의 한자와 중국에서의 한자는 쓰는 의미가 다른 게 많습니다. 풍속·언어의 차라고 이해되지만 필담을 나누다 보면 해석하기 곤란한 게 있습니다. 이를테면 빵쓰〔房子 : 집〕, 우쓰〔屋子 : 방〕, 쑤빵〔書房 : 서재〕, 조탕〔澡堂 : 목욕실〕 등 처음에는 무슨 뜻인지 어리둥절했지요. 쑤빵은 조선에서는 젊은 서생을 말합니다. 그리고 아내가 남편을 부를 때도 사용하지요. 아직 글공부하는 선비라는 뜻에서 이런 말이 생겼겠지만, 房과 屋이 중국에선 조선의 반대로 쓰고 있으니 곤란을 느꼈던 거지요."
이심암과 수곤 형제는 추사의 설명을 듣고 배를 잡고 웃었다. 좌중의 웃음이 멎기를 기다려 추사는 물었다.
"담계 선생의 말씀과 방금 수배 대형께서도 저를 과분하게 김생이라고 하셨는데, 조선에선 생(生)이란 선생의 뜻입니다. 혹시 중국에선 다른 의미로 쓰이고 있습니까?"

이 질문은 네 사람을 놀라게 하고 당황케 만든 것 같다. 추사의 질문에 서송이 대답했다.

"선생이라 하면 한대의 석명(釋名)에서 스승을 가리켜 선생이라 한다고 했지요. 《관자(管子)》〈제자직편〉에서 선생이 가르친다·선생이 자리에 앉는다·선생이 식사를 드신다·선생이 명하신다·선생이 일어나신다·선생이 주무신다 등등 했습니다. 그런데 조선에서는 선생을 스승으로 사용하지 않습니까?"

"뜻은 그렇다 하더라도 예가 많지는 않습니다. 스승은 사(師)입니다. 중국에서 말하는 사부(師父)나 같지요."

"유정섭(兪正燮 : 1773~1839)이라는 학자는 이렇게도 말했습니다. 그는 《한시외전(韓詩外傳)》(한대의 韓嬰 작) 권6에서, 옛날 도를 아는 자를 선생이라 한 까닭은 어째서였을까? 그것은 선성(先醒), 곧 먼저 깬 자라는 것과도 같다. 선도(仙道)를 모르는 자는 일의 득실(得失)도 모르고 예도 모르며 마치 술취한 자처럼 아무것도 모른다.

그리하여 세상엔 먼저 깨는 자와 늦게 깨는 자, 도무지 깰 줄을 모르는 자가 있게 마련이다. 그러므로 선생이란 곧 선성을 말한다고 했지요. 유정섭은 가의(賈誼)의 《신서(新書)》〈선성편(先醒篇)〉에도 같은 말이 있다 했으며, 《의림(意林)》〈풍속통(風俗通)〉에도 선생이란 깬 자이고 학생은 마치 취하고 있는 자나 같다고 했습니다. 즉 생(生)이 모두 취하고 있는데 선생 하나만 깨어 있는 셈이고, 따라서 선생을 성생(醒生)이라고도 한다고 했지요."

추사는 고개를 끄덕였다.

"그러나 스승을 선생이라 하는 말은 《대대례(大戴禮)》〈오제편(五帝篇)〉에서 공자가 제자인 재아(宰我)에게 네가 그것을 물어서 어쩌겠다는 거냐, 선생으로도 설명의 도리가 없다고 하셨다는 말이 나오고 《열자》〈황제편〉에서도 무당이 당신의 선생 어쩌구 하는 구절이 있습니다. 그리고 보면 선생의 선(先)도 생(生)도 모두 스승을 나타내는 말이며, 조선에서 '생'을 가리켜 스승이라 함도 이상할 게 없다고 여겨집니다."
"그러면 김생께선 예스런 말로써 '생'이 스승이란 말로 조선에선 쓰여진다는 뜻이겠군요?"
"그렇습니다. 선과 생은 다른 말이지만 모두 스승의 뜻이 있다고 생각됩니다. 《사기》〈조착전(晁錯傳)〉을 보면 형명(刑名)을 지현(軹縣)의 장회선(張恢先)한테 배웠다 했고, 또 같은 〈조착전〉에 '등선(鄧先)'이란 말이 나오는데, 여기서의 '선'은 모두 스승을 가리킨다고 동진의 서광(徐廣)은 주석하고 있습니다. 또 《한서》에선 같은 숙손통(叔孫通)을 가리켜 〈매복전(梅福傳)〉에선 숙손선이라 하고 〈숙손통전〉에선 숙손생이라 하고 있습니다. 또 《한서》의 〈고제기(高帝紀)〉에서 위(魏)의 땅 1만 호를 생에게 주리라 했지만, 안사고(顏師古)는 이를 주석하여 선·생이 모두 스승을 말한다고 했지요."

비록 몇번밖에 만나지 않았지만 추사의 박학은 이미 이들에게 있어 경탄을 넘어섰다.

우리의 예로 조선 사람은 낯도 이름도 모르는데 술 한잔 마시거나 하면 벌써 친구가 된다. 이런 것은 친구가 아니다.

참다운 친구란 그 일생에 있어 몇 사람 없게 마련이다.

중국인은 10년을 사귀어야 그 속을 줄만큼 음흉스럽다고 비웃는 풍조가 우리에겐 있었다. 그것은 낭설이다.

낭설이긴 하지만, 추사가 고작 한 달 보름 남짓 연경에 머물면서 청조의 쟁쟁한 사람들과 사귈 수 있었던 비밀은 무엇일까? 어떤 이기심이 있어 그들은 추사를 친절히 대했던 것일까?

결코 아니다.

단언할 수 있다.

청조의 화인(한족)들은 대국 의식을 가졌고, 받는 것보다 주는 게 더 많은 경향이 있었다. 명조와 청조는 그 점이 다른데, 그들은 추사의 박식에 감탄하고 앞을 다투어 결의 형제하고 죽을 때까지 교유(交遊)를 한 것이다.

더욱이 옹담계, 완운대와 사제의 의를 맺게 된 것도 추사의 글씨라기보다 경학면에서 평가했기 때문이라고 믿는다.

그렇지 않고선 그뒤에 일어날 모든 일들이 이해되지 않는다.

"이것은 놀랍다!"

하고 이심암은 외쳤다. 기록을 보면, 이 만남이 있기 전 정월 스무엿새에 주학년이 자기가 그린 모기령(毛奇齡: 1623~1716), 주이존(朱彝尊: 1649~1709)의 초상화를 심암의 서재 진돈실에서 추사에게 기증했다고 한다. 모·주의 두 사람에 대해선 앞으로 설명하겠지만 모두 경학의 대가였다.

주야운이 이런 두 사람의 초상화를 기증했다는 데는 추사의 경학과 관련시켜 추리할 수밖에 없는 것이다.

이심암이 외치자 옹수배도 자기의 의견을 말했다. 논쟁의 발단은 자기에게 있기 때문이다.

"선생이란 말에는 고령자를 가리키는 경우도 있습니다.《맹자》

〈고자편(告子篇) 하〉에서 맹자가 송경(宋牼)에게 선생의 뜻은 위대하다고 했는데 한대(漢代)의 조기(趙岐)는 이를 주석하여 선생은 연장자를 뜻한다고 했습니다. 또《전국책》〈제책(齊策)〉에서 맹상군은 세 선생에게 말했다는 구절이 있는데 여기서도 맹상군은 자기보다 먼저 태어난 자를 존경하여 선생이라 했지요.《예기》〈곡례편〉에 나오는 선생을 가리켜 정현은 주에서 높은 나이에 학문을 가르치는 자라고 풀이했으며,《순자》〈신도편(臣道篇)〉에도 50세, 60세가 되어 신망이 있다면 비로소 가르칠 수 있다 했고, 같은 〈법행편(法行篇)〉에서 공자는 나이 늙어 가르치는 일이 없다면 죽어도 사모되지 않는다고 했습니다.

그러고 보면 남을 가르친다는 것은 노성인(老成人)의 의무이며 선생이란 곧 노인의 뜻이 있는 셈입니다. 하지만 굴원(屈原)은 귤송(橘頌:《초사》의 일부)에서 나이는 젊어도 사장(師長)이라고 해야 한다고 했으며, 나로선 선생이란 곧 먼저 깬 선성의 의미로 이해하고 싶습니다. 참고로 중국에선 스승의 스승을 노사(老師)라고 합니다. 그래서 일반적으로 연장자를 노선생이라 하는데 조선의 경우는 어떠합니까?"

"조선에서는 스승을 노사라고 하지 않습니다. 다만 불가에서 그런 말을 쓰는 것 같습니다."

이리하여 이들의 화제는 한동안 경학에 집중되었다.

그곳에 새로이 조옥수, 개정(介亭) 홍점첨(洪占鈷), 이묵장, 삼산(三山) 유화동(劉華東), 퇴재(退齋) 담광상(譚光祥), 그리고 근원 김가 등이 왔고 좌중은 단번에 시끄러워졌다. 이 가운데 홍개산, 유삼산, 담퇴재는 추사와 초면이다. 따라서 그들과 각각 초면 인사를 나눴고 그들의 고향 등과 성명 및 아호를 알았던 것이다.

옹성원은 새로 온 친구를 위해 차를 내오게 했다.

하기야 차는 중국인에게 있어 대접도 아니다. 주인공은 김추사이니 만큼 화제도 그를 중심으로 전개된다.

추사도 차를 마셨다. 새벽에 마셨던 차와는 또다른 차였다. 맛이 좀 씁쓰름했지만 독특한 향기가 있고 그 쓴맛이 입안에서 기묘한 작용을 일으켜 심신이 상쾌해진다.

새로 온 사람에 대해선 몰랐지만 김근원 등은 매우 도전적인 성품임을 이미 알고 있었다.

"띵하오 차신선디〔차가 신선해서 좋습니다〕."

아니나 다를까, 옥수(玉水) 조강(曹江)은,

"닌시환, 나차얼〔노형은 차를 좋아하시오〕?"
라고 묻는다. 어차피 화제를 만들려면 도전을 받아야 했다. 그러나 이묵장이 조옥수를 가로막았다. 묵장은 이름이 정원, 자는 화숙인데 보기에도 귀공자처럼 생겼다.

중국인 중에는 때때로 뭇닭 가운데 한 마리의 두루미〔群鷄一鷄〕라는 말처럼 희어멀쑥하니 잘생긴 사람이 있다. 그는 필담으로,

"김생은 손사막(孫思邈 : 581~682)을 아십니까?"
하고 묻는다.

추사는 집에 있는 수많은 책 가운데 손사막이 지은 의서《천금방(千金方)》이라는 것도 있어 그가 도교계의 명의임을 알고 있었지만 이묵장이 질문하는 취지를 파악할 수가 없었다.

손사막은《당서》에도 그 전기가 나온다. 그는 경조(京兆) 화원(華原 : 섬서성 요현) 사람으로 7세에 경서를 읽고 하루에 천여 자를 외웠다고 한다. 스무 살 때 제자백가를 읽고 불전에도 신선에도 통하고 있어 천자의 부름을 자주 받았으나 응하지를 않았고 만년에

는 깊은 산중에 들어가서 종적을 감추었다.
 그가 속세에 있을 적에 인명(人命)은 천금보다도 귀하다는 생각에서 인명을 구하는 처방을 후세에 전하는 게 자기의 사명이라며 《천금방》이라는 일종의 의학전서를 만들었다는 것이다.
 그래서 추사는 신중히 생각하고 썼다.
 "손진인(孫眞人)에 대해선 이름을 알 정도이고 《천금방》이 집에 있지만 아직 읽지는 않았습니다."
 그러자 이묵장은 싱글벙글 한다. 다른 사람들도 두 사람의 글씨를 들여다보며 고개를 갸우뚱한다.
 진인이란, 유교의 성인처럼 도교에서 쓰는 말이다. 추사는 이묵장의 인격으로 보아 짓궂은 질문을 한다고는 생각지 않았다. 묵장은 다시 썼다.
 "그러면 노형께서는 왕도(王燾)에 대해서도 아시겠군요. 천보 11재(752)에 나온 《외대비요방(外臺秘要方)》의 저자이지요."
 왕도가 태어난 건 측천무후 때로 미현(媚縣 : 섬서성 봉상부) 사람인데 어려서 병골이라 의학에 흥미를 가졌다. 장성하여 지방의 말단 관리가 되었지만 때마침 어머니가 중병에 걸려 관직을 그만두고 침식을 잊다시피 하며 간호에 힘썼다. 결국 어머니는 돌아갔는데, 이것이 한으로 남았다.
 그는 다시 관직을 얻고 임지(任地)를 전전했지만, 의원이 아닌데도 유명하다는 처방은 꼼꼼이 기록했다. 또 중앙의 대각[내각 : 궁전 도서관 겸용]에 근무할 때 의학서를 섭렵하여 그 동안의 기록과 합쳐 20여 년만에 《외대비요방》 40권을 완성한 것이다.
 추사는 《외대비요방》에 대해 몰랐고, 따라서 왕도의 이름도 처음으로 들었다.

"부지또〔모릅니다〕."

"《천금방》과《외대비요방》은 훌륭한 의서로써 분명히 귀국에도 전해졌을 터입니다. 오히려 중원에 없는 것이 조선에 남아있다고 하지 않습니까? 두 의서에도 나와 있지만 차도 처음엔 약으로 쓸만큼 귀중한 것이었지요."

추사는 그제야 이묵장의 말뜻을 이해했다. 묵장은 호의적 입장에서, 아니 학문적 입장에서 지식을 구하고 있는 것이다.

"예, 고려차는 중토(中國)에서 전래된 것이고 신라 선덕여왕(재위 632~647) 때 마셨다는 기록이 있습니다. 그러나 확실한 것은 흥덕왕(興德王) 3년(848)――당문종 때입니다――에 승려 대렴(大廉)이 처음으로 차의 씨앗을 가져왔고 왕명으로 지리산에 심었다고 했습니다. 따라서 끽다하는 습관은 선덕여왕 때부터 일부 있었고 약물처럼 귀중하게 여겨져, 지금 귀국 사람들이 고려 인삼이나 우황청심환을 찾듯 했다고 생각됩니다."

하고 추사는 물끄러미 탁자에 놓인 찻종을 내려다본다.

그것은 북경 일대에서 애음되는 녹차(綠茶)였다.

남방의 절강, 곧 강남에선 화차(花茶 : 자스민차), 복건은 오룡차(烏龍茶), 관동 지방은 보이차(普洱茶)를 즐겨 든다는 이야길 추사는 나중에 들었다.

추사는 다시 붓을 달렸다.

"《신농본초(神農本草)》에도 차는 마음의 안락을 주고 기력을 길러 준다고 했지요. 선문(禪門)이 고려에 전래되면서 음다의 습관이 퍼졌다고 생각됩니다."

추사의 이 말에 그들도 고개를 끄덕인다. 중국에서의 음다는 이미 한대부터 있었다고 하는데, 육우(陸羽)는《다경》을 지어 다도의 조(祖)로 일컬어진다〔760〕.

하기야 차를 상미(賞味)하는 풍아는 진대의 두육(杜毓)이 지은 《천부(荈賦)》에 이미 나와 있다.

그러나 육우가 비로소 차를 분류하고 다구(茶具)를 소개했던 거다. 당대에 차를 파는 장사꾼은 육우옹〔그는 일찍 죽었는데〕상을 만들고 다신(茶神)으로 받들었다.

"상저옹(桑苧翁 : 육우)은 현종의 천보 연간 난세를 만나 시골에 있었지만 때의 강남 선위사 이계경(李啓卿)의 초대를 받아 점다(點茶)를 한 적이 있습니다. 그래서 이공이 옹에게 차박사라고 하며 다전(茶錢)을 주려고 했습니다. 이는 육우에 대한 모욕이었지요. 그래서 《다경》을 집필했다는 겁니다."

하고 이묵장은 말을 계속했다.

"그리고 상저옹은 다도를 세울 때 말했습니다. 차의 본성은 조촐한 것으로 떠벌일 일이 아니다〔茶性儉不宜廣〕. 차는 마땅히 정성이 있고 검약의 덕이 있는 사람이어야 한다〔茶宜精行儉德之人〕라고 말입니다."

"역시 그렇군요. 신라의 차는 불가에서 널리 퍼졌던 것 같습니다. 그러니까 차는 불공에 쓰였지요. 이밖에 불가로서 수마(睡魔)를 쫓아내고 정신을 맑게 하는 효익(效益)이 있다고 했습니다. 옛 시에 명총정궤(明聰淨几)하고 산중송도(山中松濤)라. 탑상다향(榻上茶香)에 유적현묘(幽寂玄妙)라고 했으니까요."

"밍배〔明白〕, 밍배!"

하고 조강은 자기 마음에 들었다는 듯이 외치고 고개를 끄덕였다.

육우는 시인이기도 하지만 복주(復州 : 沔陽) 경릉(竟陵 : 安陸) 사람으로 남쪽 태생이다. 차 자체가 심산유곡의 겨울엔 따뜻하고 여름엔 시원한, 그것도 안개가 짙고 강우량이 많은 곳이라는 특수한 입지 조건이 필요하다.

우리나라에선 지리산이 그 적지(適地)였고 중국의 오룡차는 복건성 무이산(武夷山)이 그 원산지였다. 무이산은 이름난 명승지로 높은 봉우리들로 둘러싸여 있고 알맞은 기온과 풍부한 강우량, 적당한 일조 시간, 태고적 해저였다는 토양 등이 호조건이고 제조법도 완전히 발효시키는 홍차와는 달리 40퍼센트만 발효시키는데, 그 자세한 것은 물론 비밀이었다.

송·원대부터 황제의 진상품으로써 제조되고 명·청대를 통해서도 서민은 좀처럼 맛볼 수 없는 차였다.

《다경》을 보면 차도 그 수확 시기나 제조법에 따라 차(茶)·가(檟)·설(蔎)·명(茗)·천(荈)의 다섯 가지나 된다.

호암(湖岩) 문일평(1888~1939)의 《차고사》를 보면 신라차의 종류로 차발(茶馞)이라는 말이 나오며 〈이아〉를 인용하여, '일찍 채집한 것을 차라 하고 늦게 채집한 것은 명(茗)이라 하며 같은 것이로되, 그 채취하는 시일의 조만(早晚)에 따라 명칭을 달리 할 뿐이다. 그러나 실물로서 적을 때 차를 명으로도 하고 명을 차로도 하여 혼동해 쓴다.……그런데 당시의 신라인이 음용하던 차가 말차(抹茶:가루차), 또는 엽차인지 확실치 않으나 《삼국유사》에선 전다(煎茶)라 적고 《월일록(月日錄:이규보 문집 남행월일기)》에는 점다(點茶)로 나오는데 전자는 엽차를 가리키고 후자는 말차를 말한다. 이것이 사실을 전함일진대 엽차도 있었고 말차도 있었다. 그러나 엽차보다 말차를 흔히 마셨던 것 같다.

최치원은 〈진감국사비〉에서 찬하기를 '호향을 기증하는 자가 있게 되면 기와에 담아 잿불에 올려놓고 태우며 환(丸)을 만들지 않은 채 불살랐다. 그리고 말했다. 나는 이것이 무슨 냄새인지 모른다. 그저 마음이 경건해질 뿐이다. 또 한명(漢茗)을 공양하는 자가 있게 되면 돌솥에 넣은 뒤 섶으로 불을 지피되 부스러기가 되지 않도록 삶았다. 그리고 말했다. 나는 이것이 무슨 맛인지 모른다. 다만 체했던 배가 뚫릴 뿐이다. 수진오속(守眞忤俗 : 관습을 어기고 수도에 전념함)하기를 이와 같았다고 했지만 이것으로 그 당시 말차를 많이 음용했음을 알겠다.'

호암은 이런 고증을 하고 뒤이어 불교가 성행하던 그 당시 고구려·백제에도 당으로부터 차의 씨앗이 전래되지 않을 까닭이 없다…… 일찍이 들어와 재배가 되었더라도 사실(史實)이 전하지 않는 이상 무엇이라고 말할 수는 없다.

그러나 지리산을 중심으로 논하면 신라의 옛땅이던 경상도에 비해 백제의 옛지역인 전라도 방면에 차 산출이 더 많다. 이는 4백여 년 전에 된 《여지승람》에도 적혀 있거니와 오늘에 이르도록 변함이 없고 전라도는 지리산 외에도 모든 명산에 차 없는 데가 거의 없다…….

호암은 또 일본의 차 전래가 우리보다 수세기 뒤졌다고 했는데, 참고로 일본측 기록을 보면 요사이〔榮西 : 1141~1215, 일본 임제종의 조〕가 송에서 처음으로 차씨를 가져오고(1191), 큐슈의 치쿠젠〔현 후쿠오카 현〕에 심었는데 이윽고 묘헤〔明惠〕선사에게 나눠 주어 우지〔宇治〕차라는 명다가 탄생한다.

또 차와 기후 관계로 볼진대 토번에도 차가 있었다 하므로 추위에도 견디는 모양이나 아무래도 따뜻한 지방이어야 할 것 같다.

육우는 《다경》에서 복(鍑)이라는 걸 설명하고 정(鼎)·부(釜)는 사용하지 않았다. 그런데 일본에선 차솥을 사용하고 그것도 중국계와 백제계가 있다고 설명한다. 어디서 근거한 것인지는 모르나 백제계는 솥의 운두 부분이 높은 것이 특징이며 관차(鑵子)라고 부른다.

"상저옹은 풍로를 직접 만들어 사용했습니다. 다구로선 여러 가지가 있지만, 첫째로 풍로가 필요한 거예요. 그리고 노개(爐蓋 : 풍로 뚜껑)·설동(雪洞 : 등)·쇠삼발이·차솥·명천(鳴泉)·요자(鐐子 : 집게)·철병(주전자)·차항아리……."

다구도 다구려니와 차종류가 많은 것에 추사는 놀랄 정도였다.

"차는 지금도 비싼 것이지요. 그러나 서민이라 할지라도 없어선 안될 필수품입니다."

하며 옹성원이 설명해 주었다.

보통 상품으로는, 말린 차잎을 절구로 빻아 팥떡처럼 반죽하여 뭉친 것이 단차(團茶)이고, 광동 지방에서 즐겨 마시는 보이차는 바로 누룩처럼 만든 것인데 지방분을 분해하는 작용이 있어 돼지고기 요리엔 필수적인 거라고 한다.

육안차(六安茶)도 보이차처럼 완전 발효시킨 차로 약간 떫은 맛이지만, 늘 마시게 되면 인이 박힌다며 성원은 웃었다.

"또 충분차(虫糞茶)라는 것도 있습니다."

"벌레의 똥?"

"예, 고급차로서 차잎사귀를 벌레에게 먹이고 그 똥을 건조시킨 것입니다."

"이 녹차는 어디서 나는 것입니까?"

"모산(茅山)이란 곳입니다. 단차는 원래 서장(티베트)이나 몽골에서 비롯된 차로 비교적 값싼 것입니다. 다만 단차는 제조법이 비전(秘傳)이라 아무나 만들지를 못하지요. 그러나 단차도 차츰 고급스러워져 용단·봉단이니 하는 게 생겼습니다."
"딴은!"
"《다경》의 방법으로선, 차조각을 너무 잘게 부수지 말라고 했습니다. 차의 가루를 마시는 게 아니니까요. 그런데 《다록(茶錄 : 북송의 蔡襄 지음, 1046쯤)》에 의하면 사발이나 종지에 차의 분말을 넣고 다선(茶筅 : 찻숟가락)으로 잘 휘젓고 마십니다. 따라서 차 분말이 고울수록 가품(佳品)입니다."
추사는 고개를 끄덕였다. 이해가 된다. 그런데 조강의 설에 의하면 당대에는 단차를 약연(藥碾)으로 갈거나 한 뒤 체로 치거나 하지 않았는데 그런 것은 중당 이후에 나타났다고 한다. 814년쯤 장우신(張又新)이 《전다수기(煎茶水記)》를 저술했는데 그것에 의하면, 차는 처음에 분말을 청수(냉수)로 타먹었다. 전차란 점다(點茶)·점탕(點湯)이라는 말과 같고 그릇 속에 차잎을 넣은 다음 열탕(熱湯)을 붓는다는 뜻인 듯싶다.
원대의 사종가(謝宗可), 마구도(麻九疇)의 시에 다선(茶筅)이라는 시구가 발견되는데 이것으로 말차를 끓이지 않고 사용하게 되고 나서, 엽차를 전(煎)하는 일이 시작되었음을 안다는 기사가 있기 때문이다. 송의 나대경(羅大經)이 쓴 《학림옥로(鶴林玉露)》를 보면 '용형자수(用缾煮水)'라는 어구가 나온다.
형이란 목이 긴 술그릇인데 이를테면 호리병 같은 것이다. 그것이 전다(煎茶)일 것 같다는 설명이다. 즉 명대에 이르러 엽차를 병 또는 종(鍾)에 넣고 이것에 열탕을 부어서 마신다. 이런 차를 포다(泡茶) 또는 충다(沖茶)라고 했다는 것이다.
또 앞에서도 나왔지만, 점다를 가리켜 냉수를 사용한다는 의미로 알고 있음은 잘못이라고 한다. 중국에선 이 점이란 말을 많이 쓰는데, 점다 점탕은 고대의 명칭이고 손을 사용하여 무엇인가 하는 게 점이라고 한다.

우리말의 점심은 한자 점심(點心)에서 온 것이고 가볍게 먹는 낮끼니를 뜻하지만, 중국에선 이것이 차에 곁들이는 과자란 의미였다. 실제로 추사가 흘깃 본 노인들의 탁상에는 접시에 담긴 점심이 있었다. 그러나 그것도 자세히 보니까 대추·밤·은행·나무 열매를 모조한 도기로, 노인은 식사를 적게 하는 게 장수의 비결이므로 유유히 차를 마시며 잡담하거나 하지 않고〔정력을 소비하지 않는다〕그저 눈으로 그런 점심을 보기만 하는 안복(眼福)을 누린다는 설명이었다.

차의 제조법이나 끽다법도 시대에 따라 변천이 있게 마련이다. 명대의 《오잡조(五雜俎)》를 보면,

'지금의 차는 다만 펄펄 끓는 탕을 사용하여 차를 집어넣는다. 조금이라도 불을 가하면 곧 색깔이 누래지고 맛이 떨어져 음용에 부적합하다. 그러므로 고금의 방법은 자연히 똑같지 않았음을 안다.'

고 적혀 있다. 이것도 고대처럼 차를 찌거나 볶는 방법을 모르기 때문에 나타난 현상이고 고래로부터 차에 대해 얼마나 많은 연구와 정성을 들여왔는지 짐작된다.

우리나라는 차가 신라 때에 들어와 고려 때 비록 일반화는 되지 않았지만 성행되다가 조선조에 들어와서 갑자기 쇠퇴한다. 그 이유는 유교의 국교화와 불교의 탄압으로 설명되겠지만, 중국에서는 오히려 그렇지 않았음을 보면 반드시 그것만도 이유는 아닌 것 같다.

추사는 말했다.
"고려에는 다방(茶房)이라는 게 있었습니다."
"그것은 원대입니까?"
하고 이묵장이 물었다.
"아뇨, 그 전부터입니다. 다촌(茶村)이란 것이 있는데, 이는 사찰에 차를 공급하는 마을입니다. 그리고 다방은 궁정에 차를 공급하는 관부(官府)의 이름이었습니다."
"허허."
"하기야 다방은 그 성격상 주과(酒果), 곧 다주(茶酒)·다과도 관장했습니다. 고려의 큰 행사로 연등회가 있었는데 다방은 처음에 차와 주과를 댔지요."
"연등회라면 원대 이전의 오대·북송 때입니까?"
당의 멸망(907)이 있을 무렵 북쪽에서 거란이 일어났다. 야율아보기(耶律阿保機)라는 영웅이 나타나 부족을 통합했고, 북에는 강력한 발해가 있어 남하한다. 그들은 국호를 대글단국(大契丹國)이라 하고 연호는 신책(神冊)을 썼는데, 한족은 이들을 요하 상류에서 발생했다 하여 요(遼)라고 했다(916). 야율아보기가 곧 요태조이다.
이 당시 한족은 주로 회수(淮水) 이남에서 동쪽으로부터 오·오월·형남(형주 일대)·초가 있고 양자강 상류엔 촉이 있으며 지금의 복건성 해안에 민(閩)과 남한(南漢)으로 분열되어 있었다.
한편 화북〔원래는 황하 이북이지만 여기선 회수 이북〕에는 유주 일대에 다수의 고구려 유민이 포함된 고변계의 집단 세력이 있고, 산서성 일대의 진양(晉陽)에는 이존욱(李存勗)이 있었다.
진양은 곧 병주(幷州)이고 태원(太原)인데 당고종도 이 일대에서 일어났다. 그보다 앞서는 북위의 본거지였다.

　왜냐하면 이 일대에 철광(鐵鑛)이 있고 무진장한 석탄이 그대로 드러나 있으며 또한 명반(明礬)이 생산된다. 저 고구려의 개소문 조상이 대장장이였다는 기록도 이런 광산물과 무관하지는 않으리라. 쇠도 쇠려니와 명반은 가죽을 무두질하는 데 절대로 필요한 물질로 북방 민족의 강성에는 이런 비밀이 숨어 있는 것이다.

　진왕 이존욱은 923년 개봉(開封)을 점령하여 후량(後梁)을 멸하고 국호를 후당(後唐)이라고 했다. 스스로 당의 후계자를 자칭한 것인데 사가는 당과 구별하기 위해 후자(後字)를 붙인다.

　이존욱은 도읍을 낙양에 정하고 당장종(唐莊宗)이라는 시호가 붙는데, 926년 부하인 이사원(李嗣源)의 공격을 받아 살해된다. 그래서 이사원은 당명종(唐明宗)이라고 기록되는데, 그는 5대의 제왕 가운데 명군으로 꼽힌다.

　한편 이 무렵 한반도는 후삼국 시대로 왕건 태조가 이미 추대되고 있었지만 신라는 아직 있었다. 신라 경애왕(景哀王) 원년(924) 조를 보면 거란은 왕건에게 사자를 보냈고 고려도 답례로 사신을 보내고 있는데, 발해가 거란을 공격하여 무찌르는 등 정세가 매우 복잡하다.

　934년 후당의 명종이 죽자 석경당(石敬瑭)이라는 무장이 두각을 나타낸다. 이때 한족인 풍도(馮道)는 후당을 섬기면서 재상으로 있었다. 한편 석경당은 야심을 품고 거란과 손을 잡았지만 그 조건으로 만리장성 안쪽 연운(燕雲) 16주의 땅을 떼어주고 해마다 은이나 깁을 보내주며 속국이 되겠다고 한 것이다.

　당시 아보기는 죽고 그 아들 요태종 때인데 석경당과 손을 잡자 남하했으며, 석경당은 후당을 멸하여 왕위에 오른다. 석경당이 곧 후진(後晉)의 고조로 936년의 일인데, 우리나라에선 경순왕이 왕건에게 항복하여 신라가 멸망하고 있다.

연운 16주는 현재의 북경·대동(大同 : 산서성 북부)도 포함되며 앞에서도 말했듯이 철과 석탄이 풍부하게 매장된 곳이다. 요의 국력은 비약적으로 발전했으리라.

《자치통감》은 이런 것을 모두 무시한다.

한족 풍도는 후당에 이어 후진에서도 계속 재상으로 활약했다.

한편 거란은 연운 16주를 차지했는데 매우 현명한 정책을 쓴다. 그곳 토박이 한족들에게 일종의 자치권을 주었으며 안심하고 생업에 종사토록 했다.

이것이 현재의 중국 국민성에 지대한 영향을 주었다. 한마디로 중국의 북방과 남방은 국민성에 큰 차이점을 보이는데 여기에도 원인이 있었다.

석경당은 도읍을 변주(汴州)로 옮겼고 이곳을 동경·개봉부라 하는 한편 낙양을 서경(西京)이라고 불렀다. 후진 고조는 거란의 실력을 알고 있어 그들과의 충돌을 피했지만 부하인 젊은 무장들 중에는 이것을 분개하는 사람도 있었다.

석경당이 죽고(942) 그 조카가 강경파 무장 경연광(景延廣)에 의해 추대되자 거란에 대해 강경책을 썼다. 이를테면 국서에서 신(臣)이라는 용어를 사용하지 않고 공물로 약속한 깁 30만 필도 보내지 않았다. 이것에 분노한 요태종 야율덕광은 두 번에 걸쳐 원정군을 보냈으나 모두 실패한다. 후진에선 이런 국난을 넘기자 큰소리를 쳤다.

"우리에겐 예리하게 갈은 10만 자루의 도검이 있다. 거란 따위 오랑캐를 어찌 겁낼 것인가?"

하지만 세 번째의 거란군 공격으로 변경(개봉)은 함락되고 천자와 경연광도 포로가 되었다(946).

이리하여 후진은 멸망했는데, 요태종의 지배 아래 화북은 무법천지가 되었다. 요즘 무협 영화가 유행되고 있지만, 이때 한족은 자위 집단을 만들어 거란과 싸웠으며, 거란이 이것에 보복하자 토지는 황폐하고 말았다. 요태종은 자기의 점령 정책이 실패했음을 깨닫고 당시 은퇴하고 있던 명망가 풍도를 다시 재상으로 불렀던 것이다.

풍도는 후당·후진·요 세 나라를 섬겼다 하여 매도되고 있지만, 그는 백성이 굶어 죽고 학살되며 강산이 황폐해지는 것을 막는 데 일생을 바쳤다.

풍도는 요태종에게 말했다.

"지금은 불타께서 다시 오신다 해도 백성들을 구하기가 어렵습니다. 백성을 구할 수 있는 것은 폐하 한 사람뿐입니다. 부디 더 이상 백성을 죽이지 마십시오."

중국의 백성이란 곧 농민이었다. 《자치통감》에선 진양에 있던 후진의 절도사 유지원(劉知遠 : 그는 사타족이었다)이 군사를 일으켜 한(후한)이라 했으므로 요태종이 물러갔다는 식으로 기술한다. 어쨌든 요태종이 북쪽으로 물러간 것은 사실이고 풍도는 황폐한 국토를 재건하기 위해 온갖 힘을 기울였다.

후한의 고조는 개봉에 입성하자 풍도를 그대로 중용했다. 후한 역시 곧 분열되고 곽위(郭威)라는 자가 천자로 추대되며 국호를 주(周 : 후주)라고 한다(951). 이 후주에서 곽위의 양자이던 시영(柴榮)이 추대되는데, 그가 곧 후주의 세종으로 5대 제일의 명군으로 일컬어진다(954).

이보다 앞서 곽위가 천자로 추대될 무렵 유숭(劉崇)은 진양에서 자립하여 북한(北漢)이라 했는데, 시영이 즉위하자 3만의 병력으로 공격해 왔다. 시영은 곧 이들과 맞서기 위해 친정하려고 했지만 풍도가 이것을 간했다.

풍도는 이제까지 매국노라는 욕설을 들어가면서도 묵묵히 일하고 자기의 주장은 별로 나타내지 않았다. 그러나 이번만은 강력히 반대했다.

풍도의 생각은 이러했다. 그는 이제껏 여러 천자를 섬겼지만 그들은 대개 자기 욕심만 채우고 궁전이나 후궁부터 챙기는 게 고작이었는데, 시영은 장래성이 있다고 보았다.

그런 황제를 죽게 하고 싶지는 않다. 시영이 친정을 하게 되면 북한군과 내통하는 자들이 반드시 일어나고 뒤흔들 것이 뻔하다. 이런 자들은 입으로는 정의를 외치고 있지만 사실은 권력이나 재물을 탐내는 자들이며 왕조 교체와 같은 혼란이 있어야 출세한다.

시영은 풍도의 이런 의도가 담긴 간언을 듣지 않았다.

"당태종을 보오! 그는 어떠한 싸움에도 친정하여 승리를 거두었소."

"하지만 폐하는 당태종이 아니십니다."

"무슨 소리요, 늙은이는 잠자코 있으시오."

이리하여 후주와 북한군은 고평(高平)이란 곳에서 싸웠다. 풍도의 예언대로 적에게 항복하거나 싸우지도 않고 도망치는 자가 많았다. 그때 후주를 구한 것이 장군 조광윤(趙匡胤)이었다.

이리하여 세종은 이겼는데, 조광윤의 존재가 알려지게 되었다. 풍도는 73세로 죽는데(954), 이 무렵 회수 남쪽에는 남당(南唐)이 있었다.

남쪽 역시 북쪽과 마찬가지로 세력의 소장(消長)은 있어 남릉(南陵 : 현재의 남경)을 도읍으로 한 오나라가 강성했는데 이변(李昪)이 선양을 받아 937년에 남당이라 했던 것이며, 그 아들 이경(李璟)은 풍부한 소금 생산으로 국력이 부강해지자 북쪽의 요와도 손을 잡았다.
　원래 강남은 저 남북조 시대의 남조처럼 문화의 전통이 있고 물자가 풍부하여 번영을 누렸다.
　여인의 발을 인공적으로 작게 만들어 성적 노리개로 삼았다는 전족(纏足)도 이 남당에서 시작되었다. 이런 풍습은 곧 중국 전역에 파급된다. 후주의 세종은 이런 남당의 번영에 군침을 흘리고 현덕(顯德) 4년에는 조광윤을 시켜 공격했으며 그 군대는 양주까지 점령했다. 양주는 장강 북쪽에 있고 남릉은 그 남안이다. 만일 장강이 없다면 남당은 이때 멸망되고 말았으리라.
　후주의 세종은 거란에게 빼앗긴 연운 16주를 수복하기 위해 군비를 확장했는데 당시 많았던 승려에 눈길을 돌렸다. 세종이 볼 때 승려는 병역을 기피하기 위해 출가한 자가 많다고 여겼으며 금동불로 된 불상도 이용 가치가 있었다. 그리하여 먼저 동전을 만들기 위해 불상의 공출이 요구된다.
　승려들이 이것에 반대하자 시영은 말했다.
　"석가모니라는 사람은 중생 구제를 위해서라면 살아있는 인간의 두뇌라도 보시하여 아까울 게 없다고 하지 않았는가. 구리로 만든 불상 따위가 무슨 가치가 있겠는고. 중생을 위해 도가니에 던져지고 새로이 동전이 되면 석가도 기뻐할 게 아닌가."
　이런 논법으로 불상뿐 아니라 절에서 사용하는 일체의 쇠붙이를 공출하게 했다. 이것을 중국 역사상 최후의 법난이라고 일컫는다.

세종은 고려와도 무역하여 구리 5만 근을 조달했다는 기록이 있다. 군비를 확장하자 북주는 남당을 공격한 것이고, 남당은 장강 이북의 땅을 모두 후주에게 바치며 스스로 천자의 칭호를 취소하고 왕이라고 했다.

남당이 후주에게 무릎을 꿇자 형남의 고씨(고구려계 고변의 일파), 호남의 마씨도 세력을 잃어 후주는 남쪽을 염려하지 않아도 되었다. 그래서 후주의 세종은 요를 공격한다. 《자치통감》에서 그를 명군이라 묘사한 것은 이런 의도가 숨겨져 있다.

거란(요)은 이때 야율덕광이 죽었고 실권을 잡은 덕광의 어머니는 거란의 남하를 원하지 않았다. 덕광의 뒤를 이은 요세종은 한족을 중용하는 등 거란인의 반감을 샀고 내분이 있어 그 세력은 눈에 띄게 줄어들었다. 그래서 이윽고 요목종(遼穆宗 : 재위 951~965)이 대를 잇는데 목종은 폭군이었다는 게 《자치통감》의 주장이다. 후주의 세종은 이 무렵 북진을 개시했고 막주·영주의 두 고을을 회복했지만 병사했다(959). 그러자 조광윤이 쿠데타를 일으켜 국호를 송(宋)이라고 하는 것이다.

송태조 조광윤(927~976)은 낙양의 협마영(夾馬營) 곧 병영에서 태어났는데, 중요한 것은 그가 한족이었다는 사실이다. 한족으로서 왕조 창시자는 역사상 유방에 이어 두 번째였다.

그는 별로 교양이 많았던 것 같지는 않다. 병영에서 태어나고 자랐으며 난세를 사는 지혜를 배웠다. 술을 좋아하고 호탕한 성격으로 부하들이 따랐다.

960년, 요와 북한의 연합군이 국경을 침범하자 황제의 근위군에 동원령이 내려졌다. 북주의 황제 종훈(宗訓 : 시호는 공제)은 이때 겨우 일곱 살로 아무것도 모른다.

북주의 근위병을 천천군(殿前軍)이라고 불렀는데, 조광윤의 직책은 도점검(都點檢)이었다. 글자 그대로 후방군 사령관이라고나 할까?

왕조의 창시자는 미담으로 분식하는 게 하나의 예이다.《자치통감》은 믿을 수가 없는 것이고, 조광윤은 마치 욕심이란 하나도 없는 인물처럼 묘사된다.

이야기는 이러하다.

조광윤은 병력을 이끌고 수도 개봉을 출발했으며 하루의 행군 거리인 진교(陳橋)라는 곳에서 숙영했다. 그는 그날 밤도 술이 취하여 자고 있었다.

그러자 동생 조광의(趙匡義)와 일족 조보(趙普)가 와서 말했다. "천자로 추대되었으니 받도록 하십시오."

조광윤은 이를 사양했으나 밖에선 벌써 군사들의 '만세' 소리가 들렸다. 그래서 황제가 되었다는 것이다.

술이 엉망으로 취하여 정신이 멍한데 느닷없이 황제가 되었다는 것은 아무리 옛날이라도 믿어지지 않지만, 사마광이 이렇게 쓴 데에는 어떤 이유가 숨겨져 있었으리라. 즉 정권 교체 때 있게 마련인 유혈을 감추기 위해 이른바 평화적 정권 교체인 선양을 받았다고 쓰기 위해서이다.

송태조는 즉위하자 먼저 절도사의 권한을 줄이는 일부터 시작했다. 당과 그에 뒤이은 5대의 난세는 각지에 할거한 절도사의 세력이 너무 강해서 생겼다고 여겼기 때문이다.

그는 금군(禁軍:근위군)의 개혁부터 시작했다. 개혁이란 다른 게 아니다. 자기의 동료였던 자를 내쫓고 그 자리에 자기 심복을

앉히는 것이다.
 그 내쫓는 방법이 교묘했다.
 당시의 유력한 장군 석수신(石守信) 등을 궁중의 잔치에 초대하고 술이 몇잔 돌고 나자 측근과 여자들을 모두 내보낸 다음 송태조는 심각한 얼굴로 한숨을 쉬었다.
 "폐하, 무슨 근심이 계십니까?"
 "나는 그대들의 도움으로 천자가 되기는 했지만, 되고 보니 매우 힘든 자리이고 오히려 절도사 시절보다도 못하다는 느낌이 드오. 그리고 나는 천자가 되고 나서 하루도 잠을 제대로 잔 일이 없소이다."
 "어째서입니까, 폐하?"
 "그것은 내가 굳이 말하지 않더라도 잘 알 것이오. 절도사의 지위에 있는 자로서 누구라도 천자가 되겠다는 욕심이 없는 사람이 있겠는가!"
 이 말에 일동은 고개를 숙였지만, 이윽고 석수신이 일동을 대표하여 말했다.
 "폐하, 어째서 그와 같은 말씀을 하십니까? 천명은 이미 정해진 것입니다. 누가 감히 두 마음을 품겠습니까?"
 그러자 송태조는 목소리를 높였다.
 "아니오! 그대들 자신은 두 마음이 없더라도 부하들 가운데 부귀를 바라는 자들이 그대들에게 곤룡포를 입혀준다면 싫다고 할 수는 없을 것이야."
 중신들은 그제야 송태조의 속셈을 알아차렸다. 그래서 머리를 조아리고 눈물을 흘려가며 애원했다.
 "저희들은 어리석어 거기까지는 미처 생각지 못했습니다. 아무쪼록 폐하께선 저희들을 가엾다 생각하시고 살 수 있는 길을 가르쳐 주십시오."
그러자 태조는 목소리도 부드럽게 말했다.
"인생은 마치 흰 망아지가 문틈을 달려서 지나는 것을 보는 것과도 같다〔여태후가 장량에게 했다는 말〕고 했소. 부귀를 바라는 것은 많은 재물을 모으고 스스로 좋아하는 일을 즐기며 자손에게 가난을 물려주지 않는 게 그 목적이오. 그대들은 어째서 병권을 버리고 자손에게 미전(美田)을 물려주는 장구책을 강구하지 않는고? 또 많은 가수와 무희를 집에 두고 술잔치를 즐기며 천명을 마치겠다는 생각을 하지 않는고! 그렇게 하면 군신 사이에 의심도 생기지 않고 모두 편히 잠을 잘 수 있지 않는가."
이래서 석수신 등은 모두 관직을 내놓고 고향으로 돌아갔다.
다음은 병제 개혁이었다. 종전에는 자기가 그러했듯이 전전도점검이라는 금군의 총사령관이 있었는데 이 제도를 없애고 군대를 셋으로 개편하여 각각 사령관을 두었다. 그리고 그들을 자기가 직접 통솔했다.
또 추밀원(樞密院)을 두고 병마권을 관장케 했다. 이것은 심의제이므로 과거처럼 절도사 혼자 마음대로 할 수 없게 만든 제도이다.
975년, 송태조가 보낸 조빈(曹彬)에 의해 남릉이 함락되고 그 왕 이욱(李煜)은 항복했다. 이욱은 그 아버지 이경과 더불어 시인으로 이름이 있다. 특히 이욱은 궁중에 징심당(澄心堂)이라는 궁전을 두고 종이와 먹을 만들게 했다.
징심당지라는 게 그것으로서 매우 얇고 광택이 있으며 한 폭의 값이 백금이나 나갔다고 전한다. 송대 여러 명사들의 글씨며 그림은 흔히 이 종이를 사용하고 있다. 호주(毫州: 안휘성)의 줄이 처져 있는 오사란(烏絲欄), 휘주(徽州)·흡현(歙縣)의 흡지도 유명하며 반질반질 광택이 있고 형광과 같은 흰 빛을 나타내며 매우 아름다웠다.

먹의 제조로는 이정규(李廷珪)라는 명장(名匠)이 있었는데 상중하의 등급을 규(邽)·규(圭)·규(珪)로 나타냈다.

먹의 제조법은 송대의 조관지(晁貫之)가 지은 《묵경》에 자세히 나와 있는데, 연기의 그을음과 녹교(鹿膠)를 잘 버무려서 몇번이고 이긴 다음 만 번이라도 힘을 들여 절구에 찧으면 사람이 비칠 만큼 광택이 나고 빛깔도 손에 물들지 않는다고 했다.

물론 비법이 있는 것이며 그 재료로 금방 해체한 소의 가죽과 힘줄을 쓰는데, 가죽은 두꺼운 곳을 취하되 피부의 털은 다 쓰지 아니한다.

이것을 달여서 아교를 만들며 그것과 그을음을 합쳐서 먹을 만드는 셈이다. 여기서 말하는 녹교는 사슴뿔로 만든 아교였다.

그런데 송태조는 겨우 50세로 급사하고 덕소(德昭)·덕방(德芳)이라는 장성한 아들이 있었지만 아우 조광의가 그 뒤를 이어 송태종이 된다. 당연히 어떤 사연이 있었겠지만 《자치통감》은 침묵을 지킨다. 일설엔 송태종이 그 형님을 죽였다고 한다. 보통 개원은 그 다음해 정월부터 하는 것인데 개보 9년 10월(976)에 송태조가 죽자 즉시 태평흥국(太平興國)이라는 개원을 감행하고 있다.

이보다 앞서 발해는 926년 거란에 의해 멸망되고 있다. 발해의 역사 역시 안개 속에 있고 현재 시베리아에서 그 유물이 대량으로 발견되고 있지만, 이때는 신라 멸망과 거의 겹치고 있어 어떤 연관이 있음직하다.

거란은 발해의 도읍 홀한성(忽汗城)을 점령하자 그곳에 속국인

동단(東丹)을 세웠으며 그 2년 뒤(928) 동단을 요양에 옮기고 있다. 그리고 경순왕 8년(934)에는 발해의 태자 대광현(大光顯)이 무리 수만을 거느리고 고려에 옮겨왔다. 이들을 추적한 거란과의 충돌이 처음으로 벌어졌다.

그러나 거란은 고려와의 전쟁을 원하지 않았던 모양이다. 거란은 왕건 태조에게 낙타 마흔 마리를 보내주었다. 연암 박지원이 본 낙타는 모두 백색에 누르스름한 피부 빛깔이며 털은 많은데 머리는 말을 닮고 있지만 눈은 양과 같고 꼬리는 소를 닮았다고 썼다. 움직일 때는 반드시 그 목을 오므리고 그 머리를 위로 향하며 두루미가 날고 있는 것과 같다. 무릎은 마디가 두 개이고 발굽은 발가락이 둘인데 학처럼 다리를 옮겼고 소리는 거위 같았다.

현대인은 동물원이나 그림으로 쉽게 보아 아무런 이상할 게 없다는 생각이 들겠지만 연암의 묘사는 참으로 세밀하다.

그런데 그런 낙타를 친선의 표시로 마흔 마리나 고려에 보내준 것이다.

그러나 왕건 태조는 이 낙타들을 다리 아래 매어 놓고 먹이도 주지 않았다. 그리하여 이 낙타들은 10여 일만에 모두 굶어 죽었다(942).

무도한 나라에서 보내온 선물이라 생각했기 때문이다. 여기서 무도하다는 건 무슨 뜻일까? 거란이 발해를 멸했다는 의미가 아닐까? 이때는 아직 거란과 고려는 원수가 아니었다.

낙타의 먹이는 하루에 소금을 몇말이나 먹고 꼴(풀)을 열 단이나 주어야 하는데, 나라의 목장이 부실한 데다가 목동으로서의 종의 키가 작기 때문이라고, 연암은 설명했다.

지금도〔연암의 시대〕개성부에서 세 마장 떨어진 다리 곁에 '낙타교'라고 제한 비문이 세워져 있는데 고장 사람들은 낙타교라 하지 않고 '대다리'라고 부른다. 우리말로 낙타를 약대라고도 하는데 약대가 줄어 대가 되고 대다리라고 부른 모양이다.

낙타의 키가 너무 커서 보통의 민가에는 수용할 수도 없어 결국 죽게 했다는 것인데, 앞에서 무도한 나라 운운의 표현으로 보아 당시의 미묘한 국제 관계가 있었음을 증명한다.

낙타가 하루에 소금을 몇말씩 먹는다는 것은 전체를 두고 한 말인 듯싶지만, 사람과 마찬가지로 동물도 염분 섭취를 하지 않으면 죽는 것이다. 연암은 다른 곳에서도 말은 열기(熱氣)를 싫어하는 동물로 먹이에 소금을 뿌려주는 것은 좋으나 소처럼 여물을 끓여주는 우리의 말사육이 서투름을 한탄하고 있다.

아무튼 이런 사건이 있은 뒤로 30여 년 동안 거란은 숨을 죽인 듯이 조용했고 고려의 제5대 경종(景宗) 4년(979)에 발해 사람 수만이 고려에 넘어왔다.

송태종이 즉위한 뒤에도 그 북쪽에 북한, 남쪽엔 오월이 독립을 유지하고 있었다. 고려는 송보다는 오히려 뱃길로 오월과 활발한 무역을 했다.

송태종의 꿈은 연운 16주의 회복이다. 그래서 송군은 유주까지 북진하여 연경을 포위했지만 성을 지키는 야율학고(耶律學古)가 명장일 뿐 아니라 본국에서 야율휴가(耶律休哥)를 보낸다. 이리하여 송태종은 연경 변두리의 고량하(高梁河)에서 거란군과 싸워 참패하였고 인부로 변장하여 가까스로 전선을 탈출했다(979).

이어 요(거란)에서는 경종이 죽고 12세인 야율경서(耶律慶緒 : 970~1031)가 뒤를 이었는데 성종(聖宗)이라고 불린 영주였다(982). 이때도 송태종은 조빈을 보내어 연경을 공격했지만 야율휴가에게 패하여 군사 태반과 막대한 양식을 잃었다.

　송태종은 고려 성종(成宗) 4년(986) 감찰어사 한국화(韓國華)를 보내어 동맹을 맺자고 제의한다. 고려는 움직이지 않았다. 그 이듬해 송군은 기구(岐溝)의 싸움에서 대패한다. 이어 요성종은 몽골 고원에 있는 탕구트족을 정복하고 더욱 서쪽에 있는 위구르족까지 지배하여 중앙 아시아 및 러시아로부터 키타이(Chitai)라고 불리면서 오늘날의 치나(차이나)라는 말이 생겼다.

　요성종은 그의 치세 23년(1004)에 대군을 이끌고 남진했다. 당시 송은 태종이 죽고 진종(眞宗) 때이다. 요군은 질풍처럼 황하 기슭의 선주까지 이르렀다. 송의 전선 사령부는 대명부(大名府)에 있었으나 요군은 그것을 무시했고 기병 군단인 그들은 황하의 나루터가 있는 선연(澶淵)에 도달한 것이다.

　개봉은 황하 남안에 있고 엎드리면 코가 닿는 곳이었다. 송의 조정은 대혼란에 빠졌고 벌써 천도론을 주장하는 자까지 있었지만 재상이던 구준(寇準)은 단호히 항전을 주장했다.

　"저쪽은 황제까지 왔으니 우리 쪽에서도 천자가 나가서 싸워야 합니다."

　송진종은 마지못해 선연까지 갔고 그 남쪽에 쌓은 성에 들어갔다. 그리고 밤에도 걱정이 되어 잠을 이루지 못했다.

　'대체 구준은 도읍에서 무엇을 하고 있을까? 백방으로 뛰어다니면서 대책을 강구하겠지.'

하며 측근을 개봉에 보냈다. 그 측근이 돌아와서 보고한다.

　"재상님은 매일 친구분들과 한가롭게 모여 술을 마시고 계십니다."

　"뭣이! 술을!"

진종은 말하려다가 속으로 안심이 되었다. 주연을 베푼다는 것은 무언가 비책이 있는 모양이다 하며 안도했던 것이다.

한편 요성종은 선연까지 왔지만 송군은 굳게 지킬 뿐 응전하지 않으므로 불안을 느꼈다. 때는 3월이었는데 적중 깊이 들어와 있어 보급이 가장 염려된다. 그런 때——엿새되는 날 구준은 사자를 보내왔다.

요성종은 교섭에 응했다.

그 결과 송의 조건을 수락했다. 송은 매년 요에게 공물로 깁 20만 필·은 10만 냥을 바친다. 요·송 국경 부근에 새로이 군사 시설을 하지 않는다.

이것은 송에게 굴욕적 조건 같지만 지난날, 송태조가 요태종에게 약속했을 때는 비단 30만 필·은 30만 냥이었던 것이다.

구준은 결사 항전의 뜻을 보이는 한편 유리한 조건으로 화의를 끌어낸 셈이었다.

국난을 넘긴 송진종은 봉선(封禪)을 꿈꾸었다. 봉선은 진시황과 한무제가 했다는 기록이 있을 뿐이다. 제왕이라고 아무나 할 수 있는 게 아니다.

우선 황제로서 천명이 있어야 한다. 천명이란 상서로운 조짐을 말한다. 이 천명은 왕흠약(王欽若)이라는 대신에 의해 조작되었다. 왕흠약은 미리 천서를 위조하고 이를 승천문(承天門) 근처 땅속에 묻어 둔 뒤 꿈에서 천신의 계시를 받았다고 상주했다.

과연 승천문 근처를 파보았더니 돌함 속에 든 천서가 발견되었다. 흰 깁에 노란 글씨로 씌어 있다.

진종은 기뻐하고 대중상부(大中祥符)라 개원한 다음(1008) 봉선할 것을 발표했다. 봉선에는 엄청난 비용과 많은 군사가 동원된다. 송에서는 미리 양해를 받기 위해 막대한 은을 가진 사신이 요에 갔다. 그러자 요성종은 그 예물을 받지 않았다.

"우리는 조약을 맺은 이상 규정된 세폐(歲幣)말고는 더 이상 받지 않겠소."

봉선에는 880만 관의 은이 소요되었다고 한다. 1관은 동전 1천 문(닢)에 해당되며, 세폐의 약 22배였다. 당시의 송나라 국력이 얼마나 풍부했는지 짐작되고도 남음이 있다.

완원 점묘(阮元 點描)

"고려의 연등회와 팔관회에는 각각 진다(進茶)의 의식이 있었는데, 진다는 술과 식사의 상을 올리기 전 입가심과 식욕 증진의 뜻으로 차를 올리는 예식이었다고 생각됩니다. 그 예식이 자못 장엄했고 태자 이하 백관이 모두 도열했으며 먼저 왕이 시음한 다음 그것을 참석자 모두에게 하사했습니다."
하고 추사가 설명하자 이묵장은 이렇게 썼다.
"중국에서의 점심과 진다의 예식과 일치되는 것 같군요. 나는 선교사가 홍차를 마시면서 비스킷을 먹는 것을 본 적이 있습니다."
"연등·팔관은 그 명칭으로 보아 불가와 관련이 있지만 신라 고유의 화랑과도 연관이 있다고 합니다."
그리고 실제 음다하면서 헌화(獻花)·주악·춤·연극도 관람했다. 이런 전통은 하루 아침에 생기는 것은 결코 아니며 적어도 통일 신라 이후 고려 말까지 이어진다.
"고려 때는 왕자·공주의 책봉·가례(결혼)와 같은 의식에도 진다의 의식이 있었지요. 요즘의 민간에서 혼례·수연 등을 베풀 때 술로써 손님을 접대하지만 고려에선 차와 다식(과자)으로 그것을 대용한 셈이지요."
추사의 말에 모두들 고개를 끄덕인다.
"고려 때의 다도 융성과는 달리 한 가지 아쉬운 점은 의식에 차를 사용하면서도 그런 차에 대한 재배 방법・제조법에 대한 저술이 모두 산일되고 눈에 띄지 않는다는 점입니다. 중국에는 그런 저술이 많겠지요?"
그러자 듣기만 하던 담퇴재가 붓을 잡았다.
"송에선 휘종의 숭녕 2년(1103) 선원청규(禪院淸規)가 완성되고 있는데 북송의 휘종(徽宗 : 재위 1100~1125)도 《대관다론(大觀茶論)》을 저술했습니다. 또 송자안(宋子安)의 《동계시다록(東溪試茶錄)》, 황유(黃儒)의 《품다요록(品茶要錄)》도 이 무렵에 저술된 거지요."
"내용은 어떤 것입니까?"
"《대관다론》〈지산편(地産篇)〉에 차나무는 햇빛을 필요로 하지만 차밭에는 그늘이 있어야 한다고 했습니다. 즉 햇볕이 내내 비쳐야 좋은 게 아니고 그늘도 있어야 한다는 말이지요."
"음양론이겠군요."
"예, 육우는 《다경》에서 차가 자라는 토양을 설명했습니다. 상품은 자갈이 섞인 토양이고 중품은 모래질이며 하품은 황토라는 설명이지요. 씨로부터 길러도 발아율이 나쁘고 모종도 잘 번식되지 않는다. 오이나 박과 같은 재배법과 비슷하고 3년째부터 수확한다고 했지요. 야생이 상품이고 원예는 그 버금이다. 야생종으로 채광이 잘 되는 비탈의 것이든 그늘진 숲속의 것이든 자줏빛이 상품이고 녹색은 버금이며 순(筍)이 상품이고 싹은 그 버금이다. 잎사귀가 말린 게 상품이고 잎사귀가 펴져 있다면 하품이다. 산의 응달이나 깊은 숲속의 것은 취하지 않는다. 왜냐하면 차의 성질이 응체(凝滯)되어 있어 배탈의 원인이 된다.”
"육우는 풍아(風雅)보다는 농민에게 실제로 이익이 되게끔 세밀히 설명한 점에서 가치가 있겠군요?”
하는 추사의 말에 담광상은 놀란다.
"그렇습니다. 육우는 실용면에서도 가르치고 있습니다. 차는 그 성질이 극한성(極寒性)이고 침정(沈靜)의 약효가 있으므로 고지식하고 신경질인 사람에게 좋다는 겁니다. 보통 사람으로서 만일 입안이 메마르고 열이 있다든가 마음이 답답하다든가 두통이 있을 때, 눈꼽이 낄 때, 팔다리가 나른하고 마디가 쑤실 때 네댓 번 음용하면 된다고 했습니다.

육우는 차의 과다(過多) 음용에 대해서도 경고했습니다. 즉 채취할 때의 시기가 적절하지 않다든가 제조법이 조잡하다든가 다른 것을 섞어 달여마시면 병이 난다고 말입니다. 차가 말썽을 일으키는 것은 마치 인삼과 같다고 했습니다. 인삼의 상품은 산서·상당(上黨) 지방의 것이고 중품은 백제·신라의 옛땅에서 난다고 했으며 하품은 고려에서 자란다고 했지요. 그밖에 인삼으로 산서의 택주(澤州), 역주(易州: 보정부)·유주의 순천부, 단주(檀州)의 것은 약용으로선 효험이 없다. 하물며 이런 고장 이외의 것으로 인삼이라 일컫는 것은 논외이다. 인삼과 닮은 제니(薺苨: 도라지)를 복용하면 한(寒)·열(熱)·말(末)·복(腹)·혹(惑)·심(心)의 여섯 가지 질병이 낫지를 않는다. 인삼이 인체에 누를 끼친다는 것을 안다면 차 역시 그와 같다는 것을 알아야 한다고 했습니다.”
필담을 주고받는 사람이나 이를 지켜보는 사람이나 하나라도 더

알겠다는 진지한 태도가 엿보였다. 추사는 잠시 사이를 두었다가 시작했다.

"동국의 다서로선 손목(孫穆)의 《계림유사(鷄林類事)》와 서긍(徐兢)의 《고려도경(高麗圖經)》이 있습니다. 《계림유사》는 대부분이 산일되어 차에 관한 것도 두 마디뿐입니다. 즉 '고려에선 차를 전래한 그대로 차라 했고 다시(茶匙)를 다술(찻숟가락)이라 했다'는 내용이지요. 서긍은 고려 사람이 아닌 송인(宋人)으로 고려 인종(仁宗 : 재위 1055~1063) 때 사신을 따라왔다가 송경에 오래 살면서 《고려도경》을 저술했습니다.

서긍은 고려차를 가리켜 맛이 쓰고 떫다고 했습니다. 그래서 고려인은 송의 납다(臘茶 : 동지 뒤의 셋째 戌日에 채취한 엽차)와 송제실(宋帝室) 어용의 용봉사단(龍鳳賜團 : 단차의 한 가지)을 귀히 여겼다고 합니다. 서긍은 또 다구에 대해서도 적었는데 금화오잔(金花烏盞 : 금색 풀꽃무늬의 검은 잔)·비색소구(翡色小甌 : 청자색의 작은 찻그릇)·은로(銀爐 : 은제의 풍로)·소부(小釜 : 작은 찻솥)가 있다고 했습니다.

끽다법도, 무릇 연회가 있으면 뜨락에서 달일 적에 은제의 뚜껑으로 덮는다. 그리하여 차를 손님 앞에 내올 때에는 아주 천천히 걸으며 가져온다. 그러므로 언제나 차가 다 식어 냉차를 마시게 된다고 했습니다. 숙소 안에 홍조(紅俎) 곧 홍색의 받침대가 있고 거기 다구가 가지런히 준비되어 있는데 홍사의 보자기로 덮어 둔다. 하루에 세 번 차를 제공하지만 고려인은 열탕으로써 약이라 하여 사신이 그 차를 다 마시면 반드시 기뻐하고 혹은 이를 다 마시지 않으면 자기를 업신여긴다 생각하여 불만으로 여기기 때문에 억지로라도 다 마셔야 했다고 했습니다."

조강은 이 말에 웃었다. 끽다란 스스로 마시고 싶을 때 다구를 사용하여 여유를 갖고 그 차의 맛과 향기를 즐기는 법이다. 서긍은 고려 관청 접대원의 지나친 형식주의를 비판한 것이다. 추사가 납다와 용봉사단을 말하자 담퇴재는 또 붓을 잡는다.

"이것도 《다경》의 말이지만 다병(茶餠)의 형상(形狀)도 수백 수천 가지이고, 형상보다도 제조 과정을 중시한다고 했습니다. 즉 채다(採茶)로부터 봉다(封茶)에 이르기까지 일곱 가지의 과정을 거칩니다. 호화(胡鞾)부터 상하(霜荷)까지 여덟 가지 등급이 있다. 어떤 사람은 검정 광택이 나며 평정(平正)한 것을 좋다고 하지만 이는 감별법으로선 하(下)이다. 누렇고 주름이 있으며 울퉁불퉁한 게 좋다 하는 것도 감별로선 불완전하다. 말하자면 어느 것이고 다 좋다 하든가 다 좋지 않다든가 하는 게 상이다.

왜냐하면 기름이 밖으로 번지면 광택이 나고 안으로 뭉치면 주름살이 생기며, 하룻밤을 새면서 만들면 검고 당일치기이면 누렇게 되고, 증압(蒸壓)이 완전하다면 평정하지만 손을 빼어 곧 대충 넘겨버리면 울퉁불퉁해지게 마련이다. 이런 것은 차이든 풀잎사귀든 같다는 상저옹의 말입니다. 차의 좋고 나쁨을 말하기란 입으로 말하기는 어렵지만 오래 경험하면 저절로 안다는 것입니다."

좌중은 잠시 침묵이 감돌았다. 육우의 말은 여러 가지로 추사에게 감명을 주었다. 일곱 가지니 여덟 가지니 하는 복잡한 과정이 중요한 것이 아니고 정성과 노력과 전통에 있다고 주장하는 것 같았다.

벌써 해는 중천에 올라 있었다. 추사는 신시(申時: 오후 3~4시)에 다시 찾기로 하고 숙소에 돌아왔다. 새벽부터의 필담에도 그는 조금도 피로하지 않았으나 옹성원, 서성백 등은 잠시 눈을 붙이고 싶은 모양이었다.
 조옥수도 추사에게 한마디 했다.
 "저녁에는 정찬(正餐 : 만찬)도 있고 술도 있을 터이니 푹 자도록 하시구려."

 조강에 대해 여기서 정정을 하고 싶다. 즉 김약슬(金約瑟)씨의 〈추사의 선학변(禪學辨)〉을 보면 옥수는 그의 호가 아닌 자였고 호는 석계(石谿)였으며 상해 사람이었다. 더욱 중요한 것은 추사가 연경에 갈 때 조석계에게 보내는 김목여(金穆如)의 편지를 휴대했다고 한다. 따라서 조석계와 추사는 옹성원 이상의 인연이 있고 친교의 바탕이 있었던 셈이다.
 김목여는 원래의 호가 청풍(淸風)인데 연경에서 조옥수를 만났다. 즉 목여는 순조의 병자년(가경 9년 : 1804), 연경에 갔었는데 석계와 친해졌고 그의 권유로 호를 목여로 고쳤다는 것이다. 목여는 청산(淸山) 김선신(金善臣)의 형님인데 경력과 세계 등은 미상이다.
 한편 조옥수는 그 아버지가 건륭 때의 진사로 협서도(陝西道) 어사였는데 건륭 말 대학사 화곤(和坤 : 1750~1795)을 탄핵하는 상주문을 올렸다가 파면되고 먼 섬으로 유배되어 졸한다. 가경 6년(1801)에 신원되어 부도어사로 관직이 추증되고 조옥수의 가문도 햇빛을 보게 되었다.
 그러나 그는 성격이 명랑하고 김목여의 서한을 가져온 추사를 처음부터 반갑게 맞았고 갖가지로 돌보아 주었다.
 원래 청에선 명말의 풍조를 좇아 양명학이 한때 유행되었는데 강희제의 명령으로 정주학이 다시 존숭되고 그것이 유학의 주류를 이루었다.

이미 나왔던 고염무는 정주학자로 황종희는 육왕학(陸王學)을 신봉했다. 손기봉(孫奇逢)·이옹(李顒) 등은 주자와 왕양명을 절중(折中 : 절충)하는 학파였다.

강희제는 그의 문화 사업을 위해 이름난 유자를 모았다.

그래서 청조에 협력한 초기의 유가로 탕빈(湯斌), 위상추(魏象樞), 이광지(李光地 : 1642~1718), 웅사리(熊賜履), 장백행(張伯行), 주식(朱軾), 양명시(楊名時), 채세원(蔡世遠), 뇌횡(雷鋐), 진굉모(陣宏謨) 등은 모두 정주학자였다.

이들에 의해 강희제의 《주역절중》, 옹정제의 《전설휘찬(傳說彙纂)》, 건륭제의 《삼례의소》와 같은 경서의 주석서가 완성된다.

그러나 청조 학문의 특색은 황종희와 고염무에게서 비롯된 실증학(고증학)에 있었다.

황종희의 자는 태충, 호는 이주(梨洲) 또는 남뢰(南雷)라 했으며, 우리나라에도 잘 알려진 즙산(蕺山) 유종주(劉宗周)의 제자였다.

즙산[염대라는 호도 있음]은 저 왕희지가 만년에 살았던 곳이다.

즙산은 처음에 정주학부터 시작하여 양명학으로 전향한 용계(龍溪) 왕기(王畿)학파가 부질없이 선종에 흐르며 본체를 공론화 시킨 데 반발하고 타락된 양명학에 새바람을 불어넣으려던 인물이다.

따라서 황종희는 즙산의 학문을 계승하여 신독(愼獨 : 양심에 부끄럼이 없게 행동함)을 주지로 하여 치용(致用 : 실용적 학문)을 중시했다.

그는 특히 명나라 유자가 학문의 지엽에만 얽매이고 객설을 일삼은 것을 싫어했으며, 먼저 육경에 정통하여 속속들이 규명한 뒤 역사를 읽고서 실제로 도움이 될 수 있는 학문을 일으키고자 힘썼다.

그래서 이런 주의에 입각하여 명나라 유가들을 정리하여《명유학안(明儒學案)》62권을 발간하여 왕용계 학파의 폐단을 지적하고 왕명학의 진수에 대해서도 밝혔다. 그리고《송원학안(宋元學案)》도 만들려고 했지만 완성을 보지 못한 채 중도에서 별세했으므로 조카 황백가(黃百家)가 이를 계승하여 집필했고 전사산(全謝山)의 교열을 거쳐 오늘날 전하는 전 백 권이 완성된다.

이《명유학안》과《송원학안》의 두 저술은 중국 학술 또는 사상사의 효시라 할 수 있으며 후학을 비익(裨益)한 바 컸다. 그리하여 그의 문인으로 만사동(萬斯同)은 거의 그 혼자의 힘으로《명사(明史)》5백 권을 완성시켰다.

또 만사동과 동향인 조망(祖望) 전사산은 황종희를 사숙하여《송원학안》을 완성함과 동시에《경사문답》을 저술했다.

요컨대 황종희는 육경을 모두 역사라고 본 양명의 입장에서 출발하여 청조의 사학을 개척했다. 그에겐《역학산수론(易學算數論)》이 있는데 역도(易圖)를 비판했으며, 이는 그의 아우 황종염(黃宗炎)의《도서변혹(圖書辨惑)》과 더불어 나중에 나타나는 호위(胡渭)의《역도명변(易圖明辨)》의 선구였다.

고염무(1613~1682)의 자는 영인(寧人)인데 곤산(昆山 : 강소성) 사람이다. 명대의 학풍이 공소하고 육경을 무시하는 공리・공론에 흐르므로 한탄했다. 그래서 고전을 정독하고 실지로 현지를 답사한다. 옛것을 고증하고 현재를 관찰하는《일지록(日知錄)》50권을 비롯한 많은 저술을 남겼다.

그의 저작에 나타난 그의 학문은 매우 넓지만, 정주학자로서 양명을 배격했다. 동시에 송명의 유가《어록》을 경멸하고 육경을 중시하며, 경학은 곧 이학(理學)이고 경학 이외로 이학을 세움은 잘못이라고 말한다.

그리하여 이런 경학을 연구하자면 반드시 증거를 널리 구하여 정밀한 판단을 해야 한다고 주장했다. 그러므로 그의 학풍을 좇는 사람들로부터 고증학적으로 경학을 연구하는 사람이 잇따라 나타나 청조 일대의 새로운 학풍을 일으켰다.

잠구(潛邱) 염약거(閻若璩 : 1636~1704)는 태원 사람인데 고염무가 그곳에 갔을 때 만났다고 하며 직접 배웠다고 추정된다.

잠구는 엄청난 노력가로 특히《상서》연구에 일생을 바쳤다. 즉 그는 25세 때《상서(서경)》를 읽고 그 중에서 25편은 위작이라는 의문을 일으켰으며, 그것을 입증하기 위해 128가지의 이유를 나열한《고문상서소증(古文尙書疏證)》전 8권을 저술했다.

그것과 거의 동시에 정정조(程定祚)는《만서정위(晚書訂僞)》를 저술했고, 혜동(惠棟 : 1697~1758)은《고문상서고》를 저술하여 염약거설을 지지했다. 이리하여《상서》의 반은 위진 시대의 위작이라는 게 정설이 되었다.

그러자 황종희 문하의 모기령(毛奇齡)은《상서면사(尙書寃詞)》를 지어 반론을 폈지만 학계의 대세는 움직일 수가 없었다.

방포(方苞 : 1668~1749)는 동성(桐城) 사람으로 호는 영고(靈皋)인데 한학과 송학의 절충적 학자로 알려졌다. 그러는 한편 그는 동성 고문파의 개조로서 그의 학통(學統)은 건륭·가경부터 청말에 이르기까지 절대(絶大)한 영향을 준다. 말하자면 망계(望溪 : 방포의 호)는 정통 주자학자의 입장에서 유행되는 실증파에 반격을 가하기도 했다.

망계는 젊어서 형님 백천(百川 : 36세로 요절)과 문명이 알려졌었다. 나이 25세 때 당시의 대유(大儒) 강진영(姜宸英)으로부터, "장차의 지향(志向)을 어디에 둘 것인가?"
라는 질문을 받았을 때 서슴치 않고 대답했다.

"학통은 정주의 뒤를 잇고 문장은 한(유)·구(양수)의 사이에 있겠습니다."

이는 대체로 우리 선현들의 사고방식과 같고 추사의 지향과도 닮은 데가 있다고 하겠다. 그의 학문은 '의법(義法)'에 있었다. 의법이란 공맹의 정통적 '도의'와 같은 말이다.

그리하여 애당초 글이란 성현의 도를 그 속에 담아야 썩지 않고 후세에 전해진다. 그러므로 글을 짓자면 공자의 춘추필법,《좌전》《사기》이하 당송 팔가(八家)의 글을 모범(법)으로써 삼아야만 한다고 주장했다.

망계는 '남송 이래로 고문의 의법이 강학(講學)되지 않은 지가 이미 오래이다. 특히 명말의 타락된 유학[양명학을 가리키는 듯]은 차마 볼 수가 없을 정도이다. 이런 것은 옛날에도 있었지만, 고문 중에서 송유(宋儒)나 선승(禪僧)의 어록·위진 육조시대의 겉만 번지르르한 사륙병려문(四六騈儷文)·한부(漢賦) 중의 편파적이고 과장된 문장·시가 중에 보이는 재치를 일삼는 말·남북사의 경박하고 시류에 아부한 어구 등은 경계해야 한다'고 입버릇처럼 문인들에게 가르쳤다.

글은 손끝이나 머리로 쓰는 게 아니고 전심전령, 마음으로 써야 하는 것이다. 그가《사기》를 추천하고《한서》를 좋아하지 않으며,

한유를 숭상하고 류종원(柳宗元)을 배척한 까닭도 이런 데에 있었다. 류종원이나 《한서》는 그가 주장하는 의법에서 벗어났다는 것이다.

학자가 어떤 주장을 갖던 신념으로써 믿는 것은 나쁜 일이 아니다. 다만 시류에 아부하고 신념없이 부화뇌동하는 무리는 '매문업자' 또는 탤런트이지 학자는 아니다. 고문에는 그런 경조부박한 것이 없었다.

망계는 22세 때 세시(歲試) 제1로 뽑혀 동성 현학에 들어갔지만 향시엔 급제하지 못하고 훈장으로 시골에서 살았다. 32세 때 비로소 강남·향시 제1에 올랐고, 39세 때 예부시(禮部試)에 응하여 진사 제4방이 되었지만 전시(殿試)는 기회를 놓쳤다. 때마침 어머니가 위독하다는 소식을 듣고 급히 귀향했기 때문이다.

이것으로 청조의 과거도 우리와 거의 동일하고 당시의 사람이 걸었던 길을 알만하다.

그는 계속 향리에 머물면서 경서, 특히 삼례(三禮 :《儀禮》《周禮》《禮記》) 연구에 전념했지만 44세 때 문자의 옥에 휩쓸린다.

강희 50년에 일어난 《남천집》의 필화 사건으로, 고향 선배인 대명세(1653~1715)가 명조의 연호를 그 문집에서 사용했다는 죄명이었다. 방포도 《남천집》에 서문을 썼다는 죄로 연루되고 체포되어 강녕부(江寧府 : 남경)에 구금되었다가 다시 연경의 형부 옥으로 이송되었다. 이미 사형이 선고되었지만 그는 옥중에서도 삼례 연구를 계속하여 《예기석의(禮記析疑)》《상례혹문(喪禮或聞)》을 저술한다. 그의 《옥중잡기》도 이때의 저술이다.

──강희 51년(1712) 춘삼월, 내가 형부 옥에 있었을 적의 일이다. 나는 협문으로 실려 나가는 망자가 하루에 서너 명이나 있음을

보았다. 전에 홍동현(洪洞縣) 지사(知事:청대엔 사무장)를 지낸 두
군(杜君)이 분연히 일어서며 말했다.
 "저것은 돌림병이 발생한 겁니다. 지금은 날씨가 좋아서 망정이
 지 지난 해에는 하루에 10여 명씩 죽어 나갔지요."
내가 까닭을 묻자 두군은 말했다.
 "이 돌림병은 걸리기 쉽고, 걸렸다면 친척이라도 결코 함께 기
 거하려 하지 않습니다. 그런데 이곳엔 노감(老監)이라 불리는
 곳이 네 군데 있고 각각 방이 다섯입니다. 그 중앙의 방이 옥지
 기 방이고 이것엔 앞쪽에 채광창, 천장에 환기창이 달려 있지만
 다른 네 방엔 창문이 하나도 없습니다. 더욱이 그 안엔 2백 명
 이상의 죄수가 매어져 있지요.
  매일 저녁 때면 쇠를 채우므로 대소변은 모두 그 안에서 넘칩
 니다. 그것이 음식 냄새와 뒤섞여, 뭐라 말하기 어려울 만큼 고
 약한 냄새입니다. 게다가 가난뱅이는 한 겨울이라도 땅바닥에
 뒹굴기 때문에 봄철이 되어 돌림병에 걸리지 않는 자가 없는 것
 이지요……. 이상한 것은 대도라든가 몇번씩 들어온 자, 또는
 살인자는 원기가 특별히 왕성한 탓인지 감염되는 자가 열에 한
 두 명도 안되고 걸려도 곧 낫고 맙니다. 베개를 나란히 픽픽 쓰
 러져 죽는 것은 모두 경범죄로 들어온 자이거나 아무런 죄없이
 다만 증인으로 끌려온 사람들뿐입니다."
 "도성엔 경조옥(京兆獄)·오성어사의 사방(司坊:연경엔 동서남
 북중의 5구역이 있고 각각 순찰어사라는 게 있으며 그 관할의 죄인을
 감금하는 감옥이 있었다)도 있는데 어째서 형부 옥에 이렇듯 죄수
 가 많은 것입니까?"
 "요즘에 와서 소송에 조금 신중을 기하게 되고 경조나 오성이 멋

대로 판결을 내리지 않게 되었습니다. 그러나 9문의 제독(수문장)이 체포하여 조사할 자는 모두 형부 옥에 보내게 되어 있습니다. 게다가 14사(司 : 사는 국에 해당되며 형부는 14사로 나눠져 있었다)의 사장(국장)이나 차장 중에는 일이 있기만 기다리는 자가 있고 그 아래 서리·옥리·옥졸은 하나같이 죄수가 많은 편이 이익이 된다고 생각하므로 조금이라도 꺼리가 있으면 구인합니다. 그리하여 일단 옥에 들어왔다면 반드시 족쇄를 채우고 노감에 집어넣으며 더는 참을 수 없게끔 곤역을 치르게 합니다. 그리고 살살 꾀어 보증인을 세우게 하고 노감에서 내보내주며 그 집 재산 정도에 따라 할당액을 정하여 나눠 먹는 겁니다. 중류이상의 자는 있는 재산을 털어 보석금을 마련하고, 그 버금의 자는 하다못해 족쇄라도 풀고 노감 밖의 가감(假監)에 수용토록 부탁하는데 그것도 몇십 냥은 들겠지요. 극히 가난한 자는 족쇄를 채운 채 옥에 가두며 조금도 관용이란 게 없습니다. 즉 본보기로 삼기 위해서지요. 때로는 같은 사건으로 옥에 들어오면서 중죄인은 가감에 보내지고 경죄인이나 무고한 사람은 비참한 꼴을 당하면서 걱정과 분격이 쌓이고 쌓여 밤에도 잠을 못자고 음식도 제대로 목구멍에 넘기지 못하여 마침내 병에 걸리고 의사도 약도 없는 곳이라서 결국은 죽어 나가는 거지요.”

옛 성인과도 똑같은 인자로운 폐하의 치세 아래 이런 일이 있을 수 있겠는가. 만일 인인(仁人)·군자가 폐하께 바른 말을 하여 사형수 및 변경에 보내는 중죄인 이외의, 경죄인과 연좌되어 죄가 정해지지 않은 자는 다른 곳에 모아서 구치하고 사슬이나 족쇄로 매지 않도록 한다면, 죽지 않아도 될 사람은 헤일 수가 없으리라. 어떤 사람의 이야기로선 본디 감옥엔 미결수를 넣는 현감(現監)이란 방이 다섯이나 있었다고 한다. 그와 같은 옛날의 제도가 회복되면 다소라도 유감스런 점이 보완되지 않을까.

── 그런데 사형 판결이 상주되면, 형 집행인은 문 밖에 기다리며 동료를 들여보내어 금품을 강요한다. 이것을 이름지어 사라(斯羅)라고 한다. 부자는 그 친척에게 말하지만, 가난뱅이는 직접 본인에게 말한다. 그것이 능지처참이라면,

"내 말을 들으면 먼저 심장을 찔러주마. 아니면 팔다리가 따로따로 되어도 심장은 아직 움직이도록 찌르겠다."

교수형일 때는,

"내 말을 들으면 단번에 죄어서 숨통이 끊기게 해주겠다. 아니면 세 번 옭아매고 또 다른 고문 도구로 야금야금 괴롭히면서 죽게 할테다."

다만 참수형일 때는 뜯어낼 도리가 없지만, 그래도 잘린 목을 구실 삼는다. 이 때문에 부자는 수십·수백 냥을 주고 가난한 자는 가진 의복을 모두 준다고 한다. 무엇 하나 갖지 못한 자는 형리가 말한 대로의 괴로움을 당했다.

포졸도 마찬가지다. 그 요구를 듣지 않으면 죄인을 포박할 때 우선 뼈를 부러뜨리거나 심줄을 끊는다. 매년 가을의 대판결(황제의 최종적 결재)에는 가위표를 붙여 처형되는 자가 열에 서너 명, 집행유예가 되는 자는 열에 예닐곱 명이다. 모두 결박되고 서시(西市)에 끌려가 칙명을 기다리지만, 포박시 상처를 입은 자는 비록 집행유예가 되어도 상처 치료에 몇달씩 걸리고 개중에는 마침내 불구자가 되는 사람도 있다.

나는 언젠가 나이먹은 서리에게 물었다.

"형리나 포졸로서 죄인은 불구대천의 원수도 아니고 얼마쯤의

소득을 얻고자 그럴 뿐이다. 그렇다면 무일푼인 자에게 조금이라도 관용을 베푸는 게 공덕이 아니겠소?"
"그와 같은 규정을 만들어 다른 자에게 본보기로 삼고, 그리고 뒷사람을 가르치는 것이죠. 그렇지 않는다면 인간은 누구라도 행여나 하는 요행을 바라기 때문입니다."
또 이렇게도 물어보았다.
"죄인에는 부자도 있거니와 가난뱅이도 있게 마련이오. 어쨌든 이득은 얻은 셈이니 그 다과에 의해 굳이 차별을 할 필요는 없지 않소?"
"차별을 두지 않는다면 누구도 가외로 더 주려고 하지 않으니까요."
라는 대답이다. 맹자의 말로 '술(術)로써 삼가해야 한다(직업은 신중히 골라야 한다)'는 참으로 옳은 말이었다!

방포는 문연각(文淵閣) 대학사 이광지(李光地)의 주선으로 옥중에 있기를 1년 남짓하여 특사되고, 이어 그의 문명을 들은 강희제에 의해 발탁되어 남서원(南書院)에 들어갔다.

망계는 아직 옥중에 있을 때 노감에 대해서 갖가지로 생각하고 감방의 벽에 창문을 내어 환기를 시켜주면, 조금은 갑갑증을 덜게 되리라 생각하고서 미장이에게 공사비를 견적하도록 했다. 그러자 동방의 사람이 말했다.

"노감에 갇혀있는 자는 대개 햇빛을 다시 볼 수 있는 가망이 있는 자이다. 그것에 반하여 우리는 사형수일세. 그렇건만 살 가망이 있는 자의 갑갑함을 걱정하다니, 듣는 사람이 비웃으면 어떻게 할 것인가?"

망계는 출옥하고 나서 스무날도 되기 전에 한림으로 남서원에 출사했고 며칠이 지나자 은 70냥을 받았다. 형부의 주사(主事)인 공몽웅(龔夢熊)이 감방 개조를 자기의 소임으로 책임졌다. 옥졸이나 전옥은 이를 곤란하다 하면서 6부에 진정했다.

"벽에 구멍을 뚫으면 대도나 중죄인이 도망칠 게 분명합니다. 그 죄는 대체 누구의 책임이 됩니까?"

공몽웅은 이런 진정에,

"창문에 나무 창살을 달면 죄수는 도망할 수 없을 거다."
라고 반박했으며 만일의 경우엔 자기 혼자 책임을 지겠다는 서약서를 썼다. 이리하여 창문은 장치되었다⋯⋯.

망계는 그뒤 세종(옹정제)·고종(건륭제)의 신임을 받고 예부시랑·경서관·삼례관의 총재를 거친 다음, 만년에 치사하고 향리로 돌아간다. 애당초 근엄 그대로였으며, 집요하리만큼 예에 집착한 사람이었다. 일찍이 23세에 부인 채씨(蔡氏)를 맞았을 때 그 8개월 전에 죽은 동생 초도(椒塗)의 상기를 지키면서 10여 일이나 신방을 꾸미지 않았고, 혼인만 하더라도 친척들의 성화에 못이겨 마지못해 올린 것으로 그는 평생을 두고 이를 한으로 여겼다는 일화가 전한다.

그와 같은 철저한 인간인 그에게 있어 '《남산집》 사건'은 남다른 타격을 주었다. 그리하여 그뒤로는 더욱 더 언행을 삼가하고 그 문장도 의법을 지켜 일자 일구라도 헛된 것은 쓰지 않으리라며 갈고 다듬었다.

한유·구양수 이래의 제일 가는 문장가라 일컬어지면서도 그 문집이 처음으로 간행된 것은 건륭 11년(1746) 79세 때이다. 문인 왕조부(王兆符)·정음(程崟)에 의해 편집된 《방망계선생집》이 그것이다.

강희제가 유학을 장려하자 송학과 한학이라는 문제가 나타났다.

한마디로 말해서 청대의 유학자들은 송학 이전의 고전으로 돌아가야 한다고 주장했다. 송학은 나중에 설명되겠지만, 간단히 말해서 성리학이었다. 청유(淸儒)가 이런 송학을 배격한 까닭은 성리학에 불교, 특히 선종의 영향이 있다는 것이며 명나라의 유학도 송학의 연장이므로 배격되어 마땅하다는 생각이었다. 물론 덮어놓고 배격된 것은 아니며 고전에서 증거를 찾는 것이 청대의 고증학이라 할 수 있다.

따라서 완원의 《황청경해(皇淸經解)》를 알자면 한학과 송학을 반드시 짚고 넘어가야 한다. 추사가 갔을 때 이 《황청경해》는 아직 완성되고 있지 않았다.

그러나 완원은 추사와 사제간의 의를 맺으면서 《13경주소 교감기(十三經注疏校勘記)》와 《경적찬고(經籍纂詁)》 백 권을 기증하고 있다.

13경이란 무엇인가?

《주역》《상서》《시(경)》《주례》《의례》《예기》《좌전》《공양전》《곡량전》《논어》《효경》《이아(爾雅)》《맹자》의 13종이었다.

현재 13경은 옛날의 문묘이며 태학(국자감) 자리였던 북경 보정문(保定門) 안 성현가(成賢街)에 석비로 석각되어 즐비하니 늘어서 있다.

이 석비(석경) 198개는 추사가 갔을 때 있었고 그도 보았을 터이다. 석경은 업적을 과시하기 위해 세우는 건 아니다. 태학생 또는 관심 있는 사람이 엄정하게 교정된 이런 석경의 탑본을 뜨고 그것으로 성인의 가르침을 배우라는 취지가 들어 있었다.

물론 하루 아침에 이루어진 것은 아니었다. 강희·옹정·건륭

3대에 걸친 필생의 사업으로 추진되었다.

먼저 강희제는 4경의 편찬을 기도했는데 그것이 어찬 4경이었다.

① 주역절중(周易折中) : 전22권·이광지 등의 칙찬·강희 54년 (1715) 건립

② 춘추전설휘찬(春秋傳說彙纂) : 전38권·왕염(王掞) 등 칙찬·강희 60년(1721) 건립.

③ 서경전설휘찬 : 전21권·왕홍서(王鴻緒) 등 칙찬·옹정 3년 (1725) 건립

④ 시경전설휘찬 : 전21년·왕항령(王項齡) 등 칙찬·옹정 8년 (1730) 건립

이와 같은 어찬 4경은 주자설을 근거로 하고 있다. 옹정제는 그 3년에 서경비를 세우면서 《사서집주》 19권·《주역본의》 4권·《서경채씨집전(書經蔡氏集傳)》 6권·《시경주자집전》 8권·《춘추호씨전(春秋胡氏傳)》 20권·《예기진씨집설》 10권을 무영전에서 간행토록 했다.

건륭제는 즉위하자 《역》《춘추》《시》《서경》은 완료했지만 삼례만이 아직 되어 있지 않음을 알고 즉시 《삼례의소(三禮義疏)》의 작성을 명했다. 그리하여 삼례의소관이란 관아가 설치되고 총재로 악이태(鄂爾泰)가 임명되었지만 실제의 작업은 부총재인 방망계를 중심으로 추진되었다. 특히 삼례는 어느 일가(一家)의 설만 채택할 수도 없으므로 어려움이 있었던 것이며, 망계 문집에 의하면 장서가였던 서건학(徐乾學 : 1631~1694)의 《통지당(通志堂 : 장서 콜렉션)》 경해 중에서 20년간에 걸쳐 뽑아냈다고 한다.

이리하여 13경이 완성된 셈인데 그 석각에도 숨은 비화가 있다.

오래 전에 왕허주(王虛舟)의 친구로 장상범(蔣湘帆)이라는 글씨의 명인이 있었는데 언젠가 《법화경》 일부를 모사하여 허주에게 보였다. 허주는 그것을 보자 말했다.

"자네는 유생이니까 《법화경》보다 13경을 쓰는 게 어울릴 걸세."

이 말을 들은 상범은 곧 13경의 모사를 시작했다. 《좌전》에 5년, 《예기》에 2년, 나머지 여러 경에 5년, 도합 12년이나 걸려 가까스로 13경 1부를 써냈다. 그때가 건륭 3년(1738)이었다.

양주의 마씨라는 사람이 2천 금을 들여 3백 부의 책을 만들어 이를 조정에 헌납했고, 조정에선 이를 무영전에 넘겨 교정을 보게 하고 간행하려 했지만 사정이 있어 실현되지 않았다. 그래서 오랫동안 창고 속에서 먼지를 뒤집어쓰며 방치됐다.

건륭 55년(1790), 천자는 주사하(朱筍河)라는 학자의 건의를 받아들여 한의 희평석경, 당의 개성(開成) 석경의 예를 좇기로 하고 13경 석각을 명령했다. 그리하여 총재로 화곤·왕걸(王杰)을 임명하고 그 아래로 동고(董誥)·유용(劉墉)·김간(金簡)·팽원서를 부총재로 하고 김사송(金士松)·심초(沈初)·완원 등 여덟 명이 앞서의 장상범 사본을 꺼내어 교정을 시작했다. 추사가 기증받은 《13경 교감기》란 바로 그 기록이었다.

이리하여 이듬해인 건륭 56년부터 이듬해에 걸쳐 돌에 새기도록 한 것이 현재 남아있는 《석경》이다.

국자감 중앙의 정전은 이륜당(彝倫堂)인데 좌우 양쪽에 솔성(率性)·성심(誠心)·숭지(崇志)·수도(修道)·정의(正義)·광업(廣業)의 여섯 당이 있으며 《석경》은 그 안에 보호되고 있다.

호위(胡渭:1633~1714)는 절강·덕청(德淸) 사람인데 지리학에 뛰어나 《대청일경지(大淸一經志)》의 편찬에도 참가한 학자이다. 그의 연구로서 유명한 것은 《역도명변》 10권을 저술하여 하도(河圖)·낙서(洛書)가 《역경》과는 아무런 관계도 없음을 입증했다. 이는 혁명적 주장으로 종래의 통설을 뒤엎은 것이었다.

　이런 연구는 이미 황종희의 《역한산수론》이나 황종염(黃宗炎 : 황종희의 막내동생)의 《도서변혹(圖書辨惑)》도 있어 꼭 그의 발견은 아니지만 그에 의해 가장 상세히 연구되고 있다. 그의 주장을 보면 이렇다.

　"《시경》《서경》《예기》《춘추》의 4경엔 그림이 필요하지만 다만 《역경》만은 그 필요가 없다. 그런데 세상에선 역도(易圖)를 존숭하고, 그 때문인지 오히려 역학을 혼란에 빠뜨리고 있다."

　그의 저서로 《우공추지(禹貢錐指)》는 완원의 《황청경해》에 수록되었으며, 《역도명변(易圖明辨)》은 왕선겸(王先謙)의 《속경해》에 수록된다. 《역도명변》을 보면 하도·낙서·오행·구궁·참동계(參同契)·선천 후천의 학문과 계몽 도서를 하나하나 고증하고 그 시작을 밝혔으며 역의 정신과도 아무런 관계가 없음을 증명했다. 호위의 이와 같은 연구는 주자학을 근본부터 위협하는 것이었다.

　참고로 추사는 이런 주장에 어떤 견해를 가졌던 것일까? 물론 나중에 쓴 것이지만, 이야기의 진행상 여기서 소개하겠다.

　〈역서변(易筮辨) 상〉
　'저 성인께서 역을 지으시고 기껏해야 이를 사람에게 베푸셔 점을 치게 하셨다는 건 나로서 의심되는 것이고, 아울러 《춘추》에서 전하는 여러 서법(筮法)을 보게 되면 역시 성인이 역을 지으신 것과는 동떨어지고 같지가 않아 나는 더욱 의심되는 것이다.

춘관(春官 : 고대의 예관)이 삼역(三易 : 연산·귀장·주역의 세 가지)의 점치는 사람을 관장하고 아홉 가지 점법의 이름을 가려 준 것은 춘추 때의 점쟁이가 구서(九筮)의 다름도 몰라서였으며, 서법이 잘못되고 사사롭게 허무맹랑하니 만들어져 점 방법으로서 이룩된 말을 좇기 때문이었다.

 진나라에서 경중(敬仲)이 태어나자 그 번창은 다른 나라에서 있다 말하고〔진경중이 곧 전경중이고 제에 망명하여 그곳 왕의 조가 된다. 점쟁이는 사물로서 두 가지가 모두 번영하는 법은 없다 하고서 진이 쇠퇴하면 경중의 자손이 번창한다고 예언함〕진백(秦伯)이 싸우게 되자 반드시 진(晉)의 군주를 사로잡게 된다 했으며, 초자(楚子)가 정나라를 구할 때 나라의 남쪽에서 앉은뱅이가 원래의 그 왕을 화살로 눈을 쏘아 맞춤을 알았고〔초의 공왕이 속국인 정을 구하고자 진군과 언릉에서 싸워 크게 이겼다. 그러나 망명한 자로 앉은뱅이가 공왕의 눈을 쏘아 오히려 초군이 패함〕목자(穆子)가 태어나면서 곧 참언하는 자의 이름이 우(牛)라는 것을 알았다 함이 이것인데 삼역·구서로서 어찌 이를 가릴 수가 있다는 것일까?

 생각하건대 자복(子服)이 혜백(惠伯)에게 말한 충성되고 신뢰할 수 있는 일이라면 또한 역(易)이라고 할 수 있다고 했지만, 이런 옛날의 점험(占險)으로서 안된다 하는 것은 점법에 아직도 한 가닥 이질적인 것이 있기 때문이 아니겠는가. 여러 술사(術士)의 이야기인즉 당시엔 억지로 끌어다가 맞추고 부연하는 일에 골몰했으므로 공자도 성스런 경문을 위편삼절(韋編三絶)로서 역을 밝히려고 하셨는데, 복서의 수도자도 아닌 이 글로서 작은 허물을 따지는 글이 되었으니 춘추의 점법은 크게 그릇된 것이다. 저 성인이 초구(楚邱)에서 점치고 도보(徒父)에서 점치며 사소(史蘇)의 무리와 더불어 모진 애를 다 쓰셨던 것이며, 후세의 경방(京房)·관로(管輅)가 숲에서 불덩어리를 날리거나 납갑법(納甲法)으로 굴복케 하여 서로 같도록 한 것인데, 어찌 성인께서 역의 가르침을 지으셨다고 하겠는가.'

〈역서변 하〉
'무릇 주공이 효사(爻辭)를 지었다고 말하는 자는 반드시 실제의 증거가 있어야 하며 이것으로 근거되는 경적이 있은 뒤에야 말할 수 있으리라. 다만 후세의 여러 유자가 의심하면서 추측으로 한 말에 기댄다면 자멸한다. 한지(漢志)로서 그 말을 따져보면, 그 듣고 본 것은 반드시 수사(洙泗 : 산동성의 수강과 사강, 곧 공맹의 가르침)의 앞뒤에 있어야만 가하다. 당의 공씨(공영달)로부터 각기의 말이 경쟁하듯 분분하여 결정을 못하고 송 이후에는 제가로서 서로 전하고 주장을 좇으며 스승의 글방에서 익히고 외우는 것으로 하루도 아닌 적이 없게 굳어져 버렸으니 어찌 감히 어리석게도 단정할 수가 있었겠는가. 이런 주장은 오로지 경적을 위주로 하여 증거로 삼는 것을 가장 경계했고 그 유행되는 폐단으로서 더욱 심한 것은 추측으로 미루어 뜻하는 바를 정설(定說)로 삼는 데 있었다.

　어리석음에 있어 같은 자로 제가의 설을 감히 가볍게 반박함은 아니지만, 다만 어리석은 소견으로 실증에 근거하지 않는 것이라면 어찌 잘못인데도 구태여 이런 말로 따지지 않을 수가 있겠는가. 경전의 모든 말로 한 가지의 일·한 가지의 뜻도 짝이 되는 원인이 있고 절로 꼿꼿이 세워진 뜻이 있거늘 추측으로써 사승(師承)의 경학을 상호 배척하고 한 가지로 된 문사(文辭)가

된다면 그 자취는 해로움이 없는 듯하면서도 실인즉 경의(經義)로 해로움이 큰 것이다. 그러므로 주공이 효사를 지었다는 설에 있어, 즉 잘못으로 하여금 이를 믿고 또한 애당초 이치로서 거리낄 데가 없다 하여 어리석게도 뒷세상의 유자가 이 말로 미루어 추정하고 덮어 버리니 깊이 경계하는 거다. 따라서 부득이 상세한 말로 이를 밝히지 못하니 궁궁하며 삼갈 뿐이다.'

《역경》이 유학의 근본 경전으로 존숭되고 미묘한 것이므로 그것을 경솔히 논하지 않았을 뿐이지, 추사의 견해가 어디에 있었는지 알만하다. 연암 박지원도 비슷한 비난을 받았지만, 추사를 가리켜 청유(淸儒)의 의견을 맹종한다는 소리도 있었다. 그러나 그것이 비록 사실에 가깝다 하더라도 전통적 소설(所說)에만 얽매인 당시의 유자로서 추사의 광범한 고증과 독서에는 누구도 쉽게 따르지 못했던 것이다.

청조의 고증학은 안휘·절강·강소 세 성에서 가장 활발했다. 그리고 재미있는 일로 절강성의 서북부를 흐르는 전당강(錢塘江)에 의해 그 학문이 칼로 자른 듯이 확연한 구별을 나타냈다.

이를테면 절동(浙東)은 소흥(紹興)·영파(寧波)를 중심으로 하여 황종희의 영향이 강했었고, 절서(浙西)는 안휘의 휘주(徽州)·강소의 상주(常州)와 양주를 근거로 하여 고염무에 공명했다. 그리하여 절서 중에서도 안휘와 강소는 절로 구별이 있었는데, 강소 중에서도 상주와 양주는 장강에 의해 나뉘져 있어 학문의 색채도 다른 것처럼 보인다.

염약거는 앞에서 이미 나왔는데 자는 백시(百詩)로, 성품은 영민하지 못했으나 노력의 결과 일세의 대학자가 되었다.

'한 가지의 일을 몰라도 깊은 부끄러움으로 여겼다. 사람을 만나면 질문하고 시간이 없음을 한탄했다.'

이것이 그의 일생을 통한 생활 철학이었다. 그는 가벼이 사람들에게 자기를 낮추지 않았고 당시의 학자들을 못마땅하게 여겼다. 다만 전겸익(錢謙益 : 1584~1664), 고염무, 황종희 등 세 사람에게만 머리를 숙였다 했지만 이런 셋마저도 그가 지은 《잠구차기(潛邱箚記)》에서 그 잘못이 지적되고 있다.

염약거는 스무 살 때 《서경》을 읽고 이 중에서 반은 가짜가 아닐까 의심했다.

"도대체 지금의 《서경》에 금문의 부분과 고문의 부분이 있는데, 이 고문이라 일컫는 부분에 후세의 위작이 있는 것 같다."

그래서 20년 남짓 걸려 《고문상서소증》을 저술했고 온갖 고전으로부터 그 증거가 되는 글을 인용하여 고문은 동진의 매색(梅賾)이 위작한 거라고 단언했다. 염잠구가 죽고 난 뒤 상주의 오현에서 혜동(惠棟 : 1697~1758)이 나타난다. 혜동의 아버지는 사기(士奇), 조부는 주척(周惕)이라 했는데 모두 이름있는 학자였으며 혜동은 특히 박학으로서 경사와 제자는 물론이고 도교의 책까지 읽었다.

그의 저술은 많지만 힘을 기울인 것이 역한학(易漢學)·역례(易例)·주역술(周易述)로 대표되는 《역경》 연구였다.

그는 송대의 역주해를 채용하지 않았고 위진의 역도 뛰어넘어 곧바로 한역(漢易) 연구에 뛰어들었다. 그리하여 천2백 년이나 끊기고 있던 한역을 다시 살린 것이다. 《주역술》은 그의 마지막 저술로 완성되기 전 향년 62세로 건륭 23년에 졸한다.

그뒤 강번(江藩)이란 사람이 혜동의 학문을 계승했고 《주역술보(周易述補)》를 저술했는데 그 제자가 바로 심암·이임송이며 역시

《주역수보》라는 저술이 있다.

혜동은 또한 《고문상서고》를 저술했다. 그는 염약거가 가짜라고 단언한 《고문상서》를 분석하고 하나하나 그 출처를 밝혀내어 고증의 완벽을 기했다.

혜동의 문하로 여소객(余蕭客)·강성(江聲)·왕명성(王鳴盛)·전대흔(錢大昕:1728~1804)·왕창(王昶)이 있었다. 이 중에서 여소객은 이미 산일된 경주를 발굴하여 《고경해구침(古經解鉤沈)》을 저술했고, 강성은 《상서》의 정현주를 주워모아 이를 주해한 《상서집주음소(尙書集注音疏)》를 지었으며, 왕명성은 《상서》의 마융·정현·왕숙 삼가의 일주(佚注)를 수집·편집하고 자기의 의견을 덧붙여 《상서후안(尙書後案)》을 지었다. 전대흔과 왕창은 염약거나 혜동에 의해 《고문상서》가 타파된 만큼 《금문상서》의 한주를 수집 주해하며 상서학을 부흥시킨다. 김추사에게도 《상서금고문변》이 있는데 여기서 소개하겠다.

'《금문상서》란 복생(伏生)의 본이다. 〈요전(堯典)〉〈고도모(皐陶謨)〉〈우공(禹貢)〉〈감서(甘誓)〉〈탕서(湯誓)〉〈반경(盤庚)〉〈고종동일(高宗肜日)〉〈서백감려(西伯戡黎)〉〈미자(微子)〉〈목서(牧誓)〉〈홍범(洪範)〉〈금등(金縢)〉〈대고(大誥)〉〈강고(康誥)〉〈주고(酒誥)〉〈재재(梓材)〉〈소고(召誥)〉〈낙고(洛誥)〉〈다사(多士)〉〈무일(無逸)〉〈군석(君奭)〉〈다방(多方)〉〈입정(立政)〉〈고명(顧命:강왕의 말)〉〈비서(粃誓)〉〈여형(呂刑)〉〈문후지명(文侯之命)〉〈태서(泰誓)〉의 스물여덟 편인데 금문자로 씌어져 있는 까닭에 금문상서라고 한다.

《고문상서》는 공자집 벽에서 나온 본이다. 28편인 금문과 같지만, 〈반경〉을 세 편으로 쪼개고 〈고명〉〈강왕지고〉를 2편으로 쪼갰기 때문에 31편이 되고 또한 아울러 〈태서〉를 고문자로 쓴 까닭에 《고문상서》라고 한다.

또한 일서(逸書: 없어진 글)가 16편 있는데 곧 〈순전(舜典)〉 〈멱작(汩作)〉 〈구공(九共)〉 〈변직(辨稷)〉 〈오자지가(五字之歌)〉 〈윤정(允征)〉 〈탕고(湯誥)〉 〈함유일덕(咸有一德)〉 〈전보(典寶)〉 〈이훈(伊訓)〉 〈사명(肆命)〉 〈원명(原命)〉 〈무성(武成)〉 〈여오(旅獒)〉 〈필명(畢命)〉 〈절무(絶無)〉인데 사설(師說)을 얻을 수 없는 전주(傳注)이다.

매색이 고문을 지금의 행본으로 위작하면서 고문 아닌 또는 금문 아닌 것으로 통하게 하였다. 참된 고문은 서른한 편이며, 이밖에 〈대우모(大禹謨)〉 〈오자지가(五子之歌)〉 〈윤정〉 〈중훼지고(仲虺之誥)〉 〈탕고〉 〈이훈〉 〈태갑(太甲)〉 〈함유일덕〉 〈세명(說命)〉 〈태서〉 〈무성〉 〈여오〉 〈미자지명(微子之命)〉 〈채중지명(蔡仲之命)〉 〈주관(周官)〉 〈군진(君陳)〉 〈필명〉 〈군아(君牙)〉 〈경명(冏命)〉의 19편인데 〈태갑〉 〈세명〉 〈태서〉는 각각 3편으로 했기 때문에 합해서 25편이 참된 고문 31편에 모아져 섞여 있다. 이 56편 중에는 또한 〈요전〉 〈신휘(愼徽)〉 〈오전(五典)〉의 아래로 〈순전〉이 쪼개지고 있어 오히려 28이라는 글자로서 첫머리에 감히 넣지를 못하는 것이다.

제(齊)의 건무(建武) 연간에 요방흥(姚方興)이 대항두(大航頭)에서 〈순전〉을 얻었다 칭하고서 경전을 상께 올렸는데, 그 전은 즉 마융·왕숙의 주에 채택되어 이를 만들었던 것이고 그 경이 많게는 '曰若稽古帝舜曰重華協于帝'의 열두 문자가 통용되는 걸로선 얻지 못했던 것이고 12자 아래로 또한 혹 濬晢文明 등 16자가 있고 합해서 28자가 수나라 개황 초에 구득한 첫머리에 있었던 것인데 망령되게 〈순전〉의 첫머리를 나눈 것이었다.

또 기직(棄稷)을 익직(益稷)이라 고쳤고 〈고도모〉의 帝曰來 이하로서 當之益稷이라 했고 〈서서편〉에서도 또한 아직 없었던 게 눈에 띄는 것이다. 대체로 매색의 거짓 고문은 공벽의 산일된 16편과 같지가 않다는 데 그칠 뿐 아니라 자체로서도 이미 없어져 있지도 않은 일서 가운데 이를테면 〈중훼지고〉 등 10편은 바로 공벽의 것으로선 없었던 것이다.

양한을 통해 모두 금문으로서 학관을 세웠던 까닭에 한의 여러 황제는 복생·구양씨·대소 하후씨·사마천·동중서·왕포(王褒)·유향·곡영(谷永)·공광(孔光)·왕순(王舜)·이심(李尋)·양웅·반고·양통(梁統)·양사(楊賜)·채옹·조기(趙岐)·하휴·왕충·유진(劉珍)으로 금문을 다스리게 했고, 공안국·유흠·두림(杜林)·위굉(衛宏)·가규·서순(徐巡)·마융·정강성(정현)·허신·응소(應劭)·서간(徐幹)·위소(韋昭)·왕찬·우번은 모두 고문으로써 다스리게 했지만 후한에서 비로소 고문이 성행되었고 이와 같이 사마천도 안국을 좇았기에 《사가》 중에서 고문설을 가려 쓸 것인가를 물었던 거고, 사공(사마천) 역시 금문을 닦은 사람이었다.

두림 이하 상전되었는데 곧 칠서(漆書: 옻으로 쓴 글) 고문은 그 편이 또한 밖에 드러나지 않아 금문 28편은 곧 공안국이 이를 체전(여러 경로를 거쳤다는 뜻)한 본이고 그 〈반경〉 등 편을 나누어 작게 쪼갠 게 다를 뿐이다. 고문설이든 금문설이든 작게 다를 뿐인데 어째서 일찍이 있었던 일서·망서에서 매색본과 같은 게 나왔을까? 공벽에서 얻지 못한 바의 것을 매색은 이를 어디서 얻었고 사설(師說)이 절무한데 매색은 어디서 공전(孔傳)을 얻었을까?
 남북조의 사람으로 나눠진 남북학은 상호 원수가 되고, 남학은 거짓 고문이 주가 되었는데, 당태종 역시 남학을 위주로 한 까닭에 공영달에게 명하여 《오경정의》를 찬정(簒定)한다. 마침내 매본(梅本)으로서 이것의 학관을 세웠지만 채구봉(蔡九峯)은 이에 따라 집전을 만들고 이를테면 마융·정현 주의 참된 고문 주본은 폐하여 전하지 않게 된 것이다.
 주자로부터 시작된 매고문의 위작이란 의심이 그뒤에 매족기(?)와 같은 또는 염백시(염약거)·혜정우(혜동) 등 여러 사람이 하나하나 명확히 따져 매색의 거짓은 남김없이 드러났다. 생각하건대 이 학관이 세워져 통행된 지는 천 년하고도 해가 남는 옛날이건만 축출하지 못했으니 두렵지가 않을 수 없다. 《채씨 집전》의 금문과 고문을 운운하는 것은 모두 극히 불명백한 데가 있을 뿐더러 집전은 곧 공영달의 정의본인 데 불과하며 그 자체는 곧 매색이 일컫는 바 고문인 것이다.
 애당초 숨은 본이 없는 금문의 영향이 미쳤던 것으로서 갑자기 금문 변론을 끌어대려고 하여도 그 있지도 않은 것을 있다고 하는 건 숨은 금문본으로 상호 증명하는 것이나 같아 비록 소생이 아니라도 심히 당혹한 것이리라. 설령 공벽에 참된 고문이 있고 이것이 바로 고문이라도 어떻게 원용할 수가 있을 것이며, 금문이라면 아울러 들고 대칭해야만 한다. 하물며 금문이 아닌데 또 그것도 고문 아닌 곧 하나인 위본인 데 있어서랴.(상편)'
'금문과 고문은 같지 않으면서도 금문이 또한 고문이고 고문이 또한 금문이다. 고문에 참된 게 있으면서 같다는 것은 참이 있으면서 다르고 거짓이 있으면서 다르다는 것이며, 또한 다르면서 거짓이 있다는 건 다름이 또한 거짓이란 의미다.

　금문은 한위(漢魏) 이후에 일컬어진 것이고, 당(唐)에선 금문을 개정하여 금문에는 반드시 먼저 명확히 가려야 한다 했고, 이로부터는 금문·고문의 득실이 다르면서도 같음을 말하게 된다. 숨은 글이란 호칭은 금문으로 공벽의 글이면서 과두(蝌蚪 : 올챙이 머리)의 옛 글자가 되고 이의 별칭인데, 금문의 문자로 금체(今體)가 되는 것이다. 그 글 역시 진화(秦火 : 시황의 분서) 이전에 간직되고 한(漢)이 일어나면서 나온 것인데 역시 고문이 되는 것이고, 이 금문 또한 고문이었다.

　《공벽서사기》에서 말한다. 공안국이 금문으로 이를 읽었고 《한서》에선 지금의 문자로 이를 읽고, 지금의 문자로 말하는 거라고 했다. 이 금문 역시 금문인데, 이 금문이 구양·하후서로 흩어지고 〈상서대전〉〈한석경〉〈사기〉〈한서〉〈삼국지주〉〈삼도부주(三都賦注)〉〈상서위(尙書緯)〉〈상서정의〉에서 보는 고문과 다르고, 이 금문과 고문은 같지가 않은 것이다.

　공안국이 그 글을 얻자 20편을 상고(詳考)하여 16편이라는 많음을 얻어 이를 바치고 비부에서 간직토록 했는데, 유향이 기록하고 교정한 이 하나도 고문이다. 안국이 이를 전하여 도위조(都尉朝) 이하 마융·정현의 전주에 이르기까지인 이 하나도 고문이다. 두림이 서주 칠서(西州漆書)를 얻고 이를 위굉·서순에게 전한 이 또한 고문의 하나이지만, 안국이 헌납하여 비부에 둔 것과 이를 도위조에 전하고 두림이 서주에서 얻은 이것은 비록 저마다 하나의 고문이나 동일한 고문이고 이 고문은 참되고도 같은 것이다.

　안국이 금문자로 이를 읽었는데 이를테면 고문의 䠧를 금자의 준(蠢)으로 짓고 고문의 𢽳를 금자의 단(斷)으로 지었는데, 붕(朋)의 가차(假借)로서 붕(堋)이 되게 하고 호(好)의 가차로선 㚰가 되며 모두 안국의 창작이지만 이것과 더불어 각편 대의의 구설(口說)도 체전되어 도위조에 이르렀고 이하 그 기문이자(奇文異字)가 《설문해자》에서 왕왕 발견되지만 허숙중(許叔重 : 허신의 자)이 인용한 바 〈맹씨역〉〈공씨서〉〈모씨시〉〈주관의 예〉《좌씨 춘추》《논어》《효경》은 모두 고문이었다. 그러기에 《설문》에 실린 벽자 가운데 고서로 그 옛글이 있었던 거다. 마정본(마융·정현)은 안국이 금자로 읽고 정한 것인데 이 고문이 참이면서 다른 것이다.

매색은 위로 공전(孔傳)의 고문과 마정본과는 같지 않은데 이는 고문을 다르게 만든 것이며, 당나라 이전부터 꿰맞추는 무리가 다른 것을 힘써 세우기 위해 방자(旁字) 부(部)에 의해 경문을 개작한 것이다. 대체로 집설·문자림(文字林)과 위 《석경》 및 일체와도 동떨어진 괴상한 글자를 모으고 이를 위해 곽충서(郭忠恕)가 지은 《고문상서》《석문(釋文)》에 이르렀지만 이것은 육덕명(陸德明)의 《석문》은 아니다. 서초(徐楚)·김가창(金賈昌)·조하송(朝夏竦)·정도(丁度)·송차도(宋次道)·왕중(王仲)에 이르러 조공무(晁公武)·왕백후(王伯厚) 등이 모두 이를 발견하고 채중묵(蔡仲默) 역시 이것을 발견했는데 그 전하는 것 중에서 고문이라 가리킨 게 곧 이것이었다.

참이 아닌 고문으로선 조공무가 촉의 설계선(薛季宣)의 석각에서 취하고 《고문훈》의 글이 된 것인데, 이것은 거짓이면서 다르고 또 위포(衛包)의 거짓 공전본을 좇은 것이며 또한 금자로 개정한 거짓 공본이었다. 그리고 마정본을 뒤쫓는 왕숙본 또한 위포의 변란을 거친 뒤에 생긴 신학(新學)이고 아울러 거짓 공본 역시 이를 보아 따르지 않았으며 이 또한 거짓이면서 다르므로 역시 이단이었다.

한위 사람으로 대략 《구양 하후상서》와 《고문상서》의 2종이 있지만 구양 하후는 끊어져 없는 것이며 《금문상서》로 된 한위인의 주는 고문으로, 구양·하후는 별개로 하고서 《한서》에 많은 것이다. 이를테면 고문에서 말하고 있는 연태가 지은 고문이며 사조(嗣祖)가 지은 고문은 말이 동떨어져 있는데, 고문에서 지은 擊이 그것이다. 진 이후에 《고문상서》가 성행되고 비로소 《금문상서》의 말이 있지만 이는 별개의 것이고, 진말(晉末)의 서광(徐廣) 《사기음의(史記音義)》는 《금문상서》로 지은 것이나 금문은 아니다.

가로되 '오로지 이 형으로 고요하구나(惟形之謐哉)'에서 《금문상서》는 조기(祖飢)라고 지었지만 배송지(裵松之)의 《삼국지주》에선 《금문상서》의 말로 優賢揚歷이라 했으며 《금문상서》에 이 네 글자가 비로소 보인다. 당인이 지은 경전 《석문》에서 가로되, 복생이 외웠다는 것은 이것인데 금문으로 지은 《오경정의》에서 《상서》에 대해 즉 말한다. 복생이 전하는 바 34편은 이를 말하는 것이고 금문의 이것으로 한위 이후 비로소 복생의 글을 일컫게 되었으며 금문으로 된 것이라고.

당나라 천보 3재에 집현전 학사 위포에게 명하여 《상서》의 이름을 고치도록 했는데 왈 《금문상서》라 했고, 당의 금문인데 지금의 채전(蔡傳)은 위포의 개정본이므로 어찌 고문이라 말할 수 있겠는가? 즉 안국본도 아니고 아울러 매씨본도 아니라면 거의 금문이라고 할 수 있겠는가? 또한 《구양 하후본》 아닌 것이 곧 하나인 위포의 개역본인데 지금 대체로 채전의 글 하나만을 받들고 고문과 금문의 동이득실(同異得失)을 고구하고자 하니, 이는 주자의 이른바 성인께서 영서(郢書 : 도리에 어긋나는 글)가 있어 후세에 연설(燕說 : 비속한 주장)이 많다는 것이다.

옛 경이 아니면 《상서》에서 경의 곤욕이 심하지 않을 수 없는 것이며, 지금의 《상서》로서 참된 고문의 증거가 되는 옮음은, 《매서》의 거짓이 증명되고 《채전》 또한 상실된 금문에서 고문으로 돌아가야만 참된 것이 될 수 있으리라.'(하편)

혜동의 제자로 왕명성은 또한 역사에도 밝아 《십칠사상각(十七史商権)》 백 권을 저술하여 중국 역대 역사의 잘못을 바로잡았다. 왕의 제자로 김왈추(金曰追)가 있는데 그는 《십삼경》을 남김없이 교열했다. 그 중에서 《의례정위(儀禮正譌)》가 가장 정밀하고 자세하다. 그러나 역사와 교감에 있어선 동문의 전대흔(錢大昕)을 들지 않을 수 없다.

그의 자는 효징(曉徵)이고 호는 죽정(竹汀)이며 강소 가정(嘉定) 사람이었다. 《이십이사고이(二十二史考異)》를 저술하여 정사를 교감했고 특히 《원사(元史)》에 정통했다.

그는 또한 금석학에도 뛰어나 《금석문자목록》 《금석문 발미(跋尾)》 등이 있다.

장강을 건너와서 안휘의 학문은 주자의 고향이기도 한 휘주의 무원(婺源)이 중심이었다.

강영(江永 : 1681~1762)의 자는 신수(愼修)인데 주자를 사숙했으며 《예서강목》 80권을 주해했다. 또 주자의 《근사록》도 주석한다. 이러고 보면 강영이 주자학자처럼 생각되나 그는 글을 읽되 교감을 중시했고 수학에 밝은 데다가 예경에도 정통했으며 또한 문자학의 대가이기도 했다. 그의 제자로선 금방(金榜)이 있어 예학을 닦았고 대진(戴震 : 1712~1777)은 음운학을 계승한다.

대진은 자를 동원(東原)이라 하고 안휘 휴녕(休寧) 사람이다. 그는 입버릇처럼 말했다.

"도는 경서에 실려 있지만 이 도를 밝히는 것은 문장이다. 그리고 문장은 문자로서 씌어져 있으므로 학문을 대성하자면 먼저 문자를 알아야 한다."

그래서 그는 《설문해자》를 중시했으며, 한편 경을 이해하자면 《이아》부터 시작해야 한다 했으며 《이아》로 경을 해석했다. 그리고 대진의 제자로 단옥재(段玉裁)·왕염손(王念孫)이 있는데 이들은 나중에 소개하겠다.

동성파(桐城派)로 방동수(方東樹)가 있는데 그는 《한학상태(漢學商兌)》를 저술하여 실증 일변도의 학문을 비판했다. 동성 역시 안휘성에 있지만 동성파의 조(祖)는 앞에서 나온 망계 방포이다.

망계는 경학과 문학에 뛰어난 학자로 일찍이 《삼례의소》의 편찬관을 지낸 바 있으며, 제자로 유대괴(劉大櫆)라는 이가 있고 고문을 잘했다. 그리하여 해봉(海峰) 유대괴의 제자로 요내(姚鼐 : 1731~1815)가 나타나 동성파라 일컫는 고문의 문파를 일으킨다.

요내는 자를 희전(姬傳), 호를 석포헌(惜抱軒)이라 하며 경학에도 밝은 문장가인데, 항상 의리와 고거(考據)와 사장(詞章)이 구비되지 않으면 당대의 유자가 아니라면서 그 세 가지의 병진에 힘썼다. 즉 그는 당대의 한학자가 고거(고증)에만 치우치고 있다는 데 비판을 가하고,

"지금의 사대부로서 한학을 말하는 자는 단지 고증 한 가지뿐,

고증은 물론 빼놓을 수 없는 것이지만 어찌 송대의 대유(大儒)와 함께 논할 수가 있단 말인가! 세상의 군자로서 박학으로 이름을 얻고자 하는 자, 마침내는 낙민(洛閩 : 정주학의 별명)마저 가벼이 여긴다. 이는 현재의 대환(大患)이고 유학 가운데 사교이다."

고 했지만, 그 문인 방동수는 한 걸음 더 나아가 공격했다. 그는 한학파가 송학을 비난한 언설(言說)을 뽑아내어 간추리고 일일이 그것에 반박하면서,

"근대 한학파의 글을 개관하면, 그 주장하는 취지란 훈고·소학(유치하다)·명물(名物 : 구경거리)·도제(획일주의)를 벗어나지 못하며, 성인의 궁행(窮行)·구인(求仁)·수제(修齊)·치평(治平)의 가르침은 깡그리 말살하고 있다. 말하기는 치경(治經)이라 하지만 사실은 난경(亂經)이다. 또 겉으로는 위도(衛道)라면서 사실은 반도(畔道 : 논틀길이란 뜻)이다."

라며 혹평 또는 욕설에 가깝게 말했다.

그러나 송학파 중에서도 이성으로 한학파를 대한 사람도 있다. 동성파의 효장(驍將)인 증국번(曾國藩 : 1811~1872)은 저서인 《성철화상기(聖哲畫像記)》에서 말한다.

"주자(朱子 : 주희)가 주자(주돈이)·이정(정호·정이)·장자(張子 : 장재)를 표장(表章)하고 이로써 위로 공맹의 가르침을 전한다 하고서부터, 후대의 군주나 재상이나 사부나 유자로서 굳게 그 설을 지키며 바꾸는 일이 없었다. 건륭 연간에 히황된 유가들이 나타나 훈고와 박변(博辨)으로 옛날의 제현을 앞지르고 따로 보잘것없는 설을 세워 왈 한학이라 하며, 송대의 오자(五子)를 물리치고 독존(獨尊)하지 않을 수 없노라고 했다. 그리하여

오자를 굳게 믿는 자 역시 한학은 모조리 도를 해친다고 단언하며 파쇄 또는 타기해 마지않는다. 내가 보건대 오자의 입언(立言)은 매우 고원한 것이 많고 수사(洙泗 : 공맹학)와도 일치되므로 어찌 의론할 수 있겠는가. 그러나 제경을 훈석(訓釋)함에 있어 합당치 않음이 있음은 당연히 근대의 경설로써 이를 보강해야 할 일이다. 또 여러 설을 모조리 파기한다는 것은 스스로 비좁게 만드는 것이라고 하겠다."

요컨대 증국번은 시시비비를 논했던 것이고 일반적으로 편향되는 학문을 경계했다. 하지만 그의 이상은 끝내 실현을 보지 못했다. 그리하여 청말에 이르러 진례(陳澧 : 1810~1882)에 의해 조금은 이런 이상이 실현된다. 그는 한학파의 장점을 취하고 또한 정주학의 장점도 취하여 《한유통의(漢儒通義)》 및 《동숙독서기(東塾讀書記)》를 쓰고, 한학파에도 이학(理學)이 있어 송학파와 다를 게 없으며, 한학의 고증도 주자로부터 비롯된 것이라며 양자의 조정(調停)을 꾀했다.

진례와 동시대의 학자로 구강(九江)의 주차기(朱次埼 : 1808~1882) 역시 《국조유종(國朝儒宗)》이라는 제목의 저술을 하고 강번의 《한학사승기》의 설을 타파하여 한송학을 하나로 묶는 학설을 만들려고 했지만, 이는 아깝게도 완성을 보지 못한다. 다만 주차기의 문인 간조량(簡朝亮)의 《논어집주술소》를 보면, 주주(朱注)를 바탕으로 하면서 근대의 연구에 의해 그 설을 정정하며 소(주기)를 쓰고 있다. 이는 요컨대 가경·도광 무렵부터 송학이 한학에 의해 얼마쯤 개정(改訂)되고 있다는 것을 알게 된다.

방동수의 문인 소순원(蘇淳元)은 스승의 《한학상태》 권두에서 이 책이 나오면서부터 한학의 기세가 한풀 꺾였다고 했지만, 이는 송학파의 견해이고 이 정도로 한학파의 세력이 잠잠해질 리가 없었다.

실제로 한학파의 기세가 둔화되기는 했지만, 이는 방동수의 공격에 굴복했다기보다는 한학 자체가 가진 약점에 의한 것이었다.

공평하게 평하여 한학파가 낡은 경설을 어느 정도까지 천명(闡明)한 것은 위대한 공적이다. 그러나 이와 같은 경설은 일단 인멸된 잔여(殘餘)로서, 옛날 것의 10분의 1도 되지 않는다. 예를 들어 강성이나 왕명성의 《상서주(尙書注)》를 보더라도 정현을 마음으로 보충하여도 아직 모자라고, 왕숙이나 위공전(僞孔傳)마저 보철(補綴)되어 있어 아직도 불완전했다.

호위의 《역도명변》 역시 하도·낙서를 《역경》으로부터 분리시킨 것까지는 좋지만, 《역경》을 막상 한주(漢注)로써 풀이하려고 하면 왕필(王弼)이나 이천(정이)의 해석보다도 더 부조리한 미신으로 넘친 것이 된다. 그리고 이와 같은 경설은 이미 시대적 도태를 당한 경설로서 새로운 정신을 발견할 수 없는 것이었다. 따라서 한학파는 송학을 파괴하기는 했지만 신시대를 지도하는 정신을 수립하지는 못했다.

이런 상태에서 한학은 가경 초에 이미 방향 전환이 시작되고 있다. 이른바 '공양학(公羊學)'의 발흥(勃興)이다.

공양학에 들어가기 전에 대만에서 발행된 《중국철학사》를 보면 안원(顏元 : 1635~1703)은 '교육 학설'로서 중요시된다. 그는 자를 이직(易直)이라 했는데, 《습재기여(習齋記餘)》에서 동성파의 전효성(錢曉城)과 토론한 다음의 말이 보인다.

"훈고이고 청담이고 선종이고 향원(鄕愿 : 애향심, 곧 지방색)이라 하나로 저울질하면 알맞을 정도이며 모두가 세상을 어지럽히고 사람들을 현혹시킨 것이라고 하겠다. 더욱이 송인은 이를 겸애(兼愛)하고 오득불회(烏得不悔 : 반성이 없다는 것)하며, 성현의 가르침을 그르쳐 천하 백성을 이 지경에 이르게 했던 것이며, 그 해악은 묵적이나 양주가 영진(嬴秦 : 진시황을 말함)을 그릇 이끌은 것이나 같다."

참으로 통렬한 정주파의 비판이고, 송학을 무용(無用)이라며 배격한다. 무용이란 실용적이 아니라는 것, 극언한다면 쓸모가 없다는 뜻이다.

그는 〈존학편(存學篇)〉에서 성리학을 이렇게 비평했다.

"그들의 말대로라면 수십 명의 성현이 있건만 이제(二帝 : 송휘종과 흠종)가 금인(金人)에 의해 변경으로 잡혀갈 때 위로 군주를 돕는 이가 하나도 보이지 않고 아래로 위난을 맞아 장상(將相)으로서 백성을 구제한 이가 없음은 무엇 때문인가? 또 그뒤로 수십 명의 성현이 있건만 원군에 의해 쫓기고 유제(幼帝)가 옥새를 안고 바다에 투신할 때, 위로 군주를 돕는 이가 하나도 보이지 않고 아래로 장상으로서 백성의 위난을 구제한 재목이 없었음은 무슨 까닭인가? 이것도 성인이 많고 현인이 많은 세상 때문이 아니고 무엇이겠는가?"

라며 비꼬았다. 그리하여 그는 송학의 무용, 최대의 병폐로 정좌(靜坐)와 독서(讀書)를 들었고, 마땅히 습(습득)·용(실용)·진학(眞學)이어야 한다고 주장한다.

그가 말하는 진학이란 무엇일까?

진학이란 육부(六府)·삼사(三事)·삼물(三物)을 말한다고 한다. 육부의 '부'는 천지의 곳간이란 뜻인데 이는 금(金)·목(木)·

수(水)·화(火)·토(土)·곡(穀)의 여섯 가지였다. 또 삼사는 정덕(正德)·이용(利用)·후생(厚生)이고, 삼물은 육덕(六德)·육행(六行)·육예(六藝)가 포함된다.

그것을 다시 풀이한다면 육덕은 곧 지(知)·인(仁)·성(聖)·의(義)·충(忠)·화(和)의 여섯 가지 덕목이고, 육행은 효(孝)·우(友:우정)·목(睦:화목)·인(姻:아내의 도리)·임(任:직무에 충실함)·휼(恤:남을 돕는 것)의 여섯 가지 행동을 실천하는 것이며, 육예는 예(禮)·악(樂:음악)·사(射:활쏘기)·어(御:승마)·서(書:문장)·수(數:계산)의 재능이다.

옛 성현은 이로써 사람들을 교화했던 것이고, 사람을 가르칠 때 이런 육덕의 본분을 지나치지 않게 하며, 육행과 육예를 실제로 익히게 하고, 병농(兵農)과 같은 육부의 일을 배우게 하며, 백성의 생활에 이익되고 쓸모있게 했던 것이다. 이른바 《대학》의 격물도 이것을 가리킨다고 한다.

정주학에선 격물치지(格物致知)──욕성기의자 선치기지 치지재격물(欲誠其意者 先致其知 致知在格物:참으로 그 뜻을 알고자 하는 자는, 먼저 그 앞을 궁구하여 사물의 이치를 알게 된다)──로 자못 난해하게 풀이하고 있지만, 그는 격이란 손과 같은 것이며 맹수치격(猛獸之格)인데 '손으로써 하는 일을 익히고 친숙해진다'고 규정한다. 또 물도 본말(本末)이 있게 마련인데 이는 '덕을 밝게 하여 백성과 친해진다'고 풀이한다.

그리하여 나 아닌 타인을 계몽하는 서원(書院)에 문사(文事)·무비(武備)·경사(經史)·예능(藝能) 등이 있지만, 항상 남을 위해 병농·예악을 줄곧 가르치는 일만이 실용적 학문이라고 주장했다.

안원의 학문은 너무나 파격적이라 평시에는 주목을 끌지 못했지만 청말과 같은 열강의 침략이 있을 때 재평가를 받게 된다. 완원은 성선설에도 특이한 견해를 가졌었다. 그의 존성편(存性篇)을 보면 인간은 본디 성선(性善)인데 악해지는 근본 원인은 폐습으로 말미암아 물들고 타설(他說)로 그르쳐지기 때문이다.

"천지간에 인성은 하나이고 착한 것이다.──처자를 보고 사랑함은 부모가 이를 사랑하고 사랑스럽다 여기기 때문이며, 부모를 사랑하지 않아서가 아니다.──그러나 사랑함을 탐하게 되면 아비를 죽이고 군주를 시해하게 되며, 사랑에 인색하면 자기 몸을 죽이고 나라를 잃게 되지만, 이는 모두 그 사랑의 죄이지 잘못 사랑한 탓은 아니다.──부모를 깊이 사랑함으로써 곧 처자를 사랑하게 되고 미워하지 않게 된다.──마치 불로써 구워 익히고 물로써 적셔 부드럽게 만들고 칼로써 도적을 죽인다 하여 무슨 허물이 있겠는가? 혹은 불로 사람을 지지고 물로 사람을 빠뜨리고 칼로 사람을 죽인다 해도 이는 물·불·칼의 죄는 아니고 또한 그 열이나 차가움이나 날카로운 탓도 아니다.──모든 게 과오에 있고 그 마음을 잘못 사용한 데 있다. 잘못이란 악을 시작하되 잘못이 아니라는 데 있고, 악 자체는 아니다. 폐습을 끌어대어 잘못을 시작하면서 폐습을 끌어대지 않았다는 데 있지 폐습 자체는 잘못이 아니다. 악습에 물들면서 시종 잘못이 아니고 물들지도 않았다고 하는 게 끝남이 없는 과오이다. 폐습에 물든 자로서 그것을 제거한다면 오히려 이를 사랑하는 마음에서이고, 오히려 그 재능과 유용(有用)함을 사랑하는 것인데 이는 사람의 기질인 것이다."

이른바 기질 역시 착하다는 게 정주설인데 '성선은 부진(不眞)을 나타내고 기질은 도리어 악이 있게 된다'는, 실인즉 착각이라는 게 안원의 주장이었다.

드디어 공양학인데, 이는 고증학의 숙명이었다. 즉 고증학은 그 성격상 공맹에 가까우면 가까울수록 권위가 있다. 초기에 경전 연구의 자료는 주로 동한(후한)의 정현(127~200)을 중심으로 한 학자들의 주장이었는데, 이윽고 서한(전한)의 그것에로 나아간 것은 자연의 이치였다. 서한의 학문은 이른바 금문경학(今文經學)인데 그 중심은 《춘추공양전》이었기 때문에 공양학이라는 이름이 생겼다.

공양학에선 통경치용(通經致用), 곧 경전 연구는 곧바로 정치·사회적 실천과 직결해야 한다는 안원설과도 일맥 상통되는 주장을 하기에 이르렀다. 또 공양학에선 경전 연구는 그것에 숨겨진 성인의 미언대의(微言大義 : 근본이념)를 파악하는 데 있다고 주장한다. 즉 공자는 그런 미언대의를 제시하기 위해 《춘추》를 썼다. 보통 《춘추》는 그 해설서인 《좌전》에 의하면 노나라의 연대기(역사) 정도로 생각되고 있지만, 실제는 그리 간단한 게 아니다. 《좌전(좌씨전)》과 비견하는 또 하나의 해설서 《공양전》[《춘추》의 해설서로선 좌씨전·공양전·곡량전 세 가지가 있지만, 우리나라에선 좌씨전을 중시했음]이 말하듯 개제(改制)를 위한 획기적 저술이었다. 개제란 제도의 전면적 개혁을 의미한다.

알기쉽게 말해서 중국적 《혁명》이었다. 《공양전》에 의하면 공자는 주(周)의 멸망을 예견하고 주나라 다음에 올 새로운 왕조를 위해 이상적 정치 프로그램을 노나라 연대기라는 형식을 빌려 썼다는 것이다.

공양파의 선구자는 무진(武進)의 장존여(莊存與)이고 그 아들인 장술조(莊述祖)에게 계승되었으며, 술조는 또한 자기의 학문을 아들인 수갑(綏甲)과 문인 유봉록(劉逢祿)·송상봉(宋翔鳳) 두 사람에게 전했다.
　이리하여 유봉록의 문하에서 위원(魏源 : 1794~1856, 호남인), 공자진(龔自珍 : 1792~1842, 절강인), 능서(凌曙) 등이 배출되고 송상봉의 문하에서는 대망(戴望)이 나타난다. 그리고 위원과 대망에 의해 그때까지 상주(常州 : 강소성 무진현 중심의 8현) 지방에 국한된 공양학이 넓은 의미의 실용주의로 발전되면서 호남·영남·광주 등 남방으로 확대되었다.
　그런 뒤 호남에 왕개운(王闓運)이 나타나 공양학을 크게 일으켰고 그 문하에 요평(廖平 : ?~1932, 사천 井研 사람)이 있으며 요평의 영향을 강유위(康有爲 : 1858~1927, 광동 南海 사람)가 받는다.
　이런 공양학의 설을 요약하면, 그 목적하는 바는 첫째 동한의 고문학과 구별하여 서한의 금문학을 명확히 한다. 둘째 《춘추공양전》에 의해 공자의 '미언대의'를 천명한다는 두 가지였다.
　첫번째의 것은 요평의 《금고학고(今古學攷)》이며 강유위의 《신학위경고(新學爲經考)》가 대표적 저술인데 전자는 주로 제도로서 금고를 나눈 것이고 왕제에 합치되는 것이 금고, 《주례(周禮)》에 합치되는 것이 고문이라고 한다. 후자는 동한의 기사에 근거하여 금고를 나눈 것인데 단순히 금고를 나눔에 그치지 않고 고문 경전은 모두 유흠의 위작이며 금문만이 진짜라고 판단한다.
　그러나 금문과 고문의 구별은 학자에 의해 설이 갈라진다. 추사의 시대까지는 단옥재(段玉裁 : 1735~1815, 강소인)의 《상서찬이(尙書撰異)》가 있고, 그 계통의 피석서(皮錫瑞)의 《금문상서고증(今文尙書攷證)》, 서양원(徐養源)의 《의례고금이동소증(儀禮古今異同疏證)》, 동 《주관고서고(周官故書考)》, 진교종(陳喬樅)의 《삼가시견

설고(三家詩遣說考)》 등이 학문적으로 타당한 설이라고 여겨졌다.
 두 번째의 사고방식으로 공자의 정신은 오경에 나타나 있고 그 열쇠는 《춘추》이며, 《춘추》의 해설서로선 〈좌전〉〈공양전〉〈곡량전〉의 3종이 있지만 〈공양전〉만이 성인의 참뜻을 전하고 있으므로 이를 연구하여 그 정신을 파악하자는 것이었다. 그러자면 이 〈공양전〉의 취지로서 모든 경전을 보겠다는 것인데, 이 파 사람들의 전거는 하휴(何休：후한의 학자, 생몰 연대 불명. 공양묵수·좌씨공맹·곡량폐질)의 《공양해고(公羊解詁)》이고 하휴 역시 과연 〈공양전〉의 참뜻을 전했느냐 하는 의문이 제기된다……
 아무튼 공양학을, 그뒤에 오는 혁명 사상과 결부시키는 견해가 있다. 이는 논리의 비약이라 하고 싶지만, 예를 들면 이런 것이다.
 우리는 본가(本家)보다 오히려 공자를 지금도 숭상하고 있지만, 중국에선 공자를 공씨라고 격하시켜 부르고 있다.
 모택동의 이른바 문화대혁명에 이은 비공비림(批孔批林)에서 공자를 비판한 것은 우리의 기억에도 새롭다. 임표(林彪：1908~1971)를 숙청하기 위해 공자를 이용한 셈인데, 이것은 모택동의 전매 특허는 아니었다.
 이미 그런 움직임은 홍수전(洪秀全：1813~1864)의 태평천국(太平天國)으로부터 비롯된다.
 기록에 의하면 홍수전은 과거에 누차 낙방하여 유교와 그 제도를 원수처럼 여기고 마침내는 기독교적 천국을 건설한다는 구호를 내세운다.
 그 전말에 대해선 이미 알려진 사실이지만, 모택동은 이를 숭배하고 현대의 중국에선 영웅처럼 여겨지고 있다. 또 중국 혁명의 아버지라 일컫는 손문(1865~1925) 역시 유교와 대체되는 삼민주의를 주장했었다.

  문화대혁명의 직접적 원인은 한국 전쟁과 경제 실패에 의해 실각의 위기를 맞은 모택동의 탈권(奪權)에 있었지만, 요문원(姚文元)이 등척(鄧拓)의 《연산야화(燕山夜話)》 및 오함(吳晗)의 《해서의 면관》이라는 역사극을 비판함으로써 시작되었다. 요문원은 등척을 비판하여 '공산주의 양머리를 내걸고 반당·반사회주의의 개고기를 판다'고 공격했지만, 때마침 태평천국의 민족 영웅이라 받들어진 이수성(李秀成)의 자술서가 증국번의 옛집에서 발견된 것이다. 청조에 투항한 자술서의 발견으로 이수성은 민족 영웅에서 한간(漢奸 : 매국노)으로 전락되고 이것에 충격을 받은 3인조는 유소기(劉少奇)와 임표도 믿을 수 없다는 주장을 한 것이다.
  두 번째로 모택동은 진시황에 비견되는 영웅이라고 찬양했었는데, 시황은 한대에 유교가 재건되면서 폭군으로 규정되었다. 그리하여 과거에는 공양학처럼 유교가 비판되는 일은 있었지만, 문화대혁명처럼 성인 공자를 격하시키는 일은 없었다. 말하자면 공자의 격하가 모택동의 재등장에 이용된 셈이었다.

  추사는 그날 신시(申時)에 다시 옹성원한테로 갔다. 성원의 안내로 담계가 소장한 탁본을 볼 수 있었다.
  그 중에는 구할 수 없는 희귀품도 많았다. 이를테면 당각본(唐刻本) 공자묘당비였다. 이것은 우세남의 글씨로 이미 소개했었다. 또 송탁 화도사 고승옹선사 사리탑명(化度寺故僧邕禪師舍利塔銘), 한중태수 축군개포사도비(䣕郡開襃斜道碑) 이른바 한비(漢碑)인데 섬서성 포성(襃城) 북쪽 석문 안벽에 새겨진 글씨이다. 글자의 지름 3~4치, 서체는 팔분인데 서가의 이름은 미상이다. 글씨가 방정(方整)한 것으로 알려져 있다. 이 비문에 대해 김추사는 진사 오규일(吳圭一)에게 보내는 서한에서 다음과 같이 말했다고 한 연구자〔일본인 藤原楚永의《서도금석학》, 1953〕는 전한다.

"축군비는 자획이 금실과도 같이 가느다랗고 돌이 이지러져 있을 뿐더러 이끼마저 끼어 있어 자획을 판독하기 어려웠는데 다행히도 소재(옹방강의 호)께서 하나하나 지도하여 가르쳐 주시니 비로소 그 대강을 얼마쯤 알았습니다."

라고 했다 했거니와, 이것을 보면 이때 성원의 안내로 석묵서루의 소장본을 보았을 때, 옹담계도 입회하고 지도 편달이 있었음을 알 수 있다.

또한 진사 오규일에 대해서는《완당집》에 〈오진사에게 주다〉라는 서독이 9편이나 있는데 같은 인물인지는 모르겠다.

옹담계는 건륭 17년(1752)의 진사로 결코 화려한 일생은 아니었지만 교육·학술 방면의 중진이었음을 그 전기로 엿볼 수 있다. 그리고 담계는 시인으로서도 이름이 있고 송대의 강서파(江西派) 황정견(黃庭堅: 1045~1105, 호는 山谷)·양만리(楊萬里)를 사숙했다. 담계의 시로 〈前詩 潮士和者八百人疊韻示之〉라는 게 있다.

조주(潮州)는 지금의 광동성에 있는데, 여기서 천시라고 함은 그가 그 고장 학관으로 부임하여 읊은 〈시 조주학관 제자 이수(示 潮州學官 弟子 二首)〉에 앞서 지었기 때문이다. 담계의 조주학관 부임은 진사가 되어 처음으로 간 곳이었다.

조주는 이른바 남방으로 청조에 반항적이고 다혈질의 기풍을 가진 곳이었다. 강희제 이후 청조는 주자학 교육에 힘을 썼다고 했음은 이미 말한 대로이다. 학관은 현령과는 달리 중요한 직책으로서 시 제목의 〈조사 화자 팔백인〉이란 말로도 그것을 알 수 있으리라.

조사, 곧 조주의 선비 8백 명과 화목을 도모하며 청조가 표방한 사상(주자학)을 주입하는 데 온갖 노력을 기울였던 것이다.

우리도 같지만 중국에서는 과거를 선거라고 하는데 이는 글자 그대로 거인(擧人)을 뽑는다는 뜻이다. 그리하여 중국에선 그 부모가 자녀 교육의 목표를 과거 급제에 두고 모든 뒷바라지를 한다.

그리하여 그 교육은 뱃속에 들었을 적부터 시작된다. 태교(胎敎)라는 게 그것이며, 대체로 자녀 교육의 책임은 어머니에게 있고 여자는 출가할 때 구리 거울을 가져갔는데 그 뒷면에 오자등과(五子登科)라는 글씨가 새겨져 있을 정도였다. 다섯 아들의 과거 급제가 인생 최대의 목표이며 어머니로서의 바람이었던 셈이다.

또 '도불과오녀문(盜不過五女門)'이라는 말도 있었다. 딸 다섯의 집은 도둑도 들지 않는다는 뜻으로, 남아 선호의 생각은 우리와 같았다. 저 대성 공자도 아들을 낳으면 옥을 가지고 놀게 하며 딸은 기왓조각을 가지고 놀게 한다는 말을 한 바 있다. 오자(五子)와 오녀(五女)의 관념은 이렇듯 틀리다.

참고로 태교에 대해 말하면, 아내가 임신하면 그 평소의 몸가짐이 태아에게 영향을 미친다는 것으로 앉음새・걸음걸이・언어 등에도 세심한 주의를 기울인다. 잠잘 때 팔베개를 하고 모로 눕는다거나 부정한 음식을 먹지 않고 자극적인 색채를 보는 것도 금물이며 남편된 자는 한가할 때 성인의 글귀를 쉬운 말로 풀이하여 아내에게 들려주었다.

드디어 출산하여 아들이 태어나면 그 가족은 물론이고 일가 친척까지 모여서 축하 잔치를 열었다. 만일 딸이라면 태어난 지 삼일 만에 침대 아래 뉘이고 기왓조각 따위를 쥐게 했다. 이는 앞서 소개한 공자의 가르침의 변행으로서, 딸은 이윽고 성장하여 남의 집에 출가하고 온갖 구박과 학대를 받더라도 참고 견디내야 하므로 그런 의미로서 이런 기왓조각을 쥐게 해주었다.

옛날에는 아들이 태어나면 그 아버지가 파마궁(破魔弓)이라 하여 천지 동서남북의 육방을 향해 활을 쏘았다. 그러나 이것도 무술보다 문장을 중시하게 되었으므로 그런 풍습이 없어졌다.

그 대신 노비에게 장원급제라 새겨진 동전을 뿌려 주워 갖도록 하는 관습으로 바뀌었다.

남아라면 만 세 살에 글자를 가르쳤다. 한자는 그 숫자가 엄청나게 많으며 과거에 사용되는 고전이 사서·오경인데 어떤 일 없는 사람이 그 글자수를 셈하였다.

《논어》: 11,705자

《맹자》: 34,685자

《역경》: 24,107자

《상서》: 25,700자

《시경》: 39,234자

《예기》(《대학》·《중용》 포함): 99,010자

《좌전》: 196,845자

모두 431,286자이다.

물론 중복되는 글자를 포함한 것인데 과거에 응시하려면 대체로 이 정도의 글자는 알아야 하므로 그 교육은 조기에 시작된다.

우리는 《천자문》이었으나 중국에선 그것에 앞서 자획이 적고 간단한 글자부터 가르쳤다. 이를테면 이런 것이다.

上人人(위로 어른을 섬기고)

孔乙己(공자님은 혼자서)

化三千(삼천 명을 교화하셨다)

七十士(뛰어난 이가 칠십 명인데)
尔小生(너희들 소생도)
八九子(여덟 아홉 살의 아이적부터)
佳作仁(인을 힘써 배우도록 하여)
可知禮也(예를 알아야만 한다)

　이상의 스물다섯 자를 배웠는데 처음에 넉넉한 집이라면 종이 한 장에 한 글자씩 아버지가 주필(朱筆)로 써주고 붓으로 그 윤곽을 그리는 연습부터 시킨다.
　여기서 글자의 발음이나 뜻도 배우려니와 글자를 쓰게 한다는 점이 중요하다. 서도의 글씨가 중국인에게 귀중하게 여겨지는 까닭도 이런 데 있으며 만년필이나 연필로 쓰는 현대인으로선 그 점에서 감각의 차이가 생기리라.
　또 우리는 종이의 귀함을 잘 모르고 풍부하게 사용하고 있지만, 중국에선 그 10여 억 인구에 학생수도 엄청나서 공책도 골고루 사용하기 힘들 정도라고 한다. 옛날에는 더욱 그런 현상이 심했으리라. 종이 한 장을 붓글씨로 시꺼멓게 보이지 않을 정도로 연습했다고 한다. 이런 말을 하기는 쉽지만, 글자 한두 자를 찍찍 긋던가 하고 버리는 요즘 아이들의 생각으로선 도저히 이해가 되지 않으리라.
　기초적 25자의 배움이 끝났다면 〈천자문〉을 읽게 된다.
　그러나 이것도 어머니의 역할이 중요하다. 간접적 예로《자치통감》의 〈당기〉 64·회창 6년조에 이런 이야기가 나온다. 절서(浙西) 관찰사 이경양(李景讓)은 맹장으로 부하 장교를 학대하여 그들은 견디다 못해 반란을 모의했다.

그러자 이를 걱정한 이경양의 노모 정씨는 부하들이 보는 앞에서 아들을 꾸짖고 종아리를 걷어올리게 하여 회초리로 때렸다. 이것에 감동한 군사들이 진정했다는 것이다.

청은 오히려 예법에 있어 엄중했었다. 홍승주(洪承疇)는 명말의 장군으로 오삼계(吳三桂)에 버금가는 청을 개국한 한족의 공신이지만, 그는 원래 요동 총독으로 패전하고 포로가 되어 청에 항복했다. 그리하여 청나라에 중용되고 고향 복건에서 노모를 연경에 불러 효도를 다하였다.

노모는 연경에 오자 아들을 내당에 불러앉히고 명에 대한 그의 불충·불의를 꾸짖으며 회초리로 수없이 때렸다.

또 한 가지는 청대에 이르러 과거 제도가 가장 완비됐다는 사실이다. 이것은 국가라는 관념을 파악한 탓이라고 생각된다.

완원의 《경적찬고》를 보면 거기서 국가를 고증한다.

즉 선진(先秦 : 진 이전이란 뜻)의 고대에선 국은 제후의 영토를 의미했고, 가는 대부의 채읍(采邑 : 하사된 땅. 고대엔 토지의 사유제가 없음) 또는 저택을 가리키는 말이었다.

그것이 진한(秦漢) 이후 봉건제도가 무너지자 하나의 명사로써 나타났다. 즉 《진서》〈식화지〉에,

 '왕공은 국으로써 집이 되고, 경성엔 마땅히 전택이 거듭 있어선 안된다.(王公以國爲家 京城不宜復有田宅)'

라고 했다. 국가라는 말의 출전이다.

 '천자는 사해로써 집을 삼는다.(天子以四海爲國家)'

이것도 위의 것과 의미는 같지만, 사해가 국가와 같다는 의미이고 천하를 뜻한다는 해석은 여기서 비롯되었다.

이것이 다음의 글로 현대의 국가라는 이미지와 가까워진다.

'신하는 충성으로 그 군주를 섬기고, 자식은 효성으로 그 어버이를 섬긴다. 근본은 하나이다.(忠臣以事其君 孝子以事其親. 其本一也)'《예기》〈제통편〉

가장 완비된 청조의 과거제는 학교시(學校試)와 등용시(登用試)의 두 가지가 있었다. 학교시는 본래의 선거(과거) 이전의 것으로 말하자면 과거 응시 자격을 위한 국가 고시나 같았다.

청대에는 교육 제도로서 대학·부학·주학·현학이란 게 있었다. 추라는 것은 우리의 관념으로 얼른 머리에 들어오지 않는데, 이는 당나라 이후 변동이 있었기 때문이며 알기쉽게 주현(군현)은 말단의 행정단위였다.

그런 주현마다 학교가 있고 입학 시험이 있다[의무제가 아닌 것이다].

학교시는 3단계이고 보통 3년에 2회꼴로 실시되었다. 제1시험이 현시(縣試)이고, 제2는 현보다 조금 크거나 요지에 두는 부의 부시(府試)이며, 제3이 원시(院試)였다.

학관이란 말하자면 중앙에서 파견된 교육장이나 교육감이었던 셈이다.

현시에 응모하여 급제하면 동생(童生)이 된다. 동자가 붙어 있지만 연령엔 제한이 없다. 60세의 늙은이라도 제1시험에 통과해야 동생이란 명칭을 얻는 것이다. 즉 몇번이고 응시할 기회는 있지만 떨어지면 그만이다. 이것은 다른 시험에도 원칙이 같았다.

다만 청조에선 우리와 달리 서자나 천민을 가리지 않고 응시 자격이 있었다. 원대(元代)에 남송의 저항이 심했고 그 지도 세력은 유생이었기 때문에 창녀나 걸인보다도 사회적 지위를 격하시키고 과거의 응시 자격을 박탈한 적은 있었다. 그러나 청조에선 그런

제한이 없었고 부조 3대에 걸쳐 창루·주루의 경영을 하지 않았다는 증명이 필요했는데 이런 것은 아무리 엄격한 청조의 법이라도 돈이면 해결되는 편법이 있어 유명무실했다. 요컨대 제한이 없었다고 볼 수 있다. 그밖의 제한으로선 상중에 있지 않아야 했다.
국가의 기본이 효도와 충성이니 만큼 이것은 당연하다.

추사는 이밖에도 〈동파진적 천제오운첩(東坡眞蹟天際烏雲帖)〉, 송참주 동파선생 시잔본(宋槧注東坡先生詩殘本), 당인화 소동파상(唐寅畫蘇東坡像), 육방옹서 시경석탁본(陸放翁書詩境石拓本)도 볼 기회가 있었다.
나중에 안 일이지만 옹담계는 소동파를 매우 좋아했고 따라서 그 아들인 옹성원도 동파의 열렬한 찬미자였다.
송참이란 송대의 목각이란 뜻이다.
또 당인(1470~1523)은 문장과 그림으로 유명한 인물로 명의 홍치(弘治) 11년(1498) 거인 제일로 급제하여 당해원(唐解元 : 해원은 장원)이라 불렸으며 호는 육여거사(六如居士)였다. 그리고 육방옹은 육유(陸遊 : 1125~1210)를 말하는데 남송 제일의 시인으로 자는 무관(務觀)이었다.
추사는 이밖에도 많은 탁본을 보았으며, 이윽고 성원의 서재로 갔다. 이 서재는 나중에 '성추하벽지루(星秋霞碧之樓)'라고 불린다. 성은 옹수곤이고 추는 김정희이며 하는 자하·신위이며 벽은 류정벽(柳貞碧)인데 네 사람이 각각 한 자씩 따서 누각의 이름을 지은 것이다.
성원은 그곳에 가자 담계가 지었다는 예의 〈전시 조사화자 팔백인 첩운시지〉의 원시를 보여 주었다.

'好名鶩利兼衿己 士病由來匪一端 室遠堂深奚隱爾 墻陰水折試
尋看. 菜根有味膏粱倦 寒士顔同廣厦戱 日對靑編燒蠟燭 莫徒
短檠咏 依韓'

풀이에 앞서 점찍은 부분의 주가 필요할 만큼 난해하다.

유는 내(來)자가 붙어 있어 말미암을 유 그대로 해석해도 괜찮을 것 같다.

그러나 다음의 실원당심(室遠堂深)이 까다롭기 때문에 단순히 그렇게 생각할 수도 없다. 즉 이는《논어》〈선진편〉에 있는 말로 '由也升堂矣 未入于室也'라는 것이다.《논어》〈선진편〉의 장구를 보면 공자는 유(由)의 슬(瑟)을 평하면서 유 정도의 슬 연주 솜씨라면 해위(奚爲) 곧 일부러 내 문중에서 연주할 필요도 없는데 하자, 제자들은 자로(子路)를 존경하지 않았다. 유는 여기서 자로의 이름이다.

그러자 공자는 이 말을 부연하여, 유 정도의 연주 솜씨라면 당[바깥방, 곧 공개장소]에 오를 자격은 있지만 실[내실, 곧 비유로 심오한 경지]에 들 만큼의 자격은 못된다고 했다.

그래야만 당시의 유생들 병폐를 지적한 담계의 본뜻과 맞는다는 것이다.

장음수절(墻陰水折)의 장음도《논어》〈자장편〉이 출전이다. 즉 노나라의 숙손무숙(叔孫武叔)이라는 대부가 공자를 헐뜯어 가면서 [당시 공자는 노나라를 떠나 방랑중이었다] 사람들은 공자를 칭찬하지만 제자인 자공(子貢)이 스승보다도 낫다고 했다. 그러자 자복경백(子服景伯)이란 인물이 자공에게 그 말을 전했다.

그러나 자공은 이렇게 비유한다.

"이를 비유하여 담을 예로 듭시다. 먼저 저의 담은 고작 사람의 어깨 높이로서 안의 건물을 넘겨 볼 수 있을 정도이겠지요. 그러나 스승님(공자)의 담은 몇길이나 되는 담, 이를테면 궁의 담장마냥 그 출입구를 찾아 안으로 들어가지 않는 한 그 안의 장엄한 종묘의 훌륭함도 백관들의 찬란한 모습도 볼 수 없습니다."
그래서 장음이 선현의 높은 재덕(才德)을 의미하는 말이 된다. 수절은 《회남자》〈남명훈(覽冥訓)〉의 황하는 아홉 번 꺾여 바다로 들어간다(河九折注于海)의 말, 학문을 닦는 길의 어려움, 곡절(曲折)로 비유된다.

따라서 장음수절은 선현의 재덕은 오를 수 없을 만큼 높고, 학문의 길은 간난(艱難)하기 이를 데 없지만 꾸준히 찾게 되면 이를 수 있다는 뜻이다.

광하권(廣廈倦)은 두보의 시 〈모옥위추풍소파가(茅屋爲秋風所破歌)〉의 '安得廣屋千萬間 方庇天下寒士俱戲顔'에서 온 말이고, 앞 구절 '채근유미고량권'을 받고 있다. 즉 맨밥에 한 접시의 나물과 떫은 차를 마시더라도 기름지고 맛있는 음식을 먹는 기쁨과 마찬가지로, 몸은 비록 가난한 선비이나 오히려 큰 집에 사는 기쁨과 같다는 의미였다.

청편(靑編)의 청은 대통, 곧 필기도구 따위를 간직하는 도구이고 편은 서적이다. 단경(短檠)은 등잔받침이다. 의한(依韓)은 한유(韓愈)의 가르침에 의거 지도하겠다는 것이다. 이것도 한유의 〈진학해(進學解)〉에 나오는 말이다.

　　명예와 사리 추구에다 자기마저 뽐내고 있으니/선비의 병폐는 이것에서만 비롯되는 것은 아닐세/실원당심 곧 심오한 품성이 오히려 그대에게 숨겨져 있으니/장음수절 곧 온갖 간난신고를 다하여 이를 찾아보세./고량진미보다 나무 뿌리에 참맛이 있고/한사는 고래등과 같은 집에 사는 기쁨이 늘 얼굴에 있네./날마다 사촉〔섣달의 초란 뜻으로 긴 겨울밤의 등불이다〕을 밝히고 필기도구와 서적을 대하니/한유의 가르침을 본받아 등잔불만 허비하지 않겠네.

담계의 이 시는 학관으로서 권학시였다. 추사는 그 시보다도 그것을 쓴 글씨의 정신에 이끌리고 있었으리라.《완당집》권7에〈고동상서가 수장한 담계 정서의 족자에 쓰다〔書古東尙書 所藏覃溪正書族〕〉는 이때의 인상을 정리한 것이라고 하겠다.

'담계 노인의 정서(해서)는 솔갱으로부터 그 원만한 점을 얻고 하남(저수량)으로부터는 그 예서의 정신을 얻었는데, 8만 권 금석의 기운(氣韻)이 팔목 아래서 쏟아져 울연(蔚然 : 왕성하다는 것)한 서가의 용과도 같은 기품이 되었다. 당에서 진으로 들어가는 길은 이를 버리고선 다시 없고 석암〔유용의 호〕이 조금 비길 만하고 성친왕(成親王 : 건륭대의 명필) 이하는 모두 한 발 뒤진다. 고동 선생은 이를 들어 최근의 서법 제일이라 했지만, 이는 천하가 공인하는 일이다. 이제 고동 선생의 분부로 이와 같이 제한다.'

여기서 말하는 고동 선생이란 이익회(李翊會 : 1767생, 자는 좌보)인데 본관은 전의이며 청강 이제신의 8대손이었다. 고동은 늦게 순조의 신미년(1811) 문과에 급제하고 관은 승지를 지냈다고 했지만, 추사의 대선배로 상서(대신)라는 존칭을 붙이고 있다.

《풍고집》에서도 고동을 높이 평가하여〈관고동 이익회 편면서

(便面書) 제희)로서 다음과 같이 평하고 있다.

　예스런 글씨가 정밀하고도 좋아 옛날의 묵향이 있고/연운(烟雲)이 손길따라 절로 광채를 드러냈네./그대에게 묻노니 어찌하여 경사를 포기하였는고/돌아오자 급히 옆집 아이에게 빌려 이 글을 짓노라.

　옹담계는 54세 때인 건륭 51년(정조 10 : 1786)에 강서(江西) 시학(視學)이었는데 완원은 23세의 백면 서생으로 과거에 급제하여 거인(擧人)이었다. 김추사와 옹성원은 바로 이 해에 태어난다.
　옹담계는 이런 경력으로 볼 때 계속해서 교육계에 있었다. 강서는 현재의 호남성으로 청조로선 다스리기 어려운 지역이었으며 학문 또한 활발했다. 웬만한 식견과 인격 없이는 시학으로서 직무를 수행하기 어려웠으리라.
　여기서 청조의 과거 제도를 더 소개한다면, 학교시로서 현시·부시·원시가 있다고 했다. 현시(縣試)는 일명 동시(童試)인데 동자란 관례를 올리기 전의 학동을 의미한다.
　당시는 호적이 미비한 상태로 확실한 연령은 본인이나 부모만이 알았다. 그래서 20세까지는 동자로 통할 수 있고, 동시는 그런 동자를 선발하는 시험이니만큼 자연히 평이한 문제를 출제하는 게 원칙이었다.
　그런데 낙방생들인 4~50대의 노서생이 모인다는 정보가 입수되면〔입시 원서로 알 수 있다〕이런 사람에게는 일부러 어려운 문제를 출제하는 경향이 있었던 모양이다.
　그래서 손자까지 있는 40대, 50대의 늙은 서생은 수염도 말끔히

밀어버리고 원서에 14세라고 기입하는 일도 있었다. 이것은 따로 연령 제한이 있는 것도 아니므로 처벌은 받지 않는다.
 어떤 늙은 서생이 현시를 치르고 집에 돌아오자 늙은 마누라가,
 "당신은 뉘집 도련님이죠?"
하고 물었다는 소화(笑話)도 전한다.
 시험은 예나 지금이나 대부분의 사람들로선 고역이었고 입시 지옥이 당시에도 있었던 셈이다.
 현시는 아문, 곧 각 현의 현아에서 보게 되는데 이런 시험장을 고붕(考棚)이라고 불렀다. 붕은 우리말로 사다리·선반처럼 나무를 얽은 관람석 따위를 의미했는데 중국에선 건물이고 상가도 여기에 포함된다.
 시험 책임자는 보통 지현(知縣)으로 학관은 전체적 감독만 한다.
 시험은 절대 엄정이고 청조는 법이 엄하여 부정이 있다면 가차없는 엄벌이 내려졌다.
 그러므로 지현은 시험 전날부터 고붕에 들어가서 외부와의 내왕을 차단하고 오로지 시험 업무에만 전념했다.
 시험 당일이 되면 새벽 컴컴할 때 대포가 한 방 울렸다. 청대에 시간의 알림은 모두 대포인데, 이것이 호포(號砲)였고 새벽의 포소리는 준비하라는 신호였다. 응시자는 준비물로 벼루·먹·붓·도시락을 가지고 간다. 특히 먹과 붓은 좋은 것을 준비했다.
 오전 8시쯤, 두 번째 포가 울리면 장내에 입시 개시이다. 그러면 미리부터 와있던 응시생들은 고붕에 입장하고 각자가 원서 접수와 함께 교부된 번호에 따라 자기의 자리에 착석한다. 물론 부모나 하인 따위는 입장 금지다.
 이윽고 문이 닫히고 소정의 시각이 되면 시험관인 지현 이하 현

학의 교관이 나타나며, 현학의 학생이 뒤따른다. 이 학생은 시험관은 아니고 동시에 합격한 선배 동생이다. 이들은 응시생의 접수 창구가 되었던 자들이고 원생의 신원 보증인이기도 하다.

따라서 학생은 그 응시생의 본인 여부를 확인하기 위해 입장했던 것이며, 명부와 대조하여 확인을 끝내면 시권(試卷)이라 불리는 답안용지를 배포하는 것이 소임이다. 이들은 소임이 끝나면 퇴장한다.

시권은 두꺼운 백지를 접은 것인데 붉게 괘선(罫線)이 인쇄된 것이다.

학생이 퇴장하면 남은 것은 지현과 현학의 교관들뿐인데, 책임이 중대한 만큼 지현이 몸소 각 출입구의 문이 자물쇠로 잠겨져 있는지를 확인한다.

그리고 나서 자기 자리에 착석하여 학관이 작성한 시험 문제를 발표한다.

첫문제는 사서에서 출제된다. 큰 종이에 쓴 문제를 방(榜)이라는 나무 간판에 붙이고 장내를 한 바퀴 돈다.

이를테면《논어》〈계시편〉에 있는 삼외(三畏 : 세 가지 두려움)로서, 군자는 마땅히 천명을 두려워하고, 어른을 어렵게 여기며, 성인의 말씀을 존숭한다는 것을 응용하여 자기 의견을 덧붙인 문장을 짓는다.

대체로 문제마다 선현의 정해진 해석이 있고 그것을 충실히 쓰면 된다.

문제지를 배포한 뒤 두 시간쯤 지나면 시험 조수들이 응시자의 답안에 도장을 찍는다. 이것은 문장력보다 그 사람의 진행 속도를 보기 위한 절차이다. 만일 그때까지 한 줄도 쓰지 못했다면 누군가의 도움을 받았다는 의심을 사게 되어 채점의 참고가 되는 것이다.

10시쯤 되어 두 번째 문제가 출제되는데 5언시의 제목과 운자(韻字)를 지정하고 시를 짓게 하는 시험이다.

시험 시간은 원칙적으로 글씨를 쓸 수 있는 저녁 해넘이까지였다. 먼저 답안을 쓴 사람은 그것을 언제라도 제출할 수 있지만 개인별로 퇴장은 못하고 집단으로 퇴장했다.

제출된 답안지는 성명란을 풀칠하여 밀봉하는데 이를 호명(糊名)이라 했으며 그 아래의 일련 번호만 볼 수 있었다. 호명을 하는 것은 채점의 엄정을 기하기 위함이었음은 두말할 것도 없다.

또 다수의 자가 동일한 문장으로 답안을 써냈다면 이는 나라에서 금하는 모범 답안지를 베꼈다는 의심을 받게 되어 모두 낙방시켰다. 이것이 뇌동(雷同)인데 본인의 지식보다 품성이 의심되기 때문이었다.

합격자 발표는 시험일의 2~3일 뒤에 있는데, 둥그런 원형도 중앙에 중(中 : 적중했다는 것)자가 크게 써있고 시계의 12시 방위, 북쪽에서부터 왼쪽 방향으로 수석부터 성적순으로 성명이 기입된다.

부시(府試)라는 것은 현시와 대체로 같고 명칭만 달랐을 뿐이다. 부는 추에 해당되지만 주현의 시험에 따라 복잡해지고 시험 과목도 광범해져서 이틀로 나누어 실시하는 경우도 있었다. 즉 4경에서 출제가 한 가지, 5경에서 출제되는 게 한 가지, 5언 내지 7언시의 시작(詩作), 그리고 성유(聖諭)라는 것을 깨끗이 정서하는 시험을 나눠서 보았다.

성유라는 것은 강희제 다음의 옹정제가 천하에 공포한 〈성유광훈(聖諭廣訓)〉인데 모두 16개조였다. 이것은 명대에도 있었으며 〈성유육언(聖諭六言)〉이라 했는데,

'부모에게 효순하고(孝順父母)
　어른을 존경하라(尊敬長上)
　향당은 화목하고(和睦鄕里)
　자손에게 가르치며 타일러라(敎訓子孫)
　저마다 생업에 충실하며(各安生業),
　잘못되는 일이 없도록 하라(毋作非違).'
가 그것이었다.
　모든 문제가 다 그러하지만 틀린 글자를 쓰는 것은 금물이었다. 특히 성유의 글자는 정성껏 틀리지 않게 써야 했다. 정자로 획 하나 틀리거나 비뚤어져도 낙방이었다.
　또 황제의 이름은 휘자(諱字)라고 하여 특별히 조심해야 했다. 이는 까딱 잘못했다가는 불경죄로 걸려 지현·지부도 책임이 추궁되므로 미리 응시생에게는 주의를 환기시켰다.

　역사상 두 번째의 한족 왕조인 송(宋)은 과거 제도를 중시했다. 당대에도 과거는 있었지만 갖가지의 폐단이 있어 개혁을 시도한 것이다.
　이를테면 당대의 시관(試官)은 명문 거족만이 임용되고 급제한 진사와 시관 사이에 특별한 유대가 생겨 파벌이 생겼던 것이다. 당시 파벌이란 말은 아직 없고 사제(師弟)라고 했는데, 여기서의 스승은 글을 가르쳐 준 선생이 아니고 과거에 있어 정실(情實) 관계로 뽑아 준 시관을 가리켰다.
　송태조 시대에 과거는 당제를 그대로 답습했는데, 태조가 만나 보니까 급제자 중에 형편없는 저질인 자가 발견되었다. 그래서 이상히 여기고 조사해 보았더니 시관이던 이방(李昉)이란 자가 동향이란 정실 관계로 부정하게 급제시켰음을 알았다. 그리고 정도의 차이는 있지만 이런 정실로 인한 급제자는 한둘이 아니었다.
"이래선 나라의 기강이 무너진다!"
송태조 조광윤은 몸소 급제자의 최종 시험을 주관했고, 이것이 천시(殿試)의 시작이었다. 우리나라의 과거는 송제도의 모방이므로 이 점에서 이해하기가 빠르다.
송태종은 무관보다 문신을 중용했고 문관이 무관을 통제하는 제도를 만들었다. 이리하여 생긴 것이 관료(官僚)였다. 송태종까지는 요와의 긴장 상태가 계속되어 무관이 설 땅이 있었으나 제3대인 송진종(宋眞宗)이 즉위하고 요성종과 강화 조약을 맺은 뒤 태산에서 봉선을 하자(1008), 무관은 완전히 몰락했다.
과거에 급제하여 조정 관리가 된 집을 관호(官戶)라고 했는데, 특권을 누렸다. 예를 들어 지방 주현의 각종 편의를 받을 뿐 아니라 세금도 면제된다.
게다가 관리에게는 막대한 부수입이 있고, 3년 동안 관직에 있으면 손자의 대까지 안락하게 먹고 살 수 있다고 했다. 지제고(知制誥)는 우리도 채용한 관직명으로 관리들의 임명장을 써주는 직책인데, 친척 가운데 지제고에 임명되는 자가 있다면 모두들 모여서 며칠씩 잔치를 열며,
"부처님이 이 세상에 오셨다."
라며 기뻐했다고 한다. 즉 부처님처럼 일가 친척은 물론이고 향리 사람들까지 혜택을 입는다고 기대했다.
그러나 과거의 폐단은 송진종 때 이미 나타났다. 진사가 너무 많이 배출되어 급제자라도 자리가 없어 남아돌았다. 이런 현상의 원인으로 임차(任子)라는 제도가 있었다. 임자는 고관의 자제나 친

척, 심지어 서생에 이르기까지 특채하는 제도인데 재상의 아들 따위는 갓난애 때 벌써 벼슬이 주어졌다.

관직이 주어졌다면 자동적으로 봉록은 지급된다.

재정은 비교적 넉넉했다. 해마다 요에게 막대한 세폐(歲幣)를 바치고 있었건만 전쟁이 없어 재정에 여유가 있었던 것이다.

또 이 무렵부터 서리(胥吏 : 아전)라는 게 생겼다. 서리는 행정 실무, 곧 부역·징세를 담당하는 자로 지현과 지부는 도장만 찍고 거드름을 피우는 존재가 되었다. 현령이나 지부는 보통 3년 임기제로 전임하지만, 서리는 그 지방 토박이로 있으면서 축재와 부정을 일삼는 자가 많아졌고 호랑이 위엄을 빌린 여우처럼 관의 횡포도 일삼았다.

이윽고 송진종은 재위 25년으로 죽고(1022) 송인종(宋仁宗)이 대를 잇는데, 여전히 태평을 누렸다. 요는 성종의 시대인데 고려와 혈투를 벌였다.

요와 고려는 여진족 문제로 충돌을 일으켰던 것 같다. 고려의 성종(成宗) 13년(994)에 서희(徐熙 : 942~998, 자는 염윤)는 여진을 쫓아 장흥(長興)·귀화(歸化), 그리고 곽주(郭州 : 평안도 곽산)·귀주(龜州 : 귀성)에 성을 쌓는다. 이듬해 서희는 안의(安義)·흥화(興化 : 의주)에도 성을 쌓는다.

성종의 다음은 목종(穆宗)인데 고려는 이 무렵 북진 개척에 열을 올렸다. 그래서 목종 8년(1005), 위협을 느낀 동여진이 거란의 사주를 받아 등주(登州 : 안변)까지 몰려왔던 것이며, 고려는 이를 물리쳤으나 목종 다음의 현종(顯宗) 원년(1010), 요의 야율덕광이 직접 대군을 이끌고 침입했다.

고려의 장군 강조(康兆)는 소병력으로 잘 싸웠지만 마침내 적의 손에 죽었고 거란은 개경까지 함락시켰다. 이로부터 20여 년은 전란의 계속으로 피해 또한 막대했다.

다행히도 강감찬(姜邯瓚 : 948~1031) 장군이 나타나 홍화진에서 적을 깨어버려 나라를 멸망에서 구했고, 그 이듬해인 기미년(현종 10 : 1019)에도 적을 귀주에서 섬멸했으며 신유년(현종 12 : 1021)에는 흥국사(興國寺 : 송도 만월대임)에 석탑을 세웠다. 그 탁본을 보면 강감찬은 보살로 나와 있으며 장군이 열렬한 불교 신자였음을 알 수 있다. 또 갑자년(현종 15 : 1024)에는 대식국(大食國 : 아라비아인) 사람 백여 명이 왔다는 기사가 있으며, 전란 중에도 송과의 무역이 활발했음을 증명한다.

고려는 대대로 불교를 존숭했으며 과거제를 실시한 광종(재위 950~975)도 홍화(弘化)·유암(遊岩)·삼귀(三歸) 등 절을 창건하고 혜거(惠居)와 탄문(坦文)은 각각 국사와 왕사에 임명되고 있다.

김종서의 《고려사절요》는 왕의 불도 귀의를 이렇게 설명했다. 광종은 참언을 곧잘 믿고 많은 사람을 죽였는데 늘 마음속으로 자기 행위에 의문을 품고 두려워하며 그 죄업을 없애고자 널리 재를 올렸다.

그러자 무뢰배들이 다수 몰려와서 거짓 출가한다 하며 떡과 밥을 먹어대고 지급되는 양식과 땔감을 공짜로 얻기 위해 길에 넘쳤다 운운——.

이는 유가적 해석이며 진실을 전한다고 여겨지지 않는다. 《고려사》는 조선조 개국 이후 수차 수정되고 삭제되어, 말하자면 누덕누덕 기운 것이기 때문이다. 거란과의 교섭 과정은 아예 없다시피 하며 전투도 추상적이다.

왕사로 임명된 탄문(900~975)의 전기를 간단히 소개한다면, 속성은 고씨(高氏)이고 겨우 5세 때 출가하여 신엄(信嚴) 대덕에게서 구족계를 받았다. 그뒤 대사의 명성은 차츰 높아졌고 왕건 태조의 인정을 받았으며 왕후 유씨(劉氏 : 태조에게는 왕후가 많다)가 임신하자 축도하여 뒷날의 광종이 출생한다.

그리하여 탄문대사는 구룡 산사에서 《화엄경》을 강의했고 귀법사가 창건되자 그곳에 주한다. 그러니까 대사는 선종이 아닌 신라 이래의 화엄종이고, 서산·해미에 있던 보원사(普願寺)의 '법인국사 보승탑비'는 바로 탄문의 공양탑이며 《대동금석서》에도 오른 옛날부터 알려진 탑비였다.

그것에 의하면 원래의 이름은 강당사(講堂寺) 법인대사 보승탑비이고 한윤(韓允)이 글씨를 썼으며 고려 경종(景宗 : 재위 975~981) 3년(978)의 건립이었다[이 탑비는 현재 박물관에 있음].

이렇듯 당시의 탑비는 많았던 것이며 거란과의 전란을 통해 그나마 몇몇의 탑비가 남은 것이 기적이라 할 정도이다.

글씨로 말하더라도 《서화징》에 의하면 왕건 태조는 필법이 있었고 이환추(李奐樞)는 태조시대 때 세운 탑비에 참으로 많은 글씨를 썼다.

이를테면 태조 20년(937) 건립의 광조사 진철(眞徹)선사 보월승공탑비(해주 수미산 소재)가 있고, 동 22년(939) 건립의 보제사 대경(大鏡)대사 현기탑비(玄機塔碑 : 砥平 미지산 소재)가 있었다. 김추사도 신라·고려의 두 시대에는 주로 구양순체를 썼는데, 지금 남아있는 옛날 비로서 아직도 거슬러올라갈 수 있는 것은 한둘에 불과하다고 탄식했다.

동시대 사람인 구족달(具足達)은 태조 22년 강릉 보현산에 건립된 지장원 낭원(朗圓)대사 오진탑비에 최언위(최인연) 찬의 글씨를 썼고, 동 26년(943)에 건립된 충주 개천산의 정토사 법경(法鏡)대사 자등탑비(慈燈塔碑)를 역시 최언위 찬으로 서하고 있다.

 정토종(淨土宗)은 일명 연종(蓮宗)인데 《무량수경》《아미타경》《천친(天親)보살 왕생론》의 세 경전을 하나로 통합시킨 것이다. 정토종은 중국에서 생긴 것이고 양인산(楊仁山)이란 사람이 《화엄경》의 행원품(行願品)에서 이를 보고 보현보살을 그 초조(初祖)로 받들었다. 그러나 좀더 거슬러올라가서 노산 동림사의 백련결사가 있었을 때 혜원(惠遠)법사가 연종의 초조가 되었는데 당의 선도(善導 : 613~681)·승원(承遠)·법조(法照)·소강(少康)을 거쳐 5대 10국의 영명(永明)·연수(延壽), 그리고 송의 성상(省常)·원소(元炤)에게 차례로 이어지며 천 년 동안 바뀌지 않고 신도가 많았으며 증험도 있었다.

 우리나라에선 정토 일종으로 성립되지는 않았지만, 그 교의는 각 종파에 두루 통하는 것이 지금껏 쇠하지 않고 계승되었다. 이를테면 신라의 강주(康州) 선사(善士) 수십 명 및 욱면비(郁面妃), 백월산의 노힐부득·달달박박, 건봉사(乾鳳寺)의 발징화상(發徵和尙) 등이 극락 왕생을 발원하는 등 모두 정토종에 속한다.

 대각국사(1055~1101)는 송의 원소에게 배웠는데, 정토문(淨土文)을 유통시킨 해동의 초조이기도 했다. 그리하여 목은 이색(李穡 : 1328~1396)은 동림사의 고사를 본받아 홍영통(洪永通)·이무방(李茂方) 등과 백련사를 남신사에서 결성하고 왕생서방을 발원했다.

 그 경문도 《무량수경》《관무량수경》《아미타경》이 있는데 그 내용과 구성에 관해 설명한다면 대체로 다음과 같았다.

(1) 무량수경

경전은 일반적으로 서분(序分 : 서문)·정종분(正宗分 : 본론)·유통분(流通分 : 결론)의 셋으로 구분된다.

서분은 석존이 영취산(靈鷲山)에서 요본제(了本際) 등 31명의 불제자 및 보현보살을 비롯한 많은 보살들에게 설법하셨다는 것을 밝힌다.

정종분은 크게 4장으로 나눠진다.

1) 처음에 아미타불이 과거세에서 법장보살(法藏菩薩)이란 수행자로 계실 때 48가지의 서원(誓願)을 세웠다는 것을 밝힌다.

2) 법장보살은 마침내 깨달음을 열고 부처가 된다. 이 부처가 무량수불이며 정토의 모습을 밝힌다.

3) 그런 정토에 왕생하는 방법, 이미 왕생한 사람의 덕상(德相)을 밝힌다.

4) 정토와 반대인 현세의 더럽혀진 악세상(惡世相)을 설법하고 정토 왕생을 권한다. 구체적으로,

㉮ 그것은 아득한 옛날 정광여래(錠光如來)로부터 셈하며 쉰네 번째에 나타난 세자재왕여래의 시대인데, 대승을 받드는 법장이란 수행자가 있었다. 그는 보살도를 성취하여 부처가 되었을 때 무량의 광명과 무량의 수명을 갖는 가장 뛰어난 부처가 되어, 서방에 아름답게 장엄된 깨끗한 정토를 마련하고 일체의 사람들을 평등하게 맞아 안락한 생활을 얻게 하고 모두 깨달음을 얻게 하고 싶다는 48가지 서원을 일으켜 '비록 내 몸을 고독(苦毒) 속에 둘지라도 내 수행은 정진하되 참고 후회하지 않겠다'는 강한 각오를 갖고 수행했다.

㈏ 법장보살은 마침내 10겁의 옛날에 깨달음을 열고 무량수불인 부처가 되었으며, 서원대로 서방 십만 억토 저편에 '안락'이란 이름의 정토를 마련하고 계시다.
그 정토는 금・은・유리・산호・호박・차력(硨礫)・마노 등 칠보의 세계이고 평평한 것이 넓으며 온화한 기후의 곳이다. 그리고 부처는 무량의 광명과 무량의 수명을 가지신 부처이며 숱한 보살들과 주하고 계신다.
한편 정토에는 칠보의 나무들이 정연하게 늘어서고 도량수(道場樹 : 깨달음의 나무)는 높이 4백만 리나 되는 위대한 것으로 마니보주로 장식되어 찬란하게 빛나고 미풍이 불면 오묘한 음악이 울려 퍼진다.
이 음악을 듣는 자는 몸과 마음이 함께 부드러워져 성자의 자리 [불퇴전위]에 오른다. 또 칠보의 궁전이 있고 그 둘레에는 칠보의 못이 있는데 팔공덕수가 찰랑거리며 넘치고 있다. 기슭에는 전단(栴檀)의 나무가 울창하고 못엔 청홍황백의 연꽃이 향긋한 향기를 뿜는다. 못에 들어가서 목욕하고 싶어지면 물이 저절로 온몸에 뿌려진다. 그리고 못의 물결은 불법승의 삼보이며 열반이며 공과 같은 근본 도량을 설법해 준다.
또 이 정토에 태어난 자는 모두 아름다운 의복을 걸쳤고 칠보 접시에는 백 가지 맛의 음식물이 절로 나타난다. 그 사람의 모습은 참으로 우아롭고 칠보의 숲을 거닐면 발 아래 아름다운 자리가 깔리며 향기로운 꽃들이 뿌려지는데, 꽃속에서 숱한 광명과 부처가 나타나 부처의 가르침을 설법하고 이끌어 준다.
㈐ 이렇듯 아름답고 안락한 세계에 태어난 자는 법열의 경지[正定聚]에 들어갈 수가 있으며 지옥이나 아귀와 같은 악도에 빠지는

일도 없고 또 수행을 버리거나 게을리 하는 자도 없다. 그래서 이 정토에 태어나고 싶기를 바라는 자는 아미타불이 중생 구제의 대자비이신 부처라는 명호(名號 : 나무아미타불이라고 염하는 것)의 인연을 듣고, 이를 깊이 믿으며 진심으로 갖가지의 선근(善根)을 행하되 정토에 태어나고 싶다며 바란다면 누구라도 정토에 왕생할 수 있다.

그래서 출가하여 불도를 수행하는 사람이건 하루·하룻밤의 계법(戒法)을 지키고 출가자에게 공양하는 재가의 신자건, 또 이와 같은 계법이나 공양을 할 수 없는 사람이건 깨달음을 구하는 마음 [보리심]을 일으켜 열심히 아미타불을 염한다면, 임종에 부처의 마중을 받아 정토에 왕생할 수가 있는 것이다.

이렇듯 서방 정토는 뛰어난 세계이므로, 이 세상의 자만이 바라는 곳도 아니며 시방 세계에서 이미 많은 보살들이 왕생하고 있는데, 그 보살들은 성자의 자리[불퇴전위]를 얻어 광명이며 옳게 갖춘 신체며 훌륭한 지혜가 있어 다시는 악도에 빠지지 않는다.

그러므로 제불에 공양하고 가르침을 듣든가 설법하는 데에는 자유자재로서 수행도 원만하고 뛰어난 덕상(德相)을 가졌다.

이런 보살들의 덕상이 훌륭함은 충분히 설명할 수가 없다.

㉔ 이렇듯 정토는 뛰어난 성자의 세계인데 비해 현세에 주하는 인간은 탐욕·진예(노여움)·우치(어리석음)의 번뇌에 의해 스스로의 몸과 마음을 고단케 하여 아프게 만들고 근심하며 괴로워할 뿐 아니라, 가족·붕우가 서로 다투며 해치고 인과의 도리를 몰라 고뇌한다. 그뿐 아니라 살생·도둑질·사음·망어(거짓말·남을 헐뜯는 말 등)·음주의 5계를 거역하여 악한 짓을 하는 자들로 넘쳐 있다. 이런 자는 법령에 의해 처벌되어 옥에 매이고 나중에 죄

를 용서받더라도 인과응보의 도리는 엄하여, 죽은 뒤에는 더욱 엄한 보답을 받아야 한다.

그러므로 몸과 마음을 바르게 가지고 여러 선근을 쌓는다면 현세에 있어 무량의 복이 얻어질 뿐 아니라 사후에는 정토에 왕생하여 깨달음의 세계에 들 수가 있다. 부처의 자비와 지혜를 의심하는 일 없이 깊이 믿어야 함을 밝힌다.

맺는 말——끝으로 석존이 미륵보살 등 제자에게 정토 왕생을 권하시고, 이 경문은 미래세에 오래도록 전해야 함을 전하시는 말과 법을 듣는 제자들이 환희심에 잠겼음을 말하고서 끝난다.

(2) 관무량수경

이 경문은 이름처럼 《아미타경》 및 정토의 모습을 사유(思惟)·관상(觀想)하는 방법을 설법한 경이다.

서분——석존이 영취산에서 문수보살이나 많은 제자들과 함께 계실 때 왕사성에서 왕 일가의 비극이 일어났다. 태자 아자세가 불제자 제바달다의 부추김을 받고 빨리 왕이 되기 위해 부왕 빈바사라를 탑 속에 가두어 굶어 죽게 하려고 했다. 그것을 안 부인 위제희는 몰래 음식을 날랐지만, 그것을 안 아자세는 검으로 어머니를 죽이려고 했다.

이것을 본 기바와 월광 두 대신은 아자세를 만류했지만, 아자세는 어머니를 궁중 깊이 감금했다. 이리하여 위제희는 어쩔 수가 없어 구원을 석존에게 청했던 것이다.

석존은 왕사성에 모습을 드러내셨고, 위제희는 석존의 모습을 보자 부모 자식이라는 피와 살을 나눈 사이라도 자기 욕심 때문에 살의를 일으키는, 이 사바세계를 싫어하고 이와 같은 괴로움이 없는 안락한 정토에 태어나고 싶다는 소원을 했으며 그 정토를 보는 방법을 구한 것이었다.

정종분——석존은 위제희의 소원에 의해 정토를 보는 16가지 방법을 설법하셨다.

1) 석양의 관상〔日想觀〕. 서쪽을 향해 단정히 앉고 새빨갛게 물들어 지평선에 가라앉는 해를 상념한다.

2) 물과 얼음의 관상〔水想觀〕. 맑고 깨끗한 물과 얼음을 떠올리고 마침내 정토의 대지가 투명한 유리로 되어 있음을 생각한다.

3) 정토의 대지를 본다〔寶地觀〕. 유리의 대지에 황금의 길이 종횡으로 뚫려 있음을 상념한다.

4) 칠보 숲을 본다〔寶樹觀〕. 칠보로 된 수목이 정연하게 늘어선 것을 상념한다.

5) 칠보 못을 본다〔寶池觀〕. 칠보의 숲 사이에 칠보로 된 못이 있고 깨끗한 물이 넘실대며 연꽃이 아름답게 피어 있음을 상념한다.

6) 누각을 본다〔寶樓觀〕. 못 근처의 칠보로 된 아름다운 궁전이 있음을 상념한다.

7) 연화 대좌를 본다〔華座觀〕. 궁전 안에 칠보로 된 연화 대좌가 있음을 상념한다.

8) 불상을 본다〔像想觀〕. 연화 대좌에 앉아 계신 아미타불의 부처님 모습을 상념한다.

9) 진실된 몸을 본다〔眞身觀〕. 연화 대좌에 앉으신 위대한 아미타불의 진실된 모습을 상념한다.

10) 관세음보살을 본다〔觀音觀〕. 아미타불의 왼쪽에 앉은 관음보살을 상념한다.

11) 대세지보살(大勢至菩薩)을 본다〔勢至觀〕. 아미타불의 오른쪽

에 앉은 대세지보살을 상념한다.

12) 왕생한 모습을 본다〔普觀〕. 스스로가 아미타불의 정토에 왕생한 모습을 상념한다.

13) 크고 작은 부처 모습을 본다〔雜想觀〕. 대소의 아미타불상 및 참된 부처를 상념한다.

14) 대승 불교도의 왕생을 본다〔上輩觀〕. 대승 불교의 가르침을 받들며 수행을 쌓은 자가 임종을 맞아 부처의 마중을 받고 왕생하는 모습을 떠올린다.

15) 소승 불교도의 왕생을 본다〔中輩觀〕. 계율 및 사회적 선근에 의해 임종시 부처의 마중을 받아 왕생하는 모습을 떠올린다.

16) 악인이 왕생하는 모습을 본다〔下輩觀〕. 악업을 하고서도 반성하지 않는 악인이 임종을 맞아 선지식〔좋은 지도자, 곧 승려〕의 인도에 의해 왕생하는 모습을 떠올린다.

맺는 말—— 이상의 16가지 관법(觀法)의 설법에 의해 위제희 부인과 시녀는 깨달음의 눈이 뜨여져 큰 이익을 얻을 수가 있었다. 그래서 석존은 시자 아난을 시켜 아미타불의 명호를 영원히 전하라고 전언하셨다.

이렇듯 《관무량수경》은 16가지의 정토 관상의 방법을 가르치는 경문인데, 중국의 선도(善導)대사는 이를 둘로 쪼개어 앞쪽의 13가지 관법은 관상에 의해 정토 왕생을 가르치는 것이라 하고, 이것을 정선(定善)이라고 이름지었다. 나머지 세 가지는 범부의 평상심〔散心〕으로 행하는 여러 선근과 염불에 의한 정토 왕생을 설법하는 것으로 구별했다.

(3) 아미타경

이 경은 염불에 의한 정토 왕생은 거짓이 아님을 제불이 증명하는 경이다.

　서분——석존이 기원정사에서 사리불 등 16대제자 및 문수보살 등 많은 사람들에게 이 경문을 설법하셨음을 밝힌다.

　정종분——이 경문은 4장으로 구분된다.

　1) 서방 정토의 모습을 밝히고, 2) 그 정토에 태어나는 방법으로서 17일의 회불〔부처님과의 만남〕을 설법하고, 3) 염불 왕생이 진실된 가르침이며 거짓이 아님을 육방 제불이 증명함을 밝히고, 4) 염불에 의한 현세와 미래의 이익을 밝힌다.

　1) 서방 십만억토의 저편에 극락이라 이름지은 정토가 있다. 지금 실제로 설법하시는 아미타불이 계시다. 그 극락에는 칠보의 수림・칠보의 못・칠보의 궁전이 있고, 묘한 음악이 들리며 만다라의 꽃이 하늘에서 뿌려진다. 또 흰 고니와 공작새 등 아름다운 새가 묘한 소리로 지저귄다.

　이런 새들은 아미타불이 정토의 사람들을 이끌기 위해 모습을 바꾸신 것이고 또 정토에 부는 바람이 영묘한 음악을 연주하여 듣는 자로 하여금 모두 불법승을 염하는 마음을 일으킨다. 이 정토에 계시는 아미타불은 무량의 광명과 무량의 수명을 가진 부처이고 또한 이미 왕생한 숱한 성자가 주한다.

　2) 이 아름다운 정토에 태어나고 싶기를 바라는 자는 아미타불의 명호를 7일간 열심히 외운다면, 임종에 이르렀을 때 아미타불이 많은 성자와 함께 마중하여 정토에 받아들인다.

　3) 7일의 염불이라는 간단한 행(行 : 수행 실천)에 의해 정토에 태어나는 일이 거짓이 아님을 동서남북상하의 육방 제불이 설상(舌相)을 나타내어 증명하고 이 가르침은 믿을 만하다고 밝힌다.

　4) 염불과 이 경문을 소중히 하는 자는 현세에서 제불의 수호를

받고 목숨이 끝났다면 반드시 정토에 갈 수 있다. 그러나 정토 왕생의 가르침은 난신(難信)의 법임을 설법한다.

맺는 말──이 가르침을 들은 대중이 환희심을 가지고 부처 앞에서 물러났음을 밝힌다.

정토종은 하나의 종파로서 우리나라에선 성립되지 못했다. 그러나 일본에선 이 정토종이 진언종과 함께 불교의 주류이다.

왜국은 나라 시대의 관허(官許) 불교와 달리 8세기에 이르러 사사로이 출가한 승려들이 많아졌다. 그들은 국가의 통제를 받는 수행자가 아니고 산 속이나 민간 주택에 초당을 세워 열심히 불교에 귀의했다. 그 대표적 명승이 사이조〔最澄 : 766~822〕이고 마침내 일본 천태종을 일으켜 히에이산〔比叡山〕엔랴쿠사〔延曆寺〕를 본산으로 하여 국보(國寶)·국사(國師)·국용(國用)이라는 호칭을 가진 보살승을 양성했다. 이것은 말하자면 왜국적 불교의 확립이었다.

한편 쿠카이〔空海 : 774~835〕는 밀교를 계승하여 코야산〔高野山〕에 성지를 두고 도오지〔東寺〕를 중심으로 일본 진언종의 조(祖)가 되었다. 당시의 왜국은 지금의 후지산 근처에서 살고 있던 아이누족이 점차로 쫓겨 북으로 갔는데 이들의 대반란을 가까스로 평정하고 현재의 일본 열도〔홋카이도 제외〕거의 전부를 차지했던 시대이다. 그러나 아직은 간토〔關東〕이북은 황무지로서 그 정치·문화의 중심은 현재의 교토·오사카·나라 등 세 곳을 연결하는 지역이었다.

쿠카이는 전설이 많고 따라서 불확실한 점도 많지만, 이를테면 그는 가나 문자를 창시했다는 설이 있는데 이는 와전된 것이다. 가나는 처음에 문자라기보다 부호·기호 비슷한 것이었다. 경전을 배우는 승려나 말단 관리·장인(匠人) 등이 자기들이 하는 일의 필요상 사용했다. 그것은 한자의 변 또는 자획을 응용한 것이므로 당나라에 유학했던 관료나 유학승이 볼 때 유치하게 보였다.

하지만 가나 문자의 사용자는 늘었고 특히 여성이 애용했으며 10세기 초 최초의 가나 표기의 《도사 닛키〔土佐日記〕》라는 게 나타난다.

따라서 가나 문자의 고안자는 쿠카이가 아닌 불특정 다수이고 9세기쯤 출현했다고 추정된다. 그럼에도 쿠카이가 거론된 것은 그의 진적이라 전하는 서독, 글씨 등이 몇점 남아있으며 일본의 국보로 지정되어 있기 때문이다.

한편 일본 정토종의 개조는 호넨〔法然 : 1133~1212〕인데 헤이안〔平安〕 시대 말기로서 귀족들이 타락되고 세상이 이른바 말세 현상을 보였을 때이다.

《서화징》을 보면 석선경(釋禪扃)은 혜종 원년(944)에 건립된 오룡사의 법경(法鏡)대사 보조혜광탑비를 서하고 있다. 오룡사는 장단 용암산에 있었고 비문의 찬자는 글자가 마멸되어 불명이다.

이어 류훈률(柳勳律)은 정종 원년(945)에 무위사(無爲寺)의 선각(先覺)대사 편광탑비에 서한다. 무위사는 강진 월출산에 있었으며 역시 비문은 최언위 찬이었다. 글씨는 안노공체로 글씨가 굳세고 신령스런 기운이 있다는 《동국금석평》의 말이다.

또한 석순백(釋純白)은 광종 5년(954) 건립의 봉화 태자사의 백월서운탑비의 음(陰 : 뒷면)을 서하고 있다. 백월서운탑비에 대해선 이미 나왔다. 남구만(南九萬)의 《약천집》에서 이 비문의 글씨에 대해 평했다. 자체가 김생을 좇아 혼박광윤(渾樸光潤)한데 다만 치밀함에 있어선 뒤진다는 것이다.

장단설(張端說)은 한림원 서학 박사였다. 그는 광종 16년(965)에 건립된 문경 봉암사의 진정(眞靜)국사 원보탑비를 서했다. 안노공체이고 풍격이 떨어진다고 한다. 장공은 이어 광종 26년에도 여주에 있는 고달원(高達院) 원종(圓宗)대사 혜진탑비를 서했는데 글씨가 안류법(顔柳法)이고 글자가 한쪽으로 쏠렸다고 했다. 이것은 안진경 필법의 특징이었다.

김종서의 《절요》에선 광종을 폄하했지만, 적어도 왕은 초기에 광덕(光德)·준풍(峻豊)과 같은 연호를 쓰고 과거제를 채택하는 등 진취적 군주였던 것이다.

이어 한윤의 보원사 법인삼중(三重)태사 보승탑비는 이미 나왔지만, 그 이듬해인 경종 4년(979)에 건립된 구례의 연곡사(燕谷寺) 현각(玄覺)선사비는 학사 왕융(王融)이 찬하고 상주국(上柱國) 장신원(張信元)이 서한 것이다. 《서정(書鯖)》에 의하면 현각비는 자체가 예천명을 닮았고 해법을 깊이 터득한 것이라 정숙연수(精熟娟秀)라 했다.

성종 13년(994)에 왕은 지곡사 진관(眞觀)선사비를 세우게 한다. 지곡사는 산청(山淸)에 있던 절인데, 진관비는 손몽주(孫夢周)가 찬하고 국자박사이던 홍협(洪協)이 글씨를 썼다. 해서로서 마멸되어 있다.

성종·현종대는 거란과의 전쟁이 가장 처절했던 시대로 비문을 세울 겨를마저도 없었는지 모른다. 그러나 당시의 윤징고(尹徵古)는 해서로 이름이 있었고 강감찬이나 현종도 서도에 관심이 있었다. 현종 12년(1021)에 대자은현화사(大慈恩玄化寺)를 창건했는데 현종은 창사비의 액전을 몸소 쓰기도 했다. 그리고 그 창사비는 귀화인 주정(周佇)이 찬하고 시중 채충순(蔡忠順)이 서하며 음기도 썼는데 안노공체이고 고졸(枯拙)하다고 《동국금석평》은 평했다. 그러나 《서정》은 골기가 깊은 것이 정채(精彩)하며 마치 나는 듯싶었다고 한다.

같은 해 원주 거돈사(居頓寺) 원공(圓空)국사 승묘탑비가 세워지고 있는데 이는 최충(崔冲 : 984~1068) 찬에 예빈승 김거웅(金巨雄)이 서했다. 역시 안노공체이고 글자가 가늘었다.

최충은 당시의 대유학자로 자는 호연(浩然)이며 호는 성재(惺齋)였다. 그는 당시의 명문 출신으로 문종(文宗)이 즉위하자 그 문하시중이 되었고 내리 4대를 섬겼으며 만년에는 후진 양성에 힘썼다. 사학이 성재로부터 시작되었다 하여 '해동의 공자'라고 일컫는다.

현종 18년에 홍경사를 직산에 창건했는데, 그 창사비도 최충이 찬했고 글씨는 국자승이던 백현례(白玄禮)가 맡았다. 이 비문은 금석학적으로 옛날부터 유명했고 《삼한금석록(오경석편)》에도 그 기사가 보인다. 비문은 대해로서 서법이 매우 준경하며 솔갱체를 본받았는데 대각국사비와 더불어 국보급이라며 격찬했다.

옹담계도 누구를 통해 탑본을 입수했는지 알 수는 없지만 평시가 있다. '璞完中有和璧潤 月滿始悟金波圓' 옥돌 중의 화씨벽과 같은 부드러움이 있다고 했으니 극찬이 아닐 수 없다. 화씨벽은 고대 보옥의 이름으로 몇개의 고을과도 바꾸었다는 고사가 있다. 이렇듯 백현례의 글씨는 뛰어났는데 다른 책에는 그 이름이 없어 아쉽다고 오경석은 애석하게 여겼다.

이 무렵 김경렴(金慶廉)이라는 대자(大字)를 잘 쓰는 분이 있었다 했지만 그 이름만 남았을 뿐 작품은 전하지 않는다. 결국 전란

이 남긴 상처였다〔김경렴은 1028년 졸〕.

완원은 건륭 54년(1789) 진사시・전시에 급제하여 한림원 서길사(庶吉士)가 되었으며, 옹담계는 건륭 56년(정조 15 : 1791) 산동 제학 곧 제독학정(提督學政)으로 전임되고 있다.

중국에는 현재 20여 개의 성(省)과 기타가 행정 구분으로 되어 있는데, 청은 명대에 시작된 성을 그대로 사용했고 산동성의 성도(省都)는 제남(濟南)이었다. 산동성은 면적으로 보아 작은 편이지만 청조로선 공맹(孔孟)의 고장인 이곳을 중요하게 여겼으리라.

직예(直隷 : 조정 직할이란 의미)를 제외하고 성마다 총독, 순무(巡撫)와 같은 행정과 군사 책임자가 있었지만 제독학정은 총독의 간섭을 받지 않는 황제 직속으로 지위도 총독 못지않았다. 한마디로 교육이라 해도 제례(祭禮)・각급 학교의 감독・과거 실시・한족의 동태 파악 등도 그 임무였다. 사법권과는 다른 '문자의 옥' 같은 것은 문교 당국의 소관이기 때문이다.

산동이 중요함은 태산이 있고 공맹으로 대표되는 유학의 공자묘도 이곳에 있기 때문이다.

과거는 한족의 불만을 달래는 수단임과 동시에 통치를 위한 방편이었다.

그리하여 성도에선 향시(鄕試)와 세시(歲試)・원시(院試) 등이 실시된다. 원시는 학교시의 마무리로서 주도에 있는 학교의 학생 선발 시험이고, 세시는 1년마다 한 번씩 현학・부학의 학생 학업 평가 시험인데, 향시야말로 진짜 관리 등용 시험이었다.

이런 향시에 급제하면 거인(擧人)이 된다. 구북(甌北) 조익(趙翼 : 1727~1824)이란 인물이 있다. 상인 출신으로 《이십이사차기

《二十二史箚記》의 저술로 유명하다.

상인 출신의 학자로선 명말 절강에 시국기(施國祈)라는 목화 상인이 있었다. 그는 《금사》를 연구하여 《금사상교(金史詳校)》 등의 저술이 있고 길패거(吉貝居 : 길패는 목화)라는 호를 가졌으며 시도 지었는데 벼슬길에는 나가지 않았다.

구북은 강소 출신으로 이런 길패거의 정신을 계승했다. 그 역시 상가에서 태어났고 세 살 때 이미 하루에 수십 자를 외웠고, 열두 살로 하루에 7편의 글을 지었다고 전한다. 그러나 그는 23세에 거인이 되고 군기대신 조수와 같은 관료의 길을 걸었으며, 44세에 진사에 급제, 전시 장원이었으나 건륭제가,

"아직 섬서에선 장원이 나오지 않았었다."

하고 제3인이던 왕걸(王杰)과 교체시켰다고 한다. 과거에 대한 청조의 인식이 엿보이는 에피소드다.

구북에 대해서 계속 말한다면 그는 문명도 높고 그 시문도 널리 읽히고 있어 과거에 응시할 때 시관이 그를 알아볼 수 없게 문체를 바꾸어 답안을 썼다고 한다. 그는 40대의 진사로서 한림원에 들어가 《사고전서》의 편집 등을 했지만, 49세 때 광서(廣西)의 변경 지현이 되어 민정을 담당했다.

당시 변경엔 간리(奸吏)가 많고 징세에 있어선 큰 말을 사용하여 백성을 괴롭혔는데, 이를 적발하여 일소했으므로 주민이 앞을 다투어 산지가 많은 이곳의 지현 가마를 너도나도 멜 만큼 인망이 있었다.

그러나 광서로부터 운남, 베트남에 걸쳐 일어난 민란 평정에 있어 총독과 의견 충돌을 일으켰으며 광동의 광주로 좌천되고 여기서 해적 소탕에 힘을 기울이다가 다시 귀주(貴州)로 전임된다.

이렇듯 변경만 전전하며 치적을 올렸지만 알아주는 이도 없어 관직에서 사임하고 고향으로 돌아갔다.
건륭 51년(정조 10:1786), 대만에서 임상문(林爽文)의 난이 일어나자 민절(閩浙) 총독의 막빈으로 기용되어 평정에 참여했고 그 공으로 총독에 추천되었으나 사양하고 고향으로 돌아갔다.
이때 조익의 나이 61세였다. 고향의 안정서원(安定書院) 주강(主講)이 되어 후진 양성에 힘쓰는 한편 향년 87세로 졸하기까지 저술에 전념했다.
그의 명성에 대해 이런 이야기가 전한다. 장원(藏園) 장사전(蔣士銓:1725~1785, 자는 심여), 수원(隨園) 원매(袁枚:1716~1797, 자는 자재), 조익 세 사람은 강우(江右)의 3대 시인이라고 일컬어졌다. 장원이 졸했을 때 정공우(程拱宇)라는 사람이 '나는 평생에 원매·조익·장사전 삼가의 시가 아니면 읽지 않는다'라며 '拜袁揖趙哭蔣'이라는 제목의 그림을 그렸다. 원매한테는 절하고 조익에겐 목례를 하며 장사전의 죽음에 통곡한다는 의미인데, 배와 읍에는 미묘한 차가 있는 것이다. 읍은 보통 손을 맞잡고 선 자세로 고개를 숙이는 것인데, 죽었을 때 영전에서 읍한다면 모욕이 된다. 아마도 구북 조익이 청조에 협력했다는 뜻으로 정공우는 이런 그림을 그렸던 셈인데 구북은 장편의 시로 이를 반박하고 있다.
문제는 《이십이사차기》인데 한마디로 뛰어난 역사서로, 특히 《자치통감》의 허구성을 통렬히 파헤쳤다. 그는 서문에서 이렇게 썼다.
'한가하여 무사하고 책을 들치며 날을 보내고 있지만, 자질이 둔하고 거친 데다가 경학은 질색이다. 그러나 역대의 사서는 알기 쉽고 의미도 얕으므로 읽고서는 느끼고 생각나는 점을 적어

두었다. 이것을 일과로 하니 많이 모였다. 다만 집에 장서가 적어 세밀히 조사해 보지는 못했다. 패사·소설(稗史小說 : 소설은 짤막한 글이란 뜻)의 전하는 게 정사와 틀린 것이 있어도, 이를 기화로 엉뚱한 설을 주장하는 일만은 하지 않았다.

 대개 일대의 사서를 편집할 때에는 이와 같은 기록이라도 모아져 사국(史局 : 역사 편찬처)에 들어가지 않은 것은 없지만, 그때 버려진 것은 꼭 신뢰할 수 없었기 때문이며 지금에 와서 이를 들어 정사가 틀렸다고 뽐내는 일은 식자의 비웃음을 살 뿐이다. 그러므로 여기서는 대부분 정사의 기전표지(紀傳表志 : 정사 편찬 방식으로서의 본기·열전·연표·지리지 등)에 관해 서로 맞추어 보며 비교하고 잘못이 저절로 나타나는 것을 뽑아냈다. 아무튼 뒤의 박학 군자의 정정을 기다리겠다.'

 이것은 학문의 기본 자세인 겸손이고, 그는 중화사상으로 왜곡된 사서에서 550개쯤의 문제를 제기하고 있다. 그의 서문처럼 모순된 것만 뽑았는데도 이렇듯 많다면 아예 말소되고 비교할 근거마저 없어진 것에 대해선 말할 필요도 없다.

 한족의 보수주의자는 당연히 《이십이사차기》를 트집잡았다. 반박할 근거가 없자 이는 조익 자신의 저술이 아니고 가난한 서생으로부터 원고를 사들였다는 중상마저 서슴치 않았다. 어느 시대 어느 나라를 막론하고 볼 수 있는 소인배들의 주장이었다.

 그는 이밖에도 관직에서 물러나 순해(循陔 : 노부모를 봉양함)하면서 틈틈이 독서하고 《해여총고(陔餘叢考)》《구북시집(甌北詩集)》과 같은 대작도 남겼다. 이런 작품에는 누구나 품게 마련인 청운의 뜻을 가졌을 무렵의 청신한 감각, 천박하다는 평은 들었지만 누구라도 쉽게 이해할 수 있는 평이한 문장과 정확한 서술, 관료나 군인의 티가 조금도 나지 않는 언제나 신인(新人)이라는 정신이 넘쳐 있었다.

또 시를 짓는 틈을 타서 시화(詩話 : 평론)를 썼다. 이백·두보·한유·백거이·소식(蘇軾 : 소동파)·육유·원호문(元好問)·고계(高啓)·오위업(吳偉業)·사신행(查愼行 : 1650~1720, 호는 초백) 등 열여덟 명의 시에 평을 했다. 그런 평도 개인의 작품에 그치지 않고 시대적 안목으로 보려는 넓은 눈을 가졌었다.

다시 건륭 58년(정조 17 : 1792) 7월, 완원은 산동 제학이 되어 옹담계와 교대한다. 담계와 완원의 만남은 이때가 처음이었던 것 같다. 담계는 연경으로 돌아가기 위한 준비로 얼마쯤 제남에 머물러 있었고 완원과 대화할 시간을 가졌다.

어쩌면 담계가 소장한 '공자묘당비' 탁본에 대해 서로 의견을 주고받았을 것으로 추정된다. 아직 제남에 머물러 있을 때 오숭량(吳嵩梁 : 1766~1834, 자는 난설)이 와서 담계의 제자가 되고 있다.

오숭량은 강서 동향(東鄕) 사람으로 호는 향소산관주인·연화박사 등을 사용했다. 옹담계의 수제자로 김추사와는 깊은 인연을 맺는다.

그는 금석 고문에만 능했을 뿐 아니라 시는 장원 장사전, 난초 그림은 왕매정(汪梅鼎)으로부터 배웠다. 숭량의 계실 장금추(蔣錦秋), 그리고 두 소실 악녹청(岳綠青)·구양정정(歐陽亭亭)과 숭량의 딸 매선(梅仙)도 난 그림을 잘했다. 김유당·추사·산천(山泉) 김명희(金命喜)도 이들과 교유한다.

대체로 조선조에선 송을 숭배하고 좇았다.

시로선《당송팔가문》이 있었고《고문진보(古文眞寶)》가 있었다.《당송팔가문》은 건륭 연간에 심덕잠(沈德潛 : 1673~1769, 호는 귀

우)이 편집한 것으로 당의 한유・류종원, 그리고 송의 구양수(歐陽
修: 1007~1072)・소순(蘇洵: 1009~1066)・소식(蘇軾: 1036~
1101)・소철(蘇轍: 1039~1112)・증공(曾鞏: 1019~1084)・왕안석
(王安石: 1019~1086) 등 여덟 사람의 작품이다. 심덕잠이 선정 기
준을 어디다 두었는지 모르겠으나 한유의 작품이 가장 많고〔전체
377편 중 94편〕소순・소식・소철 삼부자의 숭배자였던 모양으로
동파 소식이 그 버금(75편)이다.

구양수는 자가 영숙(永叔)이고 호는 취옹(醉翁)인데 만년에는 육
일거사라고도 했다. 강서 노릉(盧陵) 사람으로 네 살 때 아버지를
여의고 집이 가난하여 어머니 정씨가 땅에 글씨를 써 보이며 가르
쳤다. 장성하면서 남의 책을 빌려 이를 베껴가며 배웠는데 필사를
끝내기 전에 그 글자를 모두 외워 버리는 비상한 기억력의 소유자
였다.

송인종의 경력(慶曆) 초(1041)에 진사・갑과에 급제하여 벼슬길
에 올랐다. 이윽고 한기(韓琦)・범중엄(范仲淹)・부필(富弼) 등이
파면되자 극간(極諫)을 하여 서주의 장관으로 좌천되었다.

송조는 그 초기 칙명에 의한 고전 의서의 교정・출판이 활발했
는데 경우(慶祐) 원년(1034), 인종이 중태에 빠졌다. 전의가 백방
으로 약을 썼지만 효험이 없었다. 인종의 맏딸 대장공주(大長公主)
는 이때 아버지의 병을 걱정하며 전부터 안면이 있는 허희(許希)를
천거한다.

허희는 인종을 진찰하고 나서 무거운 입을 열었다.

"폐하의 병은 고칠 수가 있습니다. 그 방법은 폐하의 심장 바로
아래 혈맥이 갈라진 곳이 있는데 그곳을 철침으로 찌르는 것입
니다."

고칠 수 있다는 말에 기뻐하던 중신들도 허희의 다음 말엔 모두 반대였다.

이때 대장공주가 결단을 내렸고 중신 하나가 실험적으로 나에게 당신이 말하는 심장의 그 부위(部位)에 침을 놓고서도 아무런 지장이 없다면 시술하라는 의견을 제시했다.

허희의 침으로 그 중신이 생명에 이상이 없자 인종도 침을 맞아 쾌유되었고 개원한 것이다. 허희는 이 공에 의해 시의로 임명되는 한편 많은 금품을 받았다. 그러자 허희는 막대한 하사품을 사양하며 동쪽을 향해 멀리 절을 하고 나자 말했다.

"저는 평소 옛날의 신의 편작 선생을 사숙하고 있습니다. 그러므로 지금 폐하의 병을 고쳐드린 것은 저라기보다 편작 선생의 덕분입니다. 저에게 상을 꼭 내리시겠다면, 그 돈으로 스승의 사당을 지어 주십시오. 제자로서 어찌 스승의 은혜를 잊을 수 있겠습니까?"

송인종은 크게 감동하고 곧 편작에게 영응후(靈應侯)라는 시호를 내렸으며 개봉 동쪽 한 모퉁이에 편작의 묘를 세웠다. 나중에 이 사당 옆에 태의국(太醫局)이 설치되어 침술 연구가 활발해진다.

동인(銅人)이란 게 만들어진 것도 이 무렵의 일이다. 동인은 그 내부에 수은을 채운 가죽 부대가 들어 있고, 경혈 위치마다 구멍이 뚫려 있는데 이것을 가지고서 침술을 실습했던 것이다.

의사의 국가 시험도 이 동인을 이용했다. 수험생은 눈을 가리고 손에 관침(管針)을 가지고 거리와 위치를 측정하며 시관이 지정한 경혈을 찔러야 한다. 만일 정확하다면 바늘이 구멍을 뚫고 들어가 가죽 부대의 수은이 흘러나온다. 후세에는 값비싼 수은 대신 작은 구멍엔 밀랍(蜜蠟)을 봉하고 가죽 부대엔 물을 채우기도 했다.

이렇듯 천자가 솔선하여 침술을 장려했으므로 북송에는 침구학의 저술이 많았으며, 이것이 남송과 원대에 이르러서는 민간의 경험을 기초로 한 실용성을 중시하는 강호파(江湖派)와 학술적인 한림파로 갈라진다.

송인종은 다시 구료 시설(救療施設)을 각지에 설립했고, 국가적 사업으로서의 고전 의서의 교정 출판·약물의 규격 제정·국정 처방의 확립 등이 인종·영종·신종(神宗)의 3대에 걸쳐 추진된다.

송인종은 천성(天聖) 4년(1026)에 《난경(難經)》과 《제병원후론(諸病源候論)》을 간행했으며, 가우 2년(1057)에는 《소문(素問)》을 교정케 하고서 즉시 간행했다.

다음의 영종(英宗)은 2년을 소요하며 치평(治平) 3년(1066)에 《상한론》《금궤요략》《천금방》《천금의방》을 잇달아 교정·간행했다. 그 다음의 신종도 희녕(熙寧) 원년(1068) 즉위 직후에 역시 2년간에 걸쳐 《갑을경》《맥경》《외대비요방》을 교정케 한다.

이상의 것들은 중국 고전 의학의 집대성이고 이때의 교정·간행에 의해 현재까지 그 문헌이 전해지고 있는 것이다.

약물 규격의 제정 역시 중요한 업적이다. 이것이 의료와 경제면에서 산업 발전에 영향을 미치기도 한다.

중국의 고전 의학은 신선술의 범위를 벗어나지 못했으나 양의 도홍경에 의해 《신농본초경》이 순수 의료용의 실용약물학으로 탈바꿈되어 《본초집주(本草集注)》가 저술되었다. 당대에 이르러 서역 남해(南海 : 복건 이남 지역을 말함)의 약물이 중국에도 소개되었고 당고종은 현경 4년(659) 《신수본초》 20권을 간행시켰다.

이것은 중국 최초의 약국방(藥局方)으로 수록 약물 850종 가운데 새로이 보강한 115종과 유명미용(有名未用), 곧 이름은 있으나 아직 사용되지 않은 약물 193종도 장래의 연구를 위해 수록했다.
　송조의 본초학은 이것을 다시 전진시켰다. 송태조 조광윤은 개보 6년(973), 중국 통일에 앞서《개보신상정 본초》20권을 간행했고 이듬해 다시 1권을 추가시켰다.
　다른 서적도 같지만 전통을 중시하는 중국에서는 도홍경 이래로 형식(型式)이라는 게 수립되고 있었다.
　즉 그는 종래의《신농본초경》본문을 주서(朱書)하고 자기의 추가분은 묵서(墨書)했으며, 주는 주점(朱點)을 찍어 구분했다. 송태종의《개보중정본초(開寶重定本草 : 974년 판)》는 종래의 방식 중에서 주서 부분은 음각(陰刻) 백자로 구별한다는 새로운 목판 기술이 추가되고 133종의 약물이 추가되었다.
　송인종은 다시 가우 2년에 장우석(掌禹錫)을 총재로 하는 개정(改訂) 위원을 임명하고, 종래의 문헌적 개정에 그치지 않고서 전국 각지로부터 실물을 보내게 하여 이를 화가로 하여금 그리게 한 도보(圖譜)를 본문과 함께 간행토록 했다. 이것이《가우보주 신농본초》20권 본이고 그 내용은 약물 1082종인데 새로이 추가된 82종·개정한 것 17종이 포함된 것이었다. 도보가 곁들여져 있어 생약〔약물 원료〕이 불명이던 것도 정확히 알 수 있게 되어 본초학은 크게 전진한다.

　한편 구양수는 그뒤 영주(穎州) 자사를 거쳐 한림학사가 되고 가우 연대엔 한기(韓琦)와 손을 잡아 그 당이 된다.
　이 무렵 요성종이 죽고(1031) 흥종(興宗)의 대가 되고 있었지만, 요흥종은 자기의 생모 소씨(蕭氏)를 감금하는 등 골육간의 갈등을 나타내고 있었다. 또 서하(西夏)는 몽골 계통의 탕구트족의 나라인데 거란이 세워 주었으며 그 국왕 조원호(趙元昊)는 송의 국경을 침범하기 시작했다(1034). 이 무렵 고려는 덕종(德宗)에 이어 정종(靖宗) 대로 거란의 세력이 약해지자 북쪽에 장성을 쌓는 등 황폐한 국토 재건에 힘을 기울이고 있었다(1035).

《자치통감》을 지은 사마광(司馬光 : 1017~1086)은 자를 군실(君實)이라 했는데 섬서의 하현(夏縣) 사람이다. 아버지는 사마지(司馬池)라 했고 천장각(天章閣) 대제(待制)였다.

군실이 다섯 살 때 호도나무에 올라갔는데 푸른 열매가 덜 익어 따먹을 수가 없었다. 여종이 뜨거운 물을 가져다가 끼얹자 딸 수가 있었다. 그의 형이 밖에서 들어와 누가 땄느냐고 하자 어린 군실은 자기가 그랬노라고 했다. 아버지가 나중에 이것을 알고 거짓말을 했다고 야단쳤는데 그는 스스로 반성했고 평생토록 말을 함부로 하지 않았으며 지극한 정성으로 다른 사람과 대했다고 한다.

물론 지어낸 말로 그런 사람이 어떻게 왜곡된 글을 쓰겠는가?

또 그가 일곱 살 때의 일이란다. 여러 아이들과 뜰에서 놀고 있는데 한 아이가 큰 물독에 기어올라갔다가 그만 빠져 버렸다. 울부짖고 당황하는 아이들 중에서 그는 어른 못지않은 침착한 지혜를 가지고 큰 돌을 들어 독을 깨어서 아이를 구했다.

그는 어려서 글읽기를 좋아했는데 둥근 나무토막을 준비해 두고 졸음이 오면 그것을 베개삼아 베고 잠이 달아나게 했다. 책을 손에 잡았다면 그것을 끝내 외우고 마는 성품이었다. 특히 《좌전》을 읽기 좋아했는데 다른 사람에게도 읽어주며 그 대의(大義 : 근본 정신)를 얻었다고 한다.

나이 열다섯에 통하지 않는 게 없었고 보원(寶元) 초년(1038) 3월 진사 갑과에 급제한다. 송인종은 가우 8년(1063)에 죽고 태자가 뒤를 잇는데 이 사람이 곧 송영종(宋英宗)이다. 그리고 치평(治平) 4년(1067) 영종이 죽고 송신종이 즉위하자 사마광은 왕안석과 함께 한림학사가 된다. 구양수는 이때 파면되고 있다. 사마광은 인종 말년 한기를 탄핵했는데 오히려 신주(新州)로 유배되고 신종이 등극하면서 다시 영전한 셈이다.

당시 이미 송은 당파 싸움이 있었던 것이며 왕안석의 등장으로 그것이 격화된다.

완원은 건륭 60년(정조 19 : 1795)에 내각학사 겸 예부시랑에 절강 제학이 되어 그 성도 항주(杭州)로 부임한다. 그리고《경적찬고》를 편집하기 시작했는데 가경 2년(정조 21 : 1797)에 이를 완성한다. 그리고 다시 가경 9년(순조 4 : 1804)에 옹담계는 홍로시(鴻臚寺 : 외국 사신 영접)의 경(卿)이 되고 완원은《적고재 종정이기관지(積古齋鍾鼎彝器款識)》를 펴낸다.

도대체 완원(1764~1849)은 어떠한 사람인가?

완원의 자는 백원(伯元)이고 운대(雲臺, 芸臺)는 그 아호인데 강소 의징(儀徵) 사람이다. 인물화를 보면 키가 후리후리 크고 얼굴이 흰 미남이다. 이미 소개한 것처럼 건륭 54년의 진사로 담계와 마찬가지로 교육 방면에서 활약했는데 취미가 매우 넓고 서적의 수집은 물론이며 금석·서화·도자기·벼루에 이르기까지 수집했다.

그리하여 장서각을 낭환선관(瑯環仙館), 금석 탁본의 수장고는 척고재, 벼루를 간직한 곳은 보연재(譜硯齋)라 이름짓고 그 저술의 서재를 연경실(擘經室)이라 했다.

그 시문을 모은 것으로《연경집》이 있다. 60권이나 되며 그것을 읽으면 완원의 경력과 그 해박한 학문에 경탄한다.
 그 제3집 2권에 〈몽첩원기(夢蝶園記)〉라는 글이 나온다.
 '신미년과 임신년 사이(1811~1812), 나는 경사에 있어 주거를 서성의 부성문(阜城門) 안 언덕에 빌렸다. 시내가 있고 북에서 남으로 흐르는데, 언덕에 이르러 꺾여 동류한다. 언덕은 시냇물을 굽어보고 문 근처에 늙은 느티나무가 많았다.
 집 뒤의 작은 정원은 10무(畝)가 채 못되지만 누각과 정자·화목(花木)의 무성함은 성 안에 있으면서 가경(佳境)을 이룬다. 소나무·잣나무·뽕나무·느릅나무·느티나무·버들·해당화·배나무·복숭아나무·은행나무·대추나무·자두나무·정향(丁香)·차나무·등나무·담쟁이덩굴 등등, 가지가 얽히고 그림자가 걸치면서 그 사이에 정자와 돌우물이 있었다.
 즉 한 채·두 정·한 대(臺)인데 꽃피는 새벽에 달밝은 저녁인지라, 문 밖에 티끌 세상이 있음을 모를 정도이다.
 나는 일찍이 동사옹(董思翁 : 동기창)이 몸소 글씨를 쓴 부채를 소장했는데 '名園蝶夢散綺看花(명원에서 꿈속의 나비가 너울너울, 꽃을 보면서 여기저기 아름다운 무늬를 이루네)'의 시구가 있어 늘 바람벽에 쓰곤 했다. 풍아로운 화원과 일치되기 때문이다.
 신미년 가을 이상한 나비가 후원에 왔다. 아는 이가 있어 이를 태상선접(太常仙蝶)이라고 한다.
 이어서 또 과이가(瓜爾佳)씨의 후원에도 나타났다. 사람으로서 이를 잡아 갑(匣) 속에 곱게 받들고 나의 후원에 돌려주고자 온 자가 있었는데, 후원에 이르러 뚜껑을 열었더니 빈 갑이었다.
 임신년 봄, 나비가 또 나의 화원에서 발견되었다. 그림의 신께 빌며 잠시 나에게 오게 하고 내 이를 그리고 싶다 하자, 나비는 소매에 와서 앉았다.

자세히 살펴보기를 꽤나 오래였고 그 모습과 색깔을 기억했는데, 조용히 날개를 치면서 가버렸다.

후원에는 본디 이름이 없었다. 이리하여 비로소 사옹의 시와 나비에 의해 이런 이름을 짓는다.

가을도 반나마 지났을 때 나는 칙명을 받들고 도읍을 떠났으며 이 정원 또한 남의 손에 들어갔다. 아름다운 수풀을 돌이켜 보니 꿈만 같았다.

계유년(1813) 봄, 오문(吳門)의 양씨 보범(楊氏補帆)을 위해 정원도를 그렸는데, 곧 사옹의 시로써 그림 머리에 장관(裝冠)하며 그것으로 춘명(春明)의 유적(遊跡)을 적는다.'

완원은 산동·절강의 제학을 거쳐 절강에 오래 있었는데 다시 절강·강서·하남의 순무가 되었으며 그뒤 양호(兩湖)·양광(兩廣) 총독이 된다……

이 글은 김추사와 만난 1~2년 뒤의 일임을 알 수가 있다.

소동파, 왕안석, 증공이 모두 구양수에게서 배웠다.

안석의 자는 개보(介甫), 호는 반산(半山)인데 임천(臨川 : 강서성 예장현) 사람이다. 따라서 왕임천이라고도 한다. 소시적부터 독서를 즐기고 문장력이 있었으며 서화도 뛰어났었다. 구양수에게 인정되어 진사과에 급제했고 먼저 간관(諫官)으로 천거되었으나 조모의 병환을 구실로 사양했다.

송인종 가우 연간에 탁지 판관(度支判官 : 징세·물산 담당관)이 되어 두각을 나타냈는데, 이론에 밝았고 〈만언소(萬言疏)〉를 올려

인종의 신임을 받았으며 세상의 풍교(風敎)·습속(習俗) 개혁에 뜻을 둔다. 왕안석을 정치·경제의 개혁주의자로만 보는 것은 편견이다. 물론 경제 방면에서 안석은 '청묘법'을 추진하는 한편 영세상인을 위해 '시역법'도 시행한다.

청묘법에 대해 사마광을 비롯한 구법당이 이를 맹렬히 반대했는데, 인간이란 감정의 동물로 한 번 반대하기 시작한 이상 시역법까지도 무조건 반대했다.

이 시역법 시행은 송의 서만(西蠻 : 섬서·감숙의 이방인) 평정과 요도종(遼度宗 : 재위 1055~1101)의 지원을 받는 서하와의 전쟁 때문이었다. 시역법이란 염(소금) 상인 등 폭리를 취하는 자를 견제하고 군비를 염출하려는 정책이었다. 그러나 반대가 워낙 거세므로 신법은 일단 중지되었다가(1074) 다시 추진된다. 그래서 안석의 아들 왕방은,

"신법을 성공하려면 한기·부필(富弼)의 목을 베고 효시해야 합니다!"

라고 주장하기도 했다.

희녕 8년(1076), 왕안석은 다시 재상이 되고 이번에는 '보갑법(保甲法)'과 '보마법(保馬法)'을 시행한다.

당시 요와 경계한 하북·하동·섬서 등지에는 농민을 주체로 하는 민병(民兵)이 있었고, 이들이 오히려 중앙의 직업적 군대인 금군(禁軍)보다도 질박하고 전투도 잘했다. 안석은 이런 병제를 개혁하고 병농일치(兵農一致)의 군대를 만들고자 보갑법을 추진한 것이다.

열 집을 묶어 보(保)라 하며, 50호는 대보(大保)·5백 호는 도보(都保)인데 각 호마다 1명씩 장정은 무장한다. 그러니까 보갑법이

다. 이들은 민병이면서 연대 책임을 진다. 예컨대 매일밤 야경을 돌며 도둑들을 체포한다. 그러나 만일 향보(鄕保) 중에서 범죄가 발생하고 이를 고발하지 않는다면 처벌된다.

보는 10호가 기본 단위이며 패(牌)라는 게 있어 그것에 호주·성명·연령 등을 등록하게 된다. '패거리'라는 우리말은 아마 이런 데서 비롯되었겠지만, 뒷날 봉건 군주의 통치 방편으로 사용되기도 한다.

이 보갑법을 구법당이 역시 반대했다. 송신종도 불안은 있었다. 농민에게 무기를 주면 반란을 일으키지 않을까? 그래서 말을 돌려 안석에게 질문한다.

"민병 강화는 좋지만 농사에 지장은 없을까?"

"염려없습니다. 평소에는 농사를 짓고, 일단 유사시에는 무기를 잡고 싸우도록 하는 겁니다."

"그러나 변경에 이미 민병이 있지 않은가?"

"있습니다. 하지만 그들은 향보의 조직도 없고 훈련도 받지 못하고 있습니다. 어디까지나 유사시에 대비하는 겁니다."

보마법은 보갑법의 부산물과도 같다. 병농 일치·국민 개병을 하려면 말이 필요하다. 당시 송에서도 군마를 사육했다. 하지만 아무리 먹이를 개선했다 하더라도 전투용 말로선 부적합했고 비용 역시 한 마리당 5백 관(貫: 천 문이 1관)이나 들어 서역산 양마 값의 몇 갑절이나 되었다. 이 보마법은 안석이 물러난 뒤 '호마법(戶馬法)'이 되어 각 농가마다 말을 의무적으로 사육하라고 강요되어 갖가지 폐해를 가져온다.

당대부터 지방 행정은 서리가 담당했는데, 특히 송대엔 이들의 폐해가 심했다. 과거에 급제한 문관이 지방에 부임하려면 가족은 물론이고 친척까지 따라간다. 또 행정에 밝은 서생을 고용하여 이들을 지금의 비서관처럼 데리고 갔다. 이들이 그 지방 토박이의 이속(吏屬), 곧 서리를 부리면서 행정을 집행하는 것이다.

그러나 결국은 지방 실정을 몰라 서리에게 농락당하고, 지방관이 탐욕스런 인물이라면 뇌물을 받아 축재를 하게 마련이다.

안석의 신법이 성공하자면 이런 서리의 관행을 개혁해야 한다. 그 방법은 그때까지 봉급이 없던 서리에게도 일정한 보수를 보장하는 '창법 : 하창법(河倉法)'의 실시였다.

중국은 예로부터 황하·장강·회수와 이것들과 연결되는 운하에 의해 물자를 수송하는 주운(舟運)이 발달되고 있었다. 이런 주운의 요소마다 창고가 있어 이를 하창이라 하며, 조정에 바치는 세금 곡물 따위를 집적하며 군대 유지비와 조정 관리의 봉급을 지불했다. 따라서 이런 주운과 하창에 관계되는 부정이 가장 많았다. 안석의 창법은 이런 부정을 막기 위해 일정 비율의 수고비를 받도록 했던 것이다.

보갑법의 실시로 향보에서 무술이 발달되고 협도(俠道)나 의리가 결부되어 이른바 무림(武林)이 생긴다.

왕안석의 신법인 보갑법에 대해 사마광은 이렇게 반박했다. "당 개원(당현종의 연호) 이래 부병(府兵) 제도가 용병(傭兵 : 외인부대. 안녹산 등 胡人은 물론이고 고구려·선비족 등) 제도로 바뀌어 백성은 오랫동안 무예를 배우지 않았으며, 우리 송조에 이르러서는 태평이 백여 년이나 계속되어 노인조차도 전쟁을 모르는 상태입니다. 그런데 지금 시대에 역행하여 백성에게 무예를 가르치고 국경을 지키려고 합니다. 적은 어려서부터 기사(騎射)를 배우고 공전(攻戰)을 직업으로 하는 무리입니다. 그리고 우리 백성은 평소 괭이로 땅을 파는 농업의 사람들입니다. 그런 농민군이 약간의 무예를 배워 일단 유사시에 사용하려 해도, 과연 효과가 있겠습니까? 마치 양떼로 하여금 이리들과 싸우게 하는 것과 같습니다. 따라서 농민은 농사나 짓고 병사는 금군을 강화하는 편이 낫습니다."

그러나 송신종은 안석을 계속 신임했다. 하지만 왕안석은 자기의 충실한 협력자인 여혜경과 더불어 관직에서 사임하고 야인으로 돌아갔다. 송신종은 스스로 친정한다는 의미로 연호를 원풍(元豊 : 1078~1085)이라 하고 신법당인 채확(蔡確)을 참지정사로 등용했다.

사마광의 《자치통감》은 송영종의 치평(治平) 2년(1065)에 황제의 명으로 편찬을 시작하여, 원풍 7년(1084)에 완성되기까지 19년의 시간이 걸렸다. 《통감》에 대해서는 이미 말했지만, 한족 위주의 역사이다. 그것은 오히려 당연하다 하겠으나 문제는 조선조의 유자(儒者)들이 이를 우리의 역사로서 배우고 아무런 의문도 제기하지 않았다는 점이다. 《자치통감》은 유반(劉攽)・유서(劉恕)・범조우(范祖禹) 등 세 사람의 도움이 컸었다. 유반이 한(漢)나라 이전을 담당하고, 유서는 삼국・남북조 시대를 썼으며 범조우는 당과 5대를 맡아 집필했다고 한다.

유반은 구양수의 제자로 공비 선생(公非先生), 형님인 유창(劉敞)은 공시 선생(公是先生)인데 당시에는 《춘추》에 가장 뛰어난 학자라고 일컬어졌다.

《자치통감》은 정치의 참고 자료로 씌어진 것으로서, 기사의 정확성은 2차적이었다. 이는 중국측 문헌《산당고색(山堂考索)》《직제서록해제(直齊書錄解題)》같은 것에서도 지적되고 있다.

《통감》은 기년체(紀年體)가 아닌 편년체(編年體)로 씌어져 있고 군데군데 논평마저 가하고 있는 것은 《좌씨춘추》를 본뜬 것이며, 객관적이 아닌 주관적으로 씌어졌다는 증거이다.

그렇다면 《통감》의 목적은 무엇인가?

개권 벽두에 〈명분론(名分論)〉이라는 게 있고 그 중에,

'천자의 직분으로서는 예보다 큰 것이 없고, 예는 분〔상하 질서〕보다도 큰 것이 없으며, 분은 명〔名 : 대의 명분〕보다 큰 것이 없다.'

라고 주장한다.

대의명분이란 군신지의(君臣之義)를 가리키는데, 역시 한족을 중심으로 하여 주위는 이적(오랑캐)이라는 사상이었다.

원풍 2년(고려 문종 33년 : 1079) 송과 고려는 교역법을 맺는다. 김종서의 《고려사절요》에도 이 무렵부터 송상(宋商)이라는 말이 자주 나타난다. 동파 소식은 이 해에 신법을 비판하여 중앙에서 황주단련사(黃州團練使)로 좌천되고 있다. 황주는 지금의 호북성 황강(黃岡)이었다. 동파의 유명한 시 〈적벽부(赤壁賦)〉는 이때 지은 것이다. 〈적벽부〉는 우리의 판소리에도 일부 번안되어 불린다.

이런 소동파가 고려를 싫어했다는 것을 아는 사람은 적다. 중국인은 이를 기억하고 있었다. 《열하일기》를 보면 연암이 곡정(鵠汀) 왕민호(王民皞)와 닷새 밤낮을 함께 지내면서 고금의 역사·인물에 대해 평가를 했다. 《공양록(公羊錄)》에 그 내용이 자세하다. 요컨대 소동파는 당시 요와의 관계를 염두에 두고서 고려를 한 패라고 의식했던 게 아닐까? 동파는 고려와의 무역, 고려승의 유학, 그리고 고려 사신의 왕래에 대해 적의를 나타내고 있다. 이런 것은

《동파전집》여러 곳에서 나타나며 조선의 숭배자들도 그것은 알고 있었으리라.
 서화와 같은 예술 문제는 별개로 하고 경학이나 정치 행적에 대해선 생각할 필요가 있다.

 이날 밤 김추사는 정찬에 초대되었다. 거기엔 이미 낯이 익은 주야운, 이심암 등도 물론 있었지만 이날 처음으로 만난 오숭량이 있었고 그밖에도 처음 보는 얼굴들이 있었다.
 추사는 그 식사의 호화로움에 놀랐다. 손님을 초대하는 최소 단위의 차림이 8품요리였다. 손님한테 내놓는 요리로 여덟 가지 종류란 의미다.
 추사는 그날의 요리가 20품의 것임을 몰랐고——너무나 가짓수가 많다고 여겨져서 손님으로서의 예의상 조금씩 젓가락을 가져갔을 뿐이다. 더욱이 그는 오숭량과의 필담이 기다리고 있다.

 오늘날 북경 요리의 대표로서 고압(烤鴨)이 있는데——이는 오리 통구이가 틀림없는데, 오리 뱃속에 갖가지의 것을 넣고선 봉하여 굽는 것——원래의 의미는 불에 쬐는 것이다. 알기쉽게 말해서 주방에서 일단 기름을 발라 강한 불길로 구운 다음 식탁에 나와 다시 약한 불에 쬐어가며 먹는 방식이다.
 그러나 이날 옹담계의 정찬에 그런 고압이 나온 것은 아니다.
 그것은 일종의 방선(仿膳 : 궁정요리) 형식의 것이었다. 황제가 먹는 요리는 백 품 이상이라 했는데, 같은 재료로서 과(果)·탕·채·초(炒 : 볶음)·자(炙 : 구이)·자(煮 : 끓임, 찌개) 등등이고 그것이 또한 짝을 이루며 곁들여지고 있었다.

이를테면 다음과 같다.

계고어시(鷄烤魚翅) : 유계포(留鷄脯)·과초계사(抓炒鷄絲)·작호피권(炸虎皮卷)·사사간패(四絲干貝)

원앙비룡(鴛鴦飛龍) : 원앙합자(鴛鴦鴿子)·고판대하(鼓板大蝦)·당초산계편(糖醋山鷄片)·관보토육(官保兎肉)

삼선회록충(三鮮燴鹿冲) : 금은록육(金銀鹿肉)·간패록뇌(干貝鹿腦)·소양해삼(燒釀海參)·마장포어(麻醬鮑魚)

어장검(魚藏劍) : 삼사타봉(三絲駝峰)·배삼백(扒三白)·유해탁(留蟹托)·초쌍동(炒雙冬)

이상 네 가지가 주채(主菜), 곧 메인 요리이다. 각 주채마다 4품 요리로 구성되고 있음을 알 수 있다. 그 짝지움은 이 경우 닭고기와 어패류의 콤비로 이루어진다. 사슴(鹿)이니 범(虎)이니 하는 게 들어 있는데 이는 요리의 형용사로 여기서는 닭고기로 생각하면 될 것 같다. 다만 같은 닭고기라도 요리 방법이 달라 맛과 모양이 달랐다.

그런데 이런 주채가 나오기 전 전채(前菜)라는 게 있고 주채와 함께 만두·냉채·음료 등이 있다.

전채는 보통 네 가지 건과(乾果), 네 가지 밀전(蜜錢 : 달콤한 약과류)·아홉 가지 냉훈(冷葷 : 냉채인데 약간 매콤한 것)이 큰 접시에 담겨 나왔다.

술안주로 곁들여 먹을 수가 있는 것이다. 그 아홉 가지 냉채를 명칭만 적는다면 용희봉(龍戲鳳), 희작염수계(喜鵲塩水鷄)·미수하권(美穗蝦卷)·오향어(五香魚)·마랄우육(麻辣牛肉)·오사양분(五絲洋粉)·가리채화(咖喱菜花 : 양배추류)·화란황과조(花蘭黃瓜條)·황화선마(黃花鮮蔴)이다.

옹담계는 북경 사람이므로 요리가 매운 것도 더러 섞여 있었다. 돼지고기가 보이지 않고 쇠고기가 많지 않음도 특징이다. 우리 민족은 예로부터 쇠고기를 먹었다고 육당은 고증했지만, 북경만 하더라도 산지가 많아 닭이나 오리 요리가 주였던 것 같다.

해물로 해삼과 조개〔貝〕는 고급 요리에 반드시 들어가고, 조개라도 말린 패주(貝柱)는 우리나라에서 수입되고, 시(翅)는 바로 상어 지느러미다. 이밖에 하(蝦)는 새우인데, 새우만 하더라도 머리 부분은 기름에 튀기고 그 살은 삶아 소스로 버무리는데 그것이 냉채였다.

중국에는 이밖에 사천(四川) 요리·복건 요리·광동 요리 등이 있는데 우리나라에 들어온 산동 요리는 품격이 떨어진다고 한다. 우리가 아는 짜장면은 우리나라에 온 산동인이 우리 국민 기호에 맞추어 고안한 것으로 세계 어느 곳에서도 이 말이 통하지 않았다는 소화(笑話)가 있다. 물론 추사 시대에 이런 짜장면이 들어왔을 까닭이 없지만, 다만 그것과 관련된다 싶은 게 있다.

곽의행의 《쇄서당필록》에서 소개되는 것으로 면은 아닌데, 어쩌면 근원이 같은지도 모른다.

──연경에는 5월 이후가 되면 초면(炒麵) 장수가 나타난다. 민간에서는 이것을 사서 설탕물로 불리고 건조시켜, 아이들 간식으로 사용한다.

더위를 이기는 데도 좋다고 한다.

이것은 곧 나의 향리 등래(登萊 : 산동성 동래)의 명물 초면(焦麵)과 같은 것이다.

보리를 맷돌로 갈아서 볶은 것인데 맛있다. 그래서 이런 이름이 생겼다. 옛날의 건량(乾糧 : 군사들의 휴대식품)은 아마 이것이었는지 모른다〔우리의 미숫가루와 비슷하며 면은 가루음식〕.

모름지기 오곡은 모두 기름에 볶아 먹을 수가 있다. 《주례(周禮)》의 '以饋黃薀充實'이란 글귀를 해석하여 학자는 풍분이란 보리볶음과 깨볶음이라고 한다.

오늘날 콩볶음·쌀볶음·깨볶음은 모두 깨물어 먹고 간식용으로 되어 있다.

그러나 보리볶음은 고대에 귀중히 여겨졌던 것이며, 오늘날의 초면도 그것과 마찬가지이다.

그리고 곽의행은 고대의 중국 북방에선 보리가 주식이고 강남에선 쌀이 주식인데 그것도 손님 접대용이었다고 말한다. 중국에 국수라는 것은 없었던 것이다.

동파(東坡)와 산곡(山谷)

 담계 노인은 식사를 마치자 자리를 피해 주었고 추사는 차를 마시면서 오숭량과 주로 필담을 나누었다. 그는 이미 말했던 것처럼 금석학자임과 동시에 서화에도 관심이 많았다.
 "김생은 서화에 대해서 어떻게 생각하십니까?"
하고 오숭량은 미소짓고 있었으나 대뜸 물었다.
 추사는 잠시 생각하다가 붓을 놀렸다.
 "저는 지난 해에 동사옹의 화선실수필을 들쳐 본 적이 있습니다. 그리하여 남북 이파론이란 것을 읽고, 감명을 받았습니다."
 오숭량은 잠자코 있다. 추사는 개의치 않고 계속했다.
 "동현재는 거기서 선종에 남북선이 있듯이 서화도 남북 2파가 있다는 주장을 했습니다. 탁견이라고 생각됩니다. 더욱이 그것은 사람에 의한 구별은 아니란 점에서 감탄했습니다."
 선종은 남북 2종이 당대에 갈라졌다. 그리고 그림도 북화(北畵)와 남화(南畵)가 있다는 지적은 동기창의 독창적 의견이었다. 이는 모든 분야, 특히 서화 동원으로 글씨도 예외는 아니다.
 오숭량은 비로소 고개를 끄덕였다. 김추사의 의견으로 동기창의 말인 '但其人非南北耳'라는 대목에서 고개를 끄덕인다.

인간으로서 차별이 아닌, 어디까지나 예술적 작품으로서의 남북 차이를 논한 것이다.

선의 제육조(第六祖)인 남종선의 혜능(慧能)도 같은 말을 했다. '사람에겐 남북이 있지만 불성(佛性)엔 남북이 없다.' "동사백은 그림의 북종은 이사훈(李思訓) 부자의 산수가 두드러진 것인데 송대의 조간(趙幹)·조백구(趙伯駒)·백숙(伯驌)에게 전해졌고 마원·하규 등에 이른다 했으며, 왕마힐(王摩詰)이 비로소 선담(渲淡 : 엷은 먹으로 몇번씩 칠하는 기법)의 법을 쓰고 종래의 구작법(鉤斫法)을 일변시켜 남화의 조가 되었다는 거지요. 그리하여 그것은 장조(張璪)·형호(荊浩)·관동(關同)·곽충서(郭忠恕)·동원(董源)·거연(巨然)·미불(米芾) 부자에게 차례로 전해지고 원대의 4대가에 이르렀다는 겁니다. 한편 선은 6조 이후 마구(馬駒 : 마조대사)·운문·임제의 파로 나눠지고 북종선은 신수 이하로 이어졌다고 했습니다."

숭량이 붓을 잡았다.

"〈임천고치서(林泉高致序)〉를 읽어 보셨습니까?"

"아직은……"

"곽사(郭思), 자는 득지(得之)인데 송신종의 원풍 5년(1082)의 진사입니다. 벼슬은 휘유각(徽猷閣) 대제로서 진봉로(秦鳳路) 경략안무사에 이르고 잡화를 그렸습니다만, 그 이름은 아버지 곽희(郭熙)의 말을 모은 《임천고치》로 유명합니다."

곽희는 하양(河陽) 온현 사람으로 송신종의 희녕 연간을 중심으로 그 전후에 활약한 화가이다. 이성(李成)에게 배웠으며 후세에 이곽파라 불리는 북화 산수화의 화풍을 종합·완성시켰다.

해조(蟹爪)·녹각(鹿角)의 쓸쓸한 숲이며 눈길 닿는 한 이어지는 황토 고원의 황량한 경치며 깎아지른 벼랑이나 중첩하는 산들의 대관(大觀 : 웅대한 구도)을 특징으로 한다. 지체가 낮은 화원이었으나 소식, 황정견과도 교유했으며 그들의 그림을 문인화까지 끌어올리는 데 공헌했다고 한다.

"대체 《임천고치》는 어떤 것입니까?"

"곽사는 그 아버지로부터 들은 이야기를 〈산수훈(山水訓)〉〈화의(畵意)〉〈화결(畵訣)〉〈화제(畵題)〉〈화격습유(畵格拾遺)〉의 5편으로 구성했고 이밖에 〈화기〉가 있었다는 데 전하지 않습니다. 이 중에서 〈산수훈〉이 가장 내용도 충실하고 볼만합니다."

곽치가 썼다는 《임천고치》 서문은 대체로 다음과 같은 주장이었다. 《논어》〈술이편〉에서 지향한 것은 도이지만 먼저 의지처가 되는 것은 덕 또는 인이며, 자유로운 심정으로 몸을 맡기는 게 예이다(志於道 據於德 依於仁 游於藝). 예란 예의·음악·궁술·말달리기·서법·산술이다. 서(글씨)는 그림에서 갈라진 것이다.

《역경》의 산분(山墳)·기분(氣墳)·형분(形墳) 세 가지는 천지인(天地人) 삼기(三氣)에서 비롯된 것이고 산분이란 산이 이어진 모습을 본뜨며, 기분은 기의 모습을 본뜨며, 형분은 모양(생김)을 본뜨고 있는데 이는 모두 그림의 근본이다.

황제(黃帝)가 의상을 지어 문양이나 색채를 가미한 것은 모두 그림의 시작이었다. 그러므로 순의 의복 열두 가지 장식 무늬 가운데 산·용·꿩이 있고 《상서》에서 옛사람의 복장 모습을 보여주는 거라고 했다〔순이 동이계임을 기억하도록〕.

《이하》는 말했다. 그림은 형체라고. 형체를 짓는 것이야말로 그림이기 때문이다. 역괘(易卦)에 나타난 점의 모양을 보고, 경문에서 설명한다 함은 이것을 가리킨다. 《논어》〈팔일편〉에서 그림이라는 것은 흰 채색을 마지막으로 칠하여 마무리 한다〔繪事後素〕라 했고, 《주례》에서도 그림은 흰 물감을 끝으로 가한다〔繪畵之事後素功〕고 했다.

그림의 기원은 참으로 크고 먼 것이다. 옛날부터 복희씨가 팔괘를 그렸다 했으며, 화(畵)자를 《논어》〈옹야편〉에서는 지금 너는 머물러 있다——스스로 한계를 정하며 대한다〔今汝畵之畵文訓爲止〕고 읽는다. 그림의 의미를 지(止)로 읽으면, 팔괘를 머물렀다가 되는데, 대체 무엇인지 모르겠다. 그러므로 팔괘의 화(畵)는 書의 옛날 문자 화(畵)라고 써야 한다. 다만 지금 쓰고 있는 畵자는 후세에 만들어진 속자(俗字)이고 실제로선 止의 의미로 畵자를 쓰고 있는 것이다. 또한 지금 알려져 있는 고문·전주(篆籒)의 鳥나 魚자는 모두 상형문자이다. 그러니까 상형문자를 지은 것은 그림을 그리는 방법에 따른 것이다……."

"〈산수훈〉의 내용은 어떤 것입니까?"
하고 추사는 이윽고 물었다.

"곽희의 말로, 군자가 자연을 사랑하는 근본의 이유는 어디에 있는가를 논한 겁니다. 전원에서 자연의 본성 그대로인 것을 함양하는 것은 언제라도 그렇게 하고 싶은 일이다. 골짝의 여울에서 소리를 질러가며 노래하는 것은 언제라도 그러하고 싶은 일이다. 스스로 고기 잡고 나무하는 일은 언제나 상쾌한 일이다. 잔나비며 학의 울음소리, 나는 모습은 언제나 가까이 하고 싶은 일이다. 더럽고 시끄러운 속세에 얽매어 있음은 사람으로서 누구라도 귀찮고 싫어지는 일이다. 연기처럼 나부끼는 구름 저편에서 사는 신선은 인정으로서 누구나 소원하는 일이지만 뜻대로 되지를 않는다.

이 태평 성세에 신하를 생각하는 임금의 마음, 자식을 사랑하는 어버이 마음의 두 가지로서 두텁고 깊은 것을 생각한다면, 비록 자기 몸을 더럽히고자 하지 않으려면 나아가서 임금을 섬기는 일, 물러나서 산야에 숨는 일, 그 진퇴를 결단하는 도의와 절개는 이 점에 달려 있는 것이다.

그러나 인자(仁者)처럼 고고하니 뜻을 지키고자 세속에서 멀리 떠난 생활을 보내며 기자(箕子)나 허유(許由)를 흉내내기란 참으로 어려운 이야기다. 《시경》의 〈백구시(白駒詩)〉·《악부(樂府)》의 〈자지가(紫芝歌)〉에서 노래되는 현인의 은둔은 어느 것이나 부득이한 사정 아래 심산에 들어간 것이다. 그러므로 임천(林泉)을 동경하는 소망, 운연(雲煙) 저편의 벗은 꿈일 뿐, 현실의 눈이나 귀와는 단절되어 있다.

지금 뛰어난 화가에게 부탁하여 훌륭히 그려 받는다면, 집에 있으면서 앉은 채로 산이나 골짜기도 갈 수가 있고, 원숭이나 새의 울음소리도 희미하게나마 귀에 들리며, 깊숙한 산수의 풍광(風光)은 보는 이의 눈길을 빼앗게 되리라. 이것이야말로 사람을 즐겁게 하고 내 마음을 흡족케 할 것이 아닌가. 이것이 산수화를 귀히 여기는 세상의 참된 이유라고 말했습니다."

산수화가 생긴 까닭은 《임천고치》의 말처럼, 당파 싸움이나 중상모략이 횡행하는 티끌 세상에서 그나마 마음의 위자(慰藉)를 얻고자 하는 데 그 이유가 있었던 것 같다.

그러나 이것은 산수화가 지식인의 제작과 감상을 할 수 있는 예술로써 발전되었다는 증언이기도 하다.

솔직하게 진실을 전하고 다시 그것을 부연하는 게 《임천고치》의 가치였다.

오숭량은 다시 쓴다.
"산수화를 와유(臥遊)하는 즐거움, 저 가을 구름을 우러르면 맑아오는 정신, 봄바람에 마음도 절로 태탕(駘蕩)해지듯이 산수화 한 폭을 펼칠 때 얻어지는 감동은 맛볼 줄 아는 사람만이 알지요.
　곽희는 말했습니다. 꽃의 그림을 배우려는 자는 한 포기의 꽃을 깊은 곳에 두고 굽어보면 그 모습을 속속들이 안다. 대나무 그림을 배우려는 자는 그 대나무 가지 하나를 들어 달밤의 흰 벽에 그림자를 드리우면 참된 대의 모습을 알게 되리라고요."
전설에 의하면 5대 때 후당의 무장 곽숭도(郭崇韜)가 촉의 이부인을 납치하여 자기의 소실로 삼았는데, 그녀는 달밤에 창의 장지에 비치는 대그림자를 보고 붓을 달렸다. 아침에 보니 그 대그림은 살아있는 것만 같았다. 이것이 묵죽의 시작이란다.
"곽희의 말로선 산수화를 배우려는 자는 이와 같다는 것입니다. 생각컨대 자기 스스로 산천에 들어가 산천의 모습을 자기의 것으로 만든다면, 그 속에 간직된 산수의 정신이 나타나는 법이다. 참된 산수의 산이나 골짝은 멀리서 굽어보아 그 형세(形勢)를 취하고 가까이서 보아 그 소질(素質 : 근본의 바탕)을 취하는 데 있다. 참된 산수의 운기(雲氣)는 사철에 따라 다르다. 봄에는 화창하고, 여름에는 왕성하며, 가을에는 엷고, 겨울에는 어둡다. 모든 것을 그 큰 모양을 보고 새긴듯이 뚜렷한 형태로 그리지 않는다면, 운기의 모습은 싱싱한 것이 되리라. 참된 산수의 아지랑이나 산기(山氣)는 사철에 따라 다르다. 봄의 산은 엷게 화장하여 웃고 있는 것만 같고, 여름의 산은 나무들의 푸르름이 방울져 뚝뚝 떨어지는 것만 같다. 가을의 산은 깨끗하게 화장한 것만 같고, 겨울의 산은 으스스해질 만큼 어슴푸레한 것이 잠자는 것만 같다.

  그림에 있어 대강의 모습을 나타내고 윤곽선이 또렷한 그림을 그리지 않는다면, 운연이며 산기의 올바른 경치가 얻어진다. 참된 산수의 비바람은 멀리서 바라보아야 포착할 수 있다. 다가서면 근경(近景)의 흥미에 얽매여 풍우가 어디서부터 몰아닥치는지 어디서 맞부닥치는지 알아낼 수 없다. 참된 산수의 껨과 흐림은 멀리서 바라본다면 남김없이 안다. 가까이 가면 근경에 사로잡혀 밝고 어두운 곳이나 보이는 곳과 숨겨져 있는 곳을 모르게 된다.

  산 속의 인물은 길의 표시이고 산 속의 누각은 뛰어난 경치의 표시이다. 산의 나무는 여기저기를 덮어버려 원근(遠近)을 돋보이게 해주고, 산의 계곡을 단속(斷續)시켜 깊고 얕음을 구별한다. 물가의 나룻배, 다리에 의해 사람이 살고 있음을 나타낼 수가 있으며 물에 고기잡이 배나 낚싯대에 의해 생활하는 사람의 심정을 나타낼 수도 있다.

  큰 산은 당당하여 산의 제왕이다. 언덕이며 숲이며 골짝을 곁들여 구도(構圖)의 원근·대소의 가장 중심이 된다. 그 모습은 천자가 찬란한 기세로 남면하고 제후가 문안차 입궐하여, 함께 삼가하듯이, 오만하거나 거역하는 낌새도 없다. 키다리 소나무는 높이 솟아 있어 나무들의 본보기이다. 등나무나 담쟁이덩굴이며 초목을 거느리고 있어 마치 병사를 질타하고 따르게 하는 모습과도 같다. 그 광경은 군자가 때를 만나 의기가 자못 높고 많은 소인은 군주에게 부림을 받아 함께 공순하여 학대받는 일도 좌절되어 슬퍼하는 기색도 없다.

산은 가까이서 보면 이와 같고 몇 마장 떨어져 보면 또 다른
것 같고 십여 리 떨어지면 또한 틀리게 보인다. 산의 모습이 일
보 일보 변화된다는 건 이것을 말한다. 정면으로부터 측면으로
부터 위쪽으로부터는 또한 다르게 보인다. 보면 볼수록 모습이
다르게 보인다. 산의 모습은 보는 방향에 따라 다르다는 것은
이것이다.
  산은 봄 여름, 가을과 겨울로선 또 다르게 보인다. 산은 아침,
저녁에 다르고, 개고 흐림에 따라 또한 달리 보인다. 아침 저녁
보는 시간에 따라 모습이 변화되고 틀려 보인다는 건 이를 말한
다. 이렇듯 하나의 산으로서 수십·수백인 산의 표정을 갖추고
있는 만큼 모든 것에 관해 알 수 있는 건 아니다.
  봄의 산은 구름이나 안개가 나부껴 사람을 즐기게 만든다. 여
름의 산은 아름다운 나무가 무성하여 그림자를 드리우고 사람은
편하게 쉴 수가 있다. 가을의 산은 공기가 해맑은 것이 낙엽은
지고 사람들을 삼가하게 만든다. 겨울의 산은 어둡게 구름이 내
리 덮고 가려 버려 사람의 숨결을 죽이게 한다. 이와 같은 그림
에 의해 보는 자로 하여금 이런 심정을 품게 만들며, 흡사 산매
속에 있는 느낌을 준다.
  이것이 그림엔 그려져 있지 않은 마음이다. 푸른 산의 대기가
맑기만 한 가운데 흰 길이 뚫려 있음을 보면 가고 싶다 생각되
며, 들에 흐르는 강 수면에서 석양의 반사를 보면 가서 바라보
고 싶다 여기며, 은사며 산 속에서 노는 사람을 보면 마찬가지
로 속세에서 떠나 있고 싶다 생각하며, 은사의 집 사립문이나
천석(泉石)을 보면 그렇게 살고 싶어진다. 이렇듯 그림에 의해
보는 자로 이와 같은 마음을 일으키고 눈앞에 그 광경이 있는 것

만 같은 느낌을 주는 게 산수화의 묘라고 곽희는 말했습니다."

이것은 오숭량을 통한 김추사의 산수화 개안(開眼)이라고 해도 좋으리라. 곽희의 말에는 산수화 제작자의 마음가짐과 함께 감상자로서의 눈도 뜨게 해주었다.

산수화란 오히려 선명(鮮明)보다는 고담(枯淡)을 취한 까닭도 여기에는 일부분 표출되고 있었다.

그러나 글씨의 입장에서는 다른 게 아닐까? 추사는 그것을 오숭량에게 물었다. 추사는 썼다.

"《명화기》를 읽어보면 사혁(謝赫)의 말로 그림에는 여섯 가지 법이 있음을 전했습니다. 첫째로 기운생동(氣韻生動)이고, 둘째로는 골법용필(骨法用筆)이며, 셋째로는 응물상형(應物象形)이고, 넷째로는 수류부채(隨類賦彩)이며, 다섯째는 경영위치(經營位置)이고, 여섯째는 전모이사(傳模移寫)라고 말입니다.

그러나 장언원은 말하기를 예로부터 이를 겸비한 사람은 드물다고 했습니다. 그리하여 장언원은, 옛사람의 그림은 교묘히 모양을 베끼고 중심인 기세를 소중히 여겼다. 형체를 초월한 것, 모습의 유사점 이상의 것을 그림에서 구하는 것이므로 기운(氣韻)이 있어야 한다. 기운만 그리거나 나타내도록 힘쓴다면 형태란 절로 구비되는 법이다. 기운은 곧 글씨로서 골기(骨氣)인 셈입니다.

장언원은 또 상고(上古)의 그림으로 고개지와 육탐미를 들었고, 필적이 많지는 않지만 마음가짐이 담백한 것이 품위가 있고 올바른 것이다. 중고(中古)의 그림은 전지건(展之虔)·정법사(鄭法士) 등을 꼽을 수 있지만 그림이 세밀해지고 매우 화려해졌다. 그리하여 가까운 대의 그림은 빛날만큼 화려하고 완성된 그림을 찾고 있었다. 그런데 지금의 그림은 영문도 모른 채 혼란되고 있으며 취지란 게 없다. 곧 화공의 그림이 그런 유라고 했습니다.

무릇 사물의 모습을 베끼자면 반드시 모습은 닮고 있어야 하지만, 형사(形似)하자면 그것의 골기를 완전히 파악해야 한다. 골기와 형사는 모두 구상을 좇아 시작되고, 그 표현은 붓놀림에 달려 있는 거다. 그러므로 그림을 잘하는 이가 글씨도 잘한다고 했습니다. 생동(生動)과 기운인데, 고개지는 그의 논화(論畵)에서 말했습니다. 사람을 그리는 게 가장 어렵고 그 다음이 산수이며 다시 그 다음이 말이나 개이다. 누각은 일정한 형태를 갖춘 기물(器物)에 지나지 않는다. 그러므로 비교적 그리기 쉽다고 했다는 겁니다. 그렇지만 귀신이나 인물화라면 나타내지 않으면 안될 생동이라는 게 있으므로 영묘한 기운을 나타낼 수 있어야 비로소 그림은 완성된다는 주장이었습니다.

만일 기운이 충분치가 않고 헛되이 모습을 짓고 있을 뿐이며, 필력이 약한 데 단지 색만 잘 칠해져 있다면 이는 그림이랄 수 없다는 거지요. 비슷한 말은 《한비자》〈외저설(外儲說)〉에도 《회남자》〈범론훈(氾論訓)〉, 그리고 구양수의 〈육일제발(六一題跋)〉에도 나와있지만, 견마는 그리기가 어렵고 귀신을 그리기는 쉽다. 왜냐하면 개나 말은 일반이 늘 보고 낯이 익은 것이지만 귀신은 괴기한 것이어서 상상으로 그릴 수 있기 때문이라는 겁니다.

또 경영위치란, 그림의 마무리라고 장언원은 말했습니다. 고개지·육탐미 이후의 그림은 현존하는 게 적어 이를 자세히 알기는 곤란하지만, 다만 오도현(吳道玄)의 그림을 보면 여섯 가지 법이 모두 갖추어져 있어 온갖 형상(形象)이 모두 그려졌으며 마치 신선이 도현의 손을 빌려 천지 자연의 비밀을 규명한 듯싶다고 했지요. 오도현은 기운이 왕성하여 거의 화견(그림을 그리는 집)에 넘칠 정도이며 붓놀림이 크고 당당했으며 마음껏 벽화에서 그 솜씨를 발휘했다는 겁니다.

모사로 말하면, 화가로서 보잘것없는 사소한 일이다. 그러나 모양을 베끼는 데 교묘한 것으로 그쳐선 안된다. 모습이 닮았다 싶으면 기운이 없고 색채가 제대로 되었다 싶으면 필법이 엉성하다. 이런 것은 그림일 수 없다는 주장이었지요."

추사의 이런 말은 전통적인 입장에서 말하는 것 같다. 성당(盛唐) 무렵에 일어난 산수의 변이라 일컬어지는 산수화의 비약적인 개혁, 중당에 이르러 수묵화(水墨畵)가 성립되고 일풍 화풍(逸風畵風)이 나타나는 것이다. 그럼에도 기운생동·골법용필·경영위치·전모이사 등은 흔들리지 않는 서화의 원칙으로 전통이었다.

앞에서 나온 이사훈·소도 부자는 당의 종실로 현종의 개원 연간 좌무위대장군까지 올랐기 때문에 대이장군, 소이장군이라 불렸으며 진한 청록(靑綠)의 안료를 사용하는 이른바 금벽 산수화의 명인이었다. 그러나 이는 화공들에 의해 계승되고 이른바 문인화와는 구별되는 것이었다.

북송 초기의 조간(趙幹)은 오대·남당의 이후주(李後主 : 이존욱을 가리킴) 때의 화원(畵院) 학생이었고 조백구의 자는 천리인데 이사훈 부자의 화법을 전수받아 금벽 산수·누각·주거(舟車)에 뛰어났다고 한다. 또 조백숙은 백구의 아우로 자는 희원(希遠)인데 산수·인물화가 모두 형을 닮았다고 전한다. 또 마원(馬遠)은 대대로 불화사(佛畵師)의 집에서 태어났는데 산수·화조·인물을 잘 그렸다.
  북송의 대관적 경치는 쇠퇴하고 잔산잉수(殘山剩水)·마일각(馬一角)·변각지경(邊角之景)과 같은 공백에 의한 시정(詩情)을 나타내는, 간단한 점경(點景)을 곁들인 새 화풍이 나타났는데 마원은 그 제일인자였다.
  하규(夏珪)는 자가 희고(晞古)로 송휘종의 화원 대조(待詔)였는데 남송으로 넘어가 80의 고령으로 졸한다. 그는 젊었을 적엔 인물화를 잘 그렸지만, 산수화도 그리기 시작했다. 필법이 고풍스럽고 묵기(墨氣)는 광택이 있는데, 묵법으로 그려내는 남기(嵐氣)나 아지랑이는 희미해진 안개비의 모습을 잘 전하고, 짙은 먹·엷은 먹으로 그려진 나무며 천석(泉石)은 원근이 뚜렷했다고 한다.
  이상이 동현재가 말한 북화의 화가들이고 다음의 왕유 이하는 남화의 화가들이다.
  왕유의 자는 마힐이고 이미 시인으로서도 소개되었지만, 그 그림에 대해선 《명화기》와 《봉씨문견기(封氏聞見記)》에서 평가를 달리 하고 있어 확실한 것은 미상이다. 또 그가 시작했다는 선담(渲淡)의 법도 왕유가 시작했다는 근거가 있는 것도 아니다. 선이란 《임천고치》의 설명에 의하면 '문지르기를 수묵으로서 재삼 거듭하고 이것을 씻어내다'라고 했는데, 요컨대 선담이란 엷은 먹을 몇 번이고 겹쳐 칠하는 기법이었다.
  동기창의 《용대집(容臺集)》에서 '내가 장안에 있을 때 대사성 풍개지(馮開之)가 마힐의 강산제월도(江山霽月圖)를 얻었다는 소문에 사자를 금릉에 달려가도록 하여 빌려 보았다. 왕우승이 비로소 준법(皴法)을 써서 선운(渲運)의 법을 썼다. 왕우군이 종요체를 일변시킨 것과 같다'고 했는데, 이것을 근거로 삼았던 것이다.

구작법(鉤斫法)이란 당시 뻣뻣한 직선으로 주름을 나타내는 게 고화라고 인식되고 있었다.

장조(張璪)의 자는 문통(文通)으로 《명화기》에 소개되고 있는데, 양손에 붓을 잡고 살아있는 나뭇가지와 고목을 동시에 그린 일품(逸品:파격적 화풍)을 갖춘 산수 수석화가였다.

형호(荊浩)는 자가 호연(浩然)이고, 하남의 제원(濟源) 사람이었다. 오대 후량의 산수화가로 전란을 피해 태행산 홍곡(洪谷)에 들어갔으며 《필법기》를 남겼다.

그는 《필법기》에서 기·운·사(思)·경(景)·필·묵의 여섯 가지 법을 설명한다.

① 기(氣)는 매우 응용 범위가 넓은데 이를테면 '인간의 생이란 기가 모인 것이다. 모이면 곧 생명이 되고 흩어지면 죽음이 된다'(《장자》〈知北遊〉편), 혹은 '기가 있다면 곧 살고 기가 없다면 곧 죽는다. 생이란 그 기가 있음으로이다'(《관자》〈樞言〉편)처럼 인간의 생명력을 가리켰다. 또 위문제(조비)는 《전론》에서 글이란 곧 기이다'라고 했다.

② 운은 운치. 그러나 이것도 단순치가 않다. 운은 원래 음악용어로 천운(天韻)·풍운(風韻)·영운(英韻)·대운(大韻) 등이 있고 인물 평언으로도 쓰였다. 서화로선 작자의 인격, 그림이나 글씨의 품위, 나아가선 생명력이란 뜻도 함유된다.

글씨나 그림에 기운이 없다면 작품은 죽어 있는 것이다. 사혁은 기운을 합치고 곧 생동, 싱싱하게 살아 움직이는 생명력으로 설명했다.

그리하여 《필법기》도 이것을 이분했는데 기는 씩씩한 필력이고, 운은 글씨가 갖는 품격·운치 등으로 설명했다고 이해된다.

사실 사혁이 설명한 두 번째의 '골법'이란 원래 인마(人馬)의 체격·뼈대를 보는 관상학 용어로 이것이 서론(書論)에도 응용되어 '필력 있는 자는 뼈가 많고 필력 없는 자는 살이 많다.'[《위부인 필진도》]·'왕헌지의 글씨는 골세(骨勢)로서 아버지만 못하고 미취(媚趣:기교)는 아버지를 앞선다'[王僧虔 采古來能書人名]고 했다.

사혁이 말한 세 번째와 네 번째인 '물체에 따라 형상하다(應物象形)', '종류에 따라 채색하다(隨類賦彩)'는 서법과는 관계가 없어 보인다. 응물이란 형상에 따른 변화이고, 부채는 요즘의 말로 착색이다.

③ 사(思)는 생각인데 붓을 잡고 종이를 대할 때 정신을 통일시키고 모든 잡념을 배제한다는 뜻으로 이해하고 싶다.

사혁의 다섯 번째 구도로서 배치하는 자리가 있다의 원문은 '경영위치'인데, 경영이란 말이 어렵다. 《시경》〈대아(大雅)〉편에서 '영대를 세우기 시작[經始]하다, 이를 경하고 이를 영하다'는 말하자면 계획하고 건축하는 뜻이다. 그리하여 그림에선 화면의 구성·구도가 된다. 위치 역시 화면에서의 경물(景物)의 배치·구도란 뜻이 있다.

④ 경(景)이 이 경영위치에 해당된다고 여겨진다. 이 경영에 대해선 다음에 또 나온다.

사혁의 여섯 번째 옮기면서 모사한다의 원문은 '전이모사(傳移模寫)'이다. 《명화기》에선 이것을 전모이사(傳模移寫)라고 했는데 뜻은 같다.

모사는 요즘의 말로 베끼다, 카피인데 중국에선 옛날 그림의 보관, 화가 수업에 있어 창작과 마찬가지로 그 중요성이 강조되었다. 글씨도 마찬가지다. 옛사람들은 법첩이나 탑본을 가지고 명필의 필적을 참고로 했다 하기보다 모사가 주목적이고, 그 모사한 종이가 시커멓게 칠해져 글씨가 보이지 않도록 연습했다. 현대의 서가도 이런 모사를 수천·수만 번 거듭하는데, 어떤 여류 서가의 손이 마치 수십 년 막노동을 한 듯이 먹물로 손이 거칠고 터진 것을 본 적이 있다.

《필법기》의 ⑤ 필(붓)과 ⑥ 묵(먹)은 설명할 필요도 없겠지만 좋은 붓과 좋은 먹이 있어야 글씨도 훌륭해진다.

골기에 대해 좀더 말하면, 원앙(袁昻)은 그의 《서평(書評)》에서 '채옹의 글씨는 골기통달(꿰뚫는다는 뜻)'이라 했고 여총(呂總)은 그의 《속서평》에서 '석현오(釋玄悟)의 진서와 행서는 골기무쌍'이라는 용어를 사용했다.

골기가 어떤 것인지 어렴풋이나마 추측된다.

《위부인 필진도》에 '입의(立意) 전에 붓이 나중인 자는 이긴다'고 했는데 입의란 무슨 뜻일까? 《명화기》에서 '골기와 형사는 모두 입의에 바탕되고 용필로 귀일한다(骨氣形似 皆本於立意而歸乎用筆)'에 이르러 비로소 입의란 것을 이해할 수 있다. 중국의 고전은 서로 떨어져 있어 여기저기 조각글로 나타나 이해가 어렵다. 그러나 여기서 《필진도》의 입의란 사혁이 말한 여섯 가지의 법을 연계시킴으로써 이해되는 것이다.

장문통(張文通)은 앞에서 나왔지만, 필굉(畢宏)이 장조의 그림을 보고 경탄했으며 그가 뭉뚝한 붓이며 손으로 화견(畵絹)을 비벼대는 수법을 이상히 여기다가 누구한테 배웠느냐고 물었다.

그러자 장조는 대답했다.

"밖으로는 자연을 스승 삼고, 안으로는 심원(心源)을 얻고 있소이다."

위에 나온 《명화기》의 기사를 《당조명화록》에선 좀더 자세히 설명한다.

장조는 송석(松石), 산수를 그려 당대에서 부르는 게 값이었다. 특히 소나무는 고금의 독보였다.

두 개의 붓을 가지고 단숨에 그려냈는데 붓 하나는 살아있는 가지를 그리고, 또 하나는 말과 죽은 나무를 그려냈다.

기운은 구름·안개와 더불어 노닐고, 기세는 비바람도 이기는 것만 같았다.

사아(槎牙 : 나뭇가지가 깎은 것처럼 얽힘)의 모습, 인준(鱗皴 : 고기비늘마냥 주름잡는 힘)의 문양을 자유자재로 그렸다. 날가지는 물기를 머금은 게 봄기운이 감돌고, 메마른 가지는 가을의 쓸쓸함이 나타났다.

그 산수의 모습은 높낮이가 수려하면서도 지척지간에 겹치고 깊었다. 돌은 뾰족한 게 떨어질 것만 같고 샘은 젖어대듯이 솟았다. 가까이는 사람에게 육박하여 한기마저 느끼고 멀리는 하늘 끝까지 닿을 것만 같았다.

장조는 또 병풍 그림을 많이 그렸다.

유상(劉商)은 장조의 제자로 자는 자하(子夏)이며 팽성(彭城) 사람이다. 정원(貞元) 연간(785~804)에 관리로 비부원외랑(比部員外郎)이 되고 수년 지나서 검교병부낭중이 되었다. 소시적부터 시문을 짓고 고결한 데가 있었다.

처음엔 장조를 스승으로 받들었지만, 나중에 스스로 주체적 진실에 도달할 것을 꾀했다. 장조가 좌천되어 낙향하자 그는 언제나 그것을 슬퍼하며 시를 짓고 노래했다.

'푸릇푸릇하니 이끼 낀 돌은 물가에 있고/골짝을 건너오는 바람은 나긋나긋 솔가지를 흔든다/이 세상에서 그것을 해득하는 이는 장문통뿐/이 물이 형향을 향하는지 누가 알리오.'

형호와 동시대 사람으로 관동(關同)은 섬서 장안 사람인데, 형호에게 그림을 배웠다. 그리하여 영구(營邱)의 이성, 화원의 범관(范寬)과 더불어 정(鼎)의 세 발처럼 당대의 삼가로 명성이 있었다.

정충서의 자는 여선(恕先)인데 낙양 사람으로 송태조의 국자박사였다. 술을 너무나 좋아하여 난행이 많았고 마침내 죄를 얻어 등주(산동성)에 유배되어 그곳에서 졸했다. 전서와 예서가 정묘했고《한간(汗簡)》이란 저술이 있다. 화가로선 산수 임목(林木), 특히 그는 누각을 정밀하게 그리는 계화(界畵)의 명수로 이름이 높았다.

다음, 동원은 자가 숙달(叔達)로 금릉 사람이었다. 남당 충주(中主: 이경을 가리킴) 때의 북원부사(北苑副使)인데 조방(粗放)한 수묵화와 세밀한 청록 착색화의 두 체를 그렸다고 전하며, 동원필의 낙관이 있는 산수화가 몇점 전한다. 강남의 습윤하고도 온화한 풍경을 잘 그린 남종화의 조(祖)로, 적어도 왕유보다는 신뢰성이 있어 사람들에게 존경받는다.

거연(巨然)은 강녕(江寧) 사람으로 승려이다. 동향인 동원에게 배웠으며 남당이 멸망한 뒤 송의 도읍 개봉에서 그림을 그렸다. 보통 동거라고 일괄하여 부르고 함께 남종화의 조로 받들어진다.

다음은 미불 부자인데, 그 사이에 소동파와 황산곡이 들어간다. 오승량은 잠시 생각한 다음 이렇게 썼다.

"곽약허(郭若虛)의 《도화견문지》라는 게 있습니다. 약허는 태원의 명문 출신으로 송신종의 희녕 3년(1068) 공비고사(供備庫使)가 되고 영안현공주를 상한 부마였습니다. 그리고 희녕 8년

(1075) 요도종한테 가는 문사(文思) 부사가 되었는데 그때 수하 군졸이 도망쳐 관직이 한 등급 강등되었다는 정도밖에는 경력이 불명입니다. 그러나 그는《명화기》의 뒤를 잇는《견문지》를 저술하고 있습니다. 즉《명화기》가 당무종의 회창 원년(841)까지의 기사를 수록했는데《견문지》는 회창 원년부터 희녕 7년까지 기록하고 있습니다. 다시 그뒤를 이어 송등춘(宋鄧春)이 건도(乾道) 3년(1167)까지의 기사를《화계(畵繼)》에서 적었지만, 그 뒤로 연쇄적인 기술은 없습니다.

곽약허의《견문지》가운데 '논기운비사(論氣韻非師 : 기운은 스승으로부터 전승되지 않음을 논한다)'가 있는데, 이것이 김생의 의견에 참고가 될 것 같습니다. 약허는 말했습니다.

즉 사혁은 기운생동·골법용필·응물상형·수류부채·경영위치·전모이사의 여섯 가지 법을 말했지만, 이는 고금을 통해 불변의 것이다. 그렇지만 골법용필 이하의 다섯 가지는 배울 수 있어도 기운에 있어선 천성으로 체득하는 것에 국한되어 있을 뿐, 손재주가 있어 세밀한 것까지 재주가 미친다고 표현될 수 있는 것은 아니며, 또 긴 세월의 수련을 쌓았다고 해서 도달되는 것도 아니다. 무언중에 서로 통하고 마음으로 체득하며 저도 모르는 사이에 몸에 배는 것이다.

그 까닭으로 옛날의 뛰어난 작품을 보노라면, 그 대부분이 고관이나 재야의 은사들이 인〔인간적 사랑〕을 본받아 자유로운 심정으로서 교양으로 이를 즐기고 심원한 진리를 추구하며 드높고 올바른 심정을 위탁한 거라고 했습니다.

작자의 인격은 말할 것도 없이 참으로 높은 것이므로, 그려진 그림의 기운 역시 절로 높은 것이 된다. 기운이 애당초 높은 이

상 생동도 있게 마련이다. 이른바 영묘한 활동을 더더욱 영묘하
게 하면서 친실재(眞實在)의 본질에 들어간다고 했지요.
 모름지기 그림은 기운이 화면에 골고루 넘쳐 있어야 비로소
세상에도 드문 보물이라고 할 수 있는 것이다. 아니면 궁리·생
각을 아무리 기울여도 한낱 장인의 손재주나 마찬가지로 그림이
라고는 하지만 그림은 아니다. 그러므로 그 비결은 양씨(楊氏:
양웅을 말함)라도 스승으로부터 전수되는 일은 불능이며, 윤편
(輪扁:《장자》〈천도편〉의 수레 목수 이름)도 자기 아들에게 가르치
지를 못한다. 태어나면서의 지혜에 의해 얻고, 마음의 활동과도
관계되기 때문이다.
 또한 세상에서 행해지는 압자(押字)로 길흉을 점치는 방법을
심인(心印)이라 부른다. 마음의 본원(本源)으로부터 비롯되고
미리 완성되는 모습에 생각을 모으며, 필적은 마음과 일치되기
때문에 인이라 부르는 것이다. 그러므로 이 우주의 만물까지도
사려(思慮)에 근거하여 이를 실시하고 그 결과가 마음의 활동에
합치된다면 그것들은 모두 인(印)이라고 이름지을 수가 있을 터
이다.
 하물며 서화는 사려·감정에서 태어나 종이나 깁에 마음의 표
지(表識)로써 적는 것이다. 인이라 하지 않고 뭐라고 하면 좋겠
는가? 압자조차 온갖 귀천화복이 나타난다. 어찌 서화로서 기
운의 고하(高下)를 나타내지 않을 수가 있겠는가! 첫째로 그림
은 글씨하고는 같은 것이다. 양웅의 말도 있잖은가. '말은 마음
의 소리이고 글씨는 마음의 그림이다. 소리와 그림이 뚜렷하다
면 군자인지 소인인지는 절로 알게 된다'라고요."
 이것은 기운에 대한 완전한 정의(定義)였다. 이 이상의 것은 바

랄 수가 없는 일이다. 추사도 곽약허의 이 말에는 전적으로 동감이었다.

여기서 등장하는 압자란 화압(花押)이라고도 하며, 초서체로 생략한 서명을 말한다. 그리하여 압자로 길흉을 점치는 탁자술(拆字術)은 옛날부터 있었던 모양이다. 또한 이것은 말에 의하지 않고 서로가 곧바로 이해하는 심심상인(心心相印)의 뜻으로 사용되었다. 청대의 진조영(秦祖永)이 지은 《화학심인(畫學心印)》이란 책에서 그는 서문으로 이와 같이 썼다.

"위로는 진당부터 아래로는 시현(時賢 : 현대의 여러 명사란 뜻)에 이르기까지 무릇 그 논(論 : 여기선 생각)의 이법(이치)과 내 마음이 상인(相印)하는 자는 남김없이 올려 이를 기록했다 운운."
하고 있는 것이다.

기운이 으뜸이고 또한 영원한 미술적 평어(評語)라고 판단되었기 때문에 뛰어난 작품이라면 무엇이든 사용하게 된다. 그런 확대해석은 《명화기》의 장언원 평론에도 나타난다.

'세상에 전해지고 있는 위진 이후의 명작은 모두 보았다. 그 산수의 화법은 봉우리들의 기세가 마치 나전(자개) 세공의 빗살과도 같았다. 혹은 물이 배를 띄울 것 같지도 않았고 혹은 사람이 산보다도 크거나 했다. 대개 점경(點景)으로 수석(樹石)을 곁들였다. 그 이어짐·나있는 모습은 마치 활을 뻗치고 손가락을 벌려 놓은 것만 같다. 옛사람의 뜻을 탐구해 보면 주로 그 장기로 하는 것에 중점을 두고 풍속의 변천에는 개의치 않았다.

국초(당조의) 염입덕·입본 형제는 공장(건축 공예)을 그들의 독무대로 삼았으며 양계단·전자건은 궁전과 누각 그림에 전념했지만, 점경물에 점차로 변화가 나타났다. 그러나 그림에도 아직 돌을 그림에 있어 굳이 돋을새김으로 살얼음이나 도끼날처럼 만들었고, 또 나무를 그리는 데에는 줄기를 깎아버리고 잎사귀를 끼어넣듯이 했다. 그리하여 오동이나 버들을 주로 그렸다. 정성을 들이면 들일수록 서툴러지고 그림이 되지를 않았다.

오도현이라는 사람은 굳센 용필이라는 천성의 재능이 있어 어려서부터 그림의 극의에 도달하고 있었다. 곧잘 불사의 벽화 점경으로 괴상한 바위며 수류(水流)가 분방한 여울을 그렸는데, 그것들은 손으로 가리키거나 움킬 수도 있을 것만 같았다. 또한 그는 촉에 가서 산수를 사생했다. 이리하여 산수화의 혁신은 오도현으로부터 시작되고 이사훈 부자에 의해 달성되었다.'

산수의 변이 오도현으로부터 시작되었다는 주장이다. 장언원은 다시 수석(樹石)을 논했다.

'수석의 형태는 위언(韋鷃)이 훌륭했고 장문통은 최고의 경지에 도달했다. 장문통은 끝이 뭉뚝해진 차호필(紫毫筆)을 능숙하게 놀렸고 손바닥으로 색을 찾아냈으며 안으로는 교묘하면서 겉보기로는 혼돈되고 있는 것만 같았다. 또 왕우승(왕유)의 차분한 깊이, 양염(楊炎)의 기첨(奇瞻 : 괴상한 시각), 주심(朱審)의 농염한 모습, 왕재(王宰)의 교밀(巧密), 유상의 진실 파악 등과 이밖에도 적지않은 이가 있지만 이들 명가를 능가하지는 못했다.'

라고 산수와 수석을 구별하며 논했다. 원래 수석은 산수화의 일부분이었다. 그러나 중당 무렵부터 수석만을 산수에서 떼어내고 훨씬 가까이에서 눈길을 보내며 그리는 경향이 화가들 사이에서 폭발적으로 유행된 것이다.

위언·장조는 수석도만 그린 게 아니고 오히려 산수·수석 양방면의 명수였다. 그러므로 그들은 같은 미의식(美意識)을 가지고 수석에도 산수에도 대처했으며 또한 표현을 부여했다.
 그 미의식이란 시나 문장, 또는 세속으로부터의 이탈을 꾀하고, 자유로운 경지를 구하고자 하는 기조(基調) 위에 선 것이다.
 참고로 자호필은 백낙천의 시에서 노래되고 있다. '뾰족하기가 송곳 같고 날카롭기는 칼과 같네. 강남의 석상(石上)에 늙은 토끼가 있는데 댓잎을 먹고 샘물을 마시며 자호가 생기네. 선성(宣城 : 안휘성 선성현)의 공인(工人)은 이를 채취하여 붓을 매는데, 천만의 털 중에서 한 올을 고른다'고 했다.
 어쨌든 기운생동이란 용어는 장언원의 수석화 형용에서 비롯되었다는 것이다. 그것이 형호의 《필법기》에선 '비룡반규(飛龍蟠虯)와 같고 지엽을 광생(狂生)토록 하는 것은' '소나무의 기운이 아니다'라는 과장된 표현으로 바뀌었으며 《도화견문지》에 이르러 자리가 굳어졌다.
 그러나 나무나 대나무엔 기운생동이 어울리지 않으므로 기운소소(氣韻蕭疎 : 당의 希雅), 기운표권(氣韻飄拳 : 李坡 죽도), 기운소쇄[德符 : 송백]처럼 변화되어 기운을 설명하는 구절이 붙기 시작했다. 그리하여 〈화조화〉에서도 '기운이 매우 높다[胡擢]'라고 했듯이 생동이란 말은 사라져 사용치 않게 된다. 생동은 다른 개념으로 분리 구별되고 '기운은 유심(遊心 : 자유로운 정신)에서 바탕되고 신채(神彩)는 용필에서 생긴다[論用筆得失]'처럼 신채와 같은 뜻이 되어 버린다.
 다시 말해서 기운은 '형사 이상의 무엇인가, 형사를 초월한 무형이며 그것도 최고의 표현'이란 뜻으로 일관되면서 아울러 화면의 정신성·기품·품격 등으로 대체되는 것이다. 이리하여 현대의 우리들이 생각하는 미학(美學)적 범주로서의 기운은 이 송대에 이르러 완성되었다 해도 좋으리라.
 곽약허가 《견문지》를 각필한 의녕 7년경에는 직업적 화공이 아닌 사대부 화가인 소식·이공린(李公麟)·미불(米芾)·문동(文同)·황정견 등 이른바 일격체(逸格體)의 화가들이 활동을 시작하고 있었다.

 김추사는 이어 오숭량과 인장(印章)·장정 등에 대해 환담하고 쾌음했다.
 "옛사람들은 서화에 모두 감식인의 압서(押署)·발미(跋尾)·관작 성명을 적었습니다. 또 대소의 인장도 사용했습니다. 장언원도 《명화기》에서 발미와 인기(印記)는 명확히 알 필요가 있다. 서화에 있어서 그것이 기본적이라고 하면서요."
라는 추사의 말에 오숭량이 답했다.
 "예, 그렇습니다. 명대의 화정·송강(松江) 사람으로 자를 중순(中醇)이라고 한 진계유(陳繼儒 : 1558~1639)가 있고 《서화금탕(書畫金湯)》이란 저술이 있습니다. 금탕은 금성탕지〔철벽과 같은 수비란 뜻〕의 약칭인데 서화 감상법에 대해 적고 있습니다. 내용은 보잘것없지만 몇 가지를 예로 든다면 선취(善趣 : 좋은 취미)로서 조용한 곳의 풍월이 청미한 방에 홀로 앉아 책상엔 꽃꽂이가 있고 명향을 살랐는데 주위엔 기석·정이(鼎彝)가 있다. 서화 감별은 잠에서 깬 새벽이나 병후(病後)의 몸으로서 두루마리를 천천히 펼치고 천천히 간직하는 데 있다고 했습니다. 이런 마음가짐이 중요한 것이며 첫째로 서화를 알고 고증을 치밀하게 한다는 건 그 이전의 문제겠지요."
 "꺼리는 일도 있겠군요?"

"예, 진계유는 그것을 악마(惡魔)라고 했습니다. 장마철, 등불 아래, 술마신 뒤, 벼루의 먹물, 억지로 보여 달라는 간청, 빌려 주는 일, 수장인이 많은 것, 부질없는 제발, 손톱 자국을 내는 일, 기름 묻은 손으로 만지는 일 등등은 모두 악마와 같은 일로서 꺼려 합니다."

이 말에 모두들 웃었다. 승량은 계속했다.

"그러나 서화를 깊은 고리 속에 간직하고 자기 혼자만 독점한다면 아무런 가치가 없습니다. 그래서 고금의 수장가들은 서화를 가치 있게 꾸미는 방법을 갖가지로 궁리했지요. 이를 장엄(莊嚴)이라 합니다. 백옥·마노·대모(玳瑁: 거북껍질) 등 값비싼 재료로 장식했고 명현의 제발을 써 받는 일도 힘썼지요. 진계유의 설로 진기한 주장은 여교서(女校書) 곧 명기(名妓)의 소장품을 치고 있습니다."

추사는 고개를 끄덕였다. 그들의 취향도 우리와 거의 같음을 알았다.

"그러나 낙겁(落劫)에 이르러선 말할 것도 없지요. 낙겁이란 시골의 무식쟁이 손에 들어가고 전당포에 잡히고 권세가에게 바쳐지고 불초 자식놈이고 도둑맞는 일이고 홍수나 화재, 무덤에 소유자와 함께 매장하는 일입니다."

하고 오숭량은 한숨을 쉬었다.

이심암이 붓을 잡고 덧붙였다.

"고문빈(顧文彬)의 《과운루서화기(過雲樓書畫記)》의 말이 구체적이고 알기쉽습니다. 그는 말하기를 서화는 옛날 명현들의 정신이 깃든 것으로서 대체로 열네 가지의 꺼리는 게 있다. 그것은 토사가 바람에 날리는 날이고, 깨끗하지 못한 장소이며, 등불 아래이며, 술자리이며, 영모(映慕) 곧 밑에서 불빛을 비쳐가며 모사하는 일입니다. 그리고 억지로 빌리는 일이고, 서투른 공인의 인장이며, 범수(凡手)의 제발이며, 이름만 찾고 알맹이를 잊는 일이며〔유명인의 작품을 무조건 숭배하는 것〕, 그림은 높이고서 글씨(문장 포함)를 가벼이 보는 일입니다. 또한 장정을 함부로 바꾸는 일과 진안(眞贗)을 구별 못하고〔색다른 것을 좋아하는 나머지 가짜를 귀중히 함〕, 간교한 장사꾼이고, 부질없이 흠집만 잡는 손님이라고 했습니다."

이윽고 오숭량이 진지하게 물었다.

"귀국에는 좋은 서화가 남아있겠지요?"

추사로서는 참으로 낯이 뜨거워지는 질문이었다. 그러나 기억을 더듬어 대답했다.

"송의 신종 때는 고려의 문종(재위 1046~1083) 때에 해당됩니다. 고려 문종은 자를 촉유(燭幽)라 했는데 곽약허의 《견문지》를 보고 자극되어 전충의(錢忠毅)의 집에 《착색 산수》 4권이 있고, 장안·임동(臨潼)의 이씨·우씨·조씨 집에도 본국의 《팔로도(八老圖)》 2권이 있으며 또한 일찍이 양(楊)·포(褒)·우·조씨 집에서 세포(細布: 고운 무명)에 그린 《행도천왕도(行道天王圖)》를 보았는데 모두 풍격이 있다고 했습니다."

추사의 이 말에 좌중의 사람들이 뜻밖이다 싶을 만큼 동요했다. 문종은 현종의 제3자로 기미년(송진종 3 : 1019)에 태어나고 있다. 《해동역사(海東繹史)》에 나오는 이 기록은 문종이 왕자 시절 송나라에 갔음을 증명한다.

오숭량은 곧 물었다.

"좀더 자세히 말씀해 주십시오. 서적은 남아있습니까? 동시대의 서화도 알고 싶습니다."
"희녕의 갑인년(1074)에 김양감(金良鑑)이 입송할 때 많은 도서를 구입했으며 동 병진년(1076)엔 최사훈(崔思訓)이 고려의 화공 몇을 데리고 가서 삼국사의 벽화를 모사해 가지고 귀국했는데 그 솜씨가 매우 정교했다는 기록이 있습니다. 문종의 어필로선 이영간(李靈幹) 찬의 삼천사(三川寺 : 양주의 삼각산)의 대지국사비(大智國師碑)가 있습니다.

또 당대의 서가로선 갑오년(1054) 건립의 부석사 원융(圓融)국사비, 고총(高總) 찬·임호(林顥) 서가 있고, 경자년(1060) 건립의 칠장사(七長寺 : 죽산에 있음) 혜조(慧照)국사비, 김현(金顯) 찬·민상제(閔賞濟) 서가 있으며, 식암(息庵) 이자현(李資玄 : 1051~1115)은 춘천 청평산에 들어가 은사로 일생을 마쳤는데 淸平息庵이라는 대해가 자못 웅대하며 지금껏 전합니다."
좌중의 사람들이 지르는 탄성이 휘파람처럼 내뿜어졌다.
"또 있습니다. 류신(柳伸)은 문종·순종·선종·헌종·숙종의 5조를 섬기고 관직은 상서 우복야에 이르렀지만 행서와 초서 두 체를 잘 썼습니다. 아니, 행서와 초서가 섞인 것으로서 옛날의 왕자경이 이 체를 즐겼다고 합니다만 류공의 글씨 또한 행서도 초서도 아니라서 사람들은 행초라고 불렀다는 겁니다.

글씨로 말하면 순상근골(純尙筋骨)인데 장사가 검을 뽑아 바야흐로 적진에 가려는 기세가 있고, 날쌘 천리마가 발을 높이 들어 그 준골(駿骨)이 더욱 돋보여 신품이었다고 했습니다. 찬이 있습니다. '軒乎悍蛇之昂首 嚴乎長戟之森張 何怒兮惟拳是揮 何戰兮惟力斯揚(왕성하기가 사나운 뱀 머리를 든 꼴이요, 삼엄하기가 장창을 펼친 촘촘한 기세일세. 무엇을 성내어 이와 같이 주먹을 휘두르고, 무슨 싸움인데 그와 같이 힘이 드날리는가).' 송곳과 같은 필봉은 늠름함을 낳고 순수하기가 바로 강철일세. 이렇듯 그 사람은 먼 데 글씨는 더욱 날고 있다고 했습니다. 고려 희종(熙宗) 7년(1211) 건립의 김군수(金君綏) 찬, 신호위장 류신 서의 송광사 불일보조(佛日普照)국사비가 필적으로 남아있습니다."

감탄한 나머지 기침소리마저 없었다. 오숭량은 눈을 감고 있다. 그와 같은 평의 굳센 글씨의 탑본을 눈꺼풀 속에 떠올리고 있었으리라.

추사는 그밖에도 몇 사람을 더 이야기했다.

선종(宣宗) 2년(1085) 건립의 정유산(鄭惟產) 찬, 상서도관낭중인 안민후(安民厚) 서의 법천사(원주) 지광(智光)선사 현묘탑 비. 탑의 표와 음을 모두 안민후가 썼는데 류법(류공권)이고 능엄하며 거칠다고 《금석평》은 평했다. 그리고 홍관(洪灌)의 자는 무당(無黨)인데 당성(수원 남양) 사람이고 힘써 배워 글씨를 잘 썼으며 김생의 필법을 전했다. 숭녕 연간〔고려의 숙종·예종 사이〕에 입송하여 김생의 글씨를 소개했음은 유명한 이야기다.

"그리고 그림으로선 정득공(鄭得恭)이 있었습니다. 홍관은 청연각 학사가 되고 정득공은 직학사였다는 게 《고려사》의 기록입니다. 앞서의 류신 마찬가지로 《이상국집》에서 전하는 것으로 잉어를 그렸다고 합니다. 시제의 일절로서 '鯉魚變化多神奇 非有神筆描難似(잉어는 신기한 변화가 많아 신필이 아니면 그리기 어렵다)'라고 했습니다."

기록에 의하면 김추사는 정월 스무여드렛날 석묵서루에서 처음으로 옹담계 선생을 찾아 뵙고 사제의 의를 맺었으며, 이어 2월 초

하룻날 태화쌍비지관(泰華雙碑之館)에서 완운대를 면회했다.
 음력은 큰 달이 30일이므로 이틀 내지 사흘의 공간이 있었던 셈이다. 옹수배가 담계의 분부로 만남의 자리를 마련해 주었다. 그러나 이것에는 오승량·이임송의 주선도 컸다고 여겨진다.
 완원은 담계의 제자는 아니며, 말하자면 연령차는 20년이나 되지만 동료였고 극히 친밀한 사이였다. 담계는 김추사의 경학을 높이 평가하고 완운대와의 만남을 생각했으리라. 그것이 순리이고 청국의 대관이 초면의 백면 서생을 만나 줄 까닭이 없기 때문이다.
 따라서 추사로선 새벽부터 만난 옹담계와의 대면, 그날이 결코 잊을 수 없는 인생의 반짝하는 길고도 값있는 하루였던 것과 마찬가지로, 완원과의 만남 또한 값있는 하루였다.
 이것은 옹담계나 완운대도 마찬가지였다고 여겨진다.
 이 두 스승은 추사를 기꺼이 만나 주었을 뿐 아니라 변함없는 신뢰와 교유를 계속했음은 그뒤의 일로 증명된다.
 완원은 이때 절강 제학으로 정월을 맞아 연경에 왔었고 운당의 처가인 연성공저(衍聖公邸)에 머물러 있었는데, 첫인상은 온화한 성품의 군자였다. 이미 말했지만 백석 장신(白晳長身)의 수재로서 눈빛이 맑았고 깊었다.
 운대와 추사는 경학에 대해 이야기했다. 경학에 대한 운대의 지식은 《경적찬고》와 《13경》을 교감했던 만큼 깊고 넓었다. 추사 또한 조선의 선비가 대개 그러했듯이 주자학에 대해 어느 것보다도 깊이 알고 있었다.
 이윽고 그들 앞에 용단(龍團) 승설차가 놓였다. 용단이라는 것은 별 의미가 없다. 결론부터 말하면 추사는 이 승설차에 반했다. 만년에 승설 노인(勝雪老人)이라고 서명할 만큼 이 차를 애음하게 된다. 차는 원래 정신을 맑게 해주지만 승설차는 심신을 상쾌하게 해주었던 것이다.

태화쌍비지관은 마치 깊은 산 속처럼 조용하다. 오난설도 이심암도 옹의천(翁宜泉: 수배의 자)도 조용히 곁에서 경청하는 자세이다. 완운대가 조용히 화제를 만들었다.

"고려에선 차가 성행되었다고 들었지요……."

"예, 고려에선 신라의 유풍을 계승하여 주로 선문에서 끽다했는데, 고려가 되면서 궁중에서도 끽다를 의식에 사용했고 사찰에선 관할하는 다촌(茶村)이 있어 거기서 생산되는 차를 나라에도 바쳤습니다."

"다촌입니까? 기록이 있습니까?"

"《통도사 사적약록》이란 것이 있는데, 그것은 대략 이런 내용입니다. 절의 사방 산천에 비보(裨補)가 있고, 터는 사방 둘레가 4만 7천 보 남짓이고 각 탑의 장생표(長生標)는 도합 열두 개이며…… 이 장생표 안쪽에 북동을산 다촌이 있다고 했습니다."

"그 비보며 장생표란 무슨 뜻입니까?"

"비보는 곧 감여가(堪輿家: 풍수지리가)의 말로서 지술(地術)로 허한 곳을 보충한다는 뜻입니다. 불사에선 비보로 탑을 세우기도 했습니다만, 사리탑은 아무 데나 세울 수 없으므로 경계의 표시인 장생표를 세웠지요. 장생표는 민간 신앙으로 잡신의 침입을 막는다는 뜻도 있습니다."

완원은 고개를 끄덕였다.

우리나라의 풍수는 도선(道詵: 827~898)조사가 그 조(祖)라고 전한다. 《조선불교사》에 도선이 입당하여 지리학을 배워가지고 돌아왔다는 것은 잘못 전해진 것이므로, 이를 삭제한다고 적었다.

즉 당희종(재위 874~888) 때의 사람 양균송(楊筠松)은 《청오경(靑烏經)》을 지었다고 전하는데, 《청오경》과 도선국사를 연계시킨 설이 있었다. 《청오경》을 여기서 소개할 필요는 없지만, 조선조 음양과의 시험서로서 《금낭경》과 《청오경》은 기본이었고 응시생은 《청오경》의 구결(口訣)인 다음의 시는 꼭 외워야 했다.

'백 년의 허깨비가 형체를 떠나 참된 것으로 돌아간다. 생명은 신문으로 들어가고 해골은 근원에로 돌려진다. 길기가 감응되어야 복이 대대로 자손에게 파급된다. 동산에서 불길이 오르면 서산에서 구름이 생기는 이치와도 같다. 비워있는 곳이 따뜻하다면 길하고 부귀는 끝없이 이어지리라. 혹 그 반대라면 자손이 귀하고 가난하리라.
 (百年幻形 離形歸眞 精神入門 骨骸返根 吉氣感應 累福及人 東山吐焰 西山起雲 空吉而溫 富貴連綿 基或反是 子孫孤貧)'

최유청(崔惟淸)이 찬한 도선국사 비문에 의하면, 대사는 속성이 김씨이고 영암 사람이었다. 그 세계(世系)는 잃고 말았지만 일설에 신라 태종대왕(김춘추)의 서손이라고 한다. 어머니는 강씨이고 꿈에 어떤 사람이 명주(明珠) 한 쌍을 주어 그것을 삼키자 임신했으며, 어려서 예사 아이와 달랐는데 15세에 월유산 화엄사에서 삭발하고 출가했다.

그리하여 여러 학도들과 경문을 배웠는데 스무 살에 홀연 깨달은 바가 있어 동리산(桐裏山)으로 간다. 당시 고곳에선 혜철(惠徹) 대사가 서당·지장선사의 밀인을 전수받아 개당하고 있었는데 그는 이른바 무설지설(無說之說)·무법지법(無法之法)을 이심전심으로 전수받아 확연히 깨달았다. 나이 스물셋이었다.

곧이어 구족계를 천도사(穿道寺)에서 받고 혹은 운봉산 아래 천동(穿洞)에서 좌선하고, 혹은 태백산 바위 아래 갈대로 암자를 얽고 여름을 지냈으며, 또 백계산 옥룡사(玉龍寺)로 옮겨가서 그 그윽한 정적을 사랑하며 불당을 고쳐 깨끗하게 생을 마칠 뜻을 세웠다. 이렇듯 말을 잊고서 35년이나 앉아 있었는데 당시의 헌강왕(憲康王)이 사자를 보내어 맞아갔고, 궁중에 머무르면서 매번 현언묘도(玄言妙道)로 왕의 마음을 깨우치려고 했으나 이윽고 도읍도 싫어져 산으로 돌아가기를 간청했다.

도선이 백두산에 오른 것은 건녕(乾寧) 2년(895)으로 그는 그 3년 뒤 향년 72세로 졸하고 있다. 이리하여 도선은 곡령(鵠嶺)에 이르러 왕융(王隆)을 만났다. 왕융은 송악군 사람으로 처음의 이름은 용건(龍建)인데 자는 문명(文明)이었다. 얼굴이 괴위했고〔예사 사람과는 다르다는 의미〕 아름다운 수염을 길렀는데 통이 커서 삼한을 집어삼키겠다는 뜻을 가졌다.

일찍이 꿈에 한 미인을 보고 혼약을 맺었다. 그뒤 영안성(永安城)에 갔을 때 길에서 한 여자를 만났는데 바로 꿈속의 그 여자였다. 그래서 드디어 그 여인과 혼인했지만 어디서 본 여자인지 알 수 없었고, 몽부인이라 불렀다. 혹은 이르기를 그녀가 삼한의 어머니가 되었으므로 한씨(韓氏)가 되었고 위숙왕후가 된다. 왕융이 새로 터를 잡고 집을 지으려는데 그곳에 도선이 나타나,

"메 기장을 심을 곳에 어찌 삼을 심는고?"

하더니 그냥 가버렸다. 부인이 이 말을 남편에게 전하자 왕융은 헐레벌떡 뒤쫓아가서 터를 잡아달라고 간청했다. 이래서 두 사람은 곡령에 올라가 산수의 맥을 더듬었고 위로 천문을 보고 아래로는

시를 보고서, 도선은 말했다.

"이 지맥은 임방(壬方)으로부터 백두수와 모목간(母木幹)이 오고 있어 낙마두(落馬頭)에 명당이 위치한다. 그대는 또한 수명(水命)이므로 물의 대수(大數)를 좇아야 한다. 글자로 바꾸어 육육이 삼십륙이고, 천지의 대수인 상서를 좇는다면 명년에 반드시 성자를 낳을 것이니 건(建)이라고 이름을 짓도록……."

그리고 봉서 하나를 주었는데 그 겉봉에 '삼가 글을 받들고 백번 절하며 미래의 삼한 통합의 주인이신 대원군자 발 아래 바치겠습니다' 하고 비서(秘書)이니 세상에서 이를 알아선 안된다고 했다.

왕융은 그 말을 좇아 집을 짓고 살았는데 과연 때가 이르러 건이 그 집에서 태어났으며, 신광(神光)과 보라색 기운이 산실을 에우고 뜰에도 넘쳤다.

왕건의 나이 열일곱에 도선은 거듭 와서 만나보기를 청하고 아뢰었다.

"족하(足下)께선 백륙(百六)의 만남과도 같을지니 삼계(三季:삼한말) 창생이 그대의 홍제(弘濟)를 기다린다. 따라서 진을 칠 땅을 마련하고서 출사(出師)를 알리는 바라, 산천을 차례로 굽어보면 보우(保佑)할 수 있는 이치를 감통하리라."

마침내 궁예에게 몸을 던졌고, 궁예는 왕건으로 하여금 철원 태수를 삼는다.

여기서 주목되는 것은 지리가 묘지 풍수(음택)와 주거 풍수(양기)로 나눠진다는 점이다. 조상신 숭배의 묘지 숭배(효사상)와 현실의 부귀를 위한 도읍·고을 선정 및 집터 결정에도 신앙이 있던 것이며, 이것은 원효·의상대사로부터 비롯된 신라의 호국 불교와도 관계가 있었다. 호국 불교에서 화랑도가 비롯된 것이며 좀더 거슬러올라간다면 우리의 무속, 천신 사상과도 연결된다.

도선국사는 좌선의 자세로 입적했는데 때는 신라 효공왕 2년 3월 10일이었고 향년 72세였다〔이때 왕건 태조는 31세〕.

연대가 맞지를 않는데, 도선이 백두산에 오른 것은 건녕 2년이 아닌 건부(乾符) 2년(875)의 오자인 듯싶다.

"그래, 고려의 차는 어떤 게 있습니까?"
하고 완원은 물었다.

"고려의 차로선 유다(孺茶)와 뇌원다(腦原茶)라는 이름이 기록에 보입니다. 유다는 고려의 이규보(李奎報:1168~1241)가 그의 《이상국집》에서 전했는데 진주·화계(花溪)에서 이른 봄철에 채집하는 조아다(早芽茶)이고 지금의 작설차(雀舌茶)가 곧 그것이라고 합니다. 뇌원다에 대해선 《고려사》〈최승로전〉에 임금이 하사했다는 기사가 있을 뿐 자세한 것은 모릅니다. 또 이규보로 말하자면 자를 춘경(春卿)이라 하고 호는 백운산인인데 관직으로 정당문학·문하시랑 평장사를 지냈으며 《이상국집》 53권과 《백운재집》 15권이 있습니다."

고려 초기에 있었던 연등회와 팔관회는 단지 불교적 행사만이 아닌 화랑도와도 깊은 관련이 있었다고 추정된다. 화랑도에 관한 김대문·최치원의 저술이며 신라의 《국어》가 모두 없어졌고, 오늘날 연등회는 사월 초파일의 석가모니 탄신일의 행사이고 팔관회는 진흥왕 33년조의 기사로 '겨울 10월 20일 전사한 장병을 위하여 팔관연회(筵會)를 외사(外寺)에서 베풀고 이레만에 끝냈다'가 있지만 여기서의 연회는 일련의 행사이고 외사는 절이 아닌 어떤 건물

내지 관청이었음은 당에서 불리던 한자로도 이해된다.

그렇다면 이것은 고구려의 동맹이나 또는 백제의 소도와 같은 거라고 볼 수 있으리라. 동맹이나 소도에는 노래·춤은 물론이고 산천 기도와 정신 도야의 자리, 씨름·활쏘기·말타기 등의 무예 마당도 있었을 터이다.

우리의 문화 유산이 흔적만 남고 차만 하더라도 차례(茶禮)·다식(茶食)·약과(藥菓)와 같은 이름으로 변질되거나 겨우 맥을 잇고 있는 것이다.

작설차 혹은 초아차는 어떤 것일까?

육우의《다경》을 보면, 차의 싹이란 겨우 세·네·다섯 갈래로 자란 순 중에서 잘 자란 부분을 골라 채취한 것이다. 작설차란 그 이른봄의 참새 혓바닥처럼 짧은 찻잎에서 온 이름은 아닐지? 표현이 익살스럽다.

이런 찻잎은 비오는 날 따지 않는데, 흐려 있어도 안된다. 개인 날, 바람이 채 일지 않는 새벽녘 이슬이 있을 적에 채집한다. 따라서 여기선 소량 채집, 장삿속이 아닌 정성을 말하는 것 같다.

그것이 다방의 탄생과 다세(茶稅)로 발전되면서 정성이나 명차(茗茶)보다 획일화되고 규격 상품이 되었으리라.

다수의 사람들을 동원하여 따고〔그러면 차의 싹을 고를 겨를도 없이〕훑고 시루에 찌고, 절구로 빻고, 혹은 불에 말려 다병을 만들었다.

이것이 중국에도 있는 단차(團茶)이고 형상이 원반 모양이라서 다병이라 불렀던 것이다. 그리고 품질로서 8등급이 있었다고 했으며 이런 것이 송에서 고려에 역수입되어 신라·고려차를 압도한 경우로 상정(想定)된다. 마치 현대에 와서 너도나도 커피를 마시는 것처럼 말이다.
 "고려차에 대해선 송인 손목(孫穆)의 《계림유사(鷄林類事)》와 서긍(徐兢)의 《고려도경(高麗圖經)》이 있습니다. 《계림유사》는 이미 없어져 '茶曰茶茶匙曰茶戌(다를 다라 하고 다시를 다술(찻숟갈)이라고 한다)'이라는 여덟 글자가 겨우 전할 뿐입니다. 그러나 《고려도경》은 수박 겉핥기 식의 것이 아닌, 오래 머물면서 세밀한 관찰을 한 기록으로 차의 풍미와 사용되는 다구·기명(器皿), 음다법에 이르기까지 적었습니다. 다만 이것도 조선조에 들어와서 희귀본이 되고 구해 볼 수가 없을 정도입니다."
 유교가 들어오면서 화랑도는 소멸되었다. 연등회와 팔관회는 물론이고 무속도 미신이라며 배격되었다.
 이중환(李重煥)의 《택리지》는 풍수와 화랑에 대해 적고 있으면서도 실학으로 평가된다. 만일 조선조에서 음양과로 지관(地官)을 양성할 만큼 풍수와 효사상이 결부되지 않았다면 이런 책도 존재하지 못했으리라.
 《택리지》〈산수편〉에서 영동의 여섯 호수, 곧 고성의 삼일포·강릉의 경포대, 흡곡(歙谷)의 시중대와 간성의 화담(花潭), 영랑호(永郎湖)와 양양의 청초호(靑草湖)를 꼽고 '우리나라 팔도에 모두 호수는 없으나 오직 영동에 있는 이 여섯 호수는 거의 인간 세상에 있는 게 아닌 듯하다.
 그런데 삼일포는 호수 복판에 사선정(四仙亭)이 있으니 곧 신라 때의 영랑(永郎)·술랑(述郎)·남석랑(南石郎)·안상랑(安詳郎)이 놀던 곳이다. 네 사람은 벗이 되어 벼슬은 아니하고 산수 사이에서 놀았다. 세상에서는 그들이 도를 깨쳐 신선이 되어 갔다고 한다. 호수 남쪽에 있는 붉은 글씨는 곧 네 신선의 이름을 쓴 것으로, 붉은 흔적이 벽에 스며서 천 년이 넘었으나 비바람이 침범치 못했으니 또한 이상한 일이다.……

남강 상류에는 발연사(鉢淵寺)가 있고 그 곁에 감호(鑑湖 : 감은 거울의 뜻임)가 있다. 옛날 봉래(蓬萊) 양사언(楊士彦)이 호숫가에 정자를 짓고 비래정(飛來亭)이라는 세 글자를 크게 써서 벽에 걸어 두었다. 하루는 걸어 둔 비(飛)자가 갑자기 바람에 휘말리며 하늘 높이 올라가 그 올라간 곳을 알지 못했다. 날아간 그날 그 시를 알아보니 곧 양봉래(1517~1584)가 세상을 떠난 그때였었다…….

경포대는 작은 산자락 하나가 동쪽을 향해 우뚝한데 축대는 그 언덕에 있다. 앞에 있는 호수는 둘레가 이십 리이며 물 깊이는 사람의 배꼽에 닿을 정도여서 작은 배는 다닐 수 있다. 동편에 강문교(江門橋)가 있고 다리 너머에는 흰 모래 둑이 겹겹으로 막혔다. 호수는 바다와 통했고 둑 너머엔 푸른 바다가 하늘에 이어진 듯하다. 옛날 최전(崔澱)의 시로서 '鸞笙今日獨飛來 碧桃花下無人見(오늘 난새를 타고 홀로 날아왔으나 벽도화 아래 사람도 볼 수 없구나)'은 예전에도 오늘에도 없는 절창이 되었다'하며 신선의 냄새가 물씬하다고 적었다.

《여지승람》〈강릉조〉에도 한송정(寒松亭)과 경포대가 모두 네 신선이 놀던 곳이라고 증언한다. 이들은 곧 신라말의 화랑이고 그들을 신선으로 비기며 추모했던 것이다. 그리하여 경포대에 대해선 둘레 이십 리, 물이 맑아 거울과 같고 깊지도 얕지도 않다. 서쪽 기슭에 봉우리가 있는데 그 위에 대(臺)가 있고 대 곁에 연약(煉藥)하던 돌절구가 있다.

이 돌절구가 바로 차를 빻고 약을 만들던 그 유적이 아닐까? 경포대 남쪽 수 리에 있는 한송정에도 돌절구가 있다 했지만 류개문

(柳開聞)의 시로서 '古仙浪遊處 爭慕客塡門 鍊藥人何去 煎茶竈獨存(옛날의 신선이 놀던 곳이고 사모하는 나그네가 다투어가며 문을 메웠다네. 약을 만들던 이는 어디로 가고 차를 달이던 부뚜막만이 홀로 있네)'이라는 시가 있기 때문이다.

포(浦 : 갯벌 포구)의 동쪽 어귀에 널다리가 있는데 강문교라 했고 다리 밖으로 대나무 섬이 있으며 대섬 북쪽으로 흰 모래가 5리나 이어졌다. 모래 바깥쪽이 만리 창해이고 해돋이를 곧바로 바라볼 수 있어 가장 으뜸인 기승(奇勝)이 되고 왈 경호(鏡湖)라 하는 것이다.

얼마나 멋진 곳이며 신선이 아니라도 가슴이 탁 트이는 웅지를 가질 수 있었으리라.

안축(安軸 : 1287~1348)은 〈관동별곡〉〈죽계별곡〉의 지은이로 알려졌는데 《안축기》에 경포대의 유래가 기록되고 있다.

'무릇 형체를 가진 천하 만물로서 크게는 산수와 작게는 주먹만 한 돌·한 치 나무에 이르기까지 모두 이치가 있게 마련이다. 사람으로서 이런 만물을 유람하며 흥을 느끼고 즐거워지는 것이며 이것이 누대와 정사(亭榭 : 정자와 사당)를 짓게 하는 것이리라.

내가 아직 관동을 유람하지 못했을 때 관동의 형승(形勝)을 논하는 자로서 모두 국도총석(國島叢石 : 해금강을 말함)이 경포대의 아름다움보다 훨씬 낫다는 것이었다. 병인년(1326)에 학사 박공숙(朴公淑)이 관동 장절(杖節)로 있다가 돌아와서 나한테 이런 말을 했다.

"영주의 경포대에 가보니 신라의 영랑 선인이 놀던 곳이더군. 나는 이 대에 올라가 산수의 아름다움을 보았지만 마음이 참으로 즐겁고 지금까지의 고달픔도 과연 잊을 수가 있었네. 다만 대에 정자가 없어 풍우라도 있게 되면 관람자로 병이라도 있을까 싶어 읍사람으로 하여금 작은 정자를 짓도록 했네."
 그래서 나는 이 말을 듣고 기록은 했지만 박공의 말이 아직도 미심쩍어 내 눈으로 직접 보고자 했는데, 다행히도 내가 왕명을 받들어 출진(出鎭)하고 이 기승을 볼 기회가 있었다.'
 그리하여 안축은 장편의 시로써 경포대의 아름다움을 극찬한다. 동해안은 이렇듯 선랑(화랑)과의 전설로 점철되고 있지만, 한편 황희(黃喜)처럼 부정적인 시각을 가진 사람도 있었다.
 즉 '禮儀相先千古地 何煩行怪說神仙'이라는 시구가 그것이다. 유교적 사고방식으로선 신선의 이야기도 한낱 근거 없는 괴설이고 전통의 풍속도 미신으로 여겨졌던 모양이다.
 황희가 말한 괴설은, 또 김유신 장군을 대관령의 산신으로 받들었다는 것을 가리키는 것이었다. 《여지승람》은 그것에 대해 설명하지 않는다.
 당연하다면 당연하나 사실 김유신의 말년에 대해선 너무도 석연찮은 점이 있다. 어째서 그 일족이 비참하게 역적으로 신라의 역사에서 말소되었던 것일까? 당시의 사람이 그것을 억울하다고 보았기에 무속의 신으로서 장군은 산신이 되고 어머니 만명(萬明)부인은 무당의 별칭인 만신이 되었던 게 아닐까?
 적어도 김유신의 몰락은 그뒤에 나타난 화랑도의 몰락과도 관계되리라.
 그리고 화랑과 불교의 관계, 불교와 무속의 관계도 무시할 수 없을 것 같다. 도대체 언제적 사람인지 법우(法雨)화상이 지리산의 성모와 관계하여 딸 여덟을 두었는데, 그 딸들이 팔도 무당의 시작이었다는 전설은 시사하는 바가 있다.

그리고 이미 말한 연등회와 팔관회의 성행――이것이 불교와 화랑도의 연관임은 누구도 부인할 수 없는 사실이고, 불교의 한 방편으로서 무속으로 전해지는 신라 이래의 민간 신앙으로 포용된 것이다.

그런 때 국난처럼 닥친 것이 거란의 침입이었고 불길처럼 일어난 민족의 저항심은 바로 화랑 정신이었다. 비록 유교가 일부나마 들어와 광종 9년(958)의 과거제 실시가 있기는 했지만 역대의 왕들이 불교를 숭신하고 불사를 창건한 것도 신라 이래의 호국 불교와 맥을 같이 하는 것이었다.

광종의 태자 유(伷 : 고려 경종)는 즉위하면서(976) 부왕의 뜻으로 과거제를 존속시키는 한편, 문무백관의 묘제(墓制)를 정하고 있다. 이것은 지나친 풍수설의 억제라고도 여겨지며 전시과(田柴科 : 관직자에게 관위에 따라 산야와 전답을 나눠준 제도)의 실시도 그런 취지였다.

고려의 경종이 재위 5년 남짓으로 승하하자 당숙이던 개녕군(開寧君) 왕치(王治)가 일련의 정변을 거쳐 왕위에 올랐는데, 성종(成宗) 6년(988)에 비로소 동북면과 서북면을 설치하고 병마사를 두었다. 이런 북변을 지킨 용사들이 화랑의 후예였던 것이다.

이때의 조정 대신들, 문관들은 대체로 당나라의 유학생으로 당은 유학(儒學)보다도 불교와 도교를 내세운 나라로 이들의 사상도 어떠한 것인지 짐작된다.

유교는 조정 제도의 일환으로써 받아들여지고는 있었으나 지배적인 사상은 아니었던 것이다. 당시 서경(西京)은 이미 설치되고 있었으나 문무관은 대등했던 것이며, 유교의 특징인 문관 우위는 없었다. 그러나 성종 11년(992)의 총묘 낙성과 국자감 설치는 유교가 자리 잡았다는 것을 의미했다.

그 뒤에 일어난 거란과의 혈투——.

성종은 재위 16년으로 승하하고 목종을 거쳐 현종(顯宗)이 등극한다. 현종은 즉위하자(1010) 연등회를 크게 베풀었다. 그동안 거란과의 전쟁으로 일시 중단되고 있었던 것이다. 이는 전몰자에 대한 명복을 비는 행사를 겸하기도 했으리라.

왕은 동 8년(1017) 민간의 장정으로서 출가자와 부녀자가 여승이 되는 것을 금지하기도 했다. 거란의 소배압(蕭排押)이 10만 대군으로 침입하자 용장 강감찬 등으로 이를 무찔렀던 것이며, 이 무렵 신라의 최치원·설총 등을 성묘(종묘)에 종사(從祀)한다(1022). 이것이 바로 나라를 구하자면 역시 화랑 정신이 요구되는 것이고 그 구체적 상징으로 이 두 사람을 받들었다. 불교 또한 국난 극복에도 기여했다.

현종 15년(송인종 2:1024)에 탐라의 성주가 입공했고, 앞서도 나왔듯이 대식(大食)의 상인도 왔으나 왕은 전란 중에도 송도에 5부 방리(坊里)를 두고 있다. 35방 314리(里)로 나와있는 것은 도읍의 규모가 상당히 크고 고려의 국력도 발전되고 있음을 알게 된다.

현종은 비교적 재위가 긴 22년이었고 덕종(德宗)을 거쳐 정종(靖宗)이 왕위에 올랐다(1034). 이 해 왕은 즉위하면서 전시과를 개정했고, 11월에 팔관회를 베풀고 있다. 이것을 보면 팔관회가 10월의 상달에 베풀어지는 동맹과 성격이 비슷함을 알 수 있다. 또 해적이 간성에 침입했다는 기록이 있으며, 이것은 왜인인 듯싶고 앞서 안축(安軸)이 출진(出鎭) 운운한 기사의 의미를 알게 된다.

당시 영동 지방은 거란의 병화(兵火)도 미치지 않아 부유했고 해적들은 그 재물을 노렸던 것인데 나라에선 그런 고을에 진(鎭)을 설치했던 것이다. 그것을 뒷받침하듯 정종 5년(1039), 왜인 남녀 26명이 투항했다고 했으며, 이듬해 이런 왜구에 대비하여 김해성(金海城)을 쌓고 있다.

정종 다음이 이미 소개했던 문종(文宗)인데, 왕은 즉위 초(1046) 적서(嫡庶)의 차별을 법으로써 정하고 있었다. 과거제 실시 이후 우여곡절이 있긴 했으나 유신(儒臣)이 두각을 나타내기 시작했음을 증명한다.

유교를 좇는 문종은 그 4년 사직단(社稷壇)을 만월대 서쪽에 축조했으며 한편 흥왕사(興王寺)를 덕수(德水)에 창건한다(1056). 그리하여 양경(兩京 : 동경과 서경)과 동남 주군의 주민으로 아들 셋 있는 집의 한 아들의 출가도 허용했다(1059). 그런가 하면 다음 다음해 왕은 몸소 국자감에 가서,

"공자는 백왕의 스승이다."

라며 그 영정에 재배를 했다.

문종의 왕자 후(煦 : 1055~1101)가 유명한 대각국사(大覺國師)이다. 대사는 문종의 제4왕자로 자는 의천(義天)이고 인천의 외가에서 태어났다. 왕은 어느 날 여러 왕자를 모아놓고 말했다.

"누가 중이 되어 왕가의 복전 이익(福田利益 : 공덕을 쌓아 복을 받는 일)을 가져오겠느냐?"

그러자 당시 11세이던 후왕자가 지원했고 마침내 영통사(靈通寺)에서 축발(祝髮)하여 우세승통(祐世僧統)이라고 했다.

그 2년 뒤 앞에서 말한 흥왕사가 준공되었는데 2천8백 칸이고 12년만에 낙성된 것이다. 여러 곳에서 승니들이 참집했고 왕은 병부상서 김양(金陽)과 승록(僧錄) 도원(道元) 등으로 행자 1천 명을 선

발하여 그곳에 상주토록 하며 연등 대회를 열었는데, 닷새 밤낮이나 계속되었다. 지금으로선 이해가 안될지 모르나 특별히 선발되어 홍왕사에 주한다는 것은 개인으로서 큰 영광이며 정토에 이른 것이나 같았다.

홍왕사는 송도 남쪽 덕수에 있었는데 만월대에서 절까지 채단이 매어지고[綵棚] 깃대가 빗살마냥 세워졌다. 채붕의 붕이 하나의 상가로 해석된다면 그 화려함은 도읍의 주민들에게 볼거리가 되고도 남음이 있었다. 또한 등을 매달았는데 밝기가 낮과 같고 산불과 같았다는 형용은 장관이었다. 왕이 백관과 희빈을 데리고 향불을 살랐고 보살계를 받았으며 다약(茶藥)·금은·기명·채단·보물을 하사했다.

인종 25년(1071), 동 27년(1073), 김제(金悌)·김양감이 입송(入宋)하여 유교 서적 등을 구해 가지고 돌아왔는데 이때 송에서는 주돈이(周敦頤 : 1017~1073)가 졸하고 있다.

송 학(宋學)

경학은 공영달의 《오경정의》가 한동안 정통으로 행세했지만, 당 숙종(재위 756~762) 이후 그것에 의문을 제기하는 이정조(李鼎祚)의 《주역집해》, 성백여(成伯與)의 《모시지설(毛詩指說)》, 담조(啖助)·조광·육순(陸淳)의 《춘추설》이 나타났다.

이정조의 《주역집해》는 자하·맹희 이하 25가의 주를 모아 《왕필주》의 노자 색채를 없애려는 것이었고, 성백여의 《모시지설》 역시 모시의 서문이 자하의 작이고 나머지가 모장(毛萇)의 작이라고 고증한다.

영빈(穎濱) 소철(蘇徹: 1039~1112)은 《시경서》를 의심했고 그 영향을 받은 정초(鄭樵: 1104~1164)·주희가 나타나 노장의 색채가 일소된다.

담조는 자를 숙좌(叔佐)라고 하며 당현종의 천보 말에 단양(丹陽) 주부가 된 인물로 경학에 밝았고, 특히 춘추학에 뛰어났으며 《춘추집전》 및 《통례(統例)》를 지었고 제자로서 조강과 육순이 배출된다. 참고로 공자의 《춘추》를 주석한 것은 《좌전》《곡량》《공양》의 세 가지가 있지만, 크게는 《좌전》과 《곡량》《공양》의 두 가지가 서로 대립하고 있다. 이 점을 완당의 경학과 연결시켜 기억해

주기 바란다.
 담조가 졸한 뒤 육순은 스승의 유문을 모아 조광의 검열을 받고 《춘추집전찬례》(10권) 등을 저술했는데, 이들 세 사람의 춘추설은 《좌전》이 좌구명(左丘明)의 작이라는 종래의 설을 부정했으며, 또한 《곡량》《공양전》도 구전(口傳)을 필기한 것이므로——요컨대 서로 모순되는 제설이 혼입되었다는 의미로 그들 나름의 고증을 했을 터——전(傳)은 무시하고 경의(經義)를 파악하는 데 힘쓰라고 역설한다. 이들 역시 《좌전》을 중시한 《흠정정의》와는 반대되는 입장이고 송의 송학(宋學) 선구가 되었다.
 중당의 유가로선 한유(韓愈)와 퇴지의 조카 사위였던 이고(李翶)를 들 수 있다. 한퇴지는 〈논불골표〉를 올린 불교 배척론자이며 시문의 대가로서 중화사상 신봉자라고 말했지만, 그의 사상은 〈원인(原人)〉〈원도(原道)〉〈원성(原性)〉의 세 편으로 집약된다.
 그는 〈원인편〉에서 '무릇 천지간에 생겨난 것으로 사람·이적(오랑캐)·금수의 유가 있지만, 그 중에서 사람이 가장 뛰어나며 이적·금수의 주인으로 여겨진다. 사람이 이적·금수의 주인이라 함은 사람에게 사람된 도가 있기 때문이다'라고 했으며 〈원도편〉에선 인도(仁道)가 어떤 것인지 풀이한다. 그에 의하면 불도나 노자의 도보다 유학이 앞선 것이라고 주장된다.
 '인의 도덕 가운데 인과 의는 정명(定名 : 구체적 개념)이 있어 알맹이가 있지만, 도와 덕은 허위(虛位 : 추상적 명칭)이므로 알맹이가 없다. 그리하여 유가의 이른바 도덕은 인의를 알맹이로 하는 것이므로 내실(內實)이지만 노자의 도덕은 인의를 버리는 것이므로 공허(空虛)이다' 이런 내실과 공허가 유교와 노자의 도덕 차이인데, 유교는 인간이 상생상양(相生相養)하는 목적을 가진 만큼 군

(君)과 신(臣)과 민(民)의 계층을 필요로 한다. 즉 군주는 법령을 내리고 신하는 이를 중계하며 백성은 농경에 힘써 세금을 바친다.
 이렇듯 인간은 상생상양의 목적을 달성하고 있지만, 불도는 군신·부자간의 관계마저 모두 버리고 오직 마음의 청정적멸(淸淨寂滅)만을 구한다. 유가 역시 《대학》에서,
 '옛날의 명덕을 천하에 밝히고자 하는 자는…… 먼저 그 마음을 바르게 한다. 그 마음을 바르게 하는 자는 먼저 그 뜻을 진실로써 나타낸다. 그 뜻을 진실로 밝히는 자는 그 앎을 다한다. 앎을 다하는 것은 만물에 이르는 데 있다(古之欲明明德於天下者…… 先正其心 欲正其心者 先誠其意 欲誠其意者 先致其知 致知在格物).'
 (《대학》〈경·제4절〉)
 이 구절이 유명한 '대학의 여덟 조목'으로 중간에 생략했지만, 편의상 거꾸로 격물·치지·성의·정심·수신·제가·치국·평천하였다. 즉 한유는 유교에서도 마음을 바르게 하며 뜻을 진실케 하고자 힘쓰지만, 이는 어디까지나 천하·국가를 다스리기 위한 궁리이지, 나라며 백성을 떠나 마음의 고요함을 구하려는 게 아니다. 이것이 유교와 불교의 차이점이다. 따라서 유가의 도는 인간이 상생상양의 목적을 달성하기 위해 군신 부자의 의리를 지키고 널리 무리를 사랑하는 도이다.
 이상이 〈원도편〉의 요점인데, 천하·국가라는 개념 도입이 주목되는 점이고 《대학》의 이 구절을 인용함으로써 송학(宋學)의 선구가 되는 것이다.
 한유는 또한 〈원성편〉에서 인성(人性)에는 상중하의 세 가지가 있고 상자는 순선(純善), 중자는 선악이 반반이고 하자는 악뿐이라고 했지만 이는 단순히 맹자·순자의 설을 절충했을 뿐이라 새로

운 맛은 없다. 하지만 그의 제자 이고는 성설(性說)에 있어 주목할 주장을 하였다.

이고는 자를 습지(習之)라 했고 문집 18권이 있는데, 주목되는 것은 〈복성서(復性書)〉 3편이다. 그는 〈복성서〉에서 인성은 선이지만, 정(情)엔 선과 악이 있으므로 인간이 악도 저지르게 된다고 하였다. 그렇다면 본래 순선인 성이 어찌하여 악한 정을 일으키는가 하면, 인간의 본성이란 본디 잔잔한 것으로 털끝만치도 악은 없다. 《중용》에서 말한 '천명을 성이라고 한다(天命之謂性)'가 곧 성의 잔잔한 때를 가리키는 말이다.

그러나 잔잔한 본성이 동하여 감정을 일으킬 때 악을 동반하므로, 인간의 도덕은 감정의 망동(妄動)을 정지시켜 본래의 잔잔함으로 돌려보내는 데 존재 가치가 있다. 《중용》에서 '성을 거느리는 것을 도라고 한다(率性之謂道)'고 한 것이 이것에 해당된다. 또 《중용》에서 성(誠=진실)은 천도라고 했는데 성은 정(定)이란 의미이고 부동으로써 도를 삼는 것을 가리킨다.

그러므로 사람은 생각지 않고 염려치 않으며 감정이 생기지 않도록 해야 한다. 《역경》에서 '천하에 무슨 생각이며 염려가 있겠는가(天下何思何慮)' 한 것은 곧 이런 의미이다. 만일 사람의 마음이 고요하여 움직이지 않는다면 사악한 생각은 절로 없어지고 본성만이 밝게 드러날 터이다.

그러나 마음을 고요히 하라는 것은 듣거나 보거나 하지 말라는 게 아니고 시청(視聽)은 밝은 그대로 놔두고 견문(見聞)을 일으키지 말라는 뜻이다. 모르는 게 없고 하지 않는 일이 없으면서도 마음은 고요하며 천하를 밝게 비추는 거다. 《대학》의 '치지격물'이라고 한 것이 곧 이런 의미다. 물(物)이란 만물이고, 격은 이른다인데, 만물이 오관(五官)에 와서 접하면 마음은 밝기만 하여 이를 분별하지만, 다만 이를 분별할 뿐 조금도 감정을 일으키지 않는 것을 치지라고 했던 것이다.

만일 사람으로 능히 치지할 수 있다면, 뜻은 진실해지고 마음은 바른 것이 되어 수신 제가하며 천하·국가를 치평할 수 있다.

〔여기서 뜻〔意〕과 마음〔心〕은 한자 그대로 소개해야 하는데, 意(의욕)와 의(義:의미)의 구별을 해주기 바란다〕

그래서 사람은 마땅히 그 정에 움직이지 않도록 해야 하며, 정이 부동(不動)이면 자연·본래인 잔잔함으로 돌아갈 수 있다. 이것이 곧 복성(復性)의 공부(工夫)이다〔어딘지 불교의 주장과도 같다〕.

이것은 유학의 기본설인데, 불교와는 아무런 관계가 없는 것일까?

송학에 들어가기 전 여기서 불교를 다시 검토할 필요가 있는 것이다.

불교는 중국에 들어와서──중당(中唐) 이후에 이르러 계율·선정·지혜의 세 가지로 정리되며, 이것이 곧 계정혜(戒定慧)의 삼교였다. 그러니까 계율에 의해 선정을 돕고, 선정에 의해 지혜를 발하여 증오(證悟:깨달음)를 얻는 게 불도의 가르침이었다.

그런데 당말에 이르러 교리를 중심한 것과 선종을 위주로 하는 것으로 분열되었다. 예를 들어 전자는 삼론·천태·화엄종이고 후자는 선종이었다.

여기서 주목되는 인물이 있으니 종밀(宗密)이었다. 종밀은 당덕종(재위 779~805) 연간에 태어났고 처음엔 선을 배웠는데 이윽고 양양에 가서 징관(澄觀:법장의 제자, 화엄종 제4조)대사의 《화엄소

초)를 읽고 감동했으며 그 제자가 되었다. 그리하여 그는 화엄종의 제5조가 된다.

종밀화상은 그 만년에 草堂寺(초당사)에 주하면서 대승의 각 종파를 분류하여,

(1) 밀의의성 설상교(密意依性說相敎 : 유식종)
(2) 밀의파상 현성교(密意破相顯性敎 : 삼론종)
(3) 현시진심 즉성교(顯示眞心卽性敎 : 화엄종)의 삼종으로 나누고, 선의 각 종파도,

(1) 식망수심종(息妄修心宗 : 북종선・남종선)
(2) 민절무기종(泯絶無寄宗 : 석두종・우두종)
(3) 직현심성종(直顯心性宗 : 강서 천태 및 하택종)

등의 3종으로 묶었다고 한다. 그리고 선종의 3파를 교종(敎宗)의 라인(학통)으로 계열화 했다.

　　밀의의성 현성교──식망수심종
　　밀의파상 현성교──민절무기종

여기엔 임제의현의 임제종은 나와있지 않지만 위에서 나온 강서종 계통이고 화엄종과는 밀접한 관계가 있다. 즉 우리의 불교는 (3)의 현시진심 즉성교의 학통으로 임제종이 정통인 것이다.

종밀화상은 교종이든 선종이든 불심을 완전히 체득하고 마음의 근원을 깨치는 것으로, 다른 2교는 이를 명백히 제시하지 못하지만 제3교에선 이를 명백히 제시한다고 보았다.

그것에 의하면 일체 중생은 모두 공적(空寂)인 진심(眞心)을 가졌고, 이 진심은 본래가 절로 깨끗한 것으로서 '명명불매 요료상지(明明不昧 了了常智)'의 것이며 또한 영원불멸한 것으로 이를 불성(佛性) 또는 여래장(如來藏)이라고 한다. 중생은 다만 망상으로

덮여져 있어 스스로 이런 진심을 증득(證得)하지 못하므로, 부처가 이를 가엾게 여기시고 스스로 현시(顯示)하셨다. 이것이 곧 현시진심 즉성교(화엄종)이다.

 이 진심은 원래 불변상주(不變常住)의 것이지만, 동시에 연(緣)에 따라 유전(流轉)되는 작용을 가지고 있다. 그리하여 사람이 이런 유전상(流轉相)을 보고 집착을 일으킬 때 망상이 된다.《반야경전》에서 '제법개공'이라고 가르친 것은 이런 망상을 물리치기 위한 것이었고, 이것이 곧 제2의 밀의파상 현성교(삼론종)이다.

 그러나 수연유전(隨緣流轉)의 상 역시 진심의 작용이니만큼 그 속에서 진심이 망절(亡絶)되고 있는 것은 아니다. 따라서 인간들의 망상 속에도 각(覺)과 불각(不覺)이 혼합되며 존재한다. 이런 각 불각의 화합이 아뢰야식(阿賴耶識 : 유식의 아뢰야식)이다. 이렇듯 아뢰야식 중에는 각과 불각이 화합하여 인간의 지식을 형성하고 있는 거다.

 따라서 수행하여 점차로 불각을 없애며 각으로 나아가게 하는 게 밀의의성 설상교(유식종)이다.

 종밀은 이렇듯 삼종을 비판한 뒤에 진심을 ○으로 표시하고 망상을 ●으로 나타내며, 아뢰야식을 ◉으로 표시하여 진심이 유전하는 경로와 수양 과정을 도표로 만들었는데, 이 도표가 나중에 나타나는 주무숙(周茂叔)의 태극도를 암시하는 것이었다.

 이상은 종밀의《선원제전집 도서(禪源諸詮集都序)》의 요약인데, 그는 원인론(原人論)에서 유교와 재래의 불교를 모두 비판하고 화엄종의 교리에 의거한 주장을 한다.

 그에 의하면 우주의 근원은 오직 하나인 '진심'으로서 그 외로는 별법(別法)이란 없다. 그리하여 이 진심은 불생불멸(不生不滅)

의 것이지만, 그것이 유전상을 나타내면 생멸의 망상이 생긴다. 이리하여 생멸하지 않는 진심과 생멸의 망상이 혼합하여 하나가 된 것이 아뢰야식으로, 아뢰야식에는 각과 불각의 양면이 있다. 그래서 그 불각에 의해 업상(業相 : 동작 또는 인연의 원인)이 나타나고 주관과 객관으로 나눠져 법집(法執)이 생긴다.

법집이란 자기와 타인과의 구별로, 인간으로선 아집(我執)이라고 이름 지어진다. 그리하여 아집이 원인(업상)이 되어 탐욕·매정·분노·혐오·어리석음 따위의 감정(정)이 일어나고 탐애(貪愛)의 정이 원인이 되어 인간의 신심(身心)이 생겨난다. 일체의 현상은 모두 '심식(心識)'이 변화되는 경(境 : 인식의 대상)이고, 그 업상에 의해 둘로 나눠진다.

즉 하나는 심식과 화합하여 사람이 되고, 또 하나는 심식과 분리되어 천지·산천 초목이 된다. 그리하여 천지인(天地人)의 삼재(三才) 중 오로지 사람만이 가장 영묘하다고 일컫는 까닭은 심식과 화합하고 있기 때문이다.

유·도의 2교는 인축(人畜 : 사람과 축생)류가 모두 허무, 대도의 생성, 양육하는 바로서 대도로부터 원기가 생겨나고 원기가 천지를 낳게 하며 천지가 만물을 만들었다고 가르치지만, 이른바 원기라는 것도 아뢰야식의 상분(相分) 곧 대조(對照)의 하나로 역시 심식이 변한 것에 불과하다.

유교와 도교는 단지 인신(人身)의 현재에 관해 가르치고 인신으로 말미암아 생기는 까닭(원인)을 모른다. 따라서 유교와 도교의 가르침도 그 위에 '일심 연기(一心緣起)'의 철학을 가져올 때 자연히 현세의 가르침으로써 의의가 있다.

이상이 종밀의 〈원인론〉 요약이다. 그리하여 이 중에서 '인간이 가장 영묘(영물)로 여겨지는 것은 심식과 화합하고 있기 때문'이라는 일절이 주무숙의 《태극도설》에 채택되어 '음양의 두 기가 교감하여 만물이 화생(化生)되지만, 오직 사람이 가장 뛰어나고 가장 영물로서 형체가 이미 생겼다면 정신이 있어 알게 된다'고 하는 것이다.

종밀의 〈원인론〉은 그 제목처럼 인간의 생기본원(生起本源)을 규명하려 한 것으로 한유의 〈원인편〉보다는 앞선다. 한유는 사람이 천지간에 생긴 것의 주인이라고 설명하는 데 그쳤기 때문이다.

주무숙은 자이고 이름은 돈이(敦頤), 호는 염계(濂溪)라 했고 주자(周子)라고 불린다. 저서로서 《태극도설》과 《통서(通書)》가 알려졌다.

《태극도설》은 태극도의 설명으로 '無極而太極 太極動而生陽 動極而靜 靜而生陰'이라는 우주론을 먼저 전개한다. 즉 태극에서 음양의 양의(兩儀)가 갈라지고 양의의 변화 배합에 의해 목·화·토·금·수의 오행이 되며, 오행의 차례로 사시(사계절)가 생기고 양의 오행의 묘합과 교감에 의해 만물이 생긴다. 이것은 종래의 《역경》〈홍범〉의 설을 좇은 것인데 다만 무극이태극이나 태극본무극(太極本無極)이니 하는 설은 전의 유가설에는 없었던 것이다.

《태극도설》은 그 말미에서 《역경》을 인용하고 있지만, 《역경》〈계사전〉에 '易有太極 是生兩儀 兩儀生四象 四象生八卦 八卦定吉凶 吉凶大業'이라 했고, 한대 이후 이 구절로써 우주 생성의 원리를 말하는 거라고 해석했었다.

당의 공영달은 《정의》에서 '태극이란 아직 갈라지기 전, 원기가 섞여 하나가 됨을 말한다. 곧 이것이 태초(太初)·태일(太一)이다'라고 하였다.

주돈이 역시 태극을 우주 원리라 생각하고 양의를 음양 이기로 해석하며 사상을 금화수목으로 하되 그것에 토를 더하여, 양으로부터 오행이 생긴다고 했다. 이것은 어쩌면 당시의 국가·민족 사상과 관계가 있는지도 모른다. 토를 중앙, 곧 중국으로 보고 목(동)·화(남)·수(북)·금(서)을 사방에 배치했다고 여겨지기 때문이다.

그것이야 어쨌든 확실한 것은 앞에서 나온《역경》〈계사전〉의 해석이 시대에 따라 조금씩 달라졌다는 사실이다. 그리하여 태극을 무극이라 함도 유가의 설은 아니고, 도가 내지 불가의 영향을 받았다는 증거가 되며, 사실 노장(老莊)에선 무(無)자를 선호한다. '復歸于無極(《노자》)·遊無極之野(《장자》)'가 그런 예이다.

그러므로 도가에선 후세에 이르러도 무자를 상용하고 불가 역시 무극이란 용어를 사용한다. 그런데 유서(儒書)엔 무자가 들어갈 곳에 유(有)자를 사용하는 게 상례이다.《홍범》에 나오는 '皇道有極'이 그런 예이다.

아무튼 주자의 무극설은 많은 논의를 불러일으켰고 주희 역시 태극설은 스승없이 저절로 이루어졌다고 했지만, 대체로 확립된 설로서는 도가와 불가를 절충하여 자가독특의 설로 발전시켰다고 본다.

그리고 주돈이의 도덕론은《도설》의 후반과《통서》를 참고로 해야 한다.《통서》란 원래《역통(易通)》이라 불렀고《역경》의 총론이었다.《태극도설》과 더불어 목수(穆修)로부터 전수받았다고 한다.《도설》과《통서》는 그 설이 서로 일치되는 점이 많지만 '사람이 만물 중의 가장 영특한 것이고, 사람의 허령(우매)한 것은 신지(神知 : 정신, 지성)의 유무에 달렸으며 사람의 행위는 오성[인간의 다섯 가지 악. 폭력·음탕·사치·잔혹·도적질)의 정동(情動: 감정, 움직임)에 의해 생기는 것으로 선악의 구별이 있음'을 말했다.

주돈이는 또한 《통서》에서 본성에는 강유선악(剛柔善惡)이 있는데, 그 강유선악을 강선(剛善)·강악(剛惡)·유선(柔善)·유악(柔惡)으로 분류했다. 따라서 '선'도 아직 최고는 아니며 '중(中)'만이 달도(達道)이고, 성인이 가르침을 세우자 사람으로 하여금 스스로 그 악을 변역(變易)하여 그런 중에 이르게 할 뿐이라고 한다. 즉 염계의 본성이란 강유선악의 중도로써 나타낼 수 있는 잠재력인 듯싶다. 그러니까 그 성설(性說)은 성선설도 성악설도 아니며, 사람에겐 선으로 향하는 성도 있는가 하면 악으로 향하는 성도 있다는 말이었다.

성인의 가르침은 악을 떠나고 선으로 나아가게 하는 데 있다. 그리하여 '달도'는 다만 중뿐이고 《도설》이나 《통서》에서 말하는 중정(中正)도 이것을 말한다. 중은 양 극단의 중간이고, 정(正)은 사(邪)의 반대이다. 따라서 중정은 인도를 추상적으로 말한 것이고 인의는 이를 구체적으로 표현한 것이었다.

또한 인의는 확대 해석되어 인의예지신(仁義禮智信)의 오상(五常)이 되는데, 오상의 근원은 성(진실)이다. 때문에 '성(聖)은 성(誠)일 뿐, 성은 오상의 근원이고 백행의 근원이다. 조용하다면 무이고 움직이면 유, 지정(至正)으로서 명달(明達)이다. 오상·백행은 성(誠)이 아니면 비(非), 사(邪)로써 어두운 것이 막힐 뿐이라고 했다.

이른바 '至正而明達'이란 중정과 같은 뜻이고 또 말하기를 '성(진실)은 무위(無爲), 기(幾)로서 선악이 있다'고 했다. 이것을 풀이하여 성(진실)은 오상과 백 가지 행위의 잠재적 능력이다. 정

(靜:잔잔함)일 때는 무위로서 선악을 초월하지만, 동(動:움직임)이면 곧 선악의 구별이 생긴다. 이런 정과 동의 경계가 기(畿)이다.

그리하여 '정(靜)을 주로 하여 인극(人極)을 세운다'란, 사람 행위의 최고 표준이 되는 인극은 정(靜)에 있다는 주장이고 여기서의 정은 자연으로부터의 고요하고 부동의 성(誠)이라고 했다. 그리고 성을 실천하는 방법으로선 일(一)이 되라고 한다. 여기서의 일은 욕심을 없애는 일이다. 무욕이라면 정허동직(靜虛動直)이 된다. 정허하다면 명(明), 밝다면 통한다. 동직하다면 공(公), 사사로움이 없다면 부(傅:크고 넓어짐), 명통공부가 기(畿:가깝다는 뜻)라고 주장했다.

소옹(邵雍:1011~1077)의 자는 요부(堯夫)인데, 주돈이의 이기론(理氣論)에 대해 상수론(象數論)을 주장한 것으로 알려졌다.

그는 사람을 대할 때 귀천 현우를 가리지 않고 지성으로써 대했으며 늘 웃는 얼굴이었다.

상대편의 좋은 점만 말하고 나쁜 점은 결코 들추지 않았기 때문에 오래 사귄 사람일수록 그에게 신복(信服)했다.

저술로서 《관물편(觀物篇)》《어초문대(魚樵問對)》《이천격양집(伊川擊壤集)》《선천도(先天圖)》《황극경세서(皇極經世書)》 등이 있다.

이 중에서 《선천도》는 소옹의 우주론이었다. 그는 선천괘위도(先天卦位圖)에서 '일분(一分)이 갈라져 이가 되고, 이분이 갈라져 사(四)가 되고, 사분이 갈라져 팔이 된다'고 했다. 또 '팔분이 갈려져 십륙이 되고, 십륙분이 갈라져 삼십이가 되고, 삼십이분이 갈라져 육십사가 된다'고 했다.

이것은 《역경》〈계사전〉의 '태극이 갈라져 양의, 양의로부터 사상, 사상으로부터 팔괘'라는 것을 숫자로 대치시켰음을 알 수 있으리라. 또 팔괘가 변하여 육십사괘가 된다는 것과도 같다. 따라서 소옹의 학문은 《역경》을 바탕으로 했고 주무숙의 《태극도설》과 뿌리는 같은 셈이다.

 그는 또한 현상의 생성에 대해서도 설명한다. '물(物)로써 큰 것은 천지 만한 게 없다. 하늘은 동(動)으로써 생기고 땅은 정(靜)으로써 생긴다. 일동 일정이 교감하면서 천도가 마쳐진다(盡). 동의 시작은 양을 낳고 동의 극(極:최고)은 음을 낳는다. 일음 일양이 교감하여 천용(天用:하늘의 작용)이 마쳐진다. 정의 시작은 유(柔)를 낳고 정의 극은 강(剛)을 낳는다. 일강 일유가 교감하여 지용(地用:땅의 작용)이 마쳐진다. 동으로서 큰 것을 태양이라 하고 작은 것을 소양이라 한다. 정의 큰 것을 태음이라 하고 작은 것을 소음이라 한다.

 태양을 해로 하고 태음을 달로 하며, 소양을 성(별)으로 하고 소음은 신(辰:별)으로 한다. 일월성신이 교감하여 천체는 마쳐진다. 태유는 물이고 태강은 불이며 소유는 흙이며 소강은 돌이 된다. 수화토석이 교감하여 지체(땅덩이)가 마쳐진다.

 그는 또 말했다.

 '일월성신은 추위·더위·낮·밤이 되고 수화토석은 바람·비·이슬·우레로 바뀐다. 한서주야는 정정형체(情情形體)가 되고 우풍노뢰는 주비초목(走飛草木)으로 변화된다. 성정·형체는 하늘(부)을 본받고 주비·초목은 땅(모)을 본받는다.

 하늘을 본받는다 함은 분양분음(分陽分陰)이고 땅을 본받는다 함은 분유분강(分柔分剛)을 말한다. 분양분음과 분유분강이 곧

만물의 생성이다. 천지 만물로써 갖춘 게 사람이다.'

천지만물과 인간은 태극에서 비롯된다고 한 주돈이설과 같은 주장인데, 다만 주자(周子)는 음양 양의에서 오행이 생긴다고 하지만 소자(邵子)는 수화토석을 든 것이 다르다. 이 두 사람의 설이 우리나라에도 전해져 《주역》 해설의 지침(指針)이 되었다.

소강절(邵康節: 강절은 소옹의 시호)은 세운(世運: 천지운행, 곧 운수임)의 추이를 나타내는 표준──오늘날의 시간──을 만들었다. 그 기준 단위는 친(辰)이고 지금의 2시간에 해당된다[날일 경우는 신으로 발음].

일진×12=하루. 하루×30=한달. 한달×12=일년. 일년×30=일세. 일세×12=일운(一運: 360년). 일운×30=일회(一會: 10,800년). 일회×12=일원(一元: 129,600년).

이 뒤의 천지 운행은 일월부터 원까지의 일주(一周)마다 일신(一新)의 과정을 밟으면서 영원히 계속된다.

주희는 이를 가리켜 소자학은 역과 역수(曆數)를 합쳐 이루어졌다고 평했다.

이밖의 소자설로선 '선천학(소옹의 학설)은 심(心)이고 후천학(소옹 이후의 학문)은 적(자취)이다. 유무사생(有無死生)을 드나드는 게 도이다'라 했고 '심은 곧 태극이다' '도를 태극이라 한다' '선천학은 심법(心法)이다…… 만화만사(온갖 변화)는 심에서 비롯된다'고 했다. 다시 말해서 우주 근본의 원리는 심(마음)으로 심에서 만물이 비롯된다는 의미인데 불교와 가깝다. 화엄종에서 '萬物唯心 心外無別法'과 표현만 다를 뿐이다. 그래서 주희도 '소자의 학은 석씨와 아주 가깝다'고 했던 것이다.

장재(張載 : 1020~1077)는 자를 자후(子厚)라 했고 봉상 미현(鳳翔眉縣)의 횡거진에 살았기 때문에 횡거(橫渠) 선생이라 불리며 장자(張子)라고도 높여 부른다. 횡거는 처음에 남들과 사귀지를 않고 독립심이 강했으며 병사(兵事)를 좋아했다. 범중엄이,
 "선비는 병을 논하기보다 명교(名敎 : 인륜의 도를 가르치는 학문, 곧 유학임)가 있음을 즐겨야 한다."
라며《중용》한 편을 주었고, 이로부터 유학의 대가가 되었다. 또 처음에는 도교에 전념했으나 유학으로 전향했다. 저서로는《동명(東銘)》《서명(西銘)》《정몽(正蒙)》《경학이굴(經學理屈)》《횡거역설(橫渠易說)》등이 있다.
 횡거학의 중심 사상 역시《역경》인데 다만 태극이나 선천을 논하지 않고 오직 기(氣)만을 강조한다. 그리하여 '태허(太虛)는 무형으로서 기가 본체이다. 그 모임과 흩어짐은 변화의 객형(客形)일 뿐이다.'
 횡거는 즉 우주의 본체는 태허이고 기는 그 속성(屬性)인데, 기는 그 성질상 필연적으로 이합집산(離合集散)한다. 그 모여 형체를 이루는 게 우주 만물이며, 이것은 다시 흩어져 태허로 돌아간다고 생각했다. 이런 기의 집산을 비유하여 얼음이 물이 되고 물이 얼음으로 바뀌는 현상과 같다고 설명했다.
 그 의미는 기의 집산에 의해 비록 형체는 다르더라도 본질과 분량에는 변화가 없다는 것이다. 따라서 천지 만물은 이런 일기(一氣)의 작용이라고 한다.
 장자의 성설(性說)은 천지의 성과 기질(氣質)의 성을 병립했다는 데 특징이 있었다.
 '형체가 있은 뒤에 기질의 성이 있다. 이를 잘 돌이키면 천지의

성이 있게 된다' 그리하여 천지의 '성이란 만물의 일원(一源). 나의 사사로움을 얻는 데 있는 게 아니다.'

그러니까 인간의 강유완급(剛柔緩急)이나 현우는 기의 치우침에서 비롯되는 것과 마찬가지로 기질의 성도 기편(氣偏)에서 발생된다. 다시 말한다면 천지 만물은 일기신화(一氣神化 : 하나의 기의 작용)의 표상(表象)으로써 나와 저의 대립이 없는 것인데, 기화(변화)가 행해져 모습을 갖게 되면 모습(형체)에 얽매어 아견(我見)이 생기고 그런 기의 엷음과 짙음에 따라 치우치거나 꽉 막힌 성(본성)이 생긴다는 것이다. 따라서 기질의 성은 군자로서 취할 바가 아니며, 횡거의 도덕설은 바로 이런 편협한 기질의 성을 교정하는 데 있다고 한다.

기질이란 변화되는 것이고 또 변화시켜야 한다는 게 그의 주장이었다. 기질을 변화시키려면 마음을 비워야 하고, 허심이란,

'지금 사람이 스스로를 강하게 하고 스스로를 옳다 하고서 자기와 같은 걸 좋아하고 자기와 다른 것을 싫어하면, 이것이 곧 고(固)·필(必)·의(意)·아(我)이고 허(虛)를 얻지 못한다.'

라고 설명한다. 허심이란 곧 아견(자기 주장)을 버리는 것이다.

횡거는 기질 변화의 적극적 방법으로써 인과 의에 의해 예를 힘쓰라고 했다. 인의에 의거하라 함은 성의(誠意)를 뜻하는 말이었다. 따라서 성의와 행례(行禮 : 예도 실천)가 그의 학문의 2대 원칙으로 이해된다.

성의나 행례는 유학의 근본이고, 그는 동시에 궁행역면(窮行力勉 : 진리 탐구를 위해 힘써 배운다는 것)을 목표로 삼았다. 횡거의 서재 좌우에 訂頑과 砭愚의 두 족자가 걸려 있었다. 정완이란 인간 성정의 완고함을 고친다는 뜻이고, 폄우는 어리석음을 깨우친다는

의미이다. 제자인 정이천(程伊川)이 이 말은 너무 과격하다 하고서 동명(東銘)과 서명(西銘)으로 바꾸게 했다고 한다. 이 두 명은 횡거의 도덕설을 요약한 것으로 서명이 특히 뛰어났다고 평가된다.

《서명》 첫머리에 '건(乾)을 아버지라 일컫고, 곤(坤)을 어머니라 일컫고서, 내가 이곳에 형체(모습)를 갖고 있다. 혼연(混然)한 가운데 중(中)에 의거한다'라고 써있다.

이를 현대문으로 의역한다면 아래와 같다. 무릇 우주의 모든 현상은 태허의 활동으로 현현되는 것으로서, 태허 중에서 건곤의 두 기가 오르내리거나 높이 날며 잠시도 쉼이 없이 움직여 만물이 태어난다. 그러므로 사람은 건곤을 부모로 하여〔《역경》도 이것을 대전제로 한다〕생겨났다 할 것이며, 모든 만물이 같은 부모로부터 태어난 현상이라고 한다면 나의 몸과 본성은 천지의 몸과 성을 통해 하나인 것이며, 다른 것이 아니다.

그렇지만 천지 만물은 꼭 동일한 처지에 있는 것은 아니며 인간 사회에서 이를 본다면 군신·노약(老若)·현불초(賢不肖)의 차이가 있고, 행불행 또한 같지가 않다. 이는 같은 부모로부터 태어난 형제 자매가 맞는 운명이 동일하지 않음과도 같다. 그러므로 가족 도덕이 효(孝)로써 근본을 삼듯이, 인간 도덕 역시 모두 효와 비교해야 한다.

천성의 차이로서 인을 해침은 도둑이나 같다. 천지의 작용은 신화(神化: 정신의 변화)뿐이고, 따라서 그 변화를 알고 정신을 규명한다는 건 천지에 대해 말하고 천지의 뜻을 이어받는 것으로서 곧 하늘의 효자라고 할 것이다. 때문에 사람은 살아있을 동안 천지에 순종하고 죽을 때에는 그 운명에 평화로움을 가져야 한다고 말한다.

이상이 《서명》의 개요인데 정이천은 이를 찬양하며, '《서명》은 이일분수(理一分殊)를 밝힌 거다. 분수(다름을 나눈다)의 결함은 사사로움이 우세하여 인을 잃는 데 있고 무분의 죄는 겸애(兼愛)하여 의를 잃는 데 있다. 분립(分立)하면서 이(理)가 하나임을 밀어주고 사사로움이 이기는 것을 억누름은 인에 있다'고 평했다. 이천의 학설은 이와 기를 강조하는 것이었고, 주자(朱子)는 이천의 계통이므로 유학의 주류를 엿보게 해준다.

정호(程顥 : 1032~1085)는 자를 백순(伯淳)이라 하며 명도(明道) 선생이라고 불린다. 아우인 정이(程頤 : 1033~1107)는 자가 정숙(正叔)이고 곧 이천(伊川)이다. 흔히 형제를 통틀어 이정자(二程子) 또는 이정(二程)이라고 하는데 학설은 미묘하게 달랐다.

이정의 아버지는 이름을 정향(程珦)이라 했고 남안(南安) 통수(通守)일 때 주무숙을 알게 되어 형제를 배우게 했다. 이들은 송철종(宋哲宗 : 재위 1086~1100)의 명에 의해 주자학(周子學)을 저술했는데, 거기에 그치지 않고 스스로의 발명[새로운 학설 제기]도 있었다고 《철종 실록》에 나온다. 또한 이천은 형님의 《명도 행장(行狀)》을 지었는데, 거기서 정명도는 널리 불·노장·유교의 책을 10년 가까이 섭렵하고 다시 육경으로 돌아와 자득(自得)했다고 한다. 그리하여 소옹과는 왕래·교제가 있었지만 그 학문을 전하지는 않았고, 장횡거에 대해선 흠모와 찬사를 아끼지 않았었다.

주자(朱子)는 이정 유서(遺書 : 남긴 글)를 편집했지만 그들의 말을 특별히 구별하지는 않았다. 그러나 편의상 나누는 게 이해하기에 도움이 되리라.

횡거는 천지 작용은 신화이고 일기집산에 의한 만물의 생성을 말했지만, 명도는 '천지의 대덕(大德)을 생(生)이라고 한다. 천지 인온(絪縕 : 음양이기의 교감)하여 만물이 화생된다'고 했다. 그러나 다른 곳에서, 음 혼자서 낳지를 않고 양 혼자서 낳지 않는다 했으므로 이기는 독립된 것이 아닌, 뗄 수 없는 것으로 생각했다.

'만물은 짝이 있는 게 아니다. 일음일양, 일선일악. 양이 자라면〔長〕, 음은 사라지고〔消〕, 착함이 늘면 악함은 없어진다.'

이렇듯 그는 만물의 차별을 말한 뒤 그 이유는 기의 편정(偏正)에 있다고 한다. '치우치면 금수이고 오랑캐이다. 중(中 : 正)하면 사람이다.…… 천지간에 홀로 사람만이 지령(至靈)인 게 아니다. 자기만의 마음은 금수 초목의 마음이나 같다. 다만 사람은 천지의 중을 받아 태어나고 사람과 만물은 기에서 편정이 있을 뿐이다.'

학문적으로 명도의 우주론 역시 《역경》이 그 바탕이고 더욱이 현상의 차이점을 중과 편으로만 설명한 것은 《중용》을 따른 거라고 하지만, 여기서 이적·금수와 사람을 구별한 것은 역시 시대적 배경이 작용된 것이다.

예를 들어 이정이 태어난 무렵은 거란(요)의 세력이 송을 압도했고, 이정이 열 살쯤 되었을 때에는 서하(西夏)에게마저 굴욕적인 강화를 하고 있는 거다.

정명도가 20세 때 범중엄이 별세하고 있다. 범중엄이야말로 송학의 길을 연 인물로 직접 전선에 나가 적과도 싸우고 한족의 민족의식을 불어넣었다. 그리하여 송인들도 많이 분발했고 각종 산업도 비약적으로 발전한다.

먼저 농업의 발달인데 제철업이 활발해져 철제 농기구가 싸게 공급되었다. 제철에는 해탄(骸炭 : 코크스)이 불가결인데, 해탄은 당말(唐末)에 이미 발명되었다고 한다. 그리하여 송인종 때에는

1천만 근[6천 톤]의 제철량을 자랑했는데 더 이상은 늘지 않았다. 요와 서하에 대한 조공(배상) 때문에 재정 압박을 받고 동전(銅錢) 부족을 메꾸기 위해 3백만 근이 철전(鐵錢)으로 소비되었으며 침동법(浸銅法)이라는 구리 생산을 위해 같은 분량의 철이 소요되었다. 또한 적과 싸우기 위해 다량의 무기도 철제로 만들어졌다.

요의 흥종은 1055년에 죽고 태자 홍기(洪基)가 뒤를 이어 요도종(遼度宗)이 되었지만, 아직도 그들의 세력은 강성했다. 명도가 말한 이적·금수의 마음이란 모두 요세력을 증오하는 표현이라고 생각된다.

그러면서도 송나라 사람 대부분은 사치에 흘렀다. 1059년에는 각차법(榷茶法)이라는 게 실시되고 있다. 각차란 차에 대한 국가의 전매를 말한다. 오늘날의 중국인으로 필수적인 음다(飮茶)의 대중화는 송대부터라고 여겨진다.

주돈이·소옹·장재·이정으로 이어지는 유가들은 이른바 재야 학자들로, 정명도는 《예기》〈악기편(樂記篇)〉의 천리(天理)·인욕(人欲)이란 말을 따오고, 음양의 소장(消長:성쇠)을 하나의 것으로 보고서, 이를 이(理)라고 불렀다.

그리고 그의 성설에 있어서도 기와 이를 대비시킨다.

'생(生)을 성(性)이라고 말한다. 성은 곧 기이고 기는 곧 성이지만, 사람은 태어나자 기를 받는다. 이는 선악이 있다. 그렇지만 성 가운데 애당초 이런 두 가지의 것이 있고 상대적으로 생기는 것은 아니다.'

여기서 말하는 성이란 〈악기편〉의 '사람이 태어나 잔잔함[靜]은 하늘의 성이다'고 한 것이며, 명도는 이런 하늘의 성을 천리(天理)라고 불렀다. 또한 기는 각자가 얻은 개인의 성이었다. 이(理)가 추상적 규범이라면 기는 곧 감각적인 것이었다.
 결국 정명도는 천하무이(天下無二)라 생각했던 것이며 이른바 성즉천리(性卽天理)란 우주간의 법칙을 비쳐 사람에게서 나타난다고 본다. '천하의 선악은 모두 천리이다. 이를 악이라 함은, 본악(本惡)이 아닌 거다. 단지 지나침 또는 미급(未及)으로서 곧 이와 같다'고 설명한다. 그러니까 천지간 우주의 본체는 생생(生生)이고 생생의 이법(理法)은 음양의 기 소장(消長)이었다. 사람도 천지간의 한 본체이므로 그 이는 음양의 소장일 터이다. 이것이 바로 사람에게 선악이 생기는 까닭이며 이치였다.
 각자의 모습은 이런 소장에 의해 나타난 형체이므로 갑과 을의 기품(氣禀 : 즉 기를 받고 태어난 성정)은 꼭 동일하지가 않다. 이것을 기라고 하는 거다. 때문에 성을 논하고 기를 논하지 않는다면 불비(不備)가 된다. 하지만 각자의 기품에만 그치고 편기(偏倚)를 정중(正中)으로 만들고자 가르쳐도 근원이 어떤 것인지 밝히지 않는다면, 목적을 밝히지 못한다. 그래서 추상적인 이를 가르치는 필요성이 있다.
 좀 까다롭지만, 성즉리(性卽理)와 기를 병립시켜 설명한다는 점에 명도 성설의 특징이 있었다.
 정명도 학설의 중심은 천리라는 것이었다. 그는 말한다. 이런 천리가 사람에게 있음을 인(仁), 또는 지(知)라고 한다. 다시 말해서 그는 예로부터의 도덕 일체를 천리라는 한마디로 포괄했다. 그리하여 그는 〈식인편(識仁篇)〉에서 주장한다.
 '배우는 자는 먼저 인을 알아야 한다. 인자(仁者)는 혼연 만물과 일체가 되며, 그리하여 의·예·지·신도 모두 인이다. 식인(인을 앎)이란 이런 이치를 알고 터득하여 성경(誠敬)으로써 이를

간직할 뿐이다. 방검(防檢)도 쓰지 않고 궁색(窮索)도 쓰지 않는
다. 마음이 해이됨으로써 방비도 필요한 거다. 마음에 해이(게으
름)가 없다면 무슨 방비가 필요하겠는가[이상은 敬의 연마]. 이를
얻지 못한 동안에만 궁색[근원까지 탐색함]의 필요가 있다. 이를
오래 간직하여 스스로 밝다면 무슨 궁색이 필요하겠는가[이상 誠
의 연마].

그의 《정성서(定性書)》에서,

'自私則不能 以有爲爲應迹

用智則不能 以明覺爲自然'

이라 했는데 자사(自私:자기의 사사로움)를 배격하여 응적(應迹:
선인의 자취, 곧 성현의 가르침)을 권하고, 용지(用智:인위적 지혜)를
물리치며 자연 그대로인 명각(明覺:밝은 깨우침)을 가르친 말이었
다. 이것은 또한 무심 무정(無心無情:일체의 감각을 없앰)·내외양
망(內外兩忘:주관과 객관의 양자를 모두 잊음)을 주장한 것으로서,
〈식인편〉의 '도란 물(만물)과는 상대적이 아니다'와 같은 맥락이
다. 또한 궁색을 버리고 존구자명(存久自明:오래 간직하면 절로 밝
아짐)하라고 주장하며, 또 방검(防檢:방비하고 고친다는 것)이 아닌
공경으로써 간직하라는 것도 모두 같은 정신이었다.

정명도의 주장은 요컨대 천지 만물·사람과 금수라도 차별이 없
고 모두 우주 생성의 덕(德)으로부터 나타난 하나의 현상으로서,
이런 현상은 하나의 이치로써 일관되는 것이며, 이 이(천리)를 도
덕적인 것으로 해석했다. 따라서 인간은 태어나면서 선천적으로
이런 도덕적 이치, 곧 인(仁)과 일체인 것으로써 이를 실천해야만
할 양능(良能), 자각해야 할 양지(良知)의 작용도 갖춘 것이라고
보았다.

이런 의미로서 그의 양지 양능은 육왕학(陸王學)의 선구라고 할수 있지만 주자학자로선 명도의 설이 완전한 게 아니었다. 그러므로 《주자전서(朱子全書)》에선 명도의 《정성서》를 개작했고 또한〈식인편〉은 지위 높은 자는 일로서 천학(淺學)의 자는 바랄 것이 아니라고 비판했다.

 순서상 정이천의 설을 설명해야겠지만 뒤로 미루고, 범중엄과 대립하는 구양수를 먼저 논할 필요가 있다. 그는 물론 유학의 사상가라기보다 문학자이고 그 문하에서 왕안석과 소순·소식·소철의 이른바 삼소(三蘇), 그리고 증공이 배출된다
 구양수의 경학을 간단히 요약한다면 범중엄 이후 주돈이·소옹·횡거·이정 등은 모두 《역경》 《중용》을 중심으로 하여 성명(性命)을 풀이하고 있는데, 구양수는 《역경》과 《중용》을 의문시 했다. 예컨대 그의 〈동자문편(童子問篇)〉에 이런 글이 나온다.
 '동자가 물었다. 〈계사전〉은 성인께서 지으신 게 아닙니까? 어찌 〈계사전〉뿐이냐! 〈문언〉 〈설괘〉 이하는 모두 성인이 지으신게 아니다. 그리하여 중설이 뒤섞이고 한 사람의 말만도 아니니라. 옛날의 역(易)을 배운 자가 잡설을 마구 취하여 그 자료로 삼고, 따라서 일가의 설은 아니다. 그러므로 이동(異同)과 시비(是非)가 함께 들어 있어 경문을 훼손하고 세상을 어지럽히며 지금에 이르렀느니라.'
 《중용》을 배격한 말로선 '《중용》은 자사(子思)의 작이라 한다. 그렇지만 자사는 공자의 후손으로 그 설이 공자와 다를 리가 없느니라. 그런데 지금의 《중용》에는 공자의 말과 어긋나는 게 있다. 예를 들어 《논어》에 의하면 공자는 열다섯에 학문을 뜻했다 하였

고 쉼으로서 천명을 안다고 했다(〈위정편〉). 이것은 공자와 같은 성인도 배운 뒤에 비로소 성인의 경지에 이르렀다는 거다.

그런데《중용》에선 생지안행(生知安行 : 선천적으로 총명하여 평안한 마음으로 도를 행함)을 주장한다. 공자도 배우고서 성인에 이르고, 요순도 사려(思慮)를 기다린 뒤에야 마땅함을 얻었으며, 탕(湯)도 허물이 전혀 없을 수가 없었다.

《중용》에서는 진실〔誠〕인 자는 힘써 배우지 않고서 중(中)하고 생각지 않고서 얻는다고 한다. 힘쓰지 않고 생각지 않고서 얻는 일은 요순·탕공과 같은 성인도 불능인데 어찌 그렇다는 건가! 이는《중용》이 허황된 논으로서《중용》은 자사의 저술이 아닐 터이다.'(〈문진사책편〉)

《역경》과《중용》을 의문시한 구양수는《주례(周禮)》를 가장 중시했고《예악》을 존중했다. 성설에 대해서도 부정적이고 '무릇 성은 학자로서 서둘러 말할 일이 아니다. 다만 성인께서 어쩌다가 말했을 뿐인 것이다.《역경》의 64괘에도 성을 말하지 않았고, 거기서 말한 것은 동정(動靜)·득실(得失)·길흉의 영원 불멸한 진리뿐이었다.

또《춘추》2백42년에도 성을 말한 게 없고 있는 것이란 선악·시비의 실록뿐이다. 〔《시경》《상서》《예기》《악기》에도 性은 없다〕……《논어》에 실린 72제자로 공자에게 물은 자들도 효를 묻고 환(患)을 묻고 인의를 묻고 예악을 물은…… 자는 있지만, 성을 물은 자는 없다. 공자가 그 제자에게 대답한 수천 마디의 말 중에 성을 언급한 것은 단 한마디뿐. 그러므로 나는 학자로서 서둘러 단언할 일이 아니고 성인만이 아주 드물게 말했다고 한 것이다.' 또 그는 이렇게 잘라 말했다. '성이란 신체와 함께 태어나고 사람이 모두 가지

고 있는 거다. 군자된 자는 몸을 닦고 사람을 다스리는 데 있다. 성의 선악은 꼭 탐구할 필요가 없다.'

구양수의 저술로는 《집고록(集古錄)》《신오대사》《모시본의(毛詩本義)》《좌전절문(左傳節文)》 등이 있는데 《집고록》 10권은 금석문 연구로 주목된다.

문헌상 이를테면 《수서》〈경적지〉에 〈비영(碑英)〉 29권·〈잡비〉 22권의 서목이 있고 그 각주(脚注)로서 진(晉)의 장작대장(將作大匠) 진협(陳勰)〈선의 비문〉 15권이 지금 있다고 기록했다. 이어 양원제(梁元帝)의 〈석씨비문(釋氏碑文)〉 30권 및 사장(謝莊)의 〈비집〉 10권이 있었다고 한다.

그러나 이런 것은 모두 책명만 남아있는 것이며 현존하는 금석록으로선 구양수의 《집고록발미》를 가장 오랜 것으로 꼽지 않을 수가 없다. 구양수는 진대(秦代)부터 5대에 이르는 잔존의 것을 총 망라하여, 그 대요를 정리하여 설로써 확립하고 각각 그 말미에 발(跋)을 붙였다. 따라서 이를 《집고록발미》 또는 그저 《집고록》이라고 부른다.

집고란 고대의 비각문을 모았다는 뜻으로 같은 송대 조명성(趙明誠)의 《금석록》 30권과 더불어 금석학의 선구가 된다.

이런 비문 연구는 법첩과 더불어 엄연한 하나의 분야가 되고 원명(元明)을 거쳐 청대에 이르러선 찬란하게 꽃피웠다.

여기서 송원대의 것만 열거한다면 위의 양서 외에도 진사(陳思)의 《보각총편(寶刻叢編)》, 무명씨의 《보각유편》, 홍괄(洪适)의 《예석(隸釋)》《예속(隸續)》〔이상 《송서》〕 등이 있었고 다시 원대의 번앙제(潘昂霄)가 엮은 《금석례(金石例)》《속례》가 있었다.

정치가로서의 구양수는 사마광이 정계에 첫 입문했을 무렵 (1061) 참지정사였고 재상은 범중엄과 같은 군자당(君子黨)의 한기(韓琦)였다. 송인종은 1063년에 죽었는데 왕자가 없었다.

그래서 한기는 구양수와 협력하여 종실의 조종실(趙宗實 : 영종)을 추대했는데, 황제의 부친 윤양도 종묘에 모셔야 한다는 상주를 했다. 그러자 사마광이 반대한 것이다.

"천자는 만인의 아버지로서 사친(私親)을 돌본다는 것은 안됩니다."

그래서 이 안은 주춤했는데, 한림학사이던 왕규(王珪)가 또 이런 상주를 했다.

'복왕(濮王 : 윤양)은 마땅히 황백(皇伯)이라고 칭해야 합니다.'

왕규의 주장엔 사마광도 동조했다. 그러나 구양수는 단호히 반대했다.

'《상복대기》에서 출계한 자는 그 부모를 위해 복은 내려 입는다고 했습니다. 그러나 부모의 이름은 몰(沒)하지 않음은, 복은 내리되 이름은 없앨 수 없다는 뜻입니다.'

라며 복왕은 황친(皇親)으로 불러야 한다고 주장했다.

이것이 복의(濮議)라는 것이며, 마치 우리의 송우암과 허미수의 상복 논쟁과도 같다.

이 복의는 좀체로 결말이 나지 않았고 황태후의 중재를 요청하여 황백과 황친의 어느 쪽을 사용해도 무방하다는 결정을 내렸다. 왕규·사마광 등이 황백이라고 주장하는 이유는 복왕이 인종의 종형(從兄)이기 때문에 백부(큰아버지)라는 것이고, 한기·구양수는 생부(生父)를 백부라고 부른 예는 고금에 없다는 것이었다. 당사자인 영종은 생부를 가리켜 황(皇)자를 붙이는 것은 황공하다 하면서 스스로 황자를 없애고 친(親:어버이)이라고 부르게 한다.
 이래서 당쟁이 시작되었지만, 송영종이 죽고 20세의 태자가 뒤를 이어 송신종이 된다. 이때쯤 구양수는 나이가 많아 정치에서 물러나고 제자 왕안석이 정계에 등장하고 있었다.
 1070년, 이때 사마광은 새로이 어사중승이 된 여론(呂論)이란 자를 조정에서 만났다.
 "어디를 급히 가려 하시오?"
 "경연입니다."
 "아니, 무슨 일이 있습니까?"
 "사실은 왕안석을 탄핵하려는 거지요."
 사마광은 짐짓 놀라는 체 했다.
 "개보(왕안석)는 대신이 된 지 얼마 되지 않았는데 벌써 탄핵하시오?"
 같은 구양수의 문하이지만 소순·소식·소철 3부자는 왕안석과 주장을 달리 하고 있었다. 소식(1036~1101)과 소철(1039~1112)은 모두 수재인데, 동파 소식은 가우 2년(1057) 과거에 급제했다. 이때 《장자》를 논한 답안을 시관이던 구양수가 보고 감탄했다.
 '내 옛날에 이것을 읽었는데 말로서 표현할 수가 없었다. 지금 이 글을 보니 마음(공감)을 얻었다.'
 송신종이 동파를 불러 물었다.
 "그대는 무엇으로써 짐을 돕겠소?"
 "폐하께선 지금 치(治:국가 경영)를 구하심이 매우 급하고 언(言:천하 공론)을 들으심이 매우 넓으시며 사람을 진(進:인재 등용)하심이 매우 날카롭습니다〔과격하다는 의미〕. 원컨대 소신은 이를 가라앉혀 안정(安靜)토록 하고 싶습니다."

이것으로 동파는 노장에 가깝다는 것을 알 수 있다.《송사》에서 그를 청절〔깨끗한 절조〕이라고 평했다. 또 충규 당론·정정 대절이라는 평도 있다. 그 의미는 당파에 속하되 치우치지 않고 바른 말을 서슴지 않으며 그 언행에 절조가 있다는 것이다.

흔히 동파는 왕형산(王荆山 : 왕안석)의 신법을 반대했다고 알려져 있지만, 사실은 중정(中正)을 지켰다.《동파지림》에 이런 글이 보인다.

'왕개보는 머리 회전이 빠르고 천착하기를 좋아했었다. 곧잘 하나의 신설(新說)을 내놓았으며, 이윽고 그 잘못을 깨달으면 또 일설을 내놓아 이를 해명하는 것이었다. 따라서 그의 학문엔 신설이 많다.

언젠가 그는 유원보(劉原父 : 劉敞, 춘추학자, 집현전 학자)와 회식했는데 문득 저를 놓자 말했다.

"공자는 생강을 버리지 않고 먹는다(不撤薑食 :《논어》〈향당편〉)고 했는데 어떤 뜻입니까?"

"본초에서 생강을 많이 먹으면 지혜를 해친다고 하였소. 도는 백성을 개명코자 함이 아니고 이를 우매코자 하는 데 있소. 공자는 도로써 사람을 가르치는 분이므로 생강을 물리지 않고 잡수셨던 것은, 백성을 어리석게 하시고 싶었기 때문일걸세."

그러자 개보는 자기의 뜻을 얻었다는 듯이 웃었다. 그러나 이윽고 그것은 원보가 자기를 놀리는 말이었음을 알았다. 원보의 말도 농담이긴 했지만, 왕씨의 학문〔안석은 소식보다 15세 연장〕은 실인즉 그 정도였던 것이다.'

한편 영빈(潁濱 : 소철의 호)은 그 성격이 침정간결(沈靜簡潔)이었다는 평인데, 요컨대 침착한 것이 말수가 적고 청렴했다는 뜻이리라. 또 그의 문장은 왕양담백(汪洋淡白)이라 했지만, 이들 형제는 욕심이 별로 없었고 만년에는 선종에도 관심을 가졌다.

특히 영빈은 벼슬에서 사임하자 수십 년 동안 사람들과 왕래를 거의 하지 않았으며 묵묵히 좌정하여 종일토록 꼼짝도 하지 않았다고 한다. 영빈의 저술로선 《춘추전(春秋傳 : 전은 주해로 곧 저자 의견)》《시전》《고사(古史)》《난성집(欒城集)》이 전한다. 그러나 조선조의 선인들은 별로 소철에 대해 관심을 두지 않았다.

시문과 서화로 말하자면 빼놓을 수 없는 게 소동파였다. 그 시문의 스승은 구양수였다. 《동파지림》권1에 이런 이야기가 소개되어 있다.

최근 손신로(孫莘老)가 구양 문충공의 면식을 얻었는데, 어느 날 공이 한가하신 때에 찾아뵙고 문장에 숙달하는 방법을 물었더니 이런 말씀이었다.

"특별히 방법은 없다. 다만 독서에 힘쓰고, 그리고서 글을 많이 지으면 자연히 숙달된다. 세상 사람들의 결점은 문장을 짓는 양이 적고 더욱이 독서를 게을리 하고 있어. 그러면서 한 편을 발표할 적마다 남을 능가하려고 한다. 그렇다면 우선은 좋은 문장이 나오질 않지. 문장의 결점은 남으로부터 지적되지 않더라도 많이 지으면 자연히 보인다."

문충공께선 당신의 체험을 말씀하신 것이며, 그러기에 더욱 감명을 주는 것이다. 문충공께선 일찍이 이와 같이 말씀하셨다.

"병을 앓는 사람이 있었다. 의사로부터 어째서 병이 생겼느냐는 질문을 받자 배를 타고 있을 때 풍랑을 만나 놀란 것이 원인이라고 대답했다. 의원은 오랫동안 사용한 키의 땀에 절은 부분을 깎아서 가루를 만들고 그것에 단사(丹砂)며 복령(茯苓) 따위를 섞어 달인 약탕을 먹이자 곧 완쾌했다고 한다. 실제 본초의 주에도 별약성론(別藥性論)을 인용하여 땀을 멎게 하자면 마황(麻黃)의 뿌리며 헌 대부채를 분말로 만들어 복용하면 좋다고 하였다."

문충공은 다시,

"대체로 의(醫)는 의(意)로써 약을 쓰는 일이 많다. 얼핏 보기에 이는 얼마간 유치한 것 같지만, 의외로 효험이 있는 일도 있어 무조건 무시할 수만은 없을 것 같다."

그래서 나(동파)는 공에게 말했다.

"그렇다면 필묵을 태운 재를 학도에게 먹이면 머리가 좋아지고 게으름의 버릇이 나을까요? 그리고 이를 확대시킨다면, 백이의 손씻은 물을 마시면 탐욕이 없어지고 비간[충간을 하여 주왕에게 살해된 충신]이 먹다 남긴 음식을 먹으면 아첨이 조절되며 번쾌[유방의 장수]의 방패를 핥으면 비겁을 고칠 수 있고 서시[고대의 미녀]의 귀고리를 냄새 맡으면 못생긴 얼굴도 예뻐지겠군요."

그 말에 공도 크게 웃으셨다. 원우(元祐) 6년(1091) 윤 8월 열이렛날, 배가 겨우 영주(潁州 : 안휘성 부양현)에 당도했다. 문득 20년 전, 문충공을 이곳에서 뵙고 하룻저녁 말씀을 들었던 일이 생각나서 여기에 이것을 적는다. [이때 구양수는 사마광의 탄핵을 받고 이곳에 은퇴]

내가 옛날, 어렸을 때 사용한 공부방 앞뜰엔 죽백나무 등 갖가지의 꽃이 가득 심어져 있고 많은 새들이 그곳에 집을 짓고 있었다. 그러나 무양공(소순의 시호)이 살생을 꺼려 하셨으므로 아이도 노비도 새를 잡을 수 없었다. 그 때문에 수년이 지나자 새들은 모두 낮은 나뭇가지에 집을 마련하고 그 새끼를 들여다볼 수도 있었다. 또 오동의 꽃에는 봉황이 네댓 마리 매일 날아와서 앉았다. 봉황의 깃털은 매우 진귀하여 좀처럼 볼 수가 없는 것이다.

그런데 이것은 잘 길들여져 있어 사람을 조금도 겁내지 않았다. 향리의 사람들은 때때로 구경하러 와서 진귀한 일이라고 말했다. 이는 다름이 아니다. 결코 해를 가하지 않는다는 이쪽의 진심이 이류(異類)에게 믿어지고 있기 때문이다. 시골의 노인이,
"새는 사람으로부터 너무 멀리 떨어져 있으면 자기 새끼를 뱀이나 쥐, 여우·너구리·매·솔개 등에게 잡혀 먹힐 염려가 있다. 그러므로 인간이 죽이지만 않는다면 그런 피해를 면하기 위해 자연히 사람한테 다가오는 법이다."
라고 하는 말을 들은 적이 있다. 그리고 보면 새가 사람 가까이 집을 만들려고 하지 않는 것은 사람이 뱀이나 쥐보다도 두렵다고 생각하기 때문이리라.

이상의 세 가지 이야기로서 동파를 이해할 수는 없으리라. 그의 시로서 〈조보지가 소장한 여가의 대나무 그림에 서하다〔書晁補之所藏與可畫竹〕〉가 있다. 조보지의 자는 아구(牙咎)이고 호는 귀래자(歸來子)이다. 한편 여가는 문동(文同 : 1018~1079)의 자이며 서가로 알려졌다.

여가 선생이 대나무를 그릴 때는/대만 염두에 있지 사람은 보지 않네/사람을 보지 않을 뿐 아니라/황홀하여 스스로마저 잊어 버리네.
(與可畫竹時 見竹不見人 豈獨不見人 嗒然遺其身)

몸은 대와 일치가 되고/무궁한 기풍이 비롯되네/장주 같은 사람은 지금 세상에 없지만/누가 이 몰두를 알리오.
(其身與竹花 無窮出淸新 莊周世無有 誰知此凝神)

동파는 화론(畵論)을 남기지는 않았지만 약 80편의 제화시·제발류를 남기고 있어 그의 예술관을 대강 짐작한다.
그것을 정리한다면,
(1) 형사의 엄밀한 재현을 거부했다. 그 이유는 물상(物象)의 형태보다 그 본질, 내포한 진리를 중시했다.
(2) 형사의 거부는 손끝의 기교보다도 화가 자신의 인격·사상·신념 등을 중시한다는 의미였다.
(3) 물상의 본질을 파악하고 표현하기 위해 단숨에 끝마치는 붓의 빠름을 중시했다. 그러므로 필선(筆線)의 간략화, 우발적 묵면(墨面)의 중시, 필묘(筆描)의 거칠어짐은 어쩔 수 없었다.
그래서 재래의 붓 대신 사탕수수·짚·모발 등의 재료도 사용했고 붉은 물감으로 대나무를 그리기도 했다. 그의 묵죽론이라 할 〈문여가가 그리는 운당곡언죽기〔文與可畵 篔簹谷偃竹記〕〉에서, '대가 생기는 시초는 한 치의 싹에 지나지 않는다. 그럼에도 마디나 잎이 갖추어져 있다. 매미의 복부, 뱀 비늘쯤의 작은 것으로부터 여덟 자의 뽑은 검처럼 성장하는 소질은 태어나면서 간직하고 있는 것이다. 지금의 화가들은 마디마디 줄기를 그리고 잎사귀도 하나하나 그려 나간다. 어찌 대라고 할 수 있겠는가. 그러므로 대를 그리려면 먼저 반드시 완성된 대의 모습을 마음속으로 파악하고, 붓을 잡은 다음 화면을 응시한다.
그리고 그리려는 대가 보이면 서둘러 그리기 시작하고, 단숨에 붓을 휘둘러 그려낸다. 먼저 화면에 보인 대를 좇는 꼴은, 토끼가 껑충 뛰어 내빼고 새매가 날아오르듯이 단숨에 그려내는 거다. 만일 조금이라도 기를 늦춘다면 도망치고 말리라. 문동이 나에게 가르쳐 준 것은 이상과 같은 것이었다〔문동을 묵죽의 시조라고 함〕. 나는 그대로는 하지 못하지만, 마음으로는 그러지 않으면 안된다는 것〔心識〕은 알고 있다.

도대체 마음으로 그려야만 한다고 알면서도 그러지 못하는 것은, 마음의 안팎이 일치되지 않고 손이 마음이 시키는 대로 움직이지 않기 때문으로서, 배우지 않은 탓이다. 그러므로 마음으로는 알고 있어도 실행에 옮겨 익숙해지지 않는 자는, 평소 잘 아는 일이라도 여차할 경우 정작 그것을 잃고 있는 거다. 이런 이치는 비단 대나무만이 아니다.

자유(소철)가 〈묵죽부(墨竹賦)〉를 지어 여가에게 주었지만, 그 구절로서 '포정(庖丁)은 소 백정이지만 자기의 인생을 완전히 마치려는 자〔養生者〕는 그로부터 배운다. 윤편은 수레 목공이지만 참된 독서인〔지식인, 곧 선비〕이라면 그에게 찬성한다'고 하였다. 지금 당신은 묵죽에 가탁한 나의 이 글을 읽고서, 내가 참된 도를 터득했다고 한다면 잘못이라고 할까 ! 자유는 아직 그림을 그린 일은 없다. 그러므로 당신의 의도를 아는 데 그치고 있지만, 나의 경우는 단지 당신의 의도를 알 뿐 아니라 당신의 화죽법도 아울러 터득하고 있는 거다.'

예술가로서의 화가가 제작에 앞서 이미지를 떠올리는 일은 당연하지만, 소식의 주장은 평소의 세밀한 관찰과 화가의 심정이 일체화된 문인화(文人畫)의 이상을 말하는 것이었다. 여기서 나오는 운당곡은 문동이 당시 지방관으로 있던 섬서성 양현(洋縣)의 지명이고 운당은 둘레가 한 자 반, 마디 사이의 길이가 육칠 척이나 되는 큰 대나무라고 한다. 언죽(偃竹)은 구불퉁한, 또는 쓰러져 누워 있는 대나무란 뜻인데 여기선 비유로 쓰인 것 같다.

이 글은 문동이 죽고 난 뒤(1079)의 칠월 칠석날 썼다고 하는데, 이보다 앞서 〈정인원화기(淨因院畵記 : 정인원은 개봉에 있던 절로 희녕 3년(1070)에 씌어졌다고 함)〉라는 것도 있다.

'나는 일찍이 그림을 논하면서 인물·조수(鳥獸)·누각·기명 등은 모두 일정 불변의 형태(常形)가 있게 마련이다. 산석죽목이나 물보라·구름·아지랑이 등은 상형이야 없지만 일정한 이치(常理)를 갖추고 있게 마련이다. 상형이 아니면 누구라도 깨닫지만 상리가 아닌 것은 그림을 잘 아는 자라 할지라도 모르는 일이 있다. 그러므로 세상을 속이고 명성만 얻으려는 자는 모두 상형이 없는 산석(山石)만 그리려고 한다.

그렇지만 불변의 형태 잘못은 잘못된 부분만이 문제가 될 뿐으로서 화면 전체가 잘못되었다고 배척할 수는 없다. 그러나 일정한 이치에서 어긋나 있다면 작품 전체를 버려야만 된다. 형체가 일정 불변이 아니기에 그 이치에 관해선 조심해야 하는 것이다. 세상의 화공들은 형태를 세밀하게 그릴 수는 있어도, 이치에 관해선 세상을 초연한 군자나 뛰어난 재능의 소유자가 아니라면 이해할 수 없는 것이다.'

소동파의 이런 설은 문인화를 옹호하는 것이지만 옛날부터의 기운(氣韻) 존중이나 앞에서 소개된 곽희의 《임천고치》《산수훈》의 정신과 맥락을 함께 하는 것이라고 하겠다.

동파의 시로 가장 사람들에게 회자(膾炙 : 널리 사람의 입에 오름)

된 것은 〈봄밤〉이라는 것일지 모른다.

　봄밤은 춥지도 덥지도 않아 일 각이 천금의 가치가 있고/꽃엔 맑은 향기가 있는데 달빛도 어렴풋하네./노래와 피리로 화려하던 누대도 괴괴하기만 한데/그네 맨 안뜰엔 인적마저 없고, 밤은 조용히 깊어가네.
　(春宵一刻直千金　花有淸香月有陰　歌管樓臺聲寂寂　鞦韆院落夜沈沈)

　한시의 운율은 압운(押韻)과 평측(平仄)에 의해 구성된다. •표가 운자이다.

　"고려 문종 31년 정사〔송신종 10 : 1076〕조에 송의 국신사(國信使) 왕래의 선박에 불편이 많으므로 홍주(洪州)의 소대현(蘇大縣)에 새로이 안흥정(安興亭 : 현 태안군 안흥)을 두었다고 했습니다. 당시 송상의 왕래도 많았지만 고려엔 왜승들도 오고 있습니다.
　다구(茶具)의 발전도 그런 데에 원인이 있었을지도 모릅니다. 앞서의《고려도경》을 보면 금화오잔(金花烏盞 : 황금의 검은 잔)이며 비색소구(翡色小甌 : 청자색의 작은 찻종)며 은화로와 작은 솥도 있었다고 했습니다."
하는 추사의 말에 완원은 오히려 왜국승이 왔었다는 말에 흥미를 보였다.
　추사는 그때만 하더라도 완원이 어째서 왜국에 대해 관심을 보였는지 그 이유를 몰랐다.
　"고려는 중국에 비한다면 왜국과 훨씬 옛날 신라 초부터 왕래가 있었고 또한 잦았다고 알고 있습니다."
"그러고 보면……."
하고 추사는 잠시 생각했다.
 소동파는 송신종의 희녕 연간(1068~1077)에 지방관으로 항주·서주 등지에서 치적을 올렸다. 예컨대 송대의 시인들은 황루(黃樓)라는 것을 자주 노래로 불렀다. 황루는 바로 서주성의 동문을 말하며 당시의 사람들이 동파의 치적을 기린 것이다.
 희녕 10년(문종 31 : 1076) 황하가 범람하여 선주(澶州)에서 둑을 무너뜨리고 남쪽 일대를 탁류의 바다로 만들었다. 이리하여 선주 동쪽 양산박에 모인 탁류는 둘로 갈라졌다. 하나는 북청하와 합쳐 산동의 북쪽을 꿰뚫었고 하나는 남쪽으로 서주를 덮칠 기세였다.
 지주(知州)였던 동파는 전 주민을 동원하여 성 동남방에 필사적으로 둑을 쌓았으며 마침내 홍수를 막아냈다. 이때의 둑이 현재까지도 그 이름을 남기고 있는 소제(蘇堤)이다.
 물이 빠진 뒤 서주는 성벽을 더욱 높이 쌓고 누각을 지어 소동파의 치수를 기린 것은 당연했지만, 벽을 황토로 누렇게 칠한 것은 오행·상극설의 토극수(土剋水)에 근거한 것이었다. 또 우리는 성벽이란 적의 침입을 방어하기 위한 것이라는 게 지식이지만, 중국에선 홍수를 막는 시설이기도 했다.
 동파는 서주에 있는 동안 이 누각에서 잔치도 베풀며 벗들과 시도 읊었다. 그리고 소철은 〈황루부〉라는 장편의 시를 지어 치수의 자초지종을 노래했는데, 동파는 다시 이것을 직접 서하고서 돌에 새겨 세우도록 했다. 하지만 이 비석은 곧이어 일어난 당쟁에 의해 파괴되었다. 후대의 비문은 원탁(原拓)으로부터의 중각이다. 사진판으로 보니까 소해로서 소동파의 필적을 엿볼 수가 있다. 물론 추사도 이 글씨를 보았을 터이다.

　이 비문을 읊은 시로 진사도(陳師道：1053~1101, 소문 6군자의 하나)의 〈황루〉에 '屛亡老畢篆 市發大蘇碑(담은 무너지고 필충순의 전액도 없어졌는데, 시장에선 대소(동파)의 비문을 팔러 내놓았네)'가 감회를 일으킨다. 고증에 의하면 진사도의 이 시는 원부(元符) 3년 (1100)에 지어진 것이라고 한다. 같은 진사도의 시로 '樓上當當徹夜聲 與人何事有枯榮(누각 위에선 밤을 새워가며 탕탕 탁본을 뜨는 소리, 비문이 인간의 영고(성쇠)와 무슨 관련이 있는가)'이라며 통탄했다. 이 시에서 보면 비문이 파괴된다는 소문이 알려져 탁본을 뜨는 사람이 많았음을 알 수 있다. 역시 《동파지림》에 이런 글이 보인다.

　'기묘년(1099)의 상원절(上元節：정월 보름), 나는 담이(儋耳：해남도의 담현이고 동파는 이곳에 3년을 있었다)에 있었다. 늙은 서생이 몇 사람 나한테 와서 말한다.

　"좋은 달밤입니다. 선생, 잠깐 산책하지 않으시렵니까?"

　나는 기꺼이 따라나섰다.

　건들건들 성서를 걸어 승원에 들어갔고 좁은 골목을 지났다. 한족과 만인(蠻人)이 섞여 살고 푸줏간이며 주점이 잡다하게 늘어서 있었다. 숙소로 돌아오자 이미 삼고(三鼓：삼경)도 지났다. 숙소의 사람들은 모두 문을 닫고 코를 드르릉 골고 있었다. 나는 지팡이를 놓고 웃었다. 어느 쪽이 득인지 손해인지 생각했기 때문이다.

　"선생님, 무엇을 웃고 계십니까?"

하는 질문을 받았지만, 곧 자기 자신이 우스웠기 때문이다. 또 한편 한퇴지의 '낚시질 가서 고기가 잡히지 않는다면 멀리 가는 게 좋다(君欲釣魚須遠去 豈肯大魚沮洳―― 웅덩이, 곧 탁한 세상임. 贈侯喜)'는 의미를 웃었던 것이다. 아무리 멀리까지 간들 꼭 큰 고기가 잡힌다고도 할 수 없기에――.

당시로선 세상 끝이라고 여겨진 산 설고 물도 선 섬에 유배당한 시인의 굴절된 감회는 경험하지 않은 사람이면 모를 터이다.

그러나 진의보(陳宜甫 : 생졸 불명)의 시 〈서주독 황루비〉처럼 황루가 잿더미로 변한 뒤에도 그 기초는 동문 밖에 솟아 있는 거다. 당당한 비석, 돌에 새겨졌던 황루비는 아무리 맹렬한 불길이라도 사람들의 정신 속에서 기억되는 한 파괴되지는 않는 거다. 그러기에 '나는 찾아와서 석양이 비낀 가운데, 한 번 읽고는 두 번 절하고 형제의 아름다운 사연을 진심으로 존경하며, 그 맑은 빛이 천 년 뒤까지 비출 것을 믿어 의심치 않는다.(我來立斜陽 一讀一再拜 企慕賢弟兄 淸光照千載)'

"생각이 났습니다. 고려의 선종(宣宗 : 문종의 아들. 재위 1083~1094, 정변이 있었다) 초, 그러니까 송신종의 원풍(元豊) 연간(신종 7 : 1084)입니다. 고려의 왕자 석후(釋煦)는 도성 밖 36리의 벽란도에서 송상의 배를 몰래 타고 입송했으며, 경향 각지의 명찰을 찾았고 정원(淨源)법사로부터는 화엄의 교리를, 자변(慈辯) 대사로부터는 천태의 교관(敎觀 : 교의와 같음)을 물어 얻었다고 합니다.

그리고 14개월만에 태후의 부름이 간절하여 불서 3천여 권을 사가지고 돌아왔습니다. 특히 송에 있을 때 소자첨(동파의 자)과도 만났고 동파도 석후의 시문과 글씨에는 감탄했다고 합니다. 석후가 바로 대각국사 의천인데 귀국하자 홍왕사 주지로 있으면서 요와 왜국의 불서도 구입하여 《십만 대장경》을 새로이 간행했던 것입니다. 당연히 많은 왜승이 고려에 왔습니다."

추사의 이 말에 완운대는 고개를 크게 끄덕였다. 보충 설명을 한다면 대각국사의 입송에는 문종이 승하한 뒤 이복 형제간의 골육상잔이 있었던 것이다. 그리하여 생명의 위험을 느끼고 벽란도에 가서 정박중이던 송나라 배에 숨어 있었다.

배가 출범하기까지의 며칠 동안 대사는 필사의 느낌이었으리라.

전하는 바에 의하면 벽란도는 나루터이고 벽란정〔일종의 무역 사무소〕이 있어 그런 이름이 있는 곳인데, 예성강의 이곳은 교통의 요지로 강폭이 좁고 여울이 있으며, 갈수기에는 무릎 정도밖에 물이 깊지 않았다.

따라서 벽란정을 설치하면서 일종의 갑문식 수문을 설치하고 송나라 배가 접안하는 데 3일이 걸렸다고 한다. 그러므로 태안에 안흥정을 설치했던 것이고, 고려가 가까운 강화섬이 아닌 먼 곳에 포구를 개설한 것은 마치 조선조에서 길을 논틀길처럼 만들어 말이 달릴 수 없게 했음과 마찬가지로, 거란의 침입과 뒤이은 송도의 함락에 혼쭐이 난 조정에서 가까운 외국 항로의 항구를 원하지 않았기 때문이라고 추정된다.

대각국사가 입송한 무렵의 원풍 6년(1083)에 사마광의 구법당인 왕규는 대신이 되고 동파가 존경하던 재상 부필(富弼)이 졸했으며 문언박(文彦博)이 사임하고 있다. 이들은 모두 중립적 인사들로 동파가 존경하던 명재상들이다.

이 당시 동파는 서주의 지주(지사)로서 희녕 10년(1077)부터 원풍 2년(1079)까지 재임했는데, 그 다음해 황주(黃州:호북성)로 유배되고 있다. 이유는 왕안석의 신법에 반대하는 상주문을 올렸기 때문이다. 이 황주에 유배되었을 때 유명한 〈적벽부〉를 지었던 것이다.
 그는 이곳에 유배되어 있는 동안 오히려 여산에도 올라 동림사·서림사를 둘러보았고 서호에 배도 띄우며 참으로 많은 시를 지었다.

　　호수에서 술 마셨고, 처음엔 개었는데 뒤엔 비가 내렸다/햇빛이 물결마다 반짝이니 개인 날의 호수 경치는 좋구나./산의 빛도 어렴풋해지는 비의 서호 경치 또한 기승일세./이런 서호와 저 서자(서시)를 비교한다면/엷은 화장이든 짙은 화장이든 모두 어울리듯 서로 같다네.
　　(飮湖上初晴後雨　水光瀲灩晴方好　山色空濛雨亦奇　欲把西湖比西子　淡粧濃抹總相宜)

 시도 좋지만 《동파지림》에 실린 동파의 수필도 하나의 철학이었다.
 대각국사가 동파를 만난 것도 동파의 시로 전하지만, 황주에서 만났으리라. 그리고 그것은 〈승천사의 밤놀이〉라는 글이 씌어진 뒤였다고 생각된다.
 동파는 앞에서도 말했듯이 어사대의 옥에서 원풍 2년, 황주에 유배되고 그곳에서 5년 남짓을 보내고 있다. 대사는 원풍 7년 정월에 입송했고 이때 동파는 마흔아홉, 의천은 서른한 살이었다.
 고려에 대해서 강경파이던 동파가 의천을 만나고 감탄한 까닭이 무엇일까? 다음의 글을 읽어보면, 시문과 교양에 있어 자기와도 결코 손색이 없음을 발견했기 때문이리라.
 '원풍 6년 시월 열이튿날 밤, 옷을 벗고 자려 했지만 달 그림자가 물로 드리워져 왔기 때문에 기쁘게 느껴져 바깥 출입을 하기로 했다. 그러나 도처히 즐거움을 함께 할 자도 없으리라 생각하고 승천사로 장회민(張懷民)을 찾아갔다. 회민도 아직 자고 있지 않아 함께 나와 뜰 안을 거닐었다. 뜰 안은 마치 투명한 물을 담고 그 물속에서 물풀이 흔들리는 것만 같이 생각되었으나, 실인즉 그것은 죽백나무 그림자였다.

 어느 날 밤이고 달이 없는 일은 없고 어디든 죽백이 없는 곳은 없다. 다만 우리 두 사람과 같은 한인(閑人)이 없을 뿐이다.'

이것을 보면 동파는 달빛과 죽백나무를 좋아했다. 그가 산수화를 즐긴 까닭도 이런 자연의 산천과 초목을 애호한 탓이다. 동파의 다른 글에도 그것이 나타난다. 다음의 것은 이때보다 몇년 전의 일이다. 〈만화회(萬花會)〉란 제목이다.

── 양주의 작약은 천하 제일이다. 채번경(蔡繁卿)이 그곳의 태수가 되자 비로소 '만화회'란 것을 만들어 10여 만 그루의 작약꽃을 사용하여, 곳곳의 화원이란 화원을 남김없이 황폐토록 했다〔작약을 강탈한 것이다〕.

더욱이 그 하리(下吏)들은 이것을 빙자하여 갖가지 나쁜 짓을 저질러 백성은 심한 피해를 입었었다.

나는 그곳에 부임하여 백성이 무슨 일로 고초를 겪는가 조사해 보았더니 이것이 첫째임을 알자, 즉시 폐지했다.

애당초 '만화회'는 낙양의 고사이지만, 역시 민폐가 있었다. '만화회'는 폐지되어 마땅했던 것이다.

전유연(錢惟演 : 송진종·인종 때의 고관. 문장으로 유명)은 낙양 유수가 되자 비로소 파발로 낙양의 꽃(모란)을 천자에게 바쳤기 때문에 식자는 이를 경멸했다. 이는 후궁의 여자가 황제를 사랑하는 것이나 같은 짓이다.
　채군모(蔡君模 : 채양을 말함. 서가로 유명)가 비로소 궁리하여 소단다(小團茶)를 만들어 천자에게 바쳤을 때도,
　"군모조차도 이런 짓을 하는가!"
하고 개탄하는 자가 있었다.
　최근 여안도(餘安道)의 손자가 요주(饒州 : 강서성 번양현. 원대의 유명한 도요지 경덕은 요주 소속)의 도기를 전매토록 상주하고 스스로 그 감독관이 되었는데, 결국 그 때문에 처형되고 있다. 나는 때마침《태평광기(太平廣記)》를 읽고 알았지만 정원 5년(789) 이백의 아들 백금(伯禽)이 가흥·사포(乍浦 : 두 곳 모두 현 절강성)의 소금 전매국 아전이 되고 사당신을 모욕한 죄로 처형되고 있다. 불초자는 대대로 그 종자가 끊기지 않음은 이것으로 알 수 있다.

　위의 글로서 세속의 뇌물을 받는 관리 또는 아첨배를 미워했던 동파의 성정(性情)을 알 수 있다.
　글 중에 나오는 채군모·채양(蔡襄)은 동파보다 선배로 당시의 일류 서가였다. 채양은 충혜(忠惠)라는 시호가 추증되었고 단명전(端明殿) 학사였으므로 그의 문집을《충혜집》또는《단명집》이라고 부른다. 옹담계는 동파 못지않게 채양을 높이 평가하고〈채충해 만안교기(萬安橋記) 탁본〉이라는 시가 있는데, 먼저 곽의행의《쇄서당필기》에 나오는 윤필(潤筆)부터 소개하겠다.
　윤필이란 무엇인가?
　——옛날에는 윤필이라는 게 없었다. 이것이 생긴 것은 아마도 육조 이후로서 당송시에 이런 게 가장 심했다.
　황보지정(皇甫持正 : 중당의 시인)은 배도(裵度 : 역시 시인)를 위해

복천사의 비문을 써 주고 천 민(緡 : 민은 천 푼, 곧 한 냥)의 보수를 얻고서도 다시 글자 한 자마다 깁 세 필의 할증을 요구했다. 이북해(李北海 : 이옹을 말함)는 비문을 잘 쓰기로 유명했지만 그 보수로써 거만(鉅萬 : 많다는 표현)의 돈과 깁을 받았고 그것은 두소릉(두보)이, '옳게 받아 시간 허비가 없네'라고 노래했을 정도이다.

백낙천과 원휘지(元徽之 : 원진. 시인, 779~831)는 다시 없는 친구였지만 낙천은 원진을 위해 묘지명을 써주고 역시 5~60만 전을 받고 있다. 저 한퇴지가 무덤에 아부〔식객이던 유차라는 자가 한유의 돈을 가지고 달아나면서 한 말. 묘지명이나 써주고 돈을 벌었다는 뜻〕하여 벌은 돈도 아마 이것에 비한다면 새발의 피였으리라.

송대도 마찬가지였다.

왕우옥(王禹玉 : 왕규의 자)은 방영공(龐潁公 : 이름은 적. 인종 때의 재상)의 신도비(神道碑 : 생전의 업적을 기록한 비석인데 우리나라에선 귀질을 가진 것)를 써주고 그 집에서 받은 윤필료 중에 고서화가 30종이나 포함되고 더욱이 당의 두순학(杜荀鶴)이 진사 급제시의 시험 답안도 들어 있었다.

보수로써 서화를 보내는 것은 금전에 비해서 풍아롭다고 생각되지만, 실제의 금액으로 환산한다면 더욱 값비싼 것이 되리라. 게다가 송대에는 남을 위해 문장을 짓는 데 있어 윤필료를 독촉하는 걸 업으로 삼은 자마저 있고, 그것을 별로 나쁘다고 생각지 않은 모양인데 이것도 매우 우스꽝스런 이야기다〔이 송대에 유교가 가장 발달했다는 데 대한 비아냥〕.

또한 윤필은 반드시 비명에만 국한되지 않았다. 《승수연담록(澠水燕談錄 : 왕벽지 저 10권)》 권2에 의하면,

—— 왕원지(王元之 : 왕우칭의 자. 《소축집》 저술)는 일찍이 이계

천의 제고문(왕의 조서 중 하나) 초고를 만들어 주었고 그 윤필료로써 말 50필을 보냈는데 원지는 이를 받지 않았다.

또《귀전록(歸田錄 : 구양수 만년의 수필)》권2를 보면,

── 채군모(채양)가 나를 위해《집고록》의 서목(序目)으로 돌에 새기는 글씨를 써주었기에 나는 그 윤필료로써 쥐수염·밤색 말꼬리털의 붓, 동록(銅綠 : 푸른색 나는 구리)의 붓꽂이, 대소의 용다(龍茶), 혜산천(惠山泉 : 강소·무석산의 샘물. 천하 제2로서 그 물로 담근 술) 등을 주자 군모는,

"깨끗하면서 속되지 않은 선물이다."

라며 기뻐했다.

그런데 그뒤 한 달쯤 지나서 나는 어떤 사람으로부터 청천향병(淸泉香餠 : 청천은 지명, 향병은 석탄) 한 상자를 선물 받았다. 이것을 사용해서 향을 사르면 일병(一餠)의 불이 능히 하루를 지탱했다. 군모가 이것을 알고서,

"향병이 늦게 이르렀다. 내 윤필로 그 훌륭한 물품이 들어있지 않다니 유감이다."

라며 몹시 분하게 여긴 것은 참으로 우스꽝스런 일이었다.

근대에 이르러〔청대를 말함〕이런 풍습은 없어졌다. 왕어양(王漁洋 : 王士禎, 1634~1711)은 이렇게 쓰고 있다.

'나는 이제까지 꽤나 많은 사람을 위해 비문을 써주었지만, 다만 안덕(安德 : 산동성 능현)의 이씨한테서 양맹재(楊孟載 : 명초의 楊基)의 수서(手書)에 관련된《미암집》일부를 선사 받았을 뿐이다. 유묘(諛墓)의 돈도 우선은 그 자취를 감춘 것 같다.'

우리나라도 왕사정의 뜻과 같았다고 여겨진다. 현대에 와서 마치 사생활에 있어선 아무리 난잡하고 파렴치하더라도 작품만 좋으

면 된다, 곧 예술과 인격은 별개의 것이다 라는 인사가 있는 모양이지만, 그런 사람들은 물론 논외이다.

그리고 차에 대해서인데 구양수는 그 《귀전록》의 주해로 설명하고 있다.

즉 차의 등급은 용봉(龍鳳)보다 귀한 것이 없다. 이것을 단다라고 한다. 대략 8매로 무게가 한 근이다. 경력(1041~1048) 중 채군모가 복건로(福建路) 전운사가 되자 비로소 소편 용다를 만들어 천자에게 바쳤다. 이것을 소단(小團)이라고 한다. 대략 20매로 한 근인데 그 값은 두 냥이었다. 그러나 금을 주어도 차는 좀처럼 입수할 수 없었다 운운──.

여기서 참고로 송대에는 노(路)라는 게 있었다. 송나라 초기에 그 강토는 백여 주로 나뉘져 있었는데 송태종이 전국을 15개의 노로 쪼개어 경동(京東)·경서·하북·하동·섬서(陝西)·회남(淮南)·형호(荊湖 : 남북이 있음)·협서(峽西)·서천(西川)·양절(兩浙)·복건·광남(廣南 : 동서가 있음)으로 나누었다.

이것은 지역의 면적보다 인구, 곧 호구수로 나눈 것이다. 강토의 넓이보다는 세금의 대상인 호구의 많고 적음이 관심사였기 때문이다.

이어 인구가 늘자 송진종 때 협서를 나누어 이주(利州)와 기주(蘷州 : 이주 한중, 기주 파촉)로를 만들고 서천은 자주(梓州)와 성도(成都)로가 되었으며 강남을 나눠 동서 2로가 추가되었다. 송인종은 경동을 나눠 경기(京畿 : 개봉부)로를 만들었다. 송신종은 하북·경동·회남을 동서로 분할했고 경서는 남북으로 분할했으며, 섬서는 영흥(永興)과 진봉(秦鳳 : 섬서의 봉상부 일대)으로 나누어 모두 24로가 되었다. 그 아래 부·주·군(軍)·감(監)이 350남짓이고 현이 1천2백이었음을 본다면 중국이 당시에도 얼마나 큰지 알 만하다.

다음은 채군모의 글씨인데 채양하면 만안교를 떠올리듯, 현대의 중국에서도 채양 관계의 출판이 활발한 것을 보면 그의 위상(位相)이 짐작된다. 만안교는 천주(泉州:현 복건성)에 있는데 명나라의 사숙(謝肅)은 〈만안교 및 서문〉에서 설명하고 있다. 그것을 보면 다음과 같다.

── 만안교는 일명 낙양(洛陽), 천남(泉南)의 진강과 혜안의 두 현이 접하는 곳에 있다. 송의 단명전 학사 충혜공 채양이 군의 태수였을 때 놓은 것이다. 동서는 모두 산자락에 의해 기초를 만들고 길이 3천6백 자·낙양강 위에 걸려 있다. 조숫물이 들락거리고 중주의 섬을 둘러싸고 있어 가위 기승이라고 하리라.

다리 모퉁이 서북에 공을 모시는 사당이 있고, 사당 안에 비석이 맞보며 서있다.

돌이켜 보건대 공은 몸소 그 다리를 만든 연월을 적으며 크게 쓰고 깊이 새긴 것이다. 자체가 크고 필세가 있으며 당의 안진경 〈이퇴기(離堆記)〉 못지않으니 이 또한 기승이다.

홍무(洪武) 갑자년(1384)에 나는 역마를 타고 천주에서 송사가 있어 다리를 지났는데 비문을 읽고서 큰 글자를 쓰다듬어가며 붓을 휘두른 신기(神技)와 일치되었다[마음이 통했다].

여기서 나오는 안진경의 〈이퇴기〉는 일명 선우중통비(鮮于仲通碑)라 불리며 사천의 가릉강(嘉陵江) 계곡의 이퇴산 벼랑에 새겨진 해서를 말한다. 혼후웅건(渾厚雄健)이라는 평의 글씨로 안노공 54세 때 작품이다.

옹담계의 〈채충혜만안교기 탁본〉도 바로 채양의 글씨를 평한 시 형식의 글이다. 김추사도 탁본으로 된 이 글씨를 반드시 보았을 터이다.

단정한 해서체로 글씨가 또박또박한 것이 참으로 굳세게 보인다. 담계는 이 시에서 양랑(楊郎)이라는 사람이 비문의 탁본을 보내 주었다고 적는다. 이어 담계는 다리의 웅대한 모습, 그 다리를 놓았을 때의 어려움을 설명하고, '당당한 큰 글자에는 스스로 짜임새가 있고(堂堂大字自結構), 이날 전송하는 자는 모두 이를 바라보았다'고 노래한다.

그러나 담계의 눈은 날카롭다. 제5단에서 그는 노래했다.

'후비의 뒤에 작게 소자가 새겨져 있는데/그것은 공의 증손이 쓴 것, 관은 봉의대부였다/지금까지의 탁공은 아무렇지도 않게 여겼으나/이것이야말로 진석을 가려내는 데 충분하다.'

채양이 쓴 비문에 어째서 증손의 글씨가 들어있는가?

탁본을 뜨는 인부에 대해서만 말하고 있지만 수백 년이 지나는 동안 숱한 명사·학자들이 이런 탁본을 구하여 채양의 글씨를 감상했을 때 왜 이 모순을 발견치 못했던가?

물론 발견한 사람도 있겠으나 귀찮아서 그대로 지나친 것일까?

옹담계는 군자이기 때문에 그런 말은 않고 있지만 두 개의 비석 중 하나는 채양의 글씨가 아닌 가짜라는 것을 확신했다.

의문을 규명하기 위해 얼마나 많은 시간과 고증이 필요했을까!

제6단에서 결과만을 담담하게 보고할 뿐이다. 즉 전비(前碑 : 앞쪽의 비석)는 가짜이고 후비가 진석인데,

'메마른 뼈와 둥근 힘살의 옥누흔 필법은/땅에서 뽑아올려 하늘에 거는 무지개와도 같은 기백이로다.

(瘦骨圓筋屋漏痕 倚天拔地長虹氣)'

여기서 이 시에 대하여 다시 부연하면, 옹담계는 채양의 증손자가 쓴 세자(細字)·1행·28자 즉 '曾孫奉議郞 直祕閣提擧 福建路市舶 賜緋魚袋 桓立石福唐上官石鐫'의 글자를 발견했다. 탁본을 소장하고 아끼는 사람이 이 한 줄의 글이 뜨여져 있었다면, 장님이 아닌 다음에 못 보았을 리가 없다. 그러나 가만히 생각해 보면 옹담계의 시에는 그 설명이 없지만, 이 한 줄의 세자는 비석의 측면에 따로 새겨져 있었던 것이다.

따라서 탁본을 뜨는 사람이 이 기록을 대수롭지 않게 여겼거나 혹은 떴다 하더라도 소장자 또는 글씨를 배우는 이가 그것을 무심코 보아 넘겼다.

하지만 옹담계는 이것을 금석학자의 눈으로 보았다. 채양의 증손자 채환이 세웠던 까닭, 그것을 기록한 까닭을 추리한 것이다.

더욱이 고장의 노인들이 전승하는 말도 있었다. 채환은 송흠종(宋欽宗: 북송의 마지막 천자)의 대관(大觀) 3년(1109)의 진사로 천주 지부가 된 인물이고, 당시 왜구가 천주 앞바다에 나타나 노략질을 할 때 만안교의 비석 두 개도 약탈하여 싣고 갔다. 그래서 마침 한 개를 되찾아 다시 세웠고 그 사실을 적은 것이며, 전비는 뒷사람이 만들어 세운 모조품이었다.

옹담계는 이런 추리 아래, 전설을 전적으로 믿지는 않았지만 비문의 소자(小字) 발견으로 의문을 갖자 전비와 후비의 차이를 비교·면밀히 고증을 한 셈이다.

여기에 나오는 복건로 시박(市舶)이란 직책 이름으로, 지부이면서 연안의 선박 왕래 일체를 감독하는 지위였던 모양이다.

어쨌든 여기서 옥누흔(屋漏痕)이라는 서도 용어가 등장한다. 이 말은 당나라 육우(陸羽)의 〈회소전(懷素傳)〉에 나오는 용어로 초서의 필법을 설명한 용어인데, 설이 많아 일반적인 것은 아니다. 아무튼 운필이 벽을 타고 흐르는 물처럼 정체가 없고 자연스럽게 이어지는 것을 말한다고 한다. 또 의천발지(倚天拔地)는 시문이나 글씨의 웅대하고 굳센 기세가 있음을 비유하는 말이었다.

옹담계는 다음의 단락(段落)으로 노래한다.

'오계(浯溪)의 안노공 마애비(벼랑에 새긴 비문)와 짝이 될만하다 함은/정진(鄭枃)의 연극(衍極) 감식에서 꿰뚫었거니와/어떤 사람이 재득본(중각본·여기선 전비)을 오인했을까/해서 또한 우과(虞戈 : 우세남의 과자필법) 같다고 함은.'

이것은 원문의 제7단에 해당되는 시구이며, 옹담계는 고증을 하면서 제설을 반박하고 있다. 채양의 글씨가 안노공의 자체와는 닮았지만 우세남의 과법은 아니라는 주장이었다.

여기서 나온 정진은 원대의 문인으로 복건 홍화(興化) 사람인데 경력은 불명이다. 다만 《연극》의 작자로 알려졌다. 《연극》 5권은 글씨의 성립·변천으로부터 여러 비문·명적·필법 등에 관해서 논했다.

다음은 시의 마무리이다.

'토곡혼사(吐谷渾詞)는 이미 볼 수가 없고/조자함(趙子凾)의 발문은 누가 절충했을까/연지의 한 방울은 곧 대해(大海)인데/보라 나의 축본이 광채도 번쩍거린다네.'

조자함은 《석묵전화(石墨鐫華)》의 저자로 이름은 조함(趙崡)이었다. 맨 마지막의 시구는 축소본이라도 원탁과 비교할 수 있다는 뜻이었다.

담계의 〈채충혜공만안기 탁본〉은 결론적으로 금석학에 많은 시사를 주는 글이었다.

황정견(黃庭堅 : 1045~1105)의 자는 노직(魯直)으로 호는 산곡(山谷) 또는 부옹(涪翁)이었다. 동파보다 10년이 아래라서 그의 문하라고 적은 책도 있으나 절친한 친구 사이다.

동파가 유배된 황주는 황강(黃岡)인데 동파라는 호도 이곳 지명에서 비롯된 것이다.

송신종은 재위 19년, 38세로 죽고 태자가 뒤를 이어 송철종이 되는데(1085), 이때 10세밖에 되지 않아 인종비 선인태후(宣仁太后)가 수렴청정을 하였다. 송신종에겐 두 아우가 있었으나 신법당인 채확·장돈(章惇)이 강력히 주장하여 철종이 뒤를 이었던 거다.

그러나 누가 뜻했으랴! 선인태후는 구법당으로부터 여자 중의 요순이라고 찬양되었는데 사마광을 평장사로 임명하고 왕안석의 보갑법·보마법·시역법을 폐지해 버렸다. 철종의 연호마저 원우(元祐)라고 정했는데 이는 인종의 연호 가우(嘉佑)로 되돌린다는 의미였다.

소동파는 이 무렵 복직되었는데, 사마광은 신법이라면 모조리 폐지했다. 병인년(고려 선종 3년 : 1086)에는 청묘법을 폐지하고 드디어 모역법(募役法)을 폐지하기로 했는데 신법당이 반격을 가하여 대논쟁이 벌어졌다. 모역법은 알기쉽게 말해서 병역법이다.

사마광은 신법을 폐지하면서 다른 법은 대안을 내놓지 않아도 되었지만, 모역법만은 국방과 재정이 관계되느니만큼 논쟁이 벌어졌던 것이다. 사마광은 태후의 힘을 빌려 장돈을 지방으로 좌천시켰다. 왕안석은 이런 사태를 조용히 지켜보고 있었는데 병인년(송철종 2 : 1086) 향년 66세로 은거지인 종산(鍾山)에서 일생을 마친다. 사마광이 재상으로 있으면서 신법을 모조리 폐지한 것은 10개월 남짓인데, 그도 이 해 병몰한다. 향년 68세——.

신법과 구법의 싸움 역시 지방색이 그 바탕에 있었던 것 같다. 사마광 등은 북방 곧 장강 이북의 출신자로 한족의 원류라는 대단한 자부심을 가지고 있었다. 그런데 왕안석은 순수한 강남인이다. 강남이 한족의 거주 지역으로 변한 것은 겨우 2~3백 년 정도 전의 일이고 그 전에는 남만이라고 멸시했던 것이다.

사마광이 죽자 구법당은 낙당(洛黨)·촉당(蜀黨)·삭당(朔黨 : 하북)의 셋으로 분열되었고 각각 정이·소식·유지(劉摯)가 영수였었다.

이런 일화가 전한다.

신법당의 영수 채확은 지방으로 좌천되고 있었다. 어느 날 채확이 명소를 찾았는데, 그곳은 바로 측천무후에게 쫓겨난 당대의 어떤 대신이 매일 낚시질로 세월을 낚던 곳이었다.

채확은 자기의 처지와 너무도 비슷하므로 감회에 젖었고 시 한 수를 읊었다. 그러자 오처후(吳處厚)라는 현령이 그 시를 베끼고 주까지 달고서 태후에게 바쳤으며,

"채확은 태후님을 저 악랄한 측천무후에 비유하고 있습니다."

라고 아첨했다. 태후는 진노했고 채확의 관직을 삭탈하여 신주(新州)로 유배한다. 신주는 변경으로 풍토병이 많았고 그곳에 보내진다는 것은 사형 선고나 같았다.

구법파의 사람들마저,

"시 한 수를 읊은 죄로는 너무 벌이 무겁다."

고 동정했으나 태후는,

"비록 산은 옮길 수 있어도 신주는 옮기지 못한다."

고 하였다. 《열자(列子)》에 나오는 '우공이산(愚公移山)'을 인용한 것으로, 이 말은 20세기에 모택동도 즐겨 사용했었다. 사용하는 뜻은 달랐지만——.

채확에게는 90세의 노모가 있었는데, 60세가 다 된 아들을 위해 직소(直訴)했지만 소용이 없었으며, 그는 신주에 보내져 곧 병사한다(1089). 태후의 신법에 대한 증오는 치열했고 왕안석의 저술인 《경의》《자설》도 금서로 지정된다.

신미년(고려 선종 8:1091)에 유지는 평장사가 되고 동파도 승지 겸 한림학사가 되지만 곧 파직된다. 그러나 이듬해 동파는 다시 복직되어 병부상서가 되고 계유년(고려 선종 10:1093), 태후가 죽었으며 송철종은 비로소 친정을 한다.

송철종이 친정을 하자 다시 신법당을 등용하고 구법당을 배척한다. 태후가 살았을 때 구법당은 철종을 폐위시키려는 음모를 꾸몄다. 철종이 14세 때 궁녀를 임신시켰다는 빌미로 태후의 심중을 떠보았던 것이다. 그러나 태후는 이 문제에 관여하지 않았으므로 일은 흐지부지 넘어갔다.

친정을 하게 된 철종은 연호를 소성(紹聖)이라 바꾸고 소동파, 여대방(呂大防)을 파직시켰으며 동파는 광동(廣東)·해남도·광서로 전전하며 유배 생활을 보낸다. 그리고 장돈이 다시 정권을 잡자 폐지된 보갑법(모역법 포함)을 부활시켰으며 간상소리국(看詳訴理局)이라는 관청을 신설하여 구법당을 일소했다.

송대의 정사는 조정에서 대신들과 국정을 논하지 않고 문장으로 의견을 상주하기로 되어 있었다. 신법당은 그런 구법파의 상주문 등을 모아 《편류장소(編類章疏)》라는 책을 만들고 세밀히 분석했으므로 구법당으로서 걸리지 않은 사람이란 하나도 없었다. 이리하여 구법당 8백여 명이 처벌된다.

당파 싸움의 여파는 사록(史錄)에도 영향을 주었다.

송철종 초기 범조우・육전(陸佃)이 신종 실록을 편집했다. 범조우는 사마광의 직계로 너무도 구법파 위주로 역사를 만들었다. 보다 못한 육전(왕안석의 문하)은 항의했다.

"이는 역사가 아니라 방서(謗書 : 비방의 글)요."

신법당이 정권을 잡자 채변(蔡卞)이 전의 실록을 기초로 하여 신종 때의 조정 일지며 왕안석의 일기 등을 참조하여 철저한 개정 작업을 벌였다. 새로이 가필한 부분은 주필(朱筆)로, 말소시킨 부분은 황필(黃筆)로 썼기 때문에 이것을 주본(주사)이라고 하며, 범조우가 편찬한 실록은 묵본(墨本)이라고 했다.

그런데 남송 시대가 되자 구법계의 관료가 다시 실권을 잡는다. 남송의 고종 소흥 연간에 실록이 다시 개정되었고 신법의 악을 나열했다. 더욱이 그 자료는 사마광 등 구법파의 관료가 쓴 야사(野史)였던 것이다. 기록으로서 신법파의 주본에 비해 훨씬 신빙성이 적음은 물론이다.

세 번째의 개정본을 '신록', 첫번째와 두 번째의 것은 구독이라 하는데 현재 남아있는 송사는 원대(元代)의 편찬이긴 하지만 신록을 바탕으로 쓴 것이다. 따라서 구법당의 당파적 편견을 그대로 반영하고 있는 셈이다.

어쨌든 왕안석의 신법은 청대에 이르러 다시 햇빛을 보았고 현재 중국에서 높이 평가되고 있다.

송철종은 선천적으로 몸이 허약해서 재위 15년으로, 그가 죽자 왕자가 없어 동생이 뒤를 이었다(1100). 이 사람이 유명한 송휘종

(宋徽宗:1082~1135)이다. 그는 서화에 능하여 작품이 현재도 전하는데 매를 잘 그렸다.

당시의 산수 화가는 삼원법(三遠法)이라는 것을 쓰고 있었다. 이것은 곽희의 《임천고치》에서 주장된 것이다.

그 요지는 다음과 같다.

'산을 그리는 데는 삼원의 법이 있다. 기슭에서 정상을 우러르는 게 고원(高遠)이다. 산 못미처에서 산의 배후를 들여다보는 게 심원(深遠)이다. 가까운 산부터 먼 산을 바라보는 게 평원(平遠)이다.

고원의 색채는 맑은 것이 밝고 심원의 색채는 무겁다 싶은 게 어두우며, 평원의 색채는 명암(明暗) 갖가지이다.

고원의 산 기세는 높은 게 돌출되고 심원의 산 취지는 무겁게 겹쳐 있으며 평원의 산 취지는 느긋한 것이 원만하다.

인물을 삼원에 가한다면 고원에선 뚜렷하게 그리고, 심원에선 세밀히 그리며, 평원에선 담백한 느낌을 주어야 한다. 또렷하게 그릴 때에는 인물의 키를 짧게 하지 않는다. 세밀할 때에는 길게 하지 않으며 담백하게 그릴 때에는 크게 하지 않는다. 이상이 삼원의 법이다.'

이것을 현대적으로 고원을 앙시(仰視), 심원을 부감(俯瞰), 평원을 수평으로 보는 거라고 생각하면 된다. 여기서 다만 수평으로 본다 하더라도 가까운 산에서 먼 산을 바라본다고 했던 것처럼, 어떤 고도로부터의 시각(視角)을 의미하며 순수한 수평적 시각은 아니다. 완만한 부감시가 동반되는 수평시이다.

멀리 보이는 것을 화면의 위쪽에, 가까이 있는 것은 아래쪽에 그린다는 구도의 약속, 이른바 고대의 상하 원근법(遠近法)은 육조로부터 당나라에 걸쳐 이르는 사이에, 정리가 끝나고 북송의 곽희 시대쯤 삼원법이 완성되었다.

서구의 르네상스로 시작되는 '투시 원근법'에 의한 통일적 시각상은 청조에 수입되기까지 몰랐던 것이며, 그 이후에도 소화시키려 하지 않았던 전통적 동양화에선 11세기 이래의 삼원법에 의해 공간 구성이 이루어지는 것이다.

송휘종은 선화(宣和) 화원과 같은 것을 두어 그림을 장려하기도 했지만 이때의 대조였던 한졸(韓拙)은 《산수순전집(山水純全集)》이라는 것을 저술했다. 그는 곽희의 삼원을 인용하고 자기의 삼원법을 덧붙였다.

'가까운 기슭의 넓은 물에 광활요산(廣闊遙山)이란 게 있는데, 이것은 활원(闊遠)이라고 이름짓는다. 들의 물을 사이에 두고 아련하게 잘 보이지 않는 것도 있는데, 이는 미원(迷遠)이라고 이름짓는다. 경치나 물체가 멀고 희미하여 은미하게 보이는 것이 있는데 이것은 유원(幽遠)이라고 부른다.'

다시 2백 년 뒤 원말의 황공망(黃公望)은 논했다.

'아래로부터 서로 이어져 끊기지 않는 것을 평원이라 한다. 가까이로부터 사이에 두고 펼쳐져 마주 대하는 이것을 활원이라 한다. 산 밖으로부터의 원경(遠景), 이것을 고원이라 한다(《寫山水訣》).'

그리고 다시 4백 년 뒤 청의 왕개(王槪)는 그의 《개자원화전 초집》〈산수보(山水譜)〉에서 논했다.

'산에는 삼원이 있다. 아래로부터 그 꼭대기를 우러르는 것을 고원이라 한다. 앞에서 그 뒤를 엿보는 것은 심원이라고 한다. 가까이서 바라보고, 멀리까지 미치는 것을 평원이라고 한다.'

이상 황공망의 고원, 왕개의 심원은 곽희의 주장과 거의 차이가 없다고 생각되지만, 양자의 평원과 왕개의 고원은 곽희의 평원에서 의식되고 있던 일정 고도로부터의 수평시가 평지로부터의 전망(展望)으로 바뀌고 있는 게 주목된다.

그렇지만 결국은 정리된 기본적 시각은 세 가지밖에 없는 것처럼 논급되고 있는 점이 흥미롭다. 어느 경우에도 각 원(遠)이 단독·유일한 것으로서 그려지고 있는 예는 매우 드물며, 특히 두루마리로는 거의 둘 내지 셋의 시각이 짝지어 그려졌다.

송휘종 때 그림이 장려된 것은 틀림이 없고 이때 만들어진 《선화화보》는 특히 유명하다. 선화는 송휘종의 연호(1119~1125)인데, 내부 소장의 회화를 도석(도사 승려)·인물·궁실·번족(番族 : 한족 이외)·용어(龍魚)·산수·화조·축수(畜獸)·묵죽·소과(蔬果)의 10부분으로 나누고 삼국시대부터 북송에 이르는 화가 231명, 6천4백 점의 화축(畫軸)을 기록한 것이다.

그러나 각 문 앞에 서론이 있지만 내용이 빈약하고 격조도 낮다. 화학(畫學)이 성행된 송휘종 때의 칙찬이라고 믿어지지 않을 만큼 엉성하며 찬자가 불명이고 수록 작품에 소동파 등도 빠져 있다. 어쨌든 잡다한 기록이긴 하지만 이 시기의 장화(藏畫) 기록으로서 몇몇 예를 소개한다면 다음과 같다.

── 고굉중(顧宏中)은 강남 사람으로 거짓 천자 이씨(남당의 李璟, 재위 943~961)를 섬기고 대조로 있었다. 그림을 잘 그렸고 인물화로선 제1인자라고 일컬어졌다.

이 무렵 중서사인(中書舍人) 한희재(韓熙載)는 왕공의 가문 출신이면서 성기(聲伎 : 가수인 듯)를 좋아했으며 주로 밤의 잔치만을 열었다. 내빈이 여자들과 뒤범벅이 되고 기뻐하며 소리를 지르거나 광태를 부려도 별로 제지하려고 하지 않았다.

이씨는 희재의 재능을 아꼈고 탄핵하는 자가 있어도 내버려 두었다. 그러나 온통 소문이 나서 그런 광연(狂宴)을 수군거리는 자들이 많아졌으며, 이씨는 흥미를 가졌으나 직접 참가해서 구경할 수도 없는 일이다. 그래서 굉중에게 명하여 희재의 집에 가서 그곳에서 벌어지는 일을 낱낱이 보고 그것을 그려 바치라는 어명을 내렸다.

이런 사연이 있어 세상에 〈한희재 야연도(夜宴圖)〉가 전하는 것이다.

이씨는 천하의 한 모퉁이에 있으면서 찬탈하여 천자라고 자칭하기는 했지만, 그래도 군신의 상하 관계란 있는 것이다. 신하의 평소 생활을 그림으로써 그리게 하여 보겠다는 따위는 도가 지나친 짓이라고 하지 않을 수 없다. 장폐(張敞)의 고사(故事)로, '부부라는 것은 남편이 아내의 화장을 해주는 것만도 아니다.' 〔장폐는 자가 자고(子高)인데 한선제 때의 경조윤・기주 자사를 역임했다. 그가 아내를 위해 눈썹을 그려주고 화장을 해준 이야기가 장안의 소문으로서 화제가 되었다. 황제는 장폐를 불러 심하게 꾸짖었다. 그러자 장폐는 이렇게 대답했다. "규방의 일이며 부부의 사사로움인데 눈썹을 그려주는 일이 잘못이옵니까?"〕 하는 설처럼 스스로 체통을 잃고 있는 것이다. 어째서 이런 그림을 후세에 전해야만 한다는 법이 있겠는가! 힐끗 보았다면 버려 마땅한 일이다.

어쨌든 고굉중의 이름은 이 한 권의 〈한희재 야연도〉로 오늘날까지 그 이름이 남았다.

그림은 5단으로 되어 있는데, 제1단은 비파를 듣고 있는 밤잔치의 광경. 희재는 자기가 디자인한 경사모(輕紗帽)를 썼으며 그 모습이 세밀하다.

제2단은 희재가 직접 큰 북을 치고 기녀 왕옥산이 춤을 추는 모습. 승려까지 어우러져 흥겨워 하고 있다.

제3단은 탑(침상)에 앉은 희재를 네 명의 여인이 둘러싸고 있으며, 희재는 손을 씻고 있다. 마치 현대의 술집 부스의 한 스냅과도 같은 광경이다. 칸막이가 되어 있고 여인들과 무슨 말인지를 주고 받는다.

제4단은 다섯 여인이 피리를 연주하고 광대 한 사람이 박판(拍板)을 두들기고 있는데 의자에 앉은 희재가 희희낙락하고 있다.

제5단은 의자에 앉은 사내와 앞뒤로부터의 두 여인이 정담을 나누는 모습인데 북채를 가진 희재가 뒤에서 말을 걸고 있는 광경이다.

북경 고궁(故宮)박물관 소장의 〈야연도〉는 후대에 모사된 것으로 원본으로선 인정되지 않는다. 원도에 있었을 침상이나 병풍에는 공작·봉황·모란과 같은 화려한 문양이 그려져 있었을 텐데, 현존의 북경본에는 그런 것이 없고 산수 수석화로 대체되고 있으며, 원도에 있는 화중화(그림 속의 그림)며 인물·의상 등도 고굉중보다 나중인 송화라고 보는 견해가 일반적이다.

《오대사보(五代史補)》에 의하면 희재의 밤잔치는 '손님이 있게 되면 먼저 상대역인 호스티스를 선정케 한다. 농담·서로 때리는 시늉·신과 홀(笏: 벼슬아치의 명패)을 바꾸어 갖는 놀이 등을 하며 킬킬대고 요란을 떤다'고 했으며 마치 유곽·색주가나 다름없는 광태가 벌어졌다고 한다.

중국의 포르노 그림은 후한의 광천왕(廣川王)이 천장에 대작을 그리도록 하고 친척에게까지 공개하며 술을 마셨다 했으며 그후 명대에 이르러 《금병매》와도 같은 호색서도 등장하는 것이다. 그러나 지금 남아있는 〈한희재 야연도〉는 포르노와는 동떨어진 것인데, 그럼에도 이 원화를 본 사람이 많고 그 평도 다양하다. '문방청완(文房淸玩)은 아니지만 음곽의 교훈은 된다'(원의 《湯厚畵鑑》) '남녀가 붙어앉고 옷깃이 벌어져 있어 살갗이 풍기는 것 같다'(청의 《吳升大觀錄》) 등이 있으며 당시의 사람인 미불(米芾)도,

"옛사람의 도화로서 권계〔미풍양속을 권하며 훈계하는 것〕 아닌 게 없었다."

고 했지만, 그런 고대화의 가치관에서 일탈된 화풍도 송휘종 무렵부터 일부 태동(胎動)되고 있었던 셈이다.

미불(1051~1107)의 자는 원장(元章)으로 녹문거사·해악외사(海岳外史)·양양만사(襄陽漫士)라는 등의 호를 썼는데 세상에선 미남궁(米南宮)이라고 한다.

그는 원래 산서·태원 사람인데 양양으로 일문이 이주했고 경구(京口:진강)에서 정주(定住)했다. 괴짜로 상식밖의 행동과 자유분방한 말로 알려졌다.

송휘종에게 등용되고 서화학 박사가 되었지만, 동파나 산곡과는 왕래가 없었다고 여겨진다. 그림으로서 특히 아들 미우인(米友仁)과 더불어 창시한 미법산수(米法山水:측필을 겹쳐 산모습을 표현)법을 창시했다. 그의 시 〈감로사(甘露寺)〉를 읽어보자.

육조의 옛날은 쓸쓸한 것이 나뭇잎도 드문데/누각은 높고 육고산에 저녁 놀이 사라지네.(六代蕭蕭木葉稀 樓高北固落照暉)

윤주와 과주의 성곽에서 푸른 연기는 오르는데/천리 강산에 흰 해오라기는 나네.(兩州城郭靑烟起 千里江山白鷺飛)

바다도 가까워 구름과도 같은 파도는 밤의 꿈을 놀라게 하고/하늘도 나직하니 달의 이슬이 가을밤을 적신다.(海近雲濤驚夜夢 天低月露濕秋夜)

그대로 하여금 태평시의 즐거움을 거역케 할까/언제까지나 금준(술통을 말함)을 쓰러뜨려 취하고서 돌아가리.(使君肯負時平樂 長倒金樽盡醉歸)

한편 소동파는 원우(元祐) 8년(1093)에 정주 지사로 있었는데 영주(英州) 지사로 전임되어 가다가 일체의 관직이 박탈되고 혜주(惠州)로 유배되었다. 혜주는 현재의 광주(廣州) 동쪽 100km의 해안지대였다. 동파는 59세부터 62세까지 이곳에 있었다.

다시 송철종의 소성(紹聖) 7년(1097), 동파는 혜주로부터 해남도의 담이로 옮겨진다. 이때 아우인 소철도 유배지에서 뇌주(雷州)로 옮겨지고 있었는데 형제가 우연히 마주쳤다.

당시 동파는 이미 62세이고 소철도 58세였다. 죄인이라고 하지만 당시는 호송 관인에게 약간의 돈을 주며 편의를 봐달라고 할 수가 있었다.

"아, 형님."

그들은 눈물을 흘리며 이 뜻하지 않은 만남을 반가워 했으며 길가 주점에 들어가 국수를 시켰다. 이 무렵 영남[광동·광서성 일대]은 한인도 적었고 오랜 유배 생활을 하고 있었으나 음식이 형제의 입에 맞지를 않았던 모양이다.

그러나 동파는 그 맛없는 국수를 국물까지 남기지 않고 먹었는데 소철은 몇 젓가락을 집었다가 저를 놓고 말았다.
 그러자 동파는 일어나면서,
 "구삼랑(九三郞 : 아홉 형제 가운데 세 번째란 뜻), 너는 더 먹을 생각이니?"
하며 껄껄 웃었다.
 이 토막 이야기는 남송 제일의 시인으로 꼽는 육유(陸遊 : 1125~1209)의 《노학암필기》에 들어있다. 육유는 이 일화에 소식의 문인 진소유(秦少游)의 말을 덧붙였다.
 "그것은 동파 선생이 황주에 계실 적에 술맛이 너무나 없어, 술을 물마시듯 벌컥벌컥 마셨는데 그것을 역으로 국수맛에 비유하신 거요."
 소동파의 해학인 유머 정신을 말하는 듯싶다.
 현재도 해남도 주민의 대부분은 여족(黎族)인데 당시는 한족이 거의 없었으리라. 소동파는 이곳에서 《동파지림》을 썼다. 그리고 종이만 발견되면 시며 글씨며 그림을 그렸다.
 동파는 《지림》에 〈주기(酒氣)〉라는 제목으로 이렇게 썼다.
 '나는 술이 취하면 으레 몇십 자를 썼다. 그러면 열 손가락을 통해 술기운이 빠져나가는 것을 느낄 수 있었다.'
 그는 또 어느 날 몹시 취하여 강씨(姜氏) 성의 수재(과거 급제자) 집을 찾아갔다. 마침 강수재는 외출중이라 기다리게 되었다. 동파는 이윽고 강수재의 어머니에게서 종이를 구해 가지고 쓰기 시작했다. 다음이 그것인데 당시의 민심을 전해주는 백 권의 책보다도 간결하고 사실에 가깝다고 여겨진다.
 '왕팽(王彭)은 일찍이 이런 이야기를 나한테 했다.
  ── 민간에선 개구쟁이 아이들을 구슬리기 위해 부모들이 돈을

주어 옛날 이야기를 들으라고 내보낸다. 그러면 아이들은 삼국시대 이야기를 특히 재미있어 하며 들었는데, 유현덕이 패했다고 들으면 연신 이맛살을 찌푸렸으며 눈물마저 흘렸다. 또 조조가 졌다고 들으면 기뻐하고 신난다, 신난다 하면서 손뼉을 친다. 이것을 보아도 군자와 소인의 영향은 백세(百世)의 후대까지 변함이 없다는 것을 알았다.'

이것은 한족의 기본 관념이며, 나아가선 바로 중화 사상이었다. 유비 현덕은 정통은 아니지만 서민에 이르기까지 그를 동정했다. 그리고 조조는 분명히 왕조의 정통인데 악인시되고 있다. 누구를 좋아하고 싫어하고는 개인의 자유이지만, 송학(宋學)으로서 알려진 유교는 이런 형태로 나아가고 있었던 거다.

동파는 해남도에서 4년 남짓을 보냈고 휘종이 즉위하자 유배가 풀렸는데 북으로 돌아오는 도중 상주(常州 : 강소성)에서 쓰러졌고 향년 66세의 일기를 마친다.

채양·소식·황정견·미불을 4대가로 꼽는데 채양과 미불에 대해선 알려진 게 별로 없다.

서가로서의 황정견은 역시 구법당으로 의주(宜州 : 광서성 왕족 자치구 의산현)에 유배되었다. 동파의 글씨가 천성의 것이라면 산곡의 글씨는 고인의 필적을 힘써 배운 노력형이라고 한다. 서도의 책에 반드시 수록된다는 소동파의 〈황주한식시권(黃州寒食詩卷)〉 발문(跋文)이 그의 글씨인데 또박또박 쓴 글씨가 빈틈없게 균형이 잡혀 있어 '비탈길을 오르는 것만 같다'고 비유된다. 현재 상해 박물관에 그의 〈화엄소〉가 소장되어 있는데, 동파나 산곡은 모두 불교와 관련이 있다기보다 노장의 색깔이 그 작품에서 엿보인다. 역시 육유의 《노학암필기》에 그의 일화가 전한다.

산곡에게는 일기가 있는데 이를 〈가승(家乘)〉이라 했고 의주에 유배되고서도 빠뜨리지 않고 썼다[황산곡의 유배는 송휘종 숭녕 3년]. 그 중에 신중(信中)이라는 인명이 자주 등장하는데 이는 범료(范寥)를 말한다. 고종(남송의 시조, 재위 1127~1162)이 산곡의 진필본을 입수하여, 그 글씨를 애완하며 매일 책상 위에 놓아두었다. 그리고 서사천(徐師川)은 산곡의 생질이라는 까닭에 한림학사가 되었다.

어느 날 황제가 신중에 대해 물었다.

"글쎄요, 영(嶺) 바깥(영남과 같음. 복건성·광동성)은 먼 벽지로 사대부란 없을 터이고 저로서도 어떤 사람인지 모르겠습니다. 아마 승려이겠지요."

이래서 범료는 당시 복건의 병금(兵鈴 : 말단의 군사직인 듯)으로 있었지만 등용되지 않고 초야에서 일생을 마쳤다는 것이다. 글씨가 당시 얼마나 존숭되었는가 하는 하나의 반증(反證)이라고 하겠다. 그 범료의 증언이다.

──산곡이 의주에 다다르자 주에는 역정(驛亭)도 없거니와 빌릴 수 있는 변변한 민가도 없었다. 절이 하나 있기는 했지만 당시의 국법으로는 허용되지 않아 부득이 어떤 성루(城樓 : 여기선 군 초소) 위에서 지내게 되었다. 그런데 매우 비좁고, 때마침 가을로 접어드는 늦더위가 한창인 때라서 도저히 견딜 만한 곳이 못되었다.

어느 날 소나기가 내렸다.

이때 산곡은 얼큰히 취해 있었으나 침상에 걸터앉고 두 다리를 허공에 내밀어 비를 맞아가면서 유쾌한 듯이 말했다.

"신중, 여보게. 나는 이제껏 이렇듯 시원한 일은 없었네."

그리고 얼마 뒤 산곡은 죽었다.

"고려의 대각국사는 《십만 대장경》을 판각했는데 고려 숙종 6년 신사년(1101)에 향년 47세로 졸했으며, 이 해는 바로 송휘종의 즉위 건중정국(建中靖國)년에 해당됩니다."
추사의 말에 이심암은 혼잣말처럼 중얼거렸다.
"바로 소동파의 졸년이군……."
"이때의 문장가로 뇌천(雷川) 김부식(金富軾 : 1075~1152)과 남호(南湖) 정지상(鄭知常)이 있습니다. 전자는 바로 을사년(인종 3 : 1135)에 건립된 영통사의 대각국사비를 찬했고, 후자는 고려의 으뜸 시인으로서 관직은 지제고(知制誥)를 지냈는데 서화로서 매화를 잘 그렸고 동산 진정선생비(眞靜先生碑)가 있었다고 합니다만 아깝게도 전하지를 않습니다."
"그 영통사의 대각국사비는 구할 수가 있겠습니까?"
"예, 구할 수 있을 겁니다. 앞서도 말했지만 김부식 찬에 오언후(吳彥侯) 서로 자체가 안노공체인데 메말랐다는 평입니다."
이것은 나중의 일이겠지만 추사는 대각국사비의 탁본을 떠서 옹담계와 완운대에게 보내준다. 특히 옹담계는 그 탁본에 발문을 쓰고 있다.
'이 비문은 을사년에 세운 것으로서 송의 선화 7년이다. 말하는 바 대각국사는 곧 동파시의 삼한 왕자로 서쪽에서 불법을 구했다. 이는 정해(正解)로서 오로지 구양·솔갱을 스승삼아 짜임새가 매우 닮았지만, 중화 석묵의 당송 서가로 이렇듯 구양순법을 순용(純用)한 것은 드물다.'

완당(阮堂) 선생

고려도 문종 이후 유교 세력이 점차로 커졌다. 선종 2년(1085)에 동부이모(同父異母) 자매로서 범가(犯嫁 : 재혼)한 자의 소생은 벼슬길을 금고(禁錮)한다는 기사가 보인다.

이것은 무슨 뜻이냐 하면 같은 아버지에, 어머니가 다른 딸들로서 만일 재혼하는 일이 있다면 그 아들만이 아닌 다른 종형제들도 벼슬할 기회를 주지 않는다는 것이다.

선종 8년(1091)에는 국학의 벽상에 72현의 초상을 그리게 한다. 72현이란 공문 10철을 비롯한 좌구명 등이었다.

이어 숙종 원년(1096)에는 공친(功親), 곧 복제로서 소공(少功) 이상의 친척간 결혼을 금하고 있다. 신라는 혈족 결혼이고 사촌 심지어는 남매간에도 혼인을 했었는데 고려 역시 그런 풍습을 답습했다고 여겨진다. 그러나 숙종조의 금령으로 종형제 이상의 친척끼리는 결혼이 금해진 것이다.

동년에 또 김위선(金謂磾)이란 사람이 상주하여 남경(한양)에로 천도할 것을 권하고 있다. 송도는 여러 가지 조건에서 도읍이 되기는 부적합했는데, 그 가장 큰 이유는 강이 없다는 것이었다.

아무튼 유교의 세력이 점차로 강해지면서 무인들과 자주 충돌했다. 이 무인들은 바로 신라의 화랑도 후예들로 윤관은 그 대표적 인물이었고 윤언이도 또한 화랑이었다. 따라서 유생들은 윤언이를 배척했고 왕도 이것에 흔들려 비문의 찬을 김부식에게 쓰도록 했다. 그래서 언이와 부식은 서로 틀어졌다.

윤관과 오연총(吳延寵)의 북진 개척은 다년에 걸친 피와 땀의 결과 이루어진 것이다. 그것은 구성(九城)이라는 것으로 함주(咸州)·영주(英州)·웅주(雄州)·길주(吉州)·복주(福州)·공험진(公嶮鎭), 그리고 통태(通泰)·숭녕(崇寧)·진양(眞陽)의 세 성도 포함된다. 그런데 예종(睿宗) 4년에 이르러 여진과의 싸움에서 한두 차례 패전한 것을 구실로 최홍사(崔弘嗣 : 1043~1122)·김연(金緣)과 같은 유신들이 윤관을 탄핵했고 마침내는 구성까지 돌려주자는 주장을 한다. 이래서 예종은 현재의 안변 이북의 땅을 고스란히 내주었던 것이다.

자기가 피땀 흘려 벌지 않은 것은 아깝지 않다——썩어빠진 무리는 옛날에도 있었다.

당시 여진족은 아골타(阿骨打)라는 영웅이 나타나서 부족들을 통합했다.

여진은 크게 둘로 나눈다. 즉 요동 일대에 사는 부족으로 고구려·당나라 대로부터 이민족과 접촉도 많아 비교적 개명되고 농경도 하는 숙여진(熟女眞)과 동만주의 산악·밀림 지대를 꿰뚫는 숭가리(러시아식 호칭) 또는 송화강(왜색의 의심이 든다)——혼동강(混同江)이 옳다——유역의 생여진(生女眞)인데, 윤관이 고심하며 몰아낸 것도 이들이었다.

아골타의 완안부(完顏部)도 생여진으로 혼동강의 지류 안출호수(按出虎水)——여진말로 금(金)을 뜻하는 아루티쁘가 근거지였다.

그러나 이 당시 여진족은 금에 대해 별 관심이 없었다. 그러나 5대부터 송에 걸쳐 매사냥이 유행되자 금의 가치를 송인한테 배운 요의 관리들은 아루티뿌의 사금과 해동청(海東靑 : 사냥용 매)을 이곳에서 구했다.

매는 당시 동만으로부터 백두산에 이르는 일대에 많이 서식하고 있었다. 그리고 매는 육식 동물로 사납지만 자존심이 강하며 높은 벼랑에 보금자리를 마련한다.

사람이나 동물이나 마찬가지로 무엇을 가르치자면 어려서부터 성질을 길들이고 훈련을 시켜야 한다. 매사냥에 쓰는 매도 새끼를 구해야 하는 것이다.

여진족의 젊은이가 절벽을 기어올라가 새끼를 꺼내오는 것인데 1년이면 몇명씩 발을 헛디뎌 떨어져 죽었다.

한편 금은, 이 당시 사금이었다. 채광하는 기술이 없었다. 여진족과 마찬가지로 우리나라는 유수의 산금국으로 동명성왕의 신화에 금개구리가 나오고, 개구리가 곧 고구려의 국명이 되었다는 설도 있지만, 금개구리는 바로 금을 상징한다고도 여겨진다.

우리 겨레 역시 금은 몰랐으나 불교가 들어오고 금동 불상이 제작됨으로써 금의 수요가 생겼다. 그리하여 신라에선 사금이 바닥나고 이를 인위적으로 얻기 위해 산림을 남벌하고 산을 미리 파헤치고는 장마철을 기다렸다. 그리고 토사가 씻겨 내려오면 사철과 사금을 채취했고, 이것이 결국에 있어 산지를 황폐케 만들었으며 나무도 없는 민둥산을 가져왔다. 이런 집단이 왜국으로 건너가 사금 채취와 대장장이 기술도 전했다는 게 일본인 학자의 정설(定說)로 되어 있지만, 다만 왜국은 비가 많고 기후도 온난하여 민둥산이 되지는 않았다.
 그러나 평안도와 함경도 일대는 그런 황폐를 모면했다.
 《열하일기》를 보면 참으로 놀라운 사실이 기록되고 있다.
 ──성천(成川)은 평양 동쪽의 산골로 주몽 시대 비류국(沸流國)이 있었다는 곳이다. 연암이 박천(博川)에 이르렀을 때 한 무리의 난민을 만난다. 남자는 등에 짐을 지고 여자는 머리에 물건을 이든가 했는데 여기저기 떼지어 버들 아래 더위를 식히고 있었다. 모두 여덟 아홉 살의 사내아이가 여자아이를 데리고 흉년을 만나 방랑하는 모양이었다. 이상히 여겨 까닭을 물었다. 그랬더니 '성천의 금구덩이에 가디오'라는 대답이었다.
 그 도구를 보니까 나무 바가지 한 개, 베자루 하나, 작은 끌 한 개뿐이었다. 끌은 파는 데 사용한다. 자루는 파낸 흙을 담는 것이다. 나무 바가지는 사금을 골라내는 데 쓴다. 하루 걸려 토사를 한 자루 선별하면 힘들이지 않고도 먹고 살 수 있다. 작은 아이들이 어른보다도 능숙히 파내고 골라내며 눈이 밝기 때문에 사금을 단연 많이 얻는 것이다. 나는 하루에 금을 얼마나 캘 수 있느냐고 물었다.
 "그것은 복신 나름이디오. 어떤 때는 하루에 열 알 남짓이나 얻습니다. 재수가 없다면 서너 알이디오."
 "한 알의 크기는 대체 얼마쯤이냐?"
 "대개 피〔곡식의 하나. 좁쌀 크기 정도〕알 만해요."
 그런 좁쌀알 만한 것으로도 돈으로 환산하면 하루에 두세 냥 벌이가 된다는 것이다. 농가 태반이 농사를 집어던지고 모여들 뿐 아니라 사방의 건달이며 무직자들이 자연히 집락(集落)을 이루고 사는데 그 수가 놀랍게도 10여 만이라고 했다.

금은 그와 같이 많았던 것이다.

여진족에게 있어 금이나 해동청보다도 귀한 게 있다면 소금이었다. 인간에게 소금은 필수적이고 천일염(天日鹽)을 몰랐던 시대라 귀중품이었다. 당을 멸망케 한 '황소의 난'도 소금이 얽혀 있다. 소금의 전매제는 한무제 때 이미 있었으나 후한에 이르러 그런 게 사라졌고 당대에 이르러 다시 부활된다. 전매제가 실시되기 전 소금 한 근이 2전이었는데 전매 후 그것이 55전이 되고 마침내 당말에는 74전까지 폭등했다.

송대에도 전매제는 계속되었는데 소금 한 근에 평균 30∼40전이었다. 중국에선 암염이라는 게 있고 절강·복건 지방에서는 바닷물을 길어다가 큰 솥에 붓고 불을 때워 만들었는데 그 원가는 한 근에 5전이었다 하므로 얼마나 폭리인지 알만하다.

우리의 경우 고려·조선조를 통해 소금을 먹지 않았는지, 아니면 소금 따위는 기록할 가치도 없다고 여겼는지 도무지 기록이 없다. 어쩌다가 갯벌에서 소금 우물을 발견하여 벼락 부자가 되었다는 기사가 한두 줄 있기는 하지만——.

소금이 비싸다면 애꿎은 서민만 골탕을 먹는다. 아무리 공맹의 가르침에 정통하고 성인 군자라 하더라도 이런 백성의 어려움을 모른다면, 그것은 가치 없는 학문인 것이다.

송의 전매 제도에 대해 사염(私鹽)이 생겼다. 이들은 정부 고시 가격의 반값으로 판다 하더라도 막대한 이익을 챙길 수 있다. 이런 사염업자는 엄청난 부자가 되었고 그 재산을 지키기 위해 수백 명의 이른바 무협을 고용했으며 그 소금 제조에 관련되어 먹고 사는 사람들은 자연히 일당이 되어 조정과 대항하게 된다.

같은 무렵 왜국에서도 장원(莊園 : 영주의 농장)이라는 것이 생기면서 그 장원에 소속되고 목숨을 유지하는 농민이 이른바 사무라이로 바뀌는 과정과 같았다. 일어로 잇쇼켄메이〔一生懸命〕란 '열심히'라는 뜻인데 이 한자를 자세히 보면 한 목숨이 걸려 있다는 의미다. 무사, 곧 사무라이가 생겨난 까닭을 말해주는 말이었다.

그러나 우리나라만은 그런 게 없었다. 아주 없었던 것은 아니었으나 흐지부지되고 말았다······.

송에선 사염 상인을 엄벌로 대했다. 그러나 생명이 걸려 있다면 사형이라는 형벌도 브레이크가 되지 않는다. 더욱이 중국에선 정부의 탄압을 피하기 위해 비밀 결사라는 게 생겼다.

이런 비밀 결사는 청대까지로 이어진다. 청방(靑幇)이니 홍방(紅幇)이니 하는 게 그것인데 아직은 그런 이름이 없었다. 더욱이 송은 부패되고 당쟁이 있었다. 송대의 사회 이면을 파헤친 《수호전》에서는 108명의 호걸이 송강(宋江)을 중심으로 양산박에 모여들고 있는데, 이는 물론 가공의 인물이지만 사회의 분위기만은 그와 같았다.

황산곡이 죽은 송휘종의 숭녕 4년(고려 숙종 10 : 1105) 전후의 일로 화석강(花石綱)과 서화 산수과를 태학에 둔다.

송휘종은 예술과 풍류의 천자로 서화를 잘했는데, 그의 글씨는 수금체(瘦金體 : 수금은 휘종의 호)라 하여 가늘고 뾰족한 것이 특징이며 어딘지 병약(病弱)한 느낌을 주었다. 그림은 화조화를 잘했지만 몰골법이라는 것을 썼다.

미남궁은 이때 아직 생존하고 있었는데 그의 시로 소개한 〈감로사〉는 《삼국지연의》에서 유비가 손권의 누이와 결혼하고자 오나라에 갔을 때 찾았다고 했지만 이는 픽션이다. 진강에 있는 절로 위말(魏末)의 감로 원년(256)의 창건이므로 유비는 이때 살아있지도 않았다.

미남궁은 이 진강을 더없이 사랑했으며 이곳에 정주했고 죽어서도 학림사(鶴林寺) 앞의 황학산에 묻힌다. 무덤은 현재도 전하며 '天下第一江山'이라는 큰 글씨가 씌어져 있는데 미불의 필적은 아니며 사진판으로 보니까 촌스럽기만 하다.

동파의 시에 나오는 금산사(金山寺)는 진강 서쪽 장강 안의 섬이었는데, 현재는 뭍과 연결되고 있다.

'초산(焦山)은 산중의 절, 금산은 절 안의 산'이라는 시구가 있듯이 산 전체가 절로 덮여 있는 것이다.

그림으로는 미불보다 아들 미우인(米友人)이 더 유명하다. 송휘종의 몰골법은 선이나 윤곽을 그리지 않고 색채로 화조를 그리는 화법인데, 소미(小米) 미우인은 측선(側線)을 강조하는 미점(米點)이라고 불리는 독특한 화풍을 확립했고 연기와도 같은 구름이 나부끼는 구름산을 그렸다.

심괄(沈括:1031~1095)의 《몽계필담(蒙溪筆談)》엔 그림의 원근법, 삼원에 대해서 소개한다. 곽희와는 거의 비슷한 시기의 사람인데, 심괄은 전문적 화가는 아니고 학자였었다.

──이성(李成:송나라 초기의 화가. 사방으로 경치를 나타내는 산수화에 뛰어남)이 그리는 산정의 정관(亭館)이나 누탑(樓塔)은 모두 높은 처마를 우러르는 꼴이다. 아래에서 위를 바라보면, 사람이 평지에서 탑을 올려보듯이 처마의 서까래까지 보인다는 생각인데 이는 잘못이다.

'대체로 산수를 그리는 법이란 사람이 축산(인공의 산, 정원 등의) 을 보듯이 실제로는 큰 것을 훨씬 작게 줄이는 법이다. 만일 모두 진짜인 산 크기 그대로 산들을 그리는 방법을 취하여, 아래로부터 위를 바라본다면 산이 하나 보일 뿐으로, 겹쳐있는 산용(山容)을 보기는커녕 세세한 것까지 보일 턱이 없다. 또 가옥에 관해서도 그 중뜰(안뜰)이나 집 뒤꼍까지 보일 까닭이 없다. 만일 사람이 동쪽에 서면 산의 서쪽은 먼 곳에 위치하는 법이다.

이것을 어떻게 그림으로 나타내는가? 이성은 큰 것을 작게 축소하는 법〔원근법을 택한 조감도법〕을 모르는 거다. 지붕 귀퉁이를 처올리는 방법이 아니고 높이를 안배하거나 원근을 안배하는 데에 그림의 맛이 있게 마련이다.'

몽계는 이밖에도 몇 가지 참고가 되는 말을 남겼다.

또 서적을 목판으로 인쇄하는 일은 당대에선 아직 성행되고 있지 않았다. 복영왕(福瀛王 : 풍도. 882~953, 중국 목판 인쇄의 조)이 처음으로 오경을 목판 인쇄하여 간행한 이래로 전통적으로 중요시된 서적은 모두 목판본이 된 것이다.

경력 연간(1041~1048)이 되자 다시 평민인 필승(畢升)이 활판을 만들었다. 그 방법은 두께가 동전 가장자리 만큼의 찰흙에 글자를 판다. 한 자마다 1활자를 만들고 구워서 경도(硬度)를 높인다.

한편 철판을 준비하고 그 위에 송진·밀랍과 종이 재 따위를 칠한다.

인쇄에는 철제 틀을 철판 위에 놓고 나서 활자를 빈틈없이 줄지어 깔고 하나의 쇠틀로 한 활판이 되면 불로 이를 가열하여 접착제〔앞서의 송진 등〕를 조금 녹여가며 평평한 널빤지로 그 면을 누르고, 활자면은 숫돌마냥 평평하게 한다.

만일 두세 권만 인쇄한다고 하면 이 방법은 그리 간편하다 할 수 없지만 수십·수백·수천이라는 책을 인쇄하는 데에는 아주 빨리

할 수가 있다. 언제나 2매의 철판을 준비하여 1매의 쪽으로 인쇄하고 1매는 활자를 짜게 한다면 한 쪽이 인쇄되고 난 때에는 다음의 판이 짜인다. 이리하여 번갈아 사용하면 순식간에 인쇄가 되는 셈이었다.

각 활자는 모두 몇벌씩 준비되고 之나 也와 같은 것은 20여 벌이나 준비되어 1판 내에서의 중복에 대비했다.

사용하지 않을 때에는〔활자를 운(韻)별로 분류하여〕각 운마다 종이를 붙여 운을 나타내고 나무틀에 넣어 간직한다. 평소 준비되어 있지 않은 특수한 글자는 그때마다 찰흙을 파고 짚불로 구워 단단하게 하면 곧 완성된다.

〔찰흙을 사용하고〕나무를 사용하지 않는 이유는 나무결엔 소밀(疏密)이 있고 물에 젖으면 높이가 일정치 않게 되어 버리는 데다가 접착제에 곧잘 들러붙어 끄집어 내기가 힘들기 때문으로, 찰흙 활자인 편이 좋다. 사용하고 나서 가열하여 접착제를 녹이고 손으로 털면 찰흙 활자는 쉽게 떨어지고 조금도 훼손되지 않는다.

필승이 죽은 뒤, 그 활자는 일족 중의 형제들 소유가 되고 지금에 이르기까지 귀중한 소장품이 되어 있다.

풍도의 목판 인쇄는 후당의 장흥 3년(932)에 시작되고 후주의 태조(951~953) 때 완성하고 있다. 김종서의 《고려사절요》에 성종 15년(996) 4월 철전(鐵錢)을 주조했다는 단 다섯 자의 기록이 있고, 정종 11년(1045) 조에 비서성(秘書省)이 《예기정의》《모시정의》를 각 70·50책을 신간하여 올렸다는 기사가 보인다. 간이란 글자로 보아 목판 인쇄가 분명한데 처음이란 말은 없다. 그 전에 각 사찰에서 소장하는 경문을 인쇄한 것이 있는데 이는 다수에 이르고 인쇄 연월이 명시되지 않아 고증할 길이 없다.

그리하여 의천에 이르러 대대적 목판 작업이 있었던 셈인데, 목판 인쇄는 중국 5대 무렵에 시작되고, 조선조 세종의 활판 인쇄는 동활자에 의한 주조 활자 사용이 특징이었다. 《세종실록》 3년(1421) 조의 주자소, 인쇄법의 개량이 그것이다. 그리고 그 활자본이 왜국에도 전해져 일본의 고활자판 간행의 계기가 되는 것이다.

왕명에 의해 사대·교린문서를 다루는 승문원(承文院)을 일명 괴원(槐院)이라고 불렀는데, 그것은 송에서 온 것이다. 《몽계필담》은 기록한다.

──학사원(한림원) 제3청에 있는 학사의 각자(閣子 : 기거실) 앞에 느티의 큰 나무가 있어 전부터 괴원이라고 불렸다. 예로부터 이 각자에 있는 자는 대신으로 출세하는 자가 많다는 전설이 있어 학사들은 괴원에 들고자 다투었고 선주자의 짐을 젖혀놓고 들어가 차지하는 자도 있었다. 이것은 내가 학사일 때 목격한 일이다.

──관각(館閣 : 소문관·사관·집현전·승문원 등을 총칭)에서 글을 정서할 때 잘못 쓴 부분은 자황(雌黃 : 웅황을 말함)을 발랐다. 송대에는 일반적으로 백지를 사용했으나 대궐 안의 서고 장서는 민간에 유출되는 것을 방지하기 위해 누런 종이를 사용한 대형의 책자로 사본을 만들고 보관했다. ──글자를 고치는 방법은 여러 가지가 있지만 깎아내든가 물로 씻든가 하면 종이를 상하게 만들 뿐더러 종이를 덧붙인다면 벗겨지기 쉽고 호분(胡粉)을 칠하면 글자가 잘 지워지지 않아 몇번이고 덧칠하여 겨우 지울 수가 있다. 그런데 자황은 한 번 칠하면 곧 글자가 지워지고 더욱이 자황은 언제까지라도 벗겨지지 않는다. 옛사람은 이를 연황(鉛黃)이라고 불렀다. 쓸만한 이유가 있는 것이다.

[웅황은 극독성의 비소 광물로 황색인데 누런 색이라 오자를 지우는 데

사용했다. 그러나 중국에서 말하는 웅황은 계관석(鷄冠石. As)을 가리키며 한약재로도 사용되는데 빛깔은 홍색 또는 오렌지색이다. 웅황은 연단에 사용되어 중독사하는 경우가 많았다]

──완원의 호는 운대인데 芸臺라고 쓴 것을 보았다. 이것은 藝자의 약자로 왜국 같은 데서 사용되는데 芸이라는 한자가 따로 있고 《몽계필담》에서 운향(芸香)을 설명한다.

'옛사람은 장서의 벌레 방지로 운을 사용했다. 운은 향초(香草)이며 지금의 이른바 칠리향(七里香)이 그것이다. 잎사귀는 완두의 그것을 닮았고 자그마하니 수풀을 이루며 자란다. 그 잎사귀는 매우 향기롭고 가을이 지나면서 잎 사이에 흰 가루를 뿌린 듯이 조금 희어지고 제충(除虫)의 효과가 특히 두드러진다.

남방인은 이를 채집하여 자리 아래 두고 벼룩이나 이를 구제한다. 나는 소문관(昭文館)〔심괄은 인종의 가우 8년(1063) 진사였다. 그 무렵 소동파도 학사로서 동료였다]에서 서적의 편수·교정직을 면제되었을 때 몇 그루의 운을 노공(潞公 : 문언박을 말함)의 집에서 얻어 비각에 이식했지만, 지금은 이미 없어졌다.'

──사람들은 한퇴지(한유)를 수염이 아름다운 여윈 얼굴에 사모를 씌운 모습으로 그리고 있지만, 사실 이것은 강남 한희재(902~970)의 모습인 것이다. 당시의 그림이 지금 아직 남아있고 제발도 분명하다.

희재의 시호가 문정(文靖)이므로 강남인은 그를 한문공이라고 불렀다. 그래서 한퇴지와 바꾸어 잘못 알게 되었던 것이다.

퇴지는 비만체이고 수염이 드믄드믄 났을 뿐이었다. 원풍 7년 (1084) 퇴지가 문선왕묘〔공자묘. 당현종은 공자에게 문선왕, 송진종은 지성문선왕이라는 시호를 추증]에 종사(從祀)될 때 각 군현에서 그린 한유의 초상화는 모두 희재였다. 이후 후세의 자로서는 판단의 방법이 없어 퇴지가 희재로 둔갑된 것이다.

《고려사절요》의 문종 10년(1056) 10월조에 매우 중요한 기사가 보인다. 일본 국사 후지와라〔藤原朝臣, 賴忠 등 30명〕가 왔다는 기록이다. 일본 역사를 보면 이 무렵 왜국은 헤이안 시대로 귀족들이 타락하고 퇴폐적 기풍이 전국에 퍼져 있었으며 승려들은 말법(末法)을 소리 높이 외치고 있었다.

말법이란 석존 입멸 후의 불교 유통의 상태를 3기로 나누고서 불타의 가르침이 현존(現存)하여 수행도 행해지고 증과도 쉽게 얻어지는 게 정법(正法) 시대이고, 가르침과 수행도 있지만 증과가 얻어지지 않는 상법(像法) 시대가 이어지며, 그런 다음 가르침만 있고 수행도 증과도 없는 말법의 시대가 온다. 그 말법의 시작이 1052년이었던 것이다. 따라서 그 말법 타개를 고려 불교에서 찾고자 당시의 왜국 최고의 권벌(權閥)인 후지와라〔황비를 거의 독점하는 가문〕가 국사로 왔던 셈이다.

말법의 근거는 석존 입멸 뒤의 각 1천 년을 정·상법의 시대로 계산했다고 한다.

《절요》에는 빠져 있지만, 문종 12년(1058) 9월에 충주 목사가 〈상한론〉 등을 새로 판 판목을 왕께 올렸다고 했는데, 이것으로 확실한 고려의 목판 인쇄가 증명된다. 다시 《절요》에서 문종 29년 (1075) 조를 보면 왜인의 입국이 빈번하다.

윤 4월 일본 상인 오에〔大江〕 등 18명 내조, 6월 일본인 아사모토 (朝元時經) 등 12명 내조, 가을 7월 일본인 상인 59명이 왔다. 문종 30년에도 일본 승속(僧俗) 25명이 영광에 와서 이를 조정에 알렸다

했으며 동 32년과 34년에는 귀국 도중 태풍을 만나 탐라에 표류했다는 기사가 보인다. 요컨대 당시는 송상과 왜상이 고려에 자주 왔던 것이며, 그것도 일본국이라는 명칭과 사쓰마니 지쿠젠이니 하는 지명을 사용하여 일본이 아직 통일된 강력한 중앙 정부가 없었음을 시사한다.

고려 문종이 재위 37년으로 승하하자 태자가 뒤를 이어 순종이라 했지만 정변이 있었고 선종이 뒤를 잇는데(1084), 이때의 기사로선 대마도가 등장하며 감귤 등 방물(方物)을 보내오고 있다.

그리고 11세기의 왜국은 장원(莊園)이 여기저기 생기고 그것도 논보다는 밭농사가 주였음을 알 수 있다. 한자의 전(田)은 밭이고 논을 의미하는 답(畓)은 우리나라에서 발명된 글자이다.

따라서 왜국도 나라 시대의 백제·신라의 이주자는 야마토 이서, 곧 지금의 간사이(關西) 지방에 정착하여 벼농사를 지었는데, 장원은 간토(關東)에서 주로 발생하고 그들은 밭농사를 지었던 것이다. 장원의 소유자가 곧 귀족이고 영주로 발달되는데, 처음에는 이들에게 성씨는 없었고 주로 지명을 따서 성을 지었는데, 그것도 12세기 이후이다.

지금도 일본인의 이름으로 이찌로(一郎: 혹은 太郎: 장남)·니로(二郎: 차남)·사부로(三郎: 삼남)……하는 명명이 많지만 혹은 사부로고로(三郎五郎)니 요고로(余五郎)니 하는 이름이 발견되어 고개를 갸웃하게 된다. 전자는 아버지가 3남이고 그 다섯 번째의 아들이란 뜻이고, 후자는 열 명을 채우고 난 다섯째, 곧 15남이란 뜻이다.

역시 송의 희녕 연간이라면 고려 문종 때의 이야기다.

고려의 사신은 지나는 주현마다 빠짐없이 그 고을의 지도를 요구했다. 어느 주현이고 이를 거절하지 못하고 지도를 그려 주었는데 산천·도로·지형의 험(險)·불험에 이르기까지 상세히 기입되어 있었다.

사신 일행은 양주에 이르자 〔고려의 사신은 육로가 아닌 뱃길을 이용했는데 이는 북부에 요가 있어 우회하고 복주(복건성)의 항구에 상륙하여 북쪽의 개봉으로 향했다〕 이곳의 주청에도 역시 지도를 요구했다. 이 무렵 진승지(陳升之)가 양주의 지사였는데, 그는 고려의 사신을 속여,

"양절(兩浙)의 각 주현에서 제출한 지도를 보여주시지 않겠습니까? 그것을 참고로 하여 보다 정밀한 지도를 작성해 드리지요."

라고 말했다.

고려의 사신은 이리하여 그려 받은 지도를 내주었는데 진승지는 그것을 모두 불태워 버렸다. 그리고 사건의 전말을 조정에 보고했다(《몽계필담》).

이것은 저 소동파의 고려 사신 입송을 문제삼은 것과 관련이 있어 보인다. 주위의 나라를 오랑캐로 여기는 송국으로는 고려 사신의 행동이 오만하게 보였던 것이다.

—— 유정식(劉廷式)의 자는 득지(得之)인데 산동의 밀주(密州: 제성현) 사람으로 원래는 천민이었다. 젊어서 이웃의 가난한 농부 딸과 정혼했지만, 그뒤 수년이 지나서 그는 각고한 보람이 있어 향시에 급제하고 금의환향했다. 그런데 알아보니까 딸을 주겠다고 한 이웃의 노인은 이미 죽었고, 그 집 딸은 두 눈을 실명한 몸이었

으며 더욱 가난에 쪼들리고 있었다.
 그러나 유정식은 사람을 보내어 전부터의 약속대로 실명한 처녀를 아내로 맞겠다고 했는데 신부측에서는 앞도 못 보는 장애자며 가난한 농군으로 관리가 된 유씨 집에 출가시킬 수는 없다면서 사양했다.
 하지만 유정식은 단호했다.
 "나는 돌아간 장인 어른과 약속한 일이오. 장인께서 돌아가시고 신부가 앞 못 보는 소경이 되었다고 해서 어찌 약속을 어길 수 있겠소."
라며 마침내 결혼했다.
 부부의 의도 매우 좋아 아내와 손을 잡지 않고는 바깥 출입도 하지 않았다. 이윽고 몇명의 아이도 태어났다.
 정식은 일찍이 어떤 사소한 사건에 연좌되어 통판(通判)직에서 면직될 뻔 했지만 이런 선행이 알려져 무사했다.
 다시 몇년이 지난 다음 정식은 강주(江州 : 강서성 구강)에 있는 태평궁(도교 사원인 듯) 관리인이 되었는데 아내가 죽자 그 슬픔이란 주위 사람이 보더라도 애처로울 정도였다. 소동파도 그의 문집에 〈서유정식사(書劉庭式事)〉라는 글을 남겼다.
 그것에 의하면 동파는 다시 몇년 뒤 유정식을 만나보고 그때까지 죽은 아내를 그리워하며 재혼도 않고 있는 까닭을 물었다.
 "슬픔이란 사랑에서 비롯되고 사랑은 용색(容色)에서 생기게 마련이오. 당신이 소경 여인을 맞아 의좋게 산 것은 훌륭하다 하겠으나 그 사랑은 어디서 오는 것이며 그 슬픔은 어디서 우러나는 것이오?"
 그러자 정식은 이렇게 대답했다.

"나는 아내를 잃은 것이오. 눈이 있든 없든 나의 아내였음에는 변함이 없지요. 내가 만일 용색에 의해 사랑이 생기고 사랑에 의해 슬픔도 생긴 것이라고 한다면, 용색이 쇠하면 사랑도 약해지고 슬픔도 사라져 버려, 예쁜 옷이나 너풀거리며 곁눈질이나 하는 젊은 여자를 맞아야만 한다는 것이 되잖겠소?"

부부의 사랑이란 정말 타인이 엿볼 수 없는 비밀인 듯싶다. 이것을 쓴 심괄 역시 중년에 상처를 했다. 그래서 후처를 맞았는데, 그 장씨라는 여성이 사납기가 이를 데 없어 남편을 두들기고 욕설을 퍼붓는 것은 예사이고, 수염을 잡아뜯어 땅에 버린 적도 있었다. 그래서 아이들은 울부짖었고 수염을 주웠는데 그 수염에 피묻은 살점마저 붙어 있어 더욱 큰 목소리로 울었지만 장씨는 태연했다고 한다. 그뒤 전처의 아들로 장남인 박의(博毅)를 집에서 내쫓았는데 후처는 갑자기 급사하고 말았다.

그래서 동네 사람이며 친척이 심괄에게 악처가 죽었으니 오히려 축하할 일이라고 했지만, 심괄은 이 아내를 잃고 난 뒤에 나사가 풀린 것처럼 멍청해지고 배로 장강을 건넜을 때 하마터면 물에 빠져 죽을 뻔 했다고 그의 문인이던 주욱(朱彧)은 《평주가담(萍州可談)》에서 썼다. 사실 심괄은 장씨가 죽은 이듬해 사망했다.

고려 선종은 재위 11년으로 갑술년(송철종 9 : 1094) 5월에 승하했는데, 재위 중 국내에 큰 사건이 없었으므로 현명한 군주라고 하겠다. 태자 욱(昱)이 즉위하여 헌종이 되었으나 이듬해 10월 대숙(大叔) 희(熙)에게 왕위를 넘겨준 것을 보면 무슨 정변이 있었던 것 같다.

희가 곧 숙종으로 대각국사 의천은 숙종 26년에 입적한다.

"당시 고려의 화가로서 이름있는 분은 없었습니까?"
하고 옹의천은 물었다.

"있었습니다. 전주 사람으로 이녕(李寧)이란 화공인데, 추밀사 (樞密使) 이자덕(李資德)을 따라 입송했습니다. 송휘종의 명을 받은 한림 대조 왕가훈(王可訓)·진덕지(陳德之)·전종인(田宗仁)·조수종(趙守宗) 등과 그림을 배우고 또한 논했으며, 칙명으로 본국의 〈예성강도〉를 그렸다고 했습니다. 그때 휘종은 감탄하며 사신을 따라온 고려 화공이 많았는데 그대야말로 묘수로 생각된다면서 술과 비단을 내렸습니다.

또 송상이 고려의 그림을 천자께 바친 일이 있는데 송휘종은 이를 천하 기품이라며 기뻐했고 이때 그것을 자랑하며 이녕에게 보였습니다. 이녕은 그 그림을 보더니 이는 제가 그린 것입니다 했고, 송휘종은 이를 믿지 않았는데 그림 두루마리의 접힌 뒤쪽을 뜯어 보이자 과연 그곳에 이녕의 성명이 있었다는 것입니다."

고려의 숙종은 재위 10년 동안 별로 이렇다 할 변란도 없이 넘어갔고, 승하하자 태자가 승통했다. 그가 곧 예종(睿宗 : 1078~1122, 재위 17년)인데 이 무렵부터 고려를 둘러싼 주변 정세가 미묘하게 흔들리기 시작했다. 그리하여 윤관 장군이 활약한 것도 이때의 일이며 송은 멸망의 비탈길로 굴러 떨어지고 있었다.

송휘종은 즉위 전에도 불미스런 행동이 많아 평판이 좋지 않았지만 달리 황자도 없어 천자가 되었던 것이며, 태후 상씨(向氏)가 여충 군자로서 기울어지는 송나라를 붙들려고 했다.

태후는 망국의 징조는 당쟁이라 생각하고 신구파의 싸움을 진정시키기 위해 구법당의 관리도 등용했고 연호를 '건중정덕(建中靖德)'이라 했던 것이다.

그래서 신법당의 영수 장돈, 채경(蔡京)은 물러났고 한기의 아들 한충언(韓忠彦)이 재상에 임명된다.

그러나 이윽고 상태후가 붕어했으므로 다시 채경이 등용된다 (1102). 채경은 《수호지》로 낯익은 이름이지만 남아있는 글씨를 보면 안진경체의 당당한 필적이다.

채경이 재등용된 것은 관동(貫童)이라는 환관이 천자의 명으로 서화 골동을 모을 때 그와 친해졌기 때문이라고 한다. 채경은 앞에서도 말했듯이 글씨도 잘 쓰고 문장력도 있어 휘종의 신임을 한몸에 받았었다. 그래서 휘종 초기 재상이 되고 송의 정치를 좌지우지 한다.

채경은 재상이 되면서 구법당의 관료・학자가 거의 죽은 뒤였지만, 이것에 만족하지 않고 사마광 이하 120명의 죄상을 나열하고 이들을 간당(姦黨)으로 매도했다. 휘종에게 휘호를 부탁하고 태학의 문앞에 '원우간당비'라는 비석을 세웠다.

다시 휘종의 숭녕(崇寧) 3년(1104)에는 원우・원부 연간의 당인을 선정하여 사마광 이하 309명에 이르는 이름을 석각하여 궁전 정면에 세운다. 그리고 지방에도 세우게 했는데 채경 글씨의 '원우당적비'가 광서성에 지금까지 두 개 남아있다. 여기에는 소동파와 황산곡의 이름도 들어있다고 한다.

송휘종의 도락・방탕은 유명한데 화석강(花石綱)도 그 예의 하나이다. 강은 지방의 세금을 도읍까지 운반하는 선대(船隊)를 의미한다.

도읍 개봉은 운하로 강남과 연결되어 있으며, 채경은 그런 강의 총재로 주면(朱勔)이란 자를 임명했다. 주면은 악덕 관리의 표본과 같은 인물로 온갖 횡포를 일삼았다.

화석은 글자 그대로 휘종의 비원을 꾸미는 데 들어간 명화기석(名花奇石)을 줄인 말이다.

태호(太湖)는 소주에 있는데 그곳에서 높이 4장〔1장은 10자인데 실제는 7자쯤〕 남짓의 묘하게 생긴 바위가 발견되었다. 이런 엄청나게 큰 돌을 개봉까지 운반하려고 했으니 우리의 상상을 초월한다.

거대한 뗏목에 싣고 도중의 수문이나 다리를 모조리 부수면서 엄청난 비용과 수만 명의 인부가 동원되었다.

이것을 송휘종만의 죄라고 할 수 있을까? 당쟁을 일삼은 자들이며 권세가들은 말할 것도 없고 거기에 부화뇌동한 상인들도 그 책임이 있다.

남송 초기의 맹원로(孟元老) 작이라고 전하는 《동경몽화록(東京夢華錄)》에는 당시의 번영과 풍속이 생생하게 기록되어 있다. 맹원로는 가명으로, 청대의 장서가 상무래(常茂倈)는 송휘종의 호부 시랑 맹규(孟揆)가 그 작자라고 주장한다. 맹규는 휘종을 위해 인공의 산 간악(艮岳)을 쌓았는데 《몽화록》에는 그 기사가 한 줄도 나오지 않는다. 후세의 지탄을 모면하려 했다는 주장이다.

참고로 북송 시대에는 4경이 있었다. 북경대명부(北京大名府)는 요의 손에 넘어가 있었지만 남경응천부(南京應天府)·서경하남부(西京河南府), 그리고 동경개봉부가 있었다.

동경에는 어가(御街)라는 게 있는데 폭은 2백 보이며, 양쪽에 검은 옻칠을 한 목책을 세운 천자의 전용 도로였다.

보통 대로의 중앙에도 어도(御道)가 있으며 붉은색의 주책(朱柵)이 양쪽에 있는데 일반 시민은 그 밖의 길을 사용했다. 송휘종 때 어가 양쪽에 벽돌로 쌓은 해자가 있었으며, 그 기슭에 복숭아·배·살구나무를 심어 봄이면 아름다운 꽃거리로 변했다.

당의 장안처럼 직업에 따른 구역이 정해져 있고 일반 주택가는 방(坊)이라고 불린다. 특히 동화문가(東華門街)의 북쪽에는 번루(潘樓)라는 주점(酒店 : 기루 겸용)이 있고 그 아래는 사거리처럼 되었는데 여기서 매일 장이 서고 의류·서화·노리개·물소 뿔과 같은 귀중한 약재가 매매되었다.

동화문가 남쪽은 와자(瓦子 : 번화가임)인데 이곳에 극장·노점 상인 등이 밀집되어 있었다. 주점도 차등이 있었는데 요리사가 존중되어 다반양주박사(茶飯量酒博士)라 불렸고 여기서 일하는 종업원은 큰형[大兄]이라고 불렸다. 역시 주먹깨나 쓰는 친구들이었던 것 같다.

서민으로 술집에서 요리를 시키든가 작부를 부르는 자는 한한(閑漢), 허리에 파란 무명 수건을 두르고 요리를 나르거나 술을 따라주는 작부를 춘초(焌糟), 손님을 웃기거나 하는 광대를 사파(斯波)라고 불렀다. 떠돌이 여자로 노래를 불러주고 음식이나 얻어먹고 팁을 받는 사람은 차객(箚客), 손님이 사든 말든 물건을 돌린 뒤 나중에 돈을 받는 장사꾼을 살참(撒暫)이라 했는데 이런 것은 어느 주점이나 있게 마련이었다.

요리도 온갖 것이 있었다.

여기서 일일이 명칭은 들지 않겠지만, 중국의 요리명은 재료와 조리 방법을 짝짓기하여 나타내는 게 원칙이라고 한다. 그러나 한자를 보고 지레 짐작하는 것은 금물이다.

예를 들어 초(炒)는 소량의 기름을 가하여 볶는 것이고, 전(煎)은 다량의 기름을 가하여 부치는 것이었다.

첩(煠)은 튀김이고, 차(炙)는 직접 불에 굽는 것이며, 소(燒)는 자와 같거나 조림의 두 가지 조리법을 겸용하는 것이다. 예컨대 추차(酒炙)는 술을 끓여 재료의 위부터 드리붓고 겉을 살짝 익힌 다음 다시 불에 쬐는 방법이었다.

숙(熟)은 물이 맑아지도록 끓이는 거고, 오(熬)는 약한 불로 장시간 달이는 것이며, 탕(湯)은 맑은 장국이며, 갱(羹)은 뼈다귀째 고는 것이었다.

가(假)는 의사 요리. 예를 들어 가해(假蟹)라면 조기의 살을 게의 살처럼 보이게 하는 거다. 게는 많이 사용되는 재료이고 취해(醉蟹)는 술로서 달인 요리였다.

제(齏)는 무침이고, 사(絲)는 채로 써는 것이었다. 첨(簽)은 작첨(炸簽)의 약자로 현대의 작비장(炸肥脹 : 돼지고기와 곱창의 튀김) 인데 연경의 대중 요리였다.

그밖에 요자(腰子)는 콩팥인데 특히 돼지 콩팥을 가리킨다. 심(蕈)은 버섯이고, 색분(索粉)은 푸르데 콩으로 만든 콩국수이며, 백육(白肉)은 북송에선 비계를 제거한 쇠고기이고, 남송에선 백수로 삶은 고기를 의미했다. 우리가 말하는 호떡은 소병(燒餅)인데 그 이름의 내력은 청인이 즐겨 먹었기 때문이고 깨가 붙어 있었기 때문이라고 한다.

점심(點心)은 간단한 식사인데 건과 종류가 많으며, 색다른 이름의 것으로선 해홍(海紅 : 해당 열매)・가경자(嘉慶子 : 자두)・인면자(人面子 : 광동성에서 나는 식물의 열매인데 복숭아 씨를 닮았고 두 눈・코・입을 갖춘 사람 얼굴처럼 생겼다)・원아(元兒 : 팥떡)・자(鮓)는 젓갈류 일체로 건어물도 자라고 한다.

송의 《청파별지(淸波別志)》에 의하면 지방에서 도읍으로 운반중 선도가 떨어진 생선류는 물로 씻어 소변으로 절여 말렸는데, 이렇게 하면 살이 굳어져 맛도 좋아졌는데 이것을 파자(把鮓)라고 불렀다는 것이다.

 연암 선생이 감탄한 태평거는 이미 북송에도 있었고 짐수레로서 큰 것을 가리켰다고 한다. 송의 소박(邵博)이 지은《소씨문견후록》에서 이 수레는 덩치가 큰 것이 둔중하고 일단 눈비를 만나면 꼼짝달싹 할 수 없게 되므로 태평거라고 했다는 것이다. 그렇다면 송대의 것과 청대의 것은 약간 달랐던 모양이다.
 차대 위에 칸막이는 있었으나 지붕은 없었다. 짐수레가 사람을 태우는 것이 되어 후대에 와서 지붕이 생겼으리라.
 또 평두거(平頭車)라는 게 있었는데 태평거보다 작고 설명을 읽어보니 우리의 우마차와 꼭 같다. 즉 두 바퀴의 앞쪽에 긴 끌대가 있고 그 끝부분에 가로막대가 있는데, 한 마리의 소가 그 끌대 안에 들어가고, 가로대를 소 목에 걸었다. 사람은 그 옆에서 쇠고삐를 잡고 끌고가는 것이다.
 앞의 끌대가 없고 혼자서 또는 둘이서 밀고 가는 '일륜거'가 있었다. 개봉에선 장사꾼이 이런 일륜거에 점심을 싣고 팔러 다녔는데, 심괄의《몽계필담》에 의하면 일륜거는 모기나 등에가 많아 말도 사용할 수 없는 하북의 숲지대에선 지게 모양의 것을 장치하고 사람을 태웠다고 한다.
 풍속으로선 어디라도 음식물을 파는 자는 청결한 식기류를 갖추고 요리·국물의 맛도 적당주의로 얼버무리지 않았다. 약장수도 점쟁이도 모두 의관을 갖추었다. 걸인마저도 정해진 옷차림이 있고 조금이라도 법도에 어긋나면 누구도 거들떠보지 않았다.
 애당초 사농공상, 온갖 직업의 옷차림은 절로 특색이 있고 그 규칙에서 벗어나는 일은 결코 없었던 것이다.

향료점에서 향을 싸는 점원들은 모자를 쓰고 배자(背子)를 걸쳤으며, 전당포 지배인은 검은 홑옷에 각띠는 매지만 모자는 쓰지 않았다. 그러므로 그 복장만 보아도 어떤 신분의 어떤 자인지 금방 알았다.

게다가 인정도 있어 타향인이 토박이한테 봉변을 당하거나 하면 반드시 나서서 감싸주고, 만일 관청과의 마찰이 생겨 말썽이 생기든가 하면 꼭 중간에 나서서 일을 원만히 수습하든가 관에 바치는 술값 따위를 마련해 주었다. 또 다병(茶甁)을 가지고 매일 이웃집을 찾아다니며 차를 나눠 마시고 세상 이야기로 시간을 보내는 자도 있었고, 누구의 집이든 경조사가 있으면 그 집은 사람들로 가득했었다.

일반적으로 혼인을 하게 되면 신랑측에서 신부측에 임시의 쪽지가 보내졌는데, 양가에서 혼인에 대해 승낙하면 자세한 단자(單子)를 교환했다. 그 내용은 과거 3대에 걸친 가계(家系)며 중매인·복인(服人 : 복을 입는 친척)·재산·관직 따위를 적었다.

먼저 몇개의 술병을 신부집에 보낸다. 그 병에는 큰 꽃송이 여덟, 은제의 머리장식 여덟 벌을 비단 보자기에 싸서 보냈다. 신부측에선 답례로 생수 두 병에 살아있는 금붕어 네댓 마리, 저 한 벌을 보내준 술병에 넣어 보냈다.

또 대정(大定)·소정(小定)이라는 게 있는데, 이것은 혼인 날짜 통고와 신부의 의상·반지 따위를 보내는 의식이었다.

그 절차가 번거로워 생략하지만, 식은 신랑집에서 올렸다. 신부가 소달구지를 타고 신랑집에 이르면 음양사가 그 안에 곡식·엽전·과일 등을 담은 뒷박을 가지고 주문을 외며 문간을 향해 뿌리고 아이들이 다투어 이것을 줍는다.

　신부는 우차에서 내려 땅을 밟지 않고 입실(入室)하는데 한 명이 앞에서 거울을 들고 뒷걸음질로 인도한다.

　신부는 인도되면서 말안장을 넘고 짚과 저울(됫박) 등도 넘으며 휘장을 친 방에 들어간다. 혼례에 말안장이 등장하는 것은 북방 기마민족의 유풍이고 당나라 초기에는 선비족의 풍습을 따랐던 것이라고 한다.

　신부를 배웅하며 따라온 자는 술 석 잔을 마시고 곧 물러가야 하는데, 이를 주송(走送)이라 했으며, 모두들 연거푸 석 잔의 술을 마신 뒤 신랑은 새옷으로 갈아 입고 머리에 꽃장식을 하고서 얼굴을 가리며 중당의 탑 위에 놓인 의자에 앉는다. 이를 고좌(高座)라고 하는데 먼저 중매인이 술을 권하고, 이어 신랑의 이모 또는 백숙모가 술을 권하며 각각 한 잔씩 마시면 신부 어머니의 권유로 겨우 고좌에서 내려온다.

　신부방 입구의 중방에는 색비단을 잘게 찢어 매달았는데, 신랑이 신부방에 들어가면 모두 다투어 가며 그 헝겊 조각을 차지한다. 그것을 '이시격문홍(利市繳門紅)'이라고 한다. 글자나 글 내용으로 보아《몽화록》의 결혼 풍속은 시장 상인의 혼례 방식 같다. 아니면 이익을 중시하는 강남인의 일반적 풍속이든지——. 농부나 사대부가 아닌 도시 서민은 상업이 유일한 생활 방편이라 그랬는지도 모른다.

　신랑이 침상 앞에서 신부에게 휘장 밖으로 나오라고 하면 양가에서 내놓은 색 비단을 하나의 동심결(同心結)로 매듭을 짓고, 이 비단 끝을 신랑은 홀(笏)에, 신부는 손목에 걸고 서로 얼굴을 마주 본 채로 신랑이 뒷걸음질로 방을 나온다. 사당에 가서 예배를 마치면 이번에는 신부가 뒷걸음질로 나오고 방에 이르면 절을 하는데, 신랑과 신부는 각각 앞을 다투어 절한다.

그것이 끝나면 침상에 올라가는데, 신부는 좌향으로 신랑은 우향으로 앉고 여자들이 돈·색비단·과일을 뿌린다. 이것을 살장(撒帳)이라고 한다.

남자가 왼편, 여자가 오른편이고 조금 머리털을 늘려 양가에서 색비단·비녀·나무빗 따위를 내놓는 의식을 합길(合髻)이라고 한다. 다음은 두 개의 잔을 색비단의 끈으로 연결하고 함께 그 잔으로 술을 마시는데 이를 교배주라고 한다.

살장에 대해 청의 조익이 지은 《해여총고(陔餘叢考)》에 의하면 이 행사는 한무제가 이부인을 맞았을 때 시작된 것이라고 한다. 무제는 부인을 휘장 안에 들여보내고 궁녀들에게 오색의 동심결이나 화과(花果)를 던지게 했던 것이며, 옷자락으로 이를 받게 했는데 많이 받을수록 자식이 많을 것으로 믿었다. 당중종은 장명·부귀라는 글자가 새겨진 엽전을 던지게 했다.

그런 뒤 궁중에선 측근자가 신랑을 안아 규방을 나왔고, 민간에선 그대로 신랑이 규방을 나와 친척들에게 인사하고 또 자리에 앉아 술을 마셨다.

손님이 물러가고 다음날 5경(새벽 4시)쯤 탁자 위에 경대와 거울을 놓고 신부는 상천(上天)을 바라보며 예배했고, 이어 시부모·존장께 문안하고 각각 색비단이나 손수 만든 헝겊신을 선물한다. 헝겊신의 창 부분은 헝겊으로 여러 겹 붙여가며 꼼꼼하게 만든다.

요의 도종은 송휘종이 즉위할 무렵 죽고 그 아들이 천조제(天祚帝)인데 아골타가 두각을 나타낸 것은 치화(致和) 3년(고려 예종

8 : 1113)이고 그 3년 뒤에 벌써 국호를 금(金)이라 하며 황제를 자칭한다.

아골타는 고려의 예종 9년, 혼동강에서 요의 대군을 무찔렀고 대세는 단번에 기울어졌다.

예종의 9년조를 보면 그 정월에 서여진의 장군 오무환(烏無奐)이 내조했다고 기록되어 있다. 여진족의 금은 고려와의 선린(善隣)을 희망했던 것이다.

이 당시 고려의 권신은 이자겸(李資謙)으로 그의 둘째 딸이 예종비였고, 자겸은 이 해에 참지정사(參知政事)에 임명된다.

요는 사신을 보내어 금을 협공하자고 제의했지만 고려는 이를 거절했으며, 요가 점령했던 의주(義州)를 수복하고 성을 쌓는다. 고구려 멸망 후 잃었던 땅을 가까스로 압록강까지 되찾은 것이다(1117).

예종 12년(1117) 9월, 왕은 특별히 내시를 보내어 청평거사 이자현(李資玄 : 1065~1125)을 불렀으나 그는 응하지 않았다. 자현은 본관이 인천이고 문종 때의 국구(國舅)였던 이자연(李子淵)의 손자로 용모가 남달랐고 어려서부터 총명했다. 그리고 대악서승(大樂署承)을 지냈지만 곧 벼슬을 사임하고 산 속에 들어가 문수원(文殊院)이라는 암자를 짓고 채식과 무명옷으로 일관했다.

그는 아마도 이자겸과는 종형제였던 것 같다. 왕은 특사를 보내어 금품과 다약(茶藥)을 하사하면서 조정에 돌아오라고 간청했다. 그러자 그는 대답했다.

"신은 일찍이 도문을 나서면서 다시 도읍의 땅을 밟지 않겠다고 맹세했습니다."

그리고 표문(表文)을 올렸다.

'새로서 새를 기르니 음락의 근심이 없기를 바랄 뿐이오, 고기를 보고 고기를 알았으니 산과 물의 생긴 대로의 천성을 좇으리라.(以鳥養鳥 庶無鍾鼓之憂 觀魚知魚 俾遂江湖之性)'

왕은 표문을 읽고 그 뜻이야 알았지만 실천하지는 못했다. 그뒤 남경에 행행했을 때 그 아우인 이자덕을 보내어 행재소로 와달라며 어제(御製)의 시 한 수를 내렸다. 이자현이 부름을 받고 오자 왕은 말했다.

"노자의《도덕경》으로 이끌어주기 바라며, 만난 지도 오래이니 군신의 예가 아니라도 좋을 터이다."

자현은 마침내 전각에 올라가 다탕(茶湯)을 접대받으면서 조용히 말을 주고받았다. 이리하여 삼각산 청량사(淸涼寺)에 주하라는 어명을 받았으며 다시 만났을 때 왕은 양생(養生)의 비요를 물었던 것이다.

"선(善)을 베푸는 것에 있어 욕심이 적어야 합니다(의욕을 앞세우지 말라)."

이것으로 미루어 볼 때 이자현은 도사였고 도교는《삼국사기》에서 고구려의 보장왕 때 들어왔다고 했는데, 우리나라에도 그 맥은 희미하나마 이어지고 있었음을 알게 된다. 유명한 것은 보덕(普德) 화상으로 그는 반룡사(盤龍寺)에 주하고 있었는데 왕이 좌도(左道 : 도교)를 숭신함으로써 나라가 위태롭다며 자주 간했지만 왕은 듣지를 않았다.

그리하여 신통력으로 방장(方丈 : 주지 거처)을 날아가게 하여 남으로 완산주·고대산(《승람》에선 전주 고달산임)에 옮겼고 그곳에 있었다. 얼마 되지 않아 과연 고구려는 멸망했는데, 지금의 경복사 비래방장이 바로 그것이었다. 대안 8년(1092) 저 대각국사가 경복사에 와서 보덕 성자의 진영(眞影)에 예배하고 다음의 게를 지었다.

'涅槃方等敎 傳受自吾師 可惜飛房後 東明古國危.'

그런데 금강산(내금강) 법기봉(法起峯) 중턱에 보덕굴(普德窟)이라는 게 있다. 이것은 고려 성종의 원년(982) 회정선사(懷正禪師)가 창건한 것으로, 보덕화상과는 관계가 없는 것처럼 보이나 본암의 위각(危閣)은 금강산 기중(奇中)의 기(奇)라고 일컬어진다.

깎아지른 벼랑 굴을 통하여 이를 수가 있지만 돌출된 바위 모서리에 지어진 것으로 반은 공중에 매달려 있다. 높이 60척 남짓한 열아홉 마디의 구리 기둥 하나로 바닥을 괴고, 누각의 흔들림을 막기 위해 쇠사슬로 이를 좌우에 붙들어 매달고 있다. 강풍이 불거나 사람 네댓 명이 올라가면 누각이 흔들리는데 수백 년을 두고도 끄떡없었다. 옹정 4년(1762)에 수축했다는 기록이 있는데 지금도 과연 남아있는지……

송휘종의 중화(重和) 원년(예종 13 : 1118)에 북송은 마정(馬政)을 아골타에게 보내어 비밀 협상을 벌였다. 조건이란 송이 요에게 바치고 있던 조공, 은 20만 냥에 깁 30만 필을 금에게도 바치는 대신 연운 16주 가운데 장성 이북은 금의 영토로 인정하고 연경 등 6주는 스스로의 힘으로 수복하겠으니 양해해 달라는 부탁이었다.

금은 이를 거절했다. 신속한 군사 행동을 일으켜 선화(宣和) 4년 (예종 17 : 1122)에는 요의 서경(현 大同)과 연경을 함락시킨다. 송휘종은 허둥거렸고 소주와 항주에 있던 응태국(應泰局)과 화석강을 폐지하고 내정을 개혁하려 했지만 이미 때는 늦었다.

《고려사절요》를 보면 예종 17년 정월, '비로소 중서사인 김부식이《역경》을 강의했다는 기사가 보인다. 그리고 4월에 왕이 승하하고 태자가 뒤를 이어 인종(1109~1146, 재위 24년)인데 이때 13세로서 외조부 이자겸 등이 정치를 요리했다. 요는 인종 3년(선화 5 : 1125) 정월에 천조제가 금군에 붙잡히고 멸망한다. 그리고 인종 2년에 이자겸은 그의 셋째와 넷째 딸을 왕비로 들여보냈으며 그 7월에 어사중승 이자덕이 입송하고 있다.

요는 멸망했지만 그들이 이룩한 불교 문화는 지금껏 남아있다. 당시의 목조 건축으로 계현(薊縣)의 독락사(獨樂寺)·관음각이 가장 오래인 것이고 대동(大同)의 상·하 화엄사, 응현(應縣)의 불궁사(佛宮寺) 대탑 등은 모두 이 시대에 만들어졌다. 특히 응현의 대탑은 도종 초년(1055)의 건축이고 8각·5층·높이 66m라는 중국에 현존하는 가장 오랜 목조 건축이다.

또한 동북 3성(만주)에 남은 요대의 불탑은 벽돌로 쌓아 올려졌고 당시 상당한 문화 수준을 가졌음이 증명된다. 그리고 북경의 서남쪽에 있는 방산현(房山縣)에는 수대(隋代) 이후 계속된 석각 대장경이 있는데 이것도 요시대에 적극적으로 추진되었다.

그들에게는 무엇보다도 문자가 있었다. 요를 타도한 금인의 여진족은 거란소차[契丹小字]를 여진대차(女眞大字)로 삼았다.

거란에 대해선 수수께끼 부분이 많지만 거란과 위구르족의 연합국가였던 것 같다. 그리하여 위구르족은 대대로 소씨(蕭氏)라는 호칭으로 황후를 독점했다. 샤머니즘도 있었다면 황후의 지위란 정치적으로도 무시할 수가 없었으리라.

열쇠는 거란 문자인데 옛날엔 중국의 고기록에 들어있는 몇몇 낱말이 알려졌을 뿐이다. 그러나 20세기가 되면서 서양 학자에 의해 동북아 제민족의 언어·문자 등이 속속 연구된 뒤에도 자료가

적은 거란어에 대해선 그것이 몽골어와 퉁구스어의 양쪽으로부터 해석된다는 점에서, 거란은 두 언어 계통의 혼합 민족이라고 여겨졌다. 그러나 1922년 벨기에 출신의 선교사 켈빈 신부는 현재의 내몽고〔중국측 영토〕 자치주의 발린 좌익기(左翼旗 : 기는 부족을 말함)의 바르 인 만하에 있는 요제왕릉에서 한자와 거란어가 함께 석각된 묘지명을 발견했다.

바르 인 만하는 한자로 경주(慶州)이고 이곳에 성종·홍조·도종 3대의 능묘가 있는 것이며, 묘지명의 발견으로 거란소자가 어떤 것인지 윤곽을 파악할 수 있었다. 이제까지 여진대자라고 생각되던 것이 사실은 거란소자라는 것도 이때 알았다.

1932년 일본군이 만주를 침략하면서 당시 묘지명 10여 개의 탁본이 있었는데, 그것이 비밀리에 일본으로 반출되었다. 중국측에서 나복성(羅福成)이란 학자가 《요릉석각집록(遼陵石刻集錄)》이란 것을 발간하고 있는데 일본측은 그것을 내놓지 않고 있다.

나복성의 집록에 의하면 얼핏 보기에 아주 복잡한 형태의 거란 문자는 2백 개 남짓의 원자(原字)로 짝짓기를 하고 원자는 대부분이 발음을 나타내는 것인데, 개중에는 상형문자도 섞여 있다고 한다. 또 거란문자는 돌궐문자에 바탕을 둔 것이라고 주장하는 설도 있지만, 최근 발굴 작업이 활발한 발해 유적과 연결시키면 고구려 역사의 미지 부분도 상당히 해명되리라고 기대된다.

요가 멸망하자 일부의 거란인이 야율대석(耶律大石)을 지도자로 추대하고 멀리 서쪽으로 가서 서요(西遼)라고 불리는 나라를 세운다. 유명한 금의 시인 원호문(元好問)은 거란족의 원씨로 성을 바꾼 것이다.

"북송도 요가 멸망한 그 해에 송휘종이 퇴위하고 태자 환(桓)이 계승하여 흠종(欽宗)이 됩니다만, 다음해인 병오년(인종 4 : 1126)에 개봉이 함락되고 휘종・흠종 부자는 북쪽으로 끌려 갔습니다."
하고 심암 이임송이 말했다.
추사는 이제 완원 선생과도 작별할 때가 되었다 싶었다. 그 동안에 많은 이야기를 했지만 여기에 다 적을 수는 없다.
한 가지 분명한 것은 완운대도 추사의 말에 흥미를 가지고 귀를 기울여 주었다는 점이다.
결론적으로 말해서 완원은 신라・고려시대의 탑본, 곧 금석에 관해서 흥미를 보였고 조선과 왜국의 내왕에 대해 알고 싶어했다. 완운대는 이런 말을 했다.
"지금 중국에도 조선에도 없는, 이미 오래 전에 산일된 책이 일본에 있다는 이야기를 들었습니다. 이를테면 《모시(毛詩)》는 중국에 없습니다. 아마도 당대까지는 전해졌던 모양인데 일본에 그것이 있다는 겁니다. 만일 《모시》의 원본을 구할 수 있다면 13경에 꼭 넣고 싶습니다."
"그러고 보니 고려의 것도 왜국으로 건너갔다는 이야기를 들었습니다. 예를 들어 이녕은 천수원도(天壽院圖)가 있었다 하며 이인로(李仁老 : 1152~1220)는 《파한집(破閑集)》에 그것을 자세히 기록하여 송에도 알려졌다고 하는데 어째서 그의 그림이 지금 전하지를 않고 있는지 알 수가 없습니다. 비해당 안평대군은 조선의 왕자입니다만 풍아로운 고화를 사랑하고 또한 그 법에도 통하고 있었는데 사람으로서 수장한 이가 있다 들으면 값을 아끼지 않고 이를 모았습니다. 그렇게 힘써 몇년이 지나자 비록 파견(破絹)·잔전(殘牋)일망정 수백 축을 얻었는데, 이녕은 비 해당의 시대로선 그리 멀지도 않건만 그 〈화기(畫記)〉에도 들어 있지 않아 이상하다고 했습니다."

숙종 4년(1126) 9월, 개봉이 금군에게 포위되어 송휘종이 성문을 열고 항복했을 때 그곳엔 다수의 고려인이 있었으리라. 이들은 남쪽으로 절강의 명주(明州 : 현 영파)로 가서 배를 타고 귀국했다. 이곳이 고려와 송상의 무역 중계지였던 것이다.

이듬해인 숙종 5년(1127), 금은 장방창(張邦昌)이라는 꼭두각시 황제를 내세웠고 4월에 휘종과 흠종을 포로로 잡아 북쪽에 끌고갔다. 이보다 앞서 고려에서는 병오년(숙종 4 : 1126)에 정변이 있었다. 내시녹사(內侍錄事) 김찬(金粲)이 왕의 밀명을 받고 이자겸을 치려고 했는데 오히려 자겸과 척준경(拓俊京)의 반격을 받았으며 그 과정에서 대궐은 불타버렸고 인종은 자겸의 사저로 옮겨졌다.

이때 자겸은 인종을 독살하려고 했다는 것이다. 그러나 자겸의 넷째 딸 궁주(왕비)의 기지로 음모는 사전에 봉쇄되었고 또한 왕이 척준경을 포섭하여 자겸을 체포했으며 그는 영광에 유배되어 그곳에서 죽는다.

그리고 정미년인데 이해 3월 우정언(右正言)이던 정지상(鄭知常)의 탄핵을 받아 척준경은 거제로 유배된다.

정지상은 자를 자상(子尙)이라 했고 호는 철재(澈齋)로 평양 사람이다.

어떤 사람은 정철재를 고려 제1의 대시인이라고 일컫는다. 《해동시선》에 들어있는 〈대동강〉이라는 7언절구를 하나 골라본다.

비도 쉬어가는 긴 방죽에 풀빛도 아름다운데,/남포에서 임을 배웅하니 슬픔이 동하여 노래가 되네./대동강 물은 언제나 마를꼬,/이별의 눈물이 해마다 푸른 물결을 보태 주네.
 (雨歇長堤草色多 送君南浦動悲歌 大同江水何時盡 別淚年年添綠波)

 무척 감각적인 시로 현대의 서정시라고 해도 손색이 없다. 철재의 라이벌이 뇌천(雷川) 김부식(金富軾 : 1075~1152)이었다. 뇌천은 자타가 공인하는 시문의 대가이며 학자로 자부하고 있었으나, 철재에게만은 학문이든 시문이든 당하질 못했다. 뇌천이 몇살 연장인 것 같은데 부식이《역경》을 강의하면 지상은《서경》을 강의하고 있다.
 또 묘청(妙淸)이란 승려가 있었다. 그도 서경 사람으로 일관(日官 : 천문 관측)이던 백수한(白壽翰)과 더불어 개경은 이미 지력(地力)이 쇠했으므로 도읍을 서경으로 옮겨야 한다고 주장했다.
 김부식은 또 저 너무도 유명한 윤관(尹瓘 : 1051~1111) 장군의 아드님 윤언이(尹彦頤)와도 앙숙이었다고 한다. 단재(丹齋) 신채호(申采浩 : 1886~1936) 설에 의하면 윤관과 윤언이는 모두 화랑도였다고 한다. 그렇다면 사대주의자인 김뇌천과 사고방식 자체가 달랐을 터이고 두 사람의 충돌은 필연적이었다.《고려사절요》를 보면 인종 5년(1127) 4월에 김부식 등은 명주까지 갔다가 금병(金兵)이 변경(개봉)으로 가는 길을 가로막고 있어 그대로 돌아왔다.
 처음에 송에는 항전파와 강화파가 있었다. 금군은 연경과 산서 두 방면으로부터 침입했는데 송휘종은 적군 내습의 보고에 놀라고 즉시 화석강을 폐지하며 '자기를 벌하는 조서'를 발표하고 전국에 의군의 궐기를 호소했다. 그리고 당시 26세이던 태자에게 양위하여 흠종이 된 것이다.

산서 북부의 운주(대동)로부터 침공한 네메가는 태원(太原) 등 송군의 방어가 단단하여 지체되었는데 연경으로부터 남하한 오리브는 하간(河間)·중산(中山)을 우회하여 곧장 개봉으로 육박했다.

장방창은 강화파인데 흠종의 측근이었다. 그러나 이강(李綱)은 강직한 인물로서 유학자로 유명한 양시(楊時) 등의 의군과 손잡고 끝까지 싸우자는 주장이었다.

하지만 현실적으로 금군의 남하를 저지할 수는 없어, 금태종과 강화 담판을 하게 된다. 금군도 처음에는 송을 멸망시킬 의도는 없었다. 그런데 송은 협상을 하면서 이강을 시켜 금군을 야습케 했던 것이다.

그러나 송군은 대패하였고 강경해진 금의 요구로 이강은 파면되었으며 배상으로 금 5백만 냥, 은 5천만 냥, 우마 1만 두, 깁 백만 필을 주기로 약속하며 강화조약을 맺었다. 이것이 병오년 2월의 일이었고 금군은 일단 물러갔는데 이 굴욕적인 강화 조약에 당시 중화 사상으로 무장된 태학생과 군대가 승복하지 않았다. 그래서 송휘종은 흔들리기 시작했다.

이런 송의 움직임에 분개한 금태종은 그 해 8월에 다시 오리브와 네메가 등 두 장군을 대장으로 임명하고 남진을 시작했다. 이번에는 네메가군이 280일이나 저항을 계속한 태원성을 함락시키고 황하를 건너 변경에 육박했다.

송에선 허둥지둥 교섭을 재개하자고 했지만 금군의 요구는 더욱 강경해져 휘종·흠종 두 황제를 인질로 바칠 것과 배상으로서 가위 천문학적이라고 할 금 1천만 정(錠 : 1정은 50냥), 은 2천만 정,

깁 1천만 필을 요구했다. 그 위에 변경의 주민 전부를 학살한다는 위협마저 했기 때문에 휘종·흠종은 스스로 금군 진지에 가서 투항했다. 금군은 즉각 이 두 사람을 북쪽으로 압송한다. 휘종은 후궁도 많아 그 소생이 다수였는데 태후와 황후를 비롯한 황자·공주 등이 모두 끌려갔던 것이다. 그 중에서 단 한 사람 흠종의 아우 강왕(康王)이 도중에서 탈출했을 뿐이다.

장방창은 이때 재상으로 인질 일행과 행동을 함께 했다.

한편 송은 당시 궁중에 다량의 금은이 있었는데 이것을 감추고 민간 보유의 금은을 강제로 내놓게 했다.

시일을 끌자는 지연 작전이다. 그러자 금은 분노했고 즉시 부대를 변경에 투입시켜 송휘종이 다년간 수집한 서화 골동과 금은을 남김없이 약탈했다.

변경은 이리하여 유령의 도시가 되었고, 옛 영화를 그리워 하는 《동경몽화록》과 같은 글이 씌어졌다.

장방창은 연경까지 끌려갔는데 금태종은 그를 황제로 봉하고 속국의 예를 취할 것을 명한 다음 다시 개봉으로 보냈다. 정미년 3월의 일인데 《고려사절요》를 보면 당시 예부시랑(禮部侍郎)이던 윤언이는 정미년 7월에 송으로 갔다. 윤언이가 송제에게 바친 표문을 보면 북으로 끌려간 두 황제에 대한 고려의 비통함을 말하고 반정(反正)의 기회를 절실하게 바란다는 내용이었다.

장방창이 개봉에 돌아오자 송의 관료들은 대부분 부득이한 일이라면서 그에게 복종했고, 다만 진회(秦檜)를 비롯한 몇몇만이 반대했다. 진회는 만고의 역적으로 지금껏 중국인이 증오하는 대상이지만, 그가 금의 괴뢰 황제인 장방창에게 반대했다는 점이 역사의 아이러니다. 진회는 이 때문에 금군에게 잡혀 북으로 압송된 것이다.

장방창은 애당초 황제가 되고 싶은 게 아니었다. 정미년 5월 유일한 황자로 송에 남아있는 강왕이 천자로 추대된다. 곧 남송의 고종(高宗 : 재위 1127~1162)으로 그가 천자가 되는 데는 장방창의 협력이 결정적이었다.

먼저 고종의 정통성을 확립하기 위해 철종의 황후로서, 신법당의 배척으로 서민이 되고 여승으로 있던 맹씨를 찾아냈으며, 그녀를 맹태후로 받들고 그녀를 통해 천자가 되는 절차를 밟았다. 장방창은 스스로 물러난다.

이어 고종은 송의 남경이라 일컫는 응천부(應天府 : 하남성 상구현)에 도읍을 두었으나 다시 기유년(숙종 7 : 1129)에 항주로 옮겼으며 이름을 임안부(臨安府)라고 고친다.

고종은 맹씨인 원우황태후를 존중했고 그녀가 80여 세로 일생을 마치기까지 극진히 받들었으며, 따라서 남송에선 구법당 계통의 사람들이 등용된다. 다만 장방창만은 나중에 그가 거짓 천자로 있을 때 후궁의 궁녀와 음란한 짓을 했다는 구실로 처형된다.

고려에서는 묘청 등의 건의로 임원역(林原驛)에 터를 잡고 궁전을 짓기 시작했는데 기유년 2월에 그것이 준공되었으며 왕은 왕비와 백관을 거느리고 서경으로 갔다. 묘청은 말했다.

"왕께서는 마땅히 천자가 되시고 연호를 세우도록 하십시오. 그러면 천하의 36국이 조공을 바치게 될 것입니다."

《고려사절요》에선 왕이 이를 듣지 않았다고 했지만 결코 싫지는 않았으리라. 5월에 기거랑(起居郎)이던 윤언이는 좌사간(左司諫)이 되고 정지상은 우정언(右正言)에 임명된다. 또 이때를 전후하여 원효·의상·도선에게 시호를 추증했으며 불사리를 대안사(大安寺)

에 봉안했다.

 한편 송에서 다시 변동이 일어나고 있었다. 처음에 진회는 금에 끌려간 뒤 당시 금국의 실력자인 달란의 신임을 받았고 어떤 밀약을 하였다.

 그 밀약이란 금이 장방창의 배신으로 곧 유예(劉豫)라는 자를 황제로 내세웠는데, 그런 정책으로선 송과의 양립이 불가능하다고 달란은 깨달았던 것이다. 그래서 진회를 석방하고 금국이 할양(割讓)받은 섬서와 하남의 땅도 돌려줄 것이니 고종의 신임을 받아 재상이 되면 항구적 강화 조약을 맺자는 것이었다.

 이는 결코 송에게 불리한 조건은 아니다. 이리하여 경술년(인종 8:1130), 진회가 금에서 돌아왔고 우선은 개봉을 돌려준다 했으므로 고종도 만족했다. 그러나 내면적 약속이 있음을 모르는 호전(胡銓)이라는 자가 격렬한 상소문을 올려 진회를 매도했고 부하 뇌동하는 태학생은 덮어놓고 호전을 지지했다.

 거기에는 표면적 이유도 있었다. 고종이 임안으로 도읍을 옮기자 금군이 의심하고 장강을 건너와서 임안을 함락시켰으며 천자는 온주(溫州)로 달아났었다. 그리고 한세충(韓世忠)이 강중(江中)이란 곳에서 금군을 격파했고 또 악비(岳飛)가 나타나 정안(靜安)에서 금군을 쳐부셨던 것이다.

 이것에 맹목적 애국주의자는 열광했다. 이런 사람들은 감정만 내세우고 참다운 자기 실력도 모르면서 떠드는 과격파였다. 그러므로 송의 고종은 진회를 계속 신임했고 호전 등 과격파의 의견에 귀를 기울이지 않았다.

 금에서도 달란의 원대한 계획을 이해 못하는 우주 등이 달란의 일당을 죽이고 다시 공격을 가했기 때문에 강화는 한때 좌초되기도 했다.
 진회의 생각은 이렇다.
 '금이 회수 이북을 점령한 기정 사실을 인정하고 참을성있게 화평 교섭을 계속해야 한다. 군사적으로 송이 중원을 놓고 금과 싸워 이길 가능성은 없다. 최후의 방법으로는 전쟁밖에 없지만, 전쟁을 한다면 막대한 군사비가 지출되어 재정을 압박하고, 재정을 위해서는 증세(增稅)할 수밖에 없는데 그러면 백성이 반란을 일으킨다. 이런 악순환을 방지하고 나라와 백성을 보존하자면 다소의 굴욕이 있더라도 금과 강화를 해야 한다.'
 진회의 이런 주장에 반대한 것은 군벌을 대표하는 악비였다. 그는 가난한 농가에서 태어났고 말단 졸병으로부터 몸을 일으켜 장군까지 오른 사람이다. 그가 한 말로서 유명한 것이 있다.
 "문신이 돈을 사랑하지 않고 무신이 목숨을 아까워하지 않는다면 그 나라는 태평하리라(文臣不愛錢, 武臣不惜死 天下平矣)."
 그는 팔뚝에 진충보국(盡忠報國)이라는 문신을 하고 있었다.
 다시 고려로 돌아와서 인종 10년(1132) 8월에 김부식은 참지정사에 정당문학을 겸하고 있었는데, 심복인 지추밀원사(知樞密院事) 임원애(任元敱)를 시켜 상주케 하고 민심을 현혹하는 묘청 등을 죽이라며 주장했다. 《고려사절요》에서는 이때 무풍(巫風)이 크게 행해졌다고 했지만 묘청과 백수한 등은 서경으로 빨리 천도하라고 자주 상주했던 것이다.
 그러나 그것보다 김부식 등 관료파는 윤언이와 같은 화랑 정신을 계승한 무신의 대두로 자기들의 몰락을 염려했던 것이다. 이 무렵 윤언이는 보문각(寶文閣) 직학사로 직책상 당연히 대각국사비의 찬문을 명받았는데 김부식이 이를 방해했다. 그래서 두 사람 사이가 결정적으로 틀어졌던 것이며, 대각국사비는 김부식이 그 찬문(撰文)을 하게 된다.

대각국사비는 오언후(吳彥侯)가 그 정면을 서했지만 음기(비석 뒷면)는 석혜소(釋惠素)·석영근(釋英僅) 등이 썼다. 이들은 대각국사의 고제로 당시의 이름난 서가였다. 또 고려 인종도 글씨를 잘 썼는데 정국안화사(靖國安和寺)의 4운시 석각, 보현사(普賢寺) 창사비, 김부식 찬에 인종의 전액, 문공유(文公裕) 서가 전하고 있다.

문공유(1084~1156)는 남평 사람으로, 집현전 대학사를 지냈는데, 영변 묘향산의 보현사 창사비를 썼으며 당시 글씨의 으뜸은 석탄연(釋坦然 : 1069~1158)이고, 버금은 홍관이며, 세 번째가 문공이라고 일컬었다. 《서청》에 의하면 균형잡힌 성숙감과 팔의 힘도 약하지가 않지만 풍아(風雅)에서 조금 뒤진다고 평했다. 이런 문공유도 김부식에 가담하여 묘청을 물리치라고 상주한다.

《고려사절요》는 유교적 입장에서 편집된 것이라 전적으로 신뢰할 수는 없지만, 서경의 부로(父老) 등 50명이 왕께 연호를 세우고 하루 빨리 서경에 천도할 것을 간청했다. 그런데 이것은 정지상·묘청 등이 시켰다고 한다. 묘청은 떡 덩어리 속에 구멍을 뚫고 기름을 채운 다음 밀봉하고서 대동강 물속에 가라앉혔다. 이것이 일정한 시간이 경과하자 종이가 찢어지고 기름이 수면에 떠올랐는데, 묘청은 그것을 가리켜 신룡(神龍)이 내뿜은 오색의 상서로운 징조라면서 왕을 재촉했던 것이다.

인종 11년(1133), 왕은 원자 철(徹)을 태자로 책봉함과 동시에 김부의(金富儀 : 김부식의 형제)에게는 《홍범》을, 윤언이에게는 《중용》을 강의토록 했다. 그러는 한편 불교에 대한 숭신도 이만저만한 것이 아니었으며 권찬(權攢)을 않고서 매장하는 자는 처벌하라고 명한다.

권찬은 권폄(權窆)이라고도 하는데, 옛날에는 선영이 멀어 비용 관계로 장례를 치르기 어려울 때에는 야산에 서까래 같은 것을 얽어 받침대를 만들고 그 위에 신체를 얹고서 이엉 같은 것을 둘렀다. 그리고 1~2년 기간이 경과되면 육신은 모두 없어지고 뼈만 남는데, 그것을 간추려 괴나리봇짐으로 짊어지고 고향의 선산에 가져다가 매장했다.

그런데 고려 때는 조금 달랐던 것 같다.

'근래에 세상의 도의가 점차로 떨어져 풍속도 천박해지고 불효·불우(不友), 혹은 어린 자식을 버리거나 처첩을 돌보지 않고 유탕(遊蕩)을 일삼는 자가 있으니 자못 근심되는 일이다. 부모를 해골이 되도록 사우(寺宇)에서 권찬을 하고 해가 거듭되었건만 장례를 치르지 않는 자가 있다면 마땅히 죄로 다스려야 하느니라. 만일에 집이 가난하여 장례를 치르지 못한다면 관에서 장례비를 지급하라.'

그러니까 권찬은 고려 초부터, 어쩌면 신라에서도 있던 풍속이고 백성은 모두 불교 신자이므로 절간 근처에서 이런 권찬을 했는지도 모른다.

갑인년(인종 12 : 1134) 정월에 왕은 묘청에게 삼중대통 지누각원사(三重大統知漏刻院事)의 직을 내리고 2월에는 서경에 행차한다. 당시는 천변지이(天變地異)를 믿는 시대이지만 모래시계·물시계 따위를 관장하는 관청도 중요하게 여기고 묘청을 누각원사로 임명한 것 같다.

그런데 왕이 대동강에 이르러 채단을 돛대에 매고 잔치를 베풀었는데 별안간 북풍이 심하게 불며 장막과 기명이 날려 왕은 크게 놀라고 자리에서 벌떡 일어나 급히 궁전으로 피신했다는 기사가 보인다. 이것을 미신이라 생각한다면 그뒤 묘청이 반란을 일으켰다는 것을 설명하기에는 근거가 박약한 것인데, 여기서는 그것을 기록하기 위한 복선인 것 같다. 4월에도 천둥 벼락을 동반한 비가 쏟아져 장작감(將作監) 주부 최효숙(崔孝淑)의 보고로 수목 40여 그루가 크게 진동되었다고 했다.

을묘년(인종 13 : 1135) 정월, 마침내 묘청은 서경의 분사시랑(分司侍郎) 조광(趙匡) 등과 더불어 반란을 일으켰다. 이래서 왕은 김부식을 도원수에 임명하고 윤언이는 부원수에 임명하여 역도를 평정하라고 했다. 그런데 부식은 평소부터 밉게 본 정지상·백수한을 역도의 일당이라며 죽인다. 백수한은 또 몰라도 정지상은 반란과 아무런 관계가 없는 것이고, 단지 평양 사람이라는 이유만으로 죽였다는 데 윤언이는 분개했던 것이다.

드디어 평양을 공격할 때 윤언이는 김부식과 또 한 번 충돌했다. 언이는 장기전이 되더라도 포위하고 성 안의 사람들로 옥석을 가려야 한다고 주장했는데, 부식은 그게 아닌 속공을 주장했으며 성 안의 역도는 모조리 죽여야 한다는 주장이었다. 이래서 언이는 부원수에서 좌천되었고, 부식은 다수의 희생자를 내면서 성을 함락시키자 묘청 이하 수많은 사람을 학살한다.

단재 신채호는 이것을 단순한 역사의 한 토막이라고 생각지 않는다. 신라 이래의 화랑 정신을 이어받은 국학파와 유교 세력의 충돌로 보았으며 '조선 역사상 제일대사건'으로 규정한다.

나중에 설명되겠지만, 윤언이는 그 만년에 고향인 파평에서 살며 금강거사라고 자칭했고, 일찍이 관승(貫乘)이라는 선승과 함께 부들로 얽은 암자를 만들고 그곳에서 좌선했다. 그리고 서로 약속했다.

"우리 두 사람 중 먼저 가는 사람이 이곳에 와서 천화(遷化)하기로 합시다."

그리하여 어느 날 언이는 임종이 가깝다는 것을 알고 소를 타고 관승이 있는 곳을 찾아갔다. 그곳에서 행운유수(行雲流水)에 대해 청언을 주고받다가,

"그만 갈 때가 되었네."

하고 언이는 자리에서 일어섰다.

"아니, 벌써 가려나? 몸이 늙었으니 조심하게."

다시 소에 올라타는 언이를 염려하며 제자 한 사람을 배웅토록 딸려 보내겠다고 했는데, 언이는 껄껄 웃으면서 사양했다.

"걱정말게. 이제 곧 푹 쉬게 될텐데."

관승은 그것이 마지막의 작별임을 몰랐다. 언이는 혼자 웃어가며 중얼거렸다.

"대사는 전일의 약속한 것도 잊은 모양이지."

그는 예의 부들 암자에 이르자 그곳에서 좌선을 한 채로 입적했다(1149). 유언시가 전한다.

'오늘의 나들이로/이 몸을 돌이켜 보았네./만리 장공에/한 조각 구름일세.

(今日道中 反觀此身 長空萬里 一片閑雲)'

추사 김정희는 그날 완운대의 태화쌍비치관을 하직하자 의천 옹수배의 초대를 받았다. 그의 말로는 옹담계, 옹수곤과는 다른 옹수배로서 초대하여 정담을 나누고 싶다고 한다.

추사는 의천이 수집했다는 갖가지의 고전(古錢)을 보면서,
'이들은 얼마나 친절한 사람들일까?'
하고 생각했다.

생각하면 추사가 연경에 머무른 것은 최대한 40일이었다. 추사는 그 사이 많은 사람을 만났지만, 가장 기적 같은 사실은 옹담계와 완운대하고 사제의 의(義)를 맺었다는 점이다.

그렇듯 까다로운 그들이 단지 한두 번의 만남으로 스승이 되고 제자가 됨을 승낙했던 것일까? 연보에 나타난 기록을 볼 때 각각 두 번의 만남과 연경을 떠나기에 앞서 유당 김노경과 함께 귀국 인사를 할 겸 들른 일까지 합쳐서 세 번 이상을 만났다고 여겨진다.

그럼에도 도무지 믿기지 않는 일이다. 여러 가지로 종합해서 생각할 때, 추사의 지식이 상상 이상으로 넓고, 그러면서도 배우려는 진지한 태도가 그들을 감동시켰다고밖에 생각되지 않는다.

추사의 시가 있다.

〈좌전 양월서 법시범서애시권 뒤에 제하다〔題梁左田鉞書 法時帆西涯詩卷後: 좌전은 바로 옹담계 선생의 서랑인데 서법이 담계의 운치를 크게 닮았다(左田是翁覃溪先生壻也 書法大有覃溪風致)〕

시범서애의 시권에 쓴 좌전 글씨/훌륭해서 담계의 거실에 들었네/그 사위가 되고 보니/법과 식을 잘도 배웠겠구려.

(左田西涯卷 優入覃溪室 爲其甥館故 頗能學法律)

먼저 시범 또는 서애는 당시의 서가 법식선(法式善: 1753~1813)의 호로 자는 개문(開文)이었다. 여기서 주목되는 것은 '우입담계실'이라는 구절인데, 담계가 거실의 좌우에 둘만큼 아끼는 법시범

의 시집에 다시 추사의 제를 쓰게 했다는 점이다.

이것은 보통의 신뢰나 경도(傾倒)가 아니라고 생각된다. 이미 담계의 시를 소개하기도 했지만 근엄한 교육자로서 추사의 예법과 그 글씨를 인정했기에 이런 부탁도 했던 게 아닐까?

농려가 갖추어졌지만/다만 예스런 굳셈이 작을 뿐일세/옹노인은 참으로 하늘이 낸 분이고/동파공이 오늘에 태어난 듯하이. 평생에 하신 일이/하나같이 동파와 짝을 이루네/운 때가 반복되며 만났다가는 지나가니/수동의 말이 지나친 것은 아니었네.
(濃麗則具足 但少蒼而遒 覃翁眞天人 坡公生今日. 平生所爲事 一與坡公匹 運會反覆過 瘦銅辭匪溢).

옹담계는 소동파의 숭배자였다. 따라서 그 필법도 동파를 닮은 점이 있었으리라. 수동이란 장훈(張塤)의 호였고 자는 상언(商言)인데 오현 사람이며 옹담계와는 동료였었다. 그런 장수동이 담계를 칭찬하는 글을 지은 적이 있었다.

심지어는 용모도 거의 같아서/혹을 가리는 옷깃도 넓다네/필현은 서광을 뿜고 있어/천 개의 등불 그림자를 하나로 모았네. 시범은 외국 사람인데(몽고)/공경의 판향을 불태우네/소재 문하로 일컫지만/알고 보면 바로 후불일세.
(以至相貌末 盖癭衣領闊 筆碩發瑞光 千燈影集一 時帆外國人 敬爲辨香爇 蘇門稱弟子 知伊是後佛)

원주로서 소동파 시에 '넓은 깃의 혹 가리는 옷을 새로 짓는다'

가 있는데 담계의 왼쪽 목에도 그런 혹이 있었다.
 판향은 한 묶음의 향, 원래는 선종에서 피우는 향이고 남을 위해서 피우는 향을 말했다. 후불은 곧 미래세에 나타난다는 미륵불이며 법시범이 담계의 뒤를 이을 만한 사람이란 뜻이다. 칭에 주의해야겠다.

 다릉의 집은 못이 되고/문채는 아직도 마르지 않았네/바람에 하늘거리는 만가닥 연꽃은/푸른 숲에서도 더욱 짙게 비친다네.
 십우도 속의 모습은/시감에 죽순과 건육을 마련한 듯/고증의 말이 넓고도 넓어/개울 다리의 옛 잘못을 바로잡네.
 날을 가리며 명류를 청하니/씩씩도 한 여섯 은일일세/서애도를 지었는데/옹공이 글과 글씨를 도맡았네.
　(潭上茶陵宅 文彩尙不沫 風荷一萬柄 靑林映翠樾. 十友圖中像 筍脯詩龕設 攷辨甚宏博 溪橋剖舊失. 選日招勝流 儼然竹溪逸 作爲西涯圖 翁公主文筆)

 원주에서 다릉은 법식선의 옛집이 있었던 곳이고 현재는 적수담(積水潭)이 되었다고 했다. 시감(詩龕)을 무궁한 시주머니라고 생각해 보았다. 순포는 둘다 진미로 여기는 요리 재료이다. 청림취월의 월은 운자인데 원주에서 요맹장(姚孟長)의 말이라고 했다. 개울에 걸린 다리는 이광교라고 불렸는데, 그것이 이공교의 잘못임을 고증한 해박함을 말한 것이다.
 죽계의 여섯 은일이란 원주로서 시범・양봉(兩峯 : 나빙, 1733~1799)・치존(稚存 : 홍양길, 1746~1809)・입지(立之)・정헌(定軒)・운야(雲野)로 나와 있다.

옛날의 문수 모임에 들었을 제/묘한 뜻도 아낌없이 모두 쏟았다네./너무도 쓸쓸한 반 뙈기 밭에/눈 날리는 창문은 병들어 가엾게도 누워 있네.
만 리를 비추는 푸른 눈은/꿈의 상념이 길게 어우러져 맺혔네/지금의 이태동잠은/업연이 맺어져 있음을 알리라.
(昔登文殊會 妙旨參纖悉 惆悵半畝園 雪窓憐臥疾 萬里照靑眼 夢想長交鬱 異苔今同岑 緣業知有結)

매우 어렵다.
문수는 문수보살로서 지혜를 상징하는 보살이다. 문수신앙은 만주라는 지명의 발상이고 청조와는 관계가 깊은 것이다.
그렇다면 묘지는 문수의 오묘한 가르침이고 섬술, 곧 아낌없이 모여 참여했다는 뜻이 된다.
반묘원은 시범의 호인데 여기서 굳이 말 그대로 반 뙈기의 밭으로 생각했다. 청렴한 생활을 상징하며 설창과도 짝을 이룬다. 와질은 원주로서 추사가 연경에 갔을 때 법시범은 와병중이라 끝내 만나보지는 못했다고 적었다. 그러면서 후반의 두 구절은 시범의 생활을 엿볼 수 있는 길잡이가 된다.
다음은 청안과 몽상. 먼저 청안이란 진리를 꿰뚫어보는 관찰력을 말한 것이고, 몽상도 우리가 흔히 생각하는 그런 뜻이 아니라 시인의 상상력을 가리키는 말이라고 이해된다. 그러면 이 시가 풀릴 것이다. 울(鬱)이라는 뜻은 왕성하다는 의미와 어떤 생각이 맺혔다는 뜻도 된다. 이 울이 운자로서 연업, 곧 업연과도 연결되고 결(結)과 상응함은 설명할 필요가 없다.
문제는 이태동잠(異苔同岑)이란 말이다. 신호열씨는 곽박의 시를 인용하여 태잠(苔岑 : 쓴 삼)을 고증하고, 맛에 있어 산삼은 같지가 않지만 어우러지므로 비유하여 벗이 된다고 했다.

여기서 법식선의 내력을 생각해보면 이 해석의 옳음을 알 수 있다. 즉 시범은 몽골의 정황기인(正黃旗人)으로서 건륭 45년(1780)의 진사이고 성은 오이제씨(烏爾濟氏)였다. 조선의 일부 완미한 유자처럼 청인이니 몽골인이니 차별하여 오랑캐라고 하지 않는 것이다. 동이가 곧 퉁구스이고 유교나 불교를 이해하자면 이태동잠을 씹어볼 필요가 있지 않을까?

그리고 이것은 중요한 일인데 김약슬씨는 〈추사의 선학변〉에서 추사가 연경에 갔을 때 옹담계로부터 〈금강경석주(金剛經石註)〉를 받았다고 증언한다.

《금강경》은 금강반야의 약칭인데 담계가 추사에게서 불심(佛心)을 발견하지 못했다면 이런 것을 과연 주었을까?

시처럼 추사와 담계의 사제 관계를 연결하는, 눈에 보이지 않는 엄연이 이때 성립되었다. 자연히 불교에 대해서도 많은 말이 오갔으리라.

이 점에 대해선 또 말하겠지만, 여기선 다만 불심을 갖게 된 추사의 마음(넋)이다. 이때까지 강조했지만 추사가 청소년기에 경험한 상(喪)의 연속이 인생무상을 가지게 되었고, 그의 해박한 지식도 일면으로는 이 기간에 쌓아올린 것이라고 믿어 의심치 않는다.

그리고 추사는 법원사(法源寺)에서 어떤 서역승과 필담을 했다는 김약슬씨의 두 번째 증언이다. 《완당선생집》에는 그런 것이 없는데 동씨 소장의 《야초시집(野樵詩集)》에 다음의 시가 들어있다는 것이다.

'金秋史入燕 贈西域僧詩

僧乎莫羨靑山好 山好再復出靑山 須看他日吾蹤蹟 一入靑山
更不還'
굳이 번역하지 않겠다.
번역하면 순수한 불심이 오염될까 두려워서다. 쉽사리 이해되지 않는 신앙심의 깊이가 이곳에 있기 때문이다.
다만 시간을 내어 이것만이라도, 특히 젊은이는 읽어주기 바란다. 그리고 각자 나름의 해석을 하면 이윽고 그 묘리를 깨달을 수 있으리라.

옹의천은 이윽고 이렇게 말했다.
"곧 귀국하시면 언제 다시 만날지 모르겠군요. 알자마자 헤어진다는 것도 아쉽기만 한데……."
"글쎄요, 한 10년 뒤면 다시 찾아뵐 수 있을 게 아니겠습니까?"
"10년씩이나……."
하고 의천은 잠시 말끝을 흐리더니 다시 물었다.
"그래 언제쯤 귀국하십니까?"
"확실한 것은 모릅니다만 많아야 닷새쯤 뒤입니다."
"그렇게도 빨리!"
"저야 오래 있을수록 좋지만 정사(正使) 어른의 말씀으로는 본국의 관례를 따라야 한다고 하셨습니다."
하고 추사는 말을 끊고 잠시 생각하더니 덧붙였다.
"그 동안 연경의 구경도 못했습니다. 유리창은 꼭 가봐야 할텐데……."
"아, 유리창! 송휘종이 북으로 끌려가면서 한 이틀 묵었다는 곳이죠. 조선관에서 멀지도 않으니 꼭 가보십시오."

유리창에 대해선 《열하일기》를 정독하여 추사는 이미 알고 있었다. 스승 박제가 선생을 통해서도 듣고 있었다. 연암은 다음과 같이 적고 있다.

'문(선무문)을 나와 오른쪽으로 꼬부라져 유리창으로 들어갔다. 첫번째 거리에 오류거(五柳居)라는 석 자의 제(간판)가 있었다. 이곳이 도옥(屠鈺)의 서사(책방)이다. 전년에 이덕무 등은 이 가게에서 사는 일이 많아, 연신 오류거에 대해서 말하곤 했었다. 지금, 이 가게를 지나치자 마치 오랜 친구를 만난 느낌이 들었다. 덕무는 배웅하면서 만일 당원항(唐鴛港)을 찾으려면 먼저 선월루(先月樓)에 갔다가 그 남쪽에서 작은 호동을 꼬부라져 두번째 문이 당씨 집이라고 가리켜 주었다.…… 길가에 선월루라는 금색 글자가 갑자기 탈것 앞에 비쳤다. 이것도 책방이다. 그대로 수레에서 내려 두 하인과 함께 걸어서 당씨 집에 이르렀다. 마치 늘 가본 자처럼.

문 입구에서 세 명의 하인이 마중했고,
"주인 어른께선 묘시(오전 6시경)쯤 아문(관청)에 가셨습니다."
라고 한다. 나는 언제쯤 돌아오느냐고 물었다.
"묘시에 가셨다가 유시(오후 6시경)쯤에 돌아오십니다."
라고 대답한다.

한 하인이 별채에서 잠시 휴식하고 땀을 들이라며 안내했다. 그대로 뒤따라 들어가 보니까 한 사람의 조야한 훈장이 나와 맞는다. 성은 주라고 했는데 이름은 잊었다.…… 이윽고 당씨 집의 하인이 초엽(蕉葉), 납반(鑞盤)을 받들고 나오더니 공손히 뜨거운 차를 한 종지, 능금 세 개, 양매탕 한 종지를 권했다. 하인은 그 집의 노마님 말을 전했다.

"왕년에 조선의 두 나리(이덕무와 박제가)께서 자주 저희 집에 오셨습니다. 지금 무고하십니까?"

전부터 들은 바에 의하면 당씨 집의 노부인은 늘 동락산방(東絡山房)에 거주하고, 나이는 80남짓인데 체력이 여전히 건강하다고 한다. 하인은 멀리 건너편을 가리키면서 말했다.

"노마님께서 지금 마침 중문께 나오셔서 나리님 하인의 의복을 보고 계십니다."

나는 직접 바라보는 것을 피하고 보이지 않는 척했다. 홍지(붉은 종이)의 승두선(僧頭扇) 두 개와, 각 색의 시전지(詩箋紙)를 그 집 두 아이에게 나눠주고 열흘쯤 있다가 다시 올 것을 약속하고 자리에서 일어나 문을 나왔다. 뒤돌아보았더니 당씨의 노모는 아직도 문 중앙에 서있는데 두 시녀가 옆에서 부축하고 있었다. 멀리서 본즉 그럼에도 여전히 분화장과 귀고리를 하고 있었다…….'

이를테면 유리창은 유리 공장의 뒷담 쪽에 전부 합해서 27만 칸이나 되는 광대한 지역을 차지하고 있는데, 북경에 모여드는 거인(擧人)이 그들의 문방 사우를 사는 곳이기도 했지만 조선의 사신들도 좋은 단골이었다.

연암은 다른 곳에서 동지사가 1년에 평균 은 10만 냥을 소비하며 10년이면 백만 냥을 쓴다고 한탄 비슷하게 말했지만, 한편 당시의 독서인으로서 그 지식을 옳게만 수입했다면 그것도 아깝지 않다. 명대에는 청대보다 몇 갑절의 금은을 빼앗기면서도 소득이 별로 없었는데 청대의 강희·옹정·건륭·가경제를 통해 온갖 재보[학문이라는 보물]들이 유리창에 쌓여 있어 다투어가며 서적을 구입했던 것이다.

추사는 이윽고 말했다.
"송휘종이라면 흠종과 함께 금의 오국성(五國城)에 끌려갔다고 전합니다만, 거기가 어딘 줄 아십니까?"
"글쎄요, 장백산(백두산) 근처가 아닐까요?"
"거의 맞습니다. 우리나라에 《택리지》라는 책이 있습니다. 그 속에 이런 부분이 있습니다. 그러니까 을유년(숙종 31 : 1705)에 강희제가 목극등(穆克登)을 시켜 백두산에 올라가서 두 나라의 경계를 살피고 정하게 한 일이 있습니다. 그리고 다시 두만강을 따라 조선의 함경도 회령 운두산성(雲頭山城)에 이르렀는데 성 바깥 언덕에 무덤이 많고 고장 사람들이 천자의 능이라고 불렀지요. 목극등은 인부를 사서 큰 무덤 하나를 파헤쳤는데 그때 비석의 갈(碣)을 발견했고 '송제지묘(宋帝之墓)'라는 네 글자가 석각되고 있어 운두가 곧 오국성이고, 그 무덤들이 송휘종·흠종의 능임을 알았던 겁니다."

의천 옹수배는 고개를 끄덕였다. 송휘종의 죽음은 '묘청의 난'이 일어나고 시인 정철재가 살해되던 1135년의 일이었다. 금태종도 이 해에 죽었다. 금군이 변경에서 철수하자 장군 하나가 태종에게 물었다.

"애써 점령한 땅을 왜 송한테 돌려주십니까?"
"나는 이미 송에게 연경 이하 6주를 돌려주기로 약속했다. 장부로서 두 말을 할 수 있느냐."

무오년(인종 16 : 1138)에 진회가 드디어 남송의 재상이 되고 금과 교섭을 시작하여 항구적 강화 조약을 맺는다. 이듬해 조약은 성립되었고 그 대략은 ① 송과 금의 국경은 동으로선 회수로부터 서로는 섬서의 대산관(大散關)에 이르는 선을 책정하고, ② 해마다 송은 공물로 은 25만 냥, 깁 25만 필이라는, 전에 비한다면 훨씬 좋은 조건으로 바친다는 약속을 했다. ③ 송은 금에 대해 신하의 예를 취할 것과 금은 휘종의 영구 및 고종의 어머니 위씨(韋氏)를 송환한다는 내용이었다. 흠종은 이때 살아있었으나 그가 귀국하면 사태가 오히려 복잡해진다고 생각했는지 송에선 요구하지도 않았고 누구도 관심을 갖지 않았다.

"같은 《택리지》에 당시 사람들의 이런 꿈같은 이야기를 전합니다. 즉 운두산성은 동해(東海)와 겨우 2백 리 거리이고…… 또 고려의 전라도와 항주(임안)와는 바람을 만나면 뱃길로 이레만에 통할 수 있다. 만약에 송고종이 은밀히 고려를 돕고 동해에 배를 띄우고서 군사 1천 명으로 운두를 습격하여 휘종·흠종과 형후(邢后:흠종 황후)를 빼앗아, 바닷길로 오다가 고려 뭍에 오르고 전라도로 가서 배편으로 항주에 닿게 했더라면……. 그렇건만 애석하게도 고종은 아비를 염려하는 마음은 없고 서호에서 뱃놀이하는 재미에 정신이 빠졌으니 그 불효한 죄는…… 천고에 유감된 일이다. 그러기에 고종은 죽은 지 백 년이 못되어 도둑 중에게 무덤이 파헤쳐지는 화를 만났고, 송휘종은 비록 타향에서 죽었으나…… 지금까지 무덤을 보존하고 있으니 하늘 이치의 돌아감을 알 수 없음은 이와 같다 했습니다."

"그게 역시 송에 대한 고려의 의리이겠군요. 그러나 의리와 마찬가지로 약속은 중하며, 의리와 약속은 동전의 안팎, 곧 표리 일체입니다. 금은 약속을 지키지 않았던가요?"

추사는 고개를 가로저었다. 《송사》를 보면 강화가 되고서 3년이 넘은 임술년(인종 20:1142) 8월, 태후 위씨와 재궁(梓宮:임금의

관)을 돌려보냈다. 더디어진 까닭은 악비가 계속 금군과 싸웠기 때문이다. 그러나 악비는 그 전년 투옥되고 죽음을 당한다.

인종 23년(1145) 김부식이 《삼국사기》 50권을 써 올렸고 이듬해 왕은 태자에게 전위하며 승하한다. 고려 의종(毅宗 : 1127~1173, 재위 24)으로서 왕은 유불을 조화시키려고 힘쓴다. 즉 연등회를 정월 대보름에 올리기로 하고, 당고종 자매·당질녀·형 손녀의 혼인함을 금하고 있다.

이 무렵 금에서는 전무후무의 폭군이라 일컫는 해릉왕이 나타난다. 처음에 금태종은 아들 종반(宗磐)이 있었건만 아골타의 직계 손자 단(亶)을 후계자로 선정했고 그것이 금희종(金熙宗)이었다. 종반은 금의 송왕에 봉해졌고 병권을 가진 달란과 협력하며 진회와 교섭하여 금과 남송 양립의 전후 체제를 구축한 셈이었다.

한편 금희종은 정치를 숙부인 종간(宗幹)·종필(宗弼)에게 맡겼는데 그 관리는 청렴하며 법령도 간결하여 국민들이 따랐다. 그러나 재위 14년 말기에 이르러 술을 좋아하고 자주 성내면서 측근을 죽이곤 했다. 이때는 이미 종간·종필도 사망한 뒤라서 견제하는 사람이 없었던 모양이다. 그러자 종간의 아들 평장정사 양(亮)이 은밀히 찬탈의 야망을 품고 기사년(의종 3 : 1149)에 희종을 살해하고 자립했는데 그가 해릉왕이었다. 《송사》에는 이름이 적고내(迪古乃)로 나와있다.

적고내는 잔학하여 학살을 일삼았는데 특히 골육을 증오하여 금태종의 자손 70여 명, 종한(宗翰)의 자손 30여 명, 고(아골타의 아들)의 자손 백여 명, 그밖의 친척 수십 명을 죽였다. 풀을 후리치고 뿌리를 캐어버리듯 씨를 말렸으며, 또한 요·송의 황족 백30여 명을 죽였다. 개국 공신도 다수가 살해되었다. 종실로서 살해된

자의 아내와 딸들은 모두 골라서 희첩을 만들었는데 그 때문에 종부·자매(宗婦姉妹)가 후궁에 넘쳤다고 한다.

그러나 이것은 어디까지가 진실인지 아무도 모른다. 《송사》 자체가 엎치락 뒤치락 당파에 따라 개작되고 오랑캐로 멸시한 금나라 역사를 자기들 식으로 기술했기 때문이다.

고증되는 진실도 있다. 운두산성이 곧 회령인데 이곳이 金족의 발상지고 요시대 5경의 하나로 회령부였다.

금희종은 회령을 상경이라며 받들었던 것이며, 거란의 상경은 북경이라며 격하시킨다.

적고내는 구석인 상경을 싫어하고 북경으로 도읍을 옮겨 궁전을 지었으며 중도 대흥부(中都大興府)라고 했다. 그리하여 요의 중경 [大宗府]은 북경이 되고 변경은 남경이 되었다. 동경(요양)·서경(대동)은 그대로였다. 그런데 송흠종은 병자년(의종 10 : 1156) 5월 오국성에서 죽었으며, 적고내의 대학살이 있었는데도 이때까지 살아있었다니 뜻밖이다 싶은 느낌이 든다. 참고로 진회는 그 전년에 죽었다.

《택리지》는 흠종의 무덤을 송휘종의 무덤으로 보았던 것이며 기사가 일부 사실과는 다르지만, 송휘종의 구출이라는 몽상을 한 사람이 실제 있었다고 생각되며, 또 송고종의 행동 역시 아름답지 못한 점이 실제 있었다. 고종은 형님인 흠종을 구하려는 노력을 한 적이 일체 없었으며 또한 오씨(吳氏)라는 미인을 황후로 삼는다. 이 오황후가 나약한 고종을 젖혀놓고 정치에 간섭을 했기 때문에 이때 벼슬하던 주희도 대의명분에 어긋난다며 야로 돌아가 저술과 제자 양성에 힘썼다는 이야기가 전한다. 따라서 《택리지》의 의견은 주자학과 풍수설의 양면에서 씌어진 것이므로 송고종을 비난한 셈이었다.

바쁜 며칠이 계속되었다.
우선 추사는 아버지 유당과 더불어 옹담계 선생과 완운대 선생을 차례로 방문하여 귀국 인사를 드렸다.
담계는 추사에게 다수의 불교 서적을 기증했다. 그 중에서도 일품은 앞에서도 잠깐 나온 《금강경석주》였다.
　《중각금강경》 석주서〔글월 생략〕
　건륭 49년 세재 갑진(1794) 여름 5월
　북평〔북경〕 옹방강
　《금강경석주》 원서
　강희 41년 세재 임오(1702) 중양월〔5월〕
　양각거사(良覺居士) 석성금(石成金) 찬
　《반야바라밀다심경》〔본경〕

그러니까 담계는 경학뿐 아니라 불교에 있어서도 독실한 신자였던 것이다. 추사의 생애를 본다면 옹담계와 대체로 같은 길을 걷는다. 태어난 시대와 나라는 달랐지만, 그 학문적 추구가 같았다는데 놀라움마저 금할 수가 없다. 다만 추사는 그 일생에 있어 좌절과 불우, 파란이 있게 되지만 이 《금강반야》를 늘 호신처럼 몸에 지녔던 것이다.

담계는 또 금석문으로서 〈돈황태수비 구륵본(鉤泐本)〉이라는 것을 추사에게 주었다. 늑본이란 편지를 뜻하는데, 비문 중에 포함된 서독 부분을 가리키는 듯싶다. 더욱이 그 원석은 미발견의 것으로서 탁본으로 전하는 것을 담계가 발견하고 몸소 모사한 것이며,

전부가 아닌 일부의 단간(斷簡)이라 생각된다. 어쨌든 귀중한 금석문으로 추사에게 길잡이가 되었다고 하겠다.

세 번째는 염주 2종이었다고 한다. 하나는 향나무로 만들어진 28주이고 또 하나는 자수정제의 백팔 염주였다.

완운대는 자저의 《경적찬고》 백6권·78책, 《연경실 문집》 전 60권, 《13경주소 교감기》 2백45권, 태화 쌍비 탁본 등을 주었다. 여기서 말하는 태화 쌍비란 태산비와 화산비 두 비를 말하는 모양인데 의심스럽다.

먼저 태산비라면 태산 정상의 옥황묘(玉皇廟) 문앞에 있는 것으로 이른바 무차비(無字碑)이다.

높이 1장 5자 5치, 폭 4자, 두께 2자 7치의 큰 돌로 귀질은 없고 비석 몸체는 황백색을 띠고 있지만 위가 약간 가늘며, 꼭대기에 장방형의 돌덮개가 있는데 문자는 없다.

원래 시황은 태산에서 봉선을 하고 이사(李斯)를 시켜 여섯 곳에 다음의 6석을 세우게 했다.

추역산(鄒繹山)──시황 28년(기원전 219) 산동 추현
태산(泰山)──시황 28년(기원전 219) 산동 태안
낭야대(琅邪臺)──시황 28년(기원전 219) 산동 제성
지부(之罘)──시황 29년 산동 등봉
갈석(碣石)──시황 32년 하북 갈석
회계(會稽)──시황 37년 절강 산음

그런데 역산비 외에는 옛날에 이미 없어졌고, 역산비마저도 당대에 이르러 없어졌다. 까닭인즉 시황 송덕비는 비문 전체가 역대 전서(篆書)의 해칙(楷則)으로 여겨져 탁본을 뜨려는 자가 꼬리를 물었다. 주민들은 그럴 적마다 권력자에게 동원되어 산 꼭대기까

지 올라가야 했으며 시달렸던 것이다. 그래서 주민들이 이 비석 둘레에 섶을 쌓고 불을 질러 버렸던 것이다.

두보의 시로 동시대의 전서 명인 이양빙(李陽冰)을 노래한 〈이조팔분소전가(李潮八分小篆歌)〉의 '繹山之碑野火焚 棗木傳刻肥失眞'이 그것을 말해 준다.

송대에 이르러 당시 탁본은 남아있어 역산의 현령이 이를 석각했고 평지의 현청 앞에 세워 민폐도 없어졌다. 또 대추나무의 목각본도 있었는데 이것은 글씨의 선이 굵어져(살이 쪄서) 진석의 맛을 잃었다는 뜻이었다. 아무튼 이를 태산비라며 부르는 경우도 있어 완운대가 기증한 것은 이런 중각본인지도 모른다. 아니면 잘못 전해진 이야기일 수도…….

화산비는 한(漢)의 곽향찰(郭香察)의 예서로 화산묘에 있는 것으로 역시 귀중한 것이다.

또 연경에서 사귄 사람들이 추사를 위해 송별연을 베풀어 주었다. 장소와 날짜는 불명이지만 아마도 2월 초순으로 장소는 법원사인 듯싶다.

법원사는 절이 아니고 법원사가(法源寺街)를 말한 듯싶다. 당시의 고적을 표시한 지도를 보면 선무문(宣武門) 밖의 외성 구역으로, 중국어의 가(街)는 거리도 되지만 큰 길이라는 뜻이었다.

선무문을 나서서 곧장 내려오면 십자가에 이르는데 그곳 좌편(선무문으로부터 보아) 일대가 채시구(菜市口)이고 우측변 길로 꺾여 광동문(廣東門) 쪽으로 가면 또 세 방향의 큰 길이 있는데, 그 근처에 보국사(報國寺)가 있고 동쪽으로 향해 내려오면 좌측변이 법원사가였다.

이곳은 서민들의 거리이고 또한 유락지(遊樂地)이기도 했다. 조선의 도덕 윤리로 볼 경우 선비들로서는 꺼리는 일이지만, 청조의 대관이나 학자들은 주점·기루의 출입도 보통의 일이고 또 대신이 몸소 시장에서 물건을 사는 장보기 광경도 예사였다. 아마도 주야운이 선도한 듯싶은데 법원사의 조촐한 요릿집을 빌려 추사를 송별해 주었으리라.

송별연이라 하여도 취하도록 술을 마시거나 물색없이 웃고 떠드는 그런 자리는 아니었다. 추사가 놀란 것은 완운대가 그 자리에 참석해 준 일이었다.

조선에서는 나이 몇살만 더 먹어도 마치 큰 벼슬이나 한 것처럼 거드름을 피우고 점잔을 떨게 마련인데 청국에서는 그런 것이 없었다.

더욱이 뜻이 맞고 학문의 가시밭길을 걷는 벗으로서의 흉허물 없는 교우와 훈훈한 인정을 느낄 수가 있었다.

야운 주학년이 〈전별연도(餞別宴圖)〉를 그렸는데 그곳에 모인 사람들이 시를 한 수씩 써넣었다.

'가경·경오·2월·조선 김추사 선생이 바야흐로 돌아감에 앞서 황황하고 총총하여 많은 그림을 그려서 나타낼 수도 없기에 사경도(寫景圖)로써 한때 모인 뜻을 함께 하는 자의 표시로 삼노라. 양주 완운대·송강 학심암·의황 홍개정·남풍 담퇴재·번우 유삼산·대흥 옹성원·영산(英山) 김근원·면주 이묵장·양주 주학년'

이라고 서명했다. 일단은 모두 나왔던 사람인데 빠진 사람도 있다. 출신지나 별호로 자유롭게 쓰고 있지만 이것을 다시 한번 설명한다면 다음과 같다.

양주 완운대에 대해선 설명의 필요가 없지만 송강(松江 : 강소성)

의 학심암(學心菴)이란 바로 이임송(李林松)인데 배운다는 글자 하나로서도 교양과 성품을 엿보게 해준다. 주학년은 그 며칠 전 자기가 그린 청초의 학자 모기령(毛奇齡 : 1623~1716)과 주이존(朱彛尊 : 1629~1709)의 초상화를 임송의 서재인 진돈실에서 기증한 일이 있었다. 이것도 빠뜨린 것으로 추사가 이임송의 서재로 찾아간 일도 있었던 것이다.

의황(宜黃) 홍개정은 홍점전(洪占銓)을 말하며, 남풍(南豊) 담퇴재(譚退齋)는 곧 담광상(譚光祥)이었다. 번우(番禺) 유삼산(劉三山)은 유화동(劉華東)이고, 대흥 옹성원은 다시 말할 것도 없다. 나이가 같아 가장 친했으며 가문의 사사로운 일까지 서로 털어놓고 이야기를 나눈 사이였다.

그 사사로운 일이란 서로에게 아직 자녀가 없다는 그런 이야기였다.

이것이 보통의 화제인가! 그러기에 갑술년(순조 14 : 1814) 성원이 아들 인달(仁達)을 얻자 서로 축하의 서독을 주고받았으리라.

영산(英山) 김근원(金近園)은 김용(金勇)인데 추사가 체재중 그리 가깝게 지낸 것 같지는 않다. 그러나 형님 의원(宜園) 김가(金嘉)가 마침 병석에 누워 대신 참석했던 것 같다. 하지만 근원도 추사와 편지를 주고받으면서 서로의 순일(純一)한 마음을 알았던 것이며 절친해진다.

면주(綿州) 이묵장(李墨莊)은 점잖은 군자로 침착한 성격이었다. 다른 사람들이 대개는 재기(才氣)가 넘치는 강남인인데 반해 그는 산서 사람으로 좀 둔중하다 싶지만 말이 별로 없는 군자였다. 신의를 목숨보다 중하게 여기는 북지인이었다.

주학년 또한 설명의 필요가 없지만 오숭량, 조옥수, 서송(徐松)

의 모습이 보이지 않았다. 각각 피치 못할 사정이 있어 참석하지 못했으리라.

송별연이란 떠나는 사람도 배웅하는 사람도 어딘지 마음이 무거워져 그것이 자리에 나타났다.

사람들은 돌아오는 전별책을 받고서 먼저 씌어진 다른 사람의 시도 읽어보고 〈전별연도〉의 그림도 보면서 시를 적었다. 자연히 자리는 남의 시작(詩作)을 방해하지 않으려고 조용해졌다.

추사는 문득 옹수배를 떠올렸다. 그날 별 용건도 없는데 자기가 수집한 고전도 보여준 옹의천. 자기의 건강이 여의치 않음을 알고서 이런 작별의 자리를 마련했던 것일까?

그래서 추사는 표정이 좀 어두워졌는데, 옹수곤이 추사에게 문득 묻는다.

"하일군재래(何日君再來)!"

'언제 또 오시려우' 하는 질문이지만 이는 그의 형님 옹수배가 물었던 물음과도 같다. 각각 자기들의 전별시를 쓰고 난 사람들이 이런 성원과 추사의 문답에 시선을 보내고 있었다. 아니, 추사의 대답을 기다리고 있다.

추사는 잠시 생각한 뒤 그의 글씨처럼 힘차게 말했다.

"성원! 우리는 아직도 젊소! 반드시 또 보게 되리다."

이 대답이 좌중의 분위기를 살렸다. 주야운이 괴성 비슷하게 외쳤다.

"추사 선생의 대답이 마음에 들었소. 나는 감히 청하건대 김추사와 이 자리에서 결의하고 싶소. 설마 거절하지는 않으시겠지요?"

추사는 눈시울마저 붉어졌다. 다른 몇 사람도 동시에 외쳤기 때문이다. 중화인(中華人)에게 있어 결의 형제란 우리의 상상을 초월한다. 갖은 친절을 다하고 자기의 속까지 꺼내 줄 것처럼 가볍게 결단하고 따라서 가볍게 말하는 우리네와는 또 다르다.

"고맙습니다, 고맙습니다. 그러나 저로서는 여러분의 호의를 기꺼이 받아들이겠습니다만 그 전에 감히 청하고 싶은 게 있습니다."

"!?"

아홉 사람의 시선이 추사에게 모아졌다. 추사는 급히 의자에서 일어나 술잔을 두 손으로 받들며 완운대 앞에 무릎을 꿇고 말했다.

"미거한 자이오나 아무쪼록 제자로 맞아 주시기를 간청합니다."

완운대는 미소짓고 있었으나 추사의 이 말에 곧 파안일소(破顔一笑)했다.

"내가 추사의 스승될 자격이 있소? 그러나 기꺼이 승낙하리다. 그리고 앞으로는 완당이라는 호를 쓰시구려."

완원의 말을 이심암이 재빨리 종이에 받아 쓴 다음 추사에게 보여 주었다. 추사는 너무도 기쁘고 한편 버거워 눈에 눈물마저 글썽거리더니 그것이 뺨을 타고 흘러내린다. 이어 곧 제자로서 스승에 대한 재배가 있었다. 완운대도 답례했다.

"경사요, 경사! 사제의 의를 맺었으니 축배를 들어야지. 그리고 우리와도 결의해야 하니까 술잔을 계속해서……."

이는 결코 주야운의 호들갑스런 말이 아니었다. 진정으로 그렇게 생각하는 것이었다. 그리하여 주야운과도, 이심암과도, 다른 사람들과도, 끝으로 옹성원과도 결의 형제가 되었다.

각 연보마다 조금씩 다르지만 추사는 이때 주야운을 위해 〈추경산수도(秋景山水圖)〉에 제시를 했다고 했는데 그 시는 《완당전집》

에도 나와있지 않다. 또 1985년도 중앙일보사 발행의 《韓國의 美》 시리즈 추사 김정희의 연보〔鄭炳三씨 작성〕에는 이듬해인 신미년에 주학년이 자필 〈秋山小幀〉을 보냈다고 했는데, 이것이 앞에 나온 〈추경산수도〉를 말하는지 모르겠으나 이것은 뒤로 미루겠다.

너무도 바쁘고 할 일도 많아 그 시의 사본을 가지고 돌아오지 못했던 거라고도 생각된다. 그러나 이심암에게도 절교한 뒤 〈매화소폭 시후〉를 써주었는데 그것은 완당집에 실려 있다.

〈이심암의 매화소폭시 뒤에 주제한다〔走題李心菴 梅花小幅詩後〕〉
꽃을 감상하려면 마땅히 그림도 그릴 줄 알아야겠지.(看花要須作畫看)
그림은 오래 갈 수가 있으나 꽃은 쉽게 상한다네.(畫可能久花易殘)
하물며 매화는 바탕마저 가볍고 여린데(況復梅花質輕薄)
바람과 눈이 어우러지면 산호 난간에 휘날리네.(和風並雪飄闌珊)
이 그림은 5백 세의 수명은 있을지니(此畫可壽五百歲)
다시 매화를 보게 되면 응당 신선이겠지.(看到此梅應復仙)
그대는 모르는가, 시 속의 향기가 바로 그림 속의 향기이니(君不見詩中香是中香)
꽃을 그리되 향기는 그리기 어렵다고 하지 말구려.(休道畫花畫香難)

이별시라서 그런지 어둡다. 원주에 의하면 이 시에 대해 이심암과 서몽죽(徐夢竹)이 화답한 시가 있었다고 덧붙였는데 서송은 뒤

늦게 와서 추사의 이 시에 답했던 것 같다.
 좌중이 좀 우울해졌으리라. 그러나 주야운이 말했다.
 "추사, 조금 전에 우리는 결의하고 천지 신명께 각각 맹세했지만 나는 그 맹세 하나를 여러분께 발표하겠소."
 "무엇이요?"
하고 누군가 물었다.
 "다름이 아니오. 금년부터 추사의 생일인 유월 초사흘날이면 멀리 술잔의 술을 뿌리겠소."
 그래서 한동안 웃었는데 완운대가 문득 물었다.
 "추사, 언제 떠나시오?"
 완원으로선 사제지간이 되었으니 시간을 쪼개서라도 더 대화를 나누고 무엇인가 주고 싶었으리라.
 "내일 새벽에 떠나기로 되어 있습니다."
 "아니, 그렇다면 우리가 그것도 모르고 너무 지나쳤소. 여러분들, 자 그만 헤어지도록 합시다. 정이란 한이 없는 것. 비록 떨어져 있더라도 조선과의 내왕은 잦은 편이니 소식이나 잊지 않고 전하면 되는 거요……."
 "예, 스승님."
 추사는 완원을 비롯한 그곳의 사람들에게 고개를 숙여 보였다.

 동지사 일행은 이튿날인 인시(寅時: 오전 4시쯤) 경에 연경을 출발했다. 그럼에도 전날의 송별연에 참석했던 사람들 모두, 조옥수까지 합해서 열한 사람이 조양문(朝陽門: 북경 내성의 동문) 밖에 모였다.
 조선의 사신 경호는 청의 예부 책임이었고 그 군사는 군기가 엄했으며 시간도 정확했다. 마침 완원이 몸소 나왔기에 정사인 박종래(朴宗來)와 인사를 나누었고 시간이 좀 지체되었다.

주야운은 이 새벽의 배웅을 위해 자필인 〈옹방강제시의 소동파상〉을 가져왔고, 옹성원은 옹담계 서의 '유당(酉堂)'이라는 편액을 전달했다. 이는 유당 김노경이 귀국 인사를 하기 위해 방문했던 것에 대한 답례이리라. 유당 또한 필적이 있었던 것이다.

이윽고 완원 선생이 추사 앞에 이르렀다. 추사는 감격해서 아무 말도 하지 못했다.

그러나 선두의 말이 드디어 출발하기 시작하자,

"선생님, 옥체를 보전하시옵소서."

라며 허리를 굽혀 깊숙이 절했다.

배웅 나온 사람들은 하인에게 들린 등불로 발 아래를 비추어가며 양쪽에서 함께 따라 걷는다. 조양문에서 곧장 내려오면 돌다리가 있는데 천교(天橋)였다. 난간이 있는 다리를 건너면 좌우편에 우리의 사직단과도 같은 천단과 선농단이 있는데 여기까지만도 15리는 되었다.

"선생님, 이제 돌아가십시오. 그리고 다른 분들도 제발……."

결국 영정문(永定門)에서 모두들 돌아갔지만 주야운과 옹성원만은 끝까지 남았다.

"이제 되었습니다. 그만 돌아가시지요."

아직 해는 떠오르지 않았다. 도중 조그마한 강을 나룻배로 건넜는데 어딘지는 잘 모르겠다.

주학년이 말했다.

"내가 듣기로 조선에서는 벗을 멀리 떠나보낼 때 성 밖 10리까지 배웅하며 이별의 술을 마시고 시를 읊는다고 했소. 이제 곧 날도 밝고 동악묘(東岳廟)인데 그곳에서 아침도 드시고 쉴 짬도 있을 것이오."

추사는 그것마저 물리칠 수가 없었다. 인정은 어디나 같은 것이며 우리네 선인들은 유배되는 친지를 위해 성 밖 십리정까지 배웅했다. 남도라면 그것도 아쉬워 노들까지 갔으며, 저 연암 선생은 연경에 가는 벗을 위해 개성까지 또는 평양까지도 가셨다고 했지 않은가.

동악묘는 태산신을 모시는 도교 사원으로 묘문에 대해 마주보듯 패루(牌樓 : 성문 비슷하나 누각이 있는 문)가 두 개 있었다.

푸른색이 감도는 유리 전(기와)으로 지붕을 덮고 있어 장려하기 그지없었다. 추사는 식사 준비가 되는 동안 주야운, 옹성원과 더불어 뜨락에 있는 백여 개의 궁비(穹碑 : 큰 비석)에 관심을 가졌다.

"대부분이 조맹부의 글씨이고 조세연(趙世延 : 1260~1336)·우집(虞集 : 1270~1348)의 글씨도 있습니다."

추사는 관심을 가지고 하나하나 살폈다. 조세연은 몽골의 온기라이트부 출신으로 시인이며, 서가인 우집과 함께 원조(元朝)에서 《황조경세대전》을 찬했다.

추사는 조세연이 조맹부의 아우이건만 어찌하여 몽골족으로 되어 있는지 궁금했다. 그러나 질문하지는 않았다.

다만 동악묘에서 송설 조맹부의 글씨를 실컷 보게 되었으니 감개가 무량했다. 조맹부는 원래 송의 황족 출신으로 원나라에 항복한 사람이며 뛰어난 시인이다. 그의 7언절구 〈동성(東城)〉은 인구에 회자된다. 여기서의 동성은 동교, 성동을 의미하는 말이었다.

동악묘에 있는 동안 날도 훤히 밝았다. 옹성원은 잠시 어딘가 갔는지 모습이 보이지 않는다. 추사는 조맹부의 글씨를 보면서 〈동성)을 나직하니 읊었다.

"야점의 도화는 분화장한 미인의 모습이요, 길가 능수버들은 초록의 실로서 아련하네(野店桃花紅粉姿 陌頭楊柳絲煙綠)."

그러자 주야운이 그 뒷구를 읊었다.

"길손을 배웅하기 위해 동성에 오지 않았다면, 봄이 지나는 것도 몰랐을 터(不因送客東城去 過却春光總不知)."

그때 옹성원이 나타났다. 손에 무엇인가 종이묶음을 들고 있다.

"자, 저리로 갑시다. 술도 한 잔 곁들이며 식사를 해야지요."

추사는 조맹부의 글씨를 더 보고 싶었으나 개인 행동을 삼가했다. 그러자 성원은 종이묶음을 건넨다.

"동악묘의 탁본들이지요. 추사 형이 필요할 것 같아서."

추사는 눈이 둥그레졌다. 그러자 야운이 설명해 주었다.

"탑본을 전문으로 떠서 파는 장사꾼이 있습니다. 여기는 황성이 가까워 괜찮지만 지방에선······."

하고 말끝을 흐렸다. 무질서하게 탁본을 뜨는 바람에 비석이 망가진다는 뜻이었으리라. 그것도 오래 된 고비(古碑)일수록 그 피해가 심했다.

그렇기는 하지만 이 왕성한 화인들의 생활력은 놀랍다. 우리에게 모자라는 것은 바로 이 활력이 아닐까?

동악묘를 나오자 사방에서 외치는 장사꾼들의 목소리가 악머구리 끓듯이 들렸다.

"치바〔吃罷〕, 치바!(먹으시오, 먹으시오!)"

"매〔買〕, 매!(사시오, 사시오!)"

"라이라〔來了〕, 라이라, 하오마〔好麽〕(어서 옵시오, 좋습니까?)"

추사는 물론 이 정도의 말은 알아들었고, 억양만 조심해서 분별하면 의외로 중국말이 쉽다는 것을 알았다.

추사는 야운, 성원과 함께 걸어가면서 문득 우리의 경단 비슷한 것을 파는 장사꾼에게 수작을 붙였다.

"워용 저거〔我用這個 : 나는 이것을 먹겠소〕."

"하오, 반쾌쳔〔半塊錢 : 50젼〕."

"이거〔一個〕?"

"워부용, 쟈쳰흔꿔〔我不用 價錢悽貴 : 난 싫소, 값이 비싸오〕."

그러자 야운도 성원도 크게 웃었다. 쓸쓸하기만 하던 송별이 이 일로 유쾌한 기분이 된 것이다.

추사는 중국의 상인이 물건을 사지 않는다고 하여 화를 내지 않는다는 것도 알고 있었다. 오히려 이런 흥정에서는 열이면 한둘 성립되는 게 보통이었다.

(제6권 진흥왕 순수비(眞興王巡狩碑)편으로 계속)

소설 추사 김정희 5

初版 印刷 ● 1997年 4月 15日
初版 發行 ● 1997年 4月 20日

著　者 ● 權 五 奭
發行者 ● 金 東 求

發行處 ● 明 文 堂
　　　서울特別市 鍾路區 安國洞 17~8
　　　對替　010041-31-0516013
　　　電話　(營) 733-3039, 734-4798
　　　　　　(編) 733-4748
　　　FAX　734-9209
　　　登錄　1977. 11. 19. 第 1~148號

● 落張 및 破本은 交換해 드립니다.
● 不許複製・版權 本社 所有.

값 7,000원
ISBN 89-7270-526-8　04810
ISBN 89-7270-038-X(전10권)